A Praia Infinita

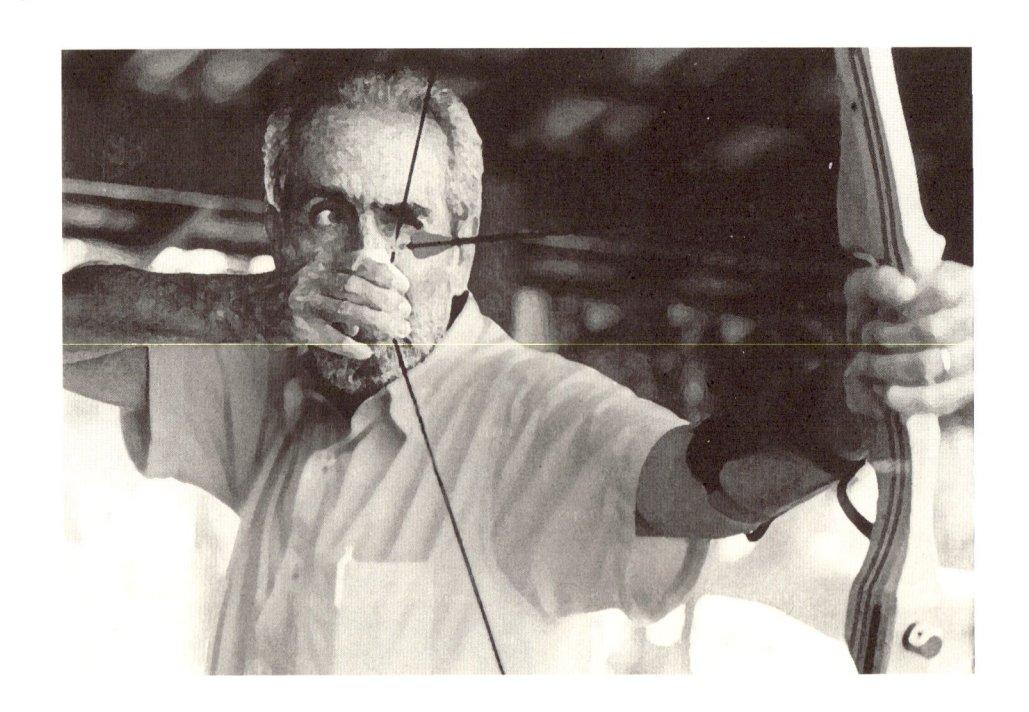

O Arqueiro

Geraldo Jordão Pereira (1938-2008) começou sua carreira aos 17 anos, quando foi trabalhar com seu pai, o célebre editor José Olympio, publicando obras marcantes como *O menino do dedo verde*, de Maurice Druon, e *Minha vida*, de Charles Chaplin.

Em 1976, fundou a Editora Salamandra com o propósito de formar uma nova geração de leitores e acabou criando um dos catálogos infantis mais premiados do Brasil. Em 1992, fugindo de sua linha editorial, lançou *Muitas vidas, muitos mestres*, de Brian Weiss, livro que deu origem à Editora Sextante.

Fã de histórias de suspense, Geraldo descobriu *O Código Da Vinci* antes mesmo de ele ser lançado nos Estados Unidos. A aposta em ficção, que não era o foco da Sextante, foi certeira: o título se transformou em um dos maiores fenômenos editoriais de todos os tempos.

Mas não foi só aos livros que se dedicou. Com seu desejo de ajudar o próximo, Geraldo desenvolveu diversos projetos sociais que se tornaram sua grande paixão.

Com a missão de publicar histórias empolgantes, tornar os livros cada vez mais acessíveis e despertar o amor pela leitura, a Editora Arqueiro é uma homenagem a esta figura extraordinária, capaz de enxergar mais além, mirar nas coisas verdadeiramente importantes e não perder o idealismo e a esperança diante dos desafios e contratempos da vida.

Jenny COLGAN

A Praia Infinita

ARQUEIRO

Título original: *The Endless Beach*

Copyright © 2018 por Jenny Colgan
Copyright da tradução © 2023 por Editora Arqueiro Ltda.

tradução: Camila Fernandes
preparo de originais: Karen Alvares
revisão: Mariana Bard e Pedro Staite
diagramação: Natali Nabekura
ilustração do mapa: © Viv Mullett | The Flying Fish Studios
capa: Hannah Wood | LBBG
imagem de capa: Kate Forrester
adaptação de capa: Gustavo Cardozo
impressão e acabamento: Bartira Gráfica

CIP-BRASIL. CATALOGAÇÃO NA PUBLICAÇÃO
SINDICATO NACIONAL DOS EDITORES DE LIVROS, RJ

C659p
    Colgan, Jenny, 1972-
        A praia infinita / Jenny Colgan ; tradução Camila Fernandes. - 1. ed. - São Paulo : Arqueiro, 2023.
        352 p. ; 23 cm.

        Tradução de: The endless beach
        Sequência de: A pequena ilha da Escócia
        ISBN 978-65-5565-452-3

        1. Romance escocês. I. Fernandes, Camila. II. Título.

23-81988   CDD: 828.99113
                CDU: 82-31(411)

Meri Gleice Rodrigues de Souza - Bibliotecária - CRB-7/6439

Todos os direitos reservados, no Brasil, por
Editora Arqueiro Ltda.
Rua Funchal, 538 – conjuntos 52 e 54 – Vila Olímpia
04551-060 – São Paulo – SP
Tel.: (11) 3868-4492 – Fax: (11) 3862-5818
E-mail: atendimento@editoraarqueiro.com.br
www.editoraarqueiro.com.br

*Para minhas primas Marie e Carol-Ann Wilson,
por seu trabalho maravilhoso no acolhimento
de bebês e crianças.*

Um recado da Jenny

Oi!

Quando escrevi pela primeira vez sobre os acontecimentos na pequena ilha escocesa de Mure, me diverti tanto que quis repetir a dose. Para mim, há algo muito especial nas comunidades das Terras Altas e das ilhas da Escócia, que são lindíssimas – mas também pode ser difícil viver lá.

Uma recapitulação rápida a respeito do último livro, caso você não tenha lido – o que, aliás, não importa –, ou só para não ter que quebrar a cabeça lembrando quem é quem, porque eu detesto ter que fazer isso e minha memória para nomes é terrível. (Também estou dizendo isso já por precaução, caso a gente se esbarre por aí e eu esqueça o seu nome!)

Então: Flora MacKenzie, assistente jurídica em Londres, foi mandada para a remota ilha escocesa de Mure – onde ela nasceu e cresceu – para ajudar o chefe, Joel (um cara bem gato e difícil).

Reunida com o pai e os três irmãos, ela percebeu o quanto tinha saudade de casa e, para sua própria surpresa, decidiu ficar lá e abrir uma cafeteria, a Delicinhas da Annie, que vende os produtos locais maravilhosos da fazenda de sua família, além de preparar receitas antigas do livro de sua falecida mãe.

Para surpresa de todo mundo, Joel, o chefe, também decidiu se mudar, trocando a correria doida que tinha por uma vida mais calma e estável. Ele e Flora ainda estão dando os primeiros e vacilantes passos num relacionamento amoroso.

Os dois trabalhavam para Colton Rogers, um bilionário dos Estados Unidos que queria comprar metade da ilha; nisso, Rogers se apaixonou por Fintan, irmão de Flora e talentoso produtor de queijo. Entendeu tudo até aqui? Com certeza, há alguma coisa que mexe com a gente na água lá do norte (além de um wi-fi terrível e invernos longos, o que é um incentivo)…

As outras duas pessoas que você precisa conhecer são Saif e Lorna, que apareceram em *Um lugar muito distante*, um conto passado em Mure que escrevi para a série Quick Reads.

Saif é médico – um refugiado sírio que passou por dificuldades inacreditáveis para chegar à Europa e recebeu asilo no Reino Unido, com a condição de usar suas habilidades médicas onde fossem mais necessárias: nas partes mais remotas da Grã-Bretanha. Agora, ele está sem notícias de sua família há mais de um ano.

Lorna é diretora e professora de uma escola de ensino fundamental na ilha, além de melhor amiga de Flora.

Pronto, acho que acabei o resumo! Ah, não… Tem mais uma coisa.

Na minha série de romances de Rosie Hopkins, há uma antagonista que é assistente social, e vários assistentes sociais me escreveram para dizer que trabalham com poucos recursos e subvalorização, em circunstâncias muito difíceis, e que não acharam muito justo o retrato que pintei.

Então, dei mais uma olhada na personagem e concluí que eles tinham razão. Espero que as assistentes sociais neste livro ajudem a mitigar isso e a mostrar um pouco do respeito genuíno que tenho pelas pessoas dedicadas que fazem esse trabalho tão árduo dia após dia.

Enfim, torço muito para que você goste de *A Praia Infinita* e tenha um dia maravilhoso onde quer que esteja. E, se estiver de férias, primeiro saiba que estou com a maior inveja, já que aqui está chovendo sem parar; segundo: me mande uma selfie! Estou no Facebook e no Twitter: @jennycolgan!

Um beijo,

Jenny

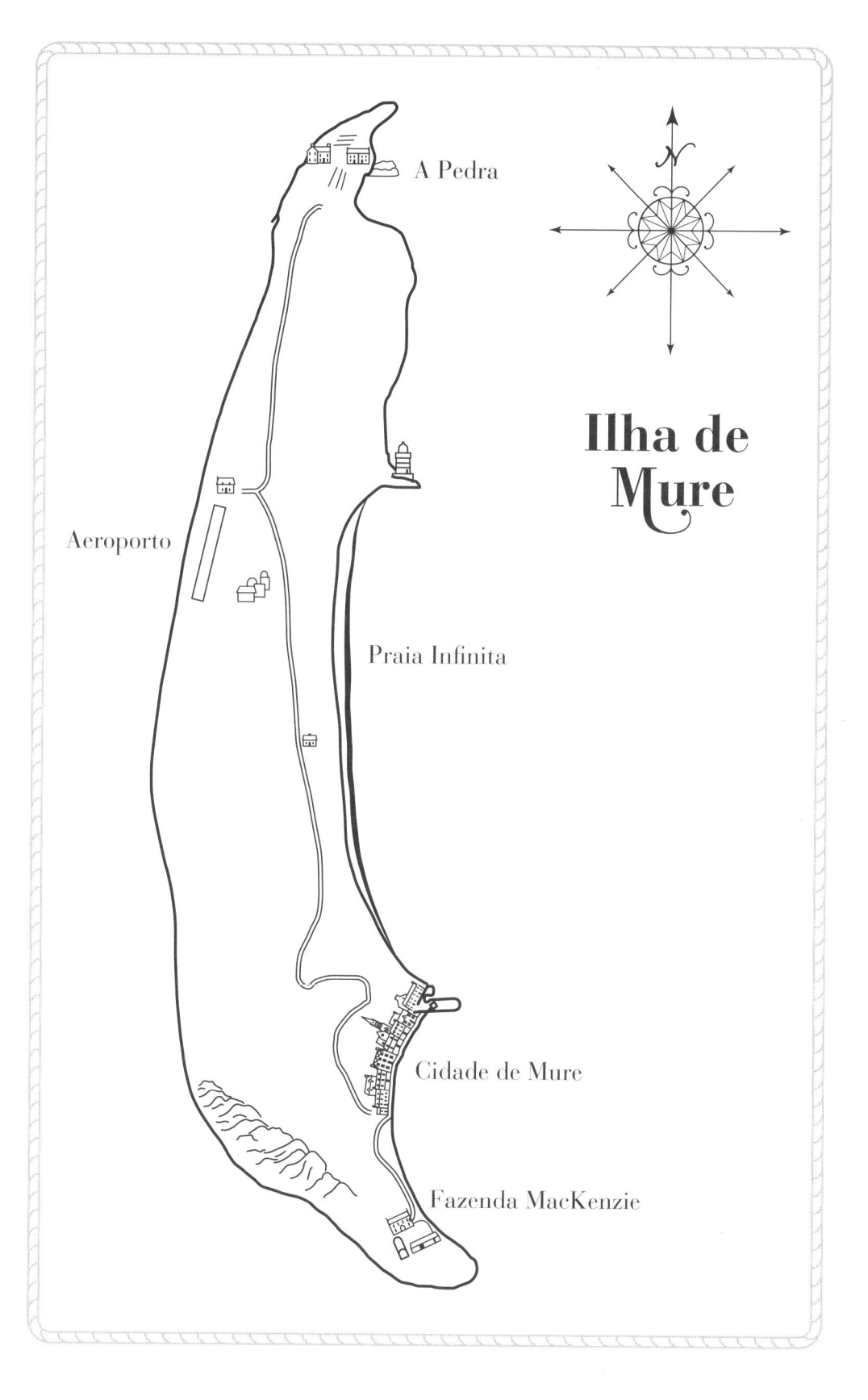

A Pedra

N

Ilha de
Mure

Aeroporto

Praia Infinita

Cidade de Mure

Fazenda MacKenzie

Uma notinha rápida sobre pronúncia

Além de dizer "ch" como se estivesse prestes a tossir, aqui está um guia rápido da pronúncia de alguns dos nomes mais tradicionais que aparecem neste livro:

Agot – *Ágot*
Eilidh – *Êilei*
Innes – *Ínis*
Iona – *Aiôna*
Isla – *Aila*
Saif – *Saíf*
Seonaid – *Chônitch*
Teàrlach – *Tchérlach*

*cynefin (subst.): o verdadeiro lugar de alguém;
o lugar onde a pessoa se sente mais à vontade*

Era uma vez um príncipe que morava numa torre alta, toda feita de gelo. Ele, no entanto, nunca tinha se dado conta disso, pois nunca vira nada diferente nem estivera em outros lugares. Para ele, sentir frio o tempo todo era normal, já que nunca sentira outra coisa.

Ele era o príncipe de um vasto deserto; reinava sobre ursos e animais selvagens e não dava satisfações a ninguém.

Os sábios conselheiros propunham que viajasse, que se casasse, que buscasse conhecer outras pessoas. Mas ele recusava tudo isso, dizendo:

"Estou muito bem aqui."

Por fim, a torre de gelo ficou espessa e impenetrável; nada crescia lá, e era impossível escalá-la; dragões rodeavam o lugar, que se tornou perigoso. Mesmo assim, o príncipe não arredou pé dali.

Muitos tentaram escalar a torre para resgatá-lo, mas ninguém conseguiu. Até que um dia...

Capítulo um

Mesmo no começo da primavera, era bem escuro em Mure.

Flora não se importava; adorava quando os dois acordavam de manhã, aconchegados e bem juntinhos na escuridão total. Joel tinha um sono muito leve (Flora não sabia que, antes de conhecê-la, ele mal dormia) e, em geral, já estava acordado quando ela esfregava os olhos; o rosto dele, normalmente tenso e alerta, se enternecia ao vê-la, e ela sorria, mais uma vez surpresa, perplexa e assustada com a profundidade do que sentia, de como tremia no ritmo do coração dele.

Ela adorava até as manhãs mais geladas, quando precisava se esforçar muito para sair da cama. Era diferente quando você não tinha que passar uma hora no transporte público espremida entre milhões de outros passageiros, respirando germes, sendo empurrada e deixando sua vida mais desconfortável do que precisava ser.

Em vez disso, Flora punha a turfa úmida no fogão do lindo chalé de hóspedes em que Joel se instalava enquanto trabalhava para Colton Rogers, o bilionário que era dono de metade da ilha. Ela reavivava as chamas e, num instante, o cômodo ficava ainda mais acolhedor, a luz tremeluzente do fogo lançando sombras nas paredes caiadas.

A única coisa que Joel insistira em ter lá era uma cafeteira caríssima de última geração, e Flora o deixava mexer na máquina enquanto ele trabalhava remotamente e fazia os comentários de sempre sobre os muitos e variados modos como a internet da ilha deixava a desejar.

Flora pegava o café, vestia uma velha blusa de lã e ia até a janela, onde podia ficar sentada em cima do antigo aquecedor a óleo, do tipo que existia nas escolas, mas custara uma fortuna a Colton. De lá, olhava para o mar escuro, que, às vezes, nos dias de vento, ficava cheio de pontas brancas; outras vezes tornava-se espantosamente claro, caso em que, mesmo de manhã, podia-se olhar para o céu e ver as estrelas frias e brilhantes. Em Mure, não havia poluição luminosa. As estrelas eram maiores do que Flora se lembrava de ter visto quando criança.

Ela envolveu a caneca com as mãos e sorriu, ouvindo o barulho do chuveiro.

– Aonde você vai hoje? – gritou ela.

Joel enfiou a cabeça pela fresta da porta.

– Primeiro, pra Hartford – respondeu ele. – Passando por Reykjavik.

– Posso ir com você?

Joel olhou para ela com seriedade. Trabalho não era diversão.

– Deixa, vai. A gente pode se pegar no avião.

– Não sei, não…

Colton tinha um avião que usava para ir e vir de Mure, e Flora ficava absolutamente indignada que a aeronave fosse restrita aos assuntos da empresa e nunca a deixassem entrar nela. Um avião particular! Na verdade, era inimaginável. Em se tratando de trabalho, porém, era impossível levar Joel para o mau caminho. Na verdade, era difícil levá-lo para o mau caminho em qualquer situação. Às vezes, Flora se preocupava com isso.

– Aposto que as comissárias de bordo já viram de tudo na vida – disse ela.

Sem dúvida, era verdade, mas Joel já estava rolando a tela do *Wall Street Journal* e não prestava mais atenção.

– Volto daqui a duas semanas, numa sexta. Colton está literalmente consolidando… Bem…

Flora queria que ele pudesse comentar mais sobre os assuntos profissionais, como fazia quando ela ainda trabalhava no escritório de advocacia. Não era só questão de confidencialidade; ele era reservado em relação a tudo.

Ela fez beicinho.

– Assim você não vai ver os Argylls.

– Como é que é?

– É uma banda. Eles estão em turnê e vão tocar no Recanto do Porto. São muito legais.

Joel deu de ombros.

– Não ligo pra música.

Flora se aproximou dele. A música corria nas veias de todo mundo em Mure. Antes da chegada das balsas e dos aviões, as pessoas tinham que criar uma diversão própria, e todas participavam com entusiasmo, ainda que nem sempre com muito talento.

Ela dançava bem e até sabia tocar um instrumento, o *bodhrán*, se não houvesse ninguém mais talentoso disponível. Seu irmão Innes era um violinista melhor do que admitia. O único irmão que não sabia tocar nada era o grandalhão Hamish; a mãe deles costumava lhe dar um par de colheres e deixá-lo se virar.

Flora envolveu Joel nos braços.

– Como é que pode não ligar pra música? – perguntou.

Joel piscou, surpreso, e olhou por cima do ombro dela. Era besteira, na verdade – uma bobagenzinha no carrossel infinito que fora sua infância difícil –, que toda escola nova fosse uma nova chance de errar: vestir as roupas erradas, gostar da banda errada. Além do medo de errar, havia também sua falta de habilidade, ao que parecia, para aprender as regras. As bandas legais mudavam tanto que era absolutamente impossível acompanhar as tendências.

Ele achava mais fácil abdicar por completo dessa responsabilidade.

Nunca tinha feito as pazes com a música. Nunca se atrevera a descobrir do que gostava. Não tivera um irmão ou uma irmã mais velha para indicar o caminho.

Com as roupas, era a mesma coisa. Só usava duas cores – azul e cinza, sempre em peças impecáveis nos melhores tecidos –, não por uma questão de gosto, mas porque parecia a decisão mais simples. Assim, não tinha que pensar no assunto.

Se bem que já havia saído com modelos suficientes para aprender muito sobre roupas; nesse ponto, elas tinham sido de grande ajuda.

Joel olhou para Flora. Ela voltara a observar o mar. Às vezes, ele tinha dificuldade para distinguir Flora da paisagem de Mure. Os cabelos dela eram os ramos das algas que se espalhavam pelas dunas brancas dos ombros; suas lágrimas, as gotas de água salgada respingando numa tempestade; a boca, uma concha perfeita. Ela não era nenhuma modelo – muito pelo contrário. Parecia tão estável e sólida quanto a terra debaixo de seus pés; Flora era uma ilha, uma vila, uma cidade, um lar. Ele a tocou com delicadeza; mal conseguia acreditar que estavam juntos.

Flora conhecia esse toque e não era capaz de rejeitá-lo.

Às vezes, o jeito como ele olhava para ela a deixava apreensiva; era como se ela fosse uma coisa frágil e preciosa. E Flora não era nada disso. Era só uma mulher normal, com as mesmas preocupações e defeitos que todo mundo tem. Um dia, Joel ia perceber isso, e ela morria de medo do que aconteceria quando ele entendesse que não estava com uma *selkie*; que Flora não era uma criatura mágica que havia se materializado para resolver a vida dele... Tinha pavor do que aconteceria quando ele percebesse que ela era só uma pessoa normal que era cheia de inseguranças e gostava de usar umas roupas bem fuleiras aos domingos... O que aconteceria quando tivessem que discutir sobre detergente?

Ela deu um beijinho na mão dele.

– Para de me olhar como se eu fosse uma fada do mar.

Ele sorriu.

– Pra mim, você é, sim.

– A que horas é o seu...? Ah.

Flora sempre esquecia que o avião de Colton obedecia ao horário deles, não ao de uma companhia aérea.

Joel consultou o relógio.

– É agora mesmo. Colton está uma pilha de nervos hoje... Quer dizer... Tem muita coisa pra fazer.

– Não vai tomar café da manhã?

Joel fez que não.

– O mais absurdo é que vão servir pão e bolinhos da Delicinhas da Annie no voo.

Flora sorriu.

– Olha *só* como *a gente* é chique. – Ela o beijou. – Volta logo.

– Por quê? Aonde você vai?

– A lugar nenhum – respondeu Flora, puxando-o para junto dela. – Nenhunzinho.

Então ela o viu partir sem olhar para trás e suspirou.

O estranho era que só durante o sexo ela sentia, com cem por cento de certeza, que ele estava presente; completa e absolutamente presente, acompanhando-a em cada respiração, em cada movimento. Era diferente de tudo que ela já tinha experimentado.

Já tivera namorados egoístas, namorados exibidos e outros puramente incompetentes, com o potencial arruinado pela pornografia que consumiram antes de serem homens-feitos. Mas não tivera nenhum assim – tão intenso, quase desesperado, como se estivesse tentando encaixar a totalidade do seu ser sob a pele dela. Sentia que ele a conhecia completamente e que ela o conhecia à perfeição. Pensava nisso o tempo todo. Mas ele quase nunca estava lá, e, no resto do tempo, Flora continuava não sabendo o que passava pela cabeça dele, assim como não sabia quando se conheceram.

E agora, um mês depois, já não estava tão escuro, mas Joel estava sempre viajando, ocupado com um projeto após o outro. Flora também ia viajar nesse dia, mas não era a nenhum lugar assim tão interessante, e, ai, ia ter que voltar para a fazenda.

Ficar no quarto em que crescera, com a mesma cama de solteiro, seus velhos e empoeirados troféus de dança das Terras Altas ocupando as paredes, dava a Flora, agora adulta, uma sensação que a deixava irritadiça. Era o mesmo com a noção de que não importava quão cedo acordasse – e parecia ser muito, muito cedo –, o pai e os três irmãos que trabalhavam na fazenda já estariam ordenhando as vacas havia mais de uma hora.

Bom, menos Fintan. Ele era o gênio gastronômico da família e passava a maior parte do tempo fabricando queijo e manteiga para a Delicinhas da Annie – e, em breve, assim esperavam, para o novo hotel de Colton, a Pedra. Os outros meninos – Hamish, forte e obtuso, e Innes, o mais velho –, porém, saíam fizesse chuva ou sol, luz ou escuridão, e, por mais que ela tentasse convencer Eck, seu pai, a trabalhar menos, ele geralmente ia também. Quando Flora trabalhava em Londres como assistente jurídica, brincavam que ela era preguiçosa. Agora que administrava uma cafeteria inteira sozinha, ela esperara provar que estavam errados, mas eles ainda a viam como a preguiçosa que só se levantava às cinco da manhã.

Tinha que sair dali. Havia alguns chalés para alugar na vila de Mure, mas a Delicinhas da Annie não rendia o suficiente para pagar uma extravagância dessas. Não havia outro jeito. Os produtos de Mure eram maravilhosos – a manteiga orgânica fresca, batida em leiterias locais, o queijo espetacular feito por Fintan, os melhores peixes e mariscos das águas cristalinas, a chuva que fazia crescer o capim mais doce do mundo, engordando o gado. Mas tudo isso tinha um custo.

Calculou mentalmente, por um instante, que horas eram em Nova York, onde Joel, seu namorado – e percebeu que parecia absurdo chamá-lo de namorado –, estava trabalhando.

Joel já tinha sido chefe de Flora, e foi mandado ao norte com ela para cuidar de um assunto jurídico para Colton Rogers. Mas ser chefe dela era só parte da história. Ela passara anos a fim dele, desde o momento em que o vira pela primeira vez. Ele, por outro lado, passava a vida saindo com modelos e nem notava a existência dela. Flora nunca tinha imaginado que poderia chamar a atenção de Joel. Um dia, finalmente, depois de trabalharem juntos no verão anterior, ele havia relaxado o bastante para reparar nela; o bastante, no fim, para se mudar para Mure e trabalhar para Colton de lá.

Só que, obviamente, não era bem assim.

Colton deixara um chalé de hóspedes à disposição dele, uma linda cabana de caça toda reformada, enquanto a Pedra se preparava para a inauguração oficial, o que estava demorando para acontecer. Depois, ele tinha saído pelo mundo, cuidando de suas várias empresas bilionárias – o que parecia exigir que Joel o acompanhasse o tempo todo. Ela mal o vira durante o inverno. Agora, Joel estava em Nova York. Coisas como montar uma casa, sentar-se e conversar pareciam completamente além da compreensão dele.

Em tese, Flora sabia que ele era viciado em trabalho, já que tinha sido sua funcionária por muitos anos. Só não imaginara como isso afetaria o relacionamento deles. Ela parecia ficar apenas com as migalhas – e olha que não havia muitas. Nem mesmo uma mensagem para indicar que ele sabia que Flora iria para Londres naquele dia para assinar os documentos da demissão.

No começo, Flora não sabia ao certo se conseguiriam manter a Delicinhas da Annie aberta no inverno, quando os turistas sumiam, as noites ficavam tão longas que nunca havia luz de verdade e passar o dia na cama debaixo dos cobertores era a maior tentação.

Mas, para sua surpresa, a Delicinhas teve clientes todos os dias. Mães com bebês; pessoas idosas parando para conversar com os amigos e comer um bolinho de queijo; o grupo de tricô responsável pelas encomendas de peças no estilo da ilha Fair, que geralmente se reunia nas cozinhas uns dos outros e que agora havia decidido fazer da Delicinhas da Annie seu lar. Flora nunca enjoava de ver a velocidade e a graça fenomenais com que os dedos velhos e encarquilhados produziam os lindos padrões em todo tipo de lã.

Tanto é que Flora havia constatado: agora, esse era o trabalho dela. Esse era o seu lugar. Originalmente, a empresa em Londres lhe dera uma licença para trabalhar com Colton, mas o período tinha acabado e ela precisava pedir demissão. Joel também precisava fazer isso, pois trabalhava para Colton em tempo integral. Flora vinha adiando a ida a Londres, esperando que os dois conseguissem ir juntos para assinar os documentos, mas isso parecia meio improvável.

Então, nesse dia, ela ajudou Isla, uma das duas jovens que trabalhavam com ela, a abrir a Delicinhas da Annie.

Haviam pintado o imóvel com o mesmo rosa-clarinho que tinha antes de ficar largado e começar a descascar. Agora, a cor fazia um belo contraste com o preto e branco do hotel Recanto do Porto, o azul-claro da loja de equipamentos para pesca e o creme das muitas lojas de lembrancinhas à beira-mar que vendiam blusas de lã grandonas, suvenires de conchas e esculturas em pedra, tartãs (é claro), miniaturas de vacas das Terras Altas, balas de caramelo e quadradinhos de doce de leite. Muitas fechavam no inverno.

Um vento forte vinha do mar, jogando respingos de água salgada e chuva no rosto de Flora, que sorriu ao sair da casa na fazenda e correr colina abaixo, o único trajeto que fazia ultimamente. O tempo podia estar gelado – embora estivesse usando um casaco acolchoado gigantesco que a isolava de praticamente tudo –, mas ainda assim não trocaria esse caminho por um vagão de metrô superaquecido e superlotado, com uma avalanche de seres humanos subindo as escadas, frio, calor, frio, calor, ultrapassando mais e mais gente, ouvindo gritos e bate-bocas, carros colidindo e buzinando sem parar, entregadores em bicicletas berrando com taxistas, trens passando a toda a velocidade, folhetos gratuitos voando pelos ares e pelas ruas com embalagens de fast-food e guimbas de cigarro... Não, pensou Flora; mesmo numa manhã gelada dessas, era possível fazer seu trajeto. Ela não tinha a menor saudade.

A Delicinhas da Annie estava toda iluminada e dourada. Era um lugar simples, com dez mesas de antiquários espalhadas estrategicamente pela sala ampla. O balcão, vazio no momento, logo estaria cheio de bolinhos, tortas, quiches, saladas e sopas caseiras que Iona e Isla preparavam nos fundos. A Sra. Laird, padeira local, deixava todo dia duas dúzias de pães, que esgotavam bem depressa, e a cafeteira não parava de funcionar do amanhecer até o pôr do sol. Flora ainda não conseguia acreditar que aquilo existia, e que era graças a ela. De alguma forma, depois de voltar àquele lugar que conhecia tão bem e encontrar o velho livro de receitas de Annie, sua falecida mãe, aquela parecera uma decisão feliz, não desesperada, nem triste.

Na época, tinha parecido um salto enorme e absurdo. Agora, olhando para trás, parecia totalmente óbvio, como se fosse a única coisa possível a ser feita. Como se aquele fosse o seu lar, e as mesmas pessoas das suas lembranças de infância – que agora estavam mais velhas, mas tinham o mesmo rosto, passado de geração a geração – eram parte do mundo dela tanto quanto sempre foram, e o essencial em sua vida – Joel, a Delicinhas da Annie, a previsão do tempo, a fazenda, o frescor dos produtos locais –, de alguma forma, importava mais para ela do que o Brexit, o aquecimento global e o destino do mundo. Ela não estava em isolamento; estava em renovação.

Assim, Flora estava com um bom humor fora do comum quando tirou a manteiga da família MacKenzie da geladeira – cremosa, salgada e, sinceramente, capaz de eclipsar todas as outras manteigas do mundo – e viu todas as canecas de cerâmica de queima local prontas e enfileiradas. Havia um imigrante inglês morando num chalezinho depois das fazendas que as fazia num forno nos fundos. Eram peças grossas e bem queimadas em tons terrosos – areia, cinza e bege –, perfeitas para manter o *latte* quentinho, com bordas finas levemente voltadas para dentro e uma base bem mais espessa. Tiveram que mandar fazer uma placa avisando educadamente que as canecas estavam à venda; do contrário, as pessoas continuariam a roubá-las. As vendas haviam gerado uma renda paralela muito conveniente, além de uma vida nova e inesperada para o ceramista Geoffrey, de lá depois da estrada da velha Fazenda Macbeth.

Assim que ela virou a placa de FECHADO para ABERTO, o céu se abriu, dando a impressão de que talvez ganhassem um ou dois raios de sol em meio à ventania, e isso também a fez sorrir. Joel estava longe, o que era triste. Mas, depois que tirasse da frente aquela viagem besta a Londres, talvez pudesse chamar Lorna para maratonar episódios atrasados de um reality show e dividir uma garrafa de prosecco. Ela não fazia muita coisa, mas podiam muito bem rachar um vinho e, sério, no fim das contas, tinha algo melhor que isso na vida?

Uma música de que Flora gostava começou a tocar no rádio, e ela ficou tão contente quanto alguém pode verdadeiramente ficar no meio de fevereiro. Nisso, uma sombra apareceu em frente à entrada.

Ela abriu a porta para a primeira cliente do dia, que recuou um pouco diante da corrente de ar gelado; Flora piscou enquanto a pessoa bloqueava a luz vinda de trás dela. Então, seu bom humor se dissipou um pouco. Era Jan.

Quando chegara a Mure, Flora tinha conhecido um cara legal – muito legal – chamado Charlie, ou Teàrlach. Ele organizava atividades de férias ao ar livre na ilha, às vezes para homens de negócios, advogados e empresas, o que pagava as contas, e às vezes para crianças desfavorecidas do continente, o que fazia por consciência social.

Charlie havia gostado de Flora, e ela, conformada com a ideia de que nunca ficaria com Joel, tinha flertado um pouco com ele – bom, mais do que só um pouco, pensou ela. Sempre ficava com vergonha ao lembrar com que rapidez havia pulado de um para o outro. Mas Charlie era um cavalheiro e fora compreensivo.

O problema, porém, é que na época ele estava dando um tempo do namoro com Jan, com quem trabalhava.

Em seguida, Jan havia decidido que Flora era uma sirigaita irresponsável e que, se Charlie havia se afastado da namorada, a culpa era toda dela. Jan nunca perdoara Flora, humilhando-a em voz alta e em público sempre que tinha chance.

Normalmente, Flora não ficava muito incomodada com esse tipo de coisa. Mas, numa ilha do tamanho de Mure, era bem complicado não esbarrar com alguém com certa frequência, e, quando essa pessoa não gostava de você, era meio cansativo.

Nesse dia, porém, Jan – que era alta, tinha cabelos curtinhos e práticos, rosto quadrado e determinado, além da convicção constante de que estava salvando o mundo (trabalhava com Charlie nas atividades ao ar livre) e que as outras pessoas eram todas esbanjadoras e irresponsáveis – estava sorrindo.

– Bom dia! – cantarolou.

Flora olhou para Isla e Iona, que ficaram tão surpresas quanto ela com a alegria de Jan. As duas deram de ombros.

– Hã... Oi, Jan – respondeu Flora.

Em geral, Jan a ignorava e fazia o pedido às garotas, tagarelando em voz alta o tempo todo como se Flora não existisse. Flora teria barrado sua entrada se pudesse, mas não era o tipo de pessoa que barrava alguém e não tinha a menor ideia de como fazer uma coisa dessas. Em todo caso, parecia meio contraproducente barrar uma pessoa que trabalhava no programa de aventuras ao mesmo tempo que distribuía de graça, por intermédio de Charlie, a comida prestes a vencer para as crianças que participavam.

– Olá! – Jan abanava a mão esquerda ostensivamente.

Flora achou que ela estivesse acenando para alguém do outro lado da rua. Felizmente, Isla era um pouco mais antenada nesse tipo de coisa e exclamou:

– Jan! Isso aí é um anel de noivado?

Jan corou e tratou de parecer o mais modesta possível, o que não era grande coisa, e exibiu a mão num gesto tímido.

– Então, você e Charlie vão se casar? – perguntou Isla. – Que legal!

– Parabéns! – disse Flora, alegre de verdade.

Sentira-se culpada pela situação com Charlie; o fato de ele estar feliz o bastante com aquela vida para pedir Jan em casamento era uma ótima notícia.

– Que maravilha! Estou muito feliz por vocês!

Ao ouvir isso, Jan pareceu um tanto desconcertada, como se, em segredo, esperasse ver Flora se jogar no chão e rasgar as roupas de tanta tristeza.

– Então, quando vai ser? – perguntou Iona.

– Bom, vai ser lá na Pedra, é claro.

– Se a Pedra ficar pronta – comentou Flora.

Não sabia por que Colton adiava tanto a inauguração do hotel.

Jan ergueu as sobrancelhas.

– Ah, tenho certeza de que aqui tem gente que sabe fazer o serviço… Tem granola hoje?

E Flora precisou admitir, irritada, que não tinha.

– Bom, que notícia maravilhosa – repetiu.

Depois, não quis mais insistir no assunto para que ninguém pensasse que ela queria receber um convite, porque aquilo era a última coisa que desejava. Muita gente tinha visto Flora e Charlie juntos na vila no verão anterior e se lembrava de como Jan havia surtado depois de encontrá-los aos beijos. A última coisa de que precisava era que a fofoca ressuscitasse, logo agora que as pessoas finalmente tinham parado de comentar.

Por isso, foi para trás do balcão e perguntou:

– Vai querer mais alguma coisa?

– Quatro fatias de quiche. Então… Pelo que eu sei, em geral a sua comida tem açúcar demais e vocês desperdiçam muito… não é?

Flora notou que nem a felicidade absoluta havia diminuído o prazer de Jan em fazer os comentários mais negativos possíveis sobre praticamente tudo.

– Desculpa, como é que é?

– Bom – respondeu Jan, com um sorriso brincando nos lábios. – A gente achou que vocês gostariam de fazer o bufê do casamento.

Flora ficou surpresa. Estava desesperada para prestar serviços de bufê; a Pedra não dava o menor sinal de inaugurar, e ela queria muito ganhar mais dinheiro. Assim poderia pagar salários melhores às garotas. Preferiria não ter todo mundo olhando para ela enquanto assistia ao casamento de Charlie, mas, no fim das contas, não ligava para isso, não é? O pagamento viria a calhar, e Flora ficaria o tempo todo nos bastidores, cuidando das coisas na cozinha. Na verdade, aquela talvez fosse a melhor solução possível.

– Claro! – disse ela. – Vamos adorar!

Jan franziu o rosto outra vez. Flora teve a impressão de que a mulher havia imaginado toda uma cena em que a situação seria, de alguma forma, humilhante para ela. Não entendia qual era a vantagem, mas com certeza não daria a Jan o prazer de pensar que, no fundo, Flora sentia algo além de satisfação.

Jan se aproximou.

– Seria um lindo presente de casamento – disse ela.

Flora piscou, perplexa.

O silêncio tomou conta da cafeteria, interrompido apenas pelo som do sino na porta à medida que os clientes de sempre começavam a entrar e Isla e Iona iam para lá e para cá atrás do balcão, servindo-os, estabelecendo uma distância segura das duas, longe daquela conversa difícil, mas ainda conseguindo ouvi-la.

– Ah – respondeu Flora, finalmente. – Não, acho que… Acho que precisaríamos cobrar. Sinto muito.

Jan assentiu, com uma solidariedade fingida.

– Entendo que deve ser difícil pra você – disse, por fim, e Flora não pôde fazer nada além de olhar para a frente, alegremente. – Eu achava que, com aquele seu namorado rico, você ia querer fazer uma boa ação pela ilha…

Flora se segurou para não explicar que não era assim que a banda tocava, nem de longe, e que nunca nem sonharia em aceitar um único tostão de Joel; na verdade, a simples ideia de pedir dinheiro a ele a deixava horrorizada. Nunca tinham conversado sobre dinheiro. Ao pensar nisso, percebeu que nunca tinham conversado sobre quase nada, mas deixou para lá.

Joel, que não entendia essas coisas lá muito bem, recebia o silêncio como um alívio muito bem-vindo depois das mulheres com quem tinha saído, que ficavam emburradas e sempre queriam fazer compras. Mas também presumia que Flora não queria nem precisava de nada, o que tampouco era verdade.

Mais do que isso, porém, o que a incomodava era a ideia de Jan e sua família rica e bem alimentada empanturrando-se de um dos famosos pratos da Delicinhas – lagosta, ostras, pão e manteiga da melhor qualidade, carne do gado local e o melhor queijo da região, tortas lustrosas e creme fresco. Iam comer tudo e gargalhar, gabando-se por não terem pagado nada…

Flora embalou os pedaços de quiche num saco e abriu a caixa registradora sem dizer mais nenhuma palavra. Jan contou o dinheiro bem devagar, com um sorriso condescendente, e depois saiu, deixando Flora observando-a e fervendo de raiva.

Iona a viu sair.

– Que pena – comentou.

– Essa mulher é um monstro – resmungou Flora.

Seu bom humor se dissipara quase por completo.

– Não, é que eu queria muito ir ao casamento – explicou Iona. – Aposto que vai ter uns caras bem gatos na festa.

– Você só pensa nisso? Em conhecer uns caras? – perguntou Flora.

– Não, eu só penso em conhecer uns caras que não sejam pescadores.

– Epa! – exclamou um grupo de pescadores que estava aquecendo as mãos geladas em volta das grandes canecas de chá e devorando pão fresquinho.

– Não é nada pessoal – respondeu Iona. – Mas vocês estão sempre com cheiro de peixe e vira e mexe perdem o polegar porque engancharam o dedo nas redes, né?

Os pescadores se entreolharam, abanaram a cabeça e concordaram que era verdade, bem verdade, e que aquela era uma profissão perigosa.

– Então tá! – disse Flora, jogando as mãos para o alto. – Tenho que pegar um avião.

Capítulo dois

Flora passou com o Land Rover velho e surrado pela fazenda de sua amiga Lorna MacLeod a caminho do aeroporto, mas não a viu – por pouco. Era uma manhã de muito vento: a brisa soprava do mar e as pontas brancas das ondas se chocavam contra a areia. Sem dúvida, porém, o tempo estava abrindo – a maré estava alta, e a Praia Infinita, como era conhecida, parecia um caminho longo e dourado. Ainda era preciso usar um casaco bem grosso, mas, de alguma forma, já era possível sentir no ar que algo despertava na terra.

Saindo de casa, com o cachorro Milou pulando alegremente ao seu lado, Lorna, a diretora da escola de ensino fundamental local, que também dava aulas (eram duas professoras: Lorna ficava com os "pequenininhos", as crianças de 4 a 8 anos, enquanto a piedosa Sra. Cook ministrava as outras turmas), viu crocos, galantos e narcisos começando a esticar as cabeças floridas. Um aroma preenchia o ar: além do cheiro comum de maresia, que ela nunca notava, havia outro, mais terroso – um cheiro de crescimento, de renascimento.

Lorna sorriu, exuberante, pensando nos meses à frente, nos dias cada vez mais longos até o meio do verão, quando mal escurecia e Mure tornava-se alegre e repleta de uma multidão de turistas felizes, os três bares da cidade lotavam todas as noites e a música tocava até que o último bebedor de uísque ficasse satisfeito, ou adormecido, ou as duas coisas.

Ela enfiou as mãos no fundo dos bolsos do casaco acolchoado e partiu, olhando o horizonte, onde os últimos raios em tons de rosa e ouro começavam a desaparecer e surgiam alguns raios de sol frios, mas ainda dourados, do início da primavera.

Também estava de bom humor, porque agora acordava já com o dia claro. O último inverno tinha sido ameno em comparação com outros – é claro que houvera tempestades vindas do Ártico, interrompendo o fluxo das balsas e fazendo com que todos se encolhessem dentro de casa, mas isso não a incomodava muito. Ela gostava de ver as crianças correndo por aí de touca e luvas, com as bochechas coradas, rindo no pátio da escola; gostava do aconchego do chocolate quente na cidade e de se enroscar perto do fogo na velha casa do pai.

Tinha herdado a casa – tecnicamente, junto com o irmão, que trabalhava numa plataforma de petróleo, tinha um apartamento moderno e estiloso em Aberdeen e não ligava muito para a fazenda. Então, Lorna vendera seu pequeno apartamento na rua principal para um jovem casal e, num acesso de exuberância primaveril, tratou de fazer da fazenda o seu lar.

Na verdade, foi uma pena Lorna não ter visto Flora, porque Flora bem que estava precisando de uma boa dose da positividade da amiga para enfrentar o que viria a seguir.

Mas Lorna viu Saif.

Ele, do outro lado da praia, também a viu na mesma hora. Morava na antiga casa paroquial – a menor, que estava caindo aos pedaços, não aquela que Colton havia reformado com o maior requinte – na encosta da montanha. O lugar ficara vazio desde que o vigário se mudara para o continente, pois a população envelhecida de Mure não era mais grande o bastante para justificar a presença de um pastor em tempo integral, numa ilha que, embora tivesse fortes tendências à severidade religiosa e ao knoxismo, nunca havia se separado completamente de suas raízes mais antigas: os muitos deuses ferozes dos invasores vikings e os deuses da terra verde dos habitantes originais. Na ilha, havia algo profunda e absolutamente espiritual, quaisquer que fossem as crenças individuais. Existiam menires nos promontórios – vestígios de uma comunidade que venerava sabe-se lá o quê –, bem como uma abadia em ruínas, antiga e linda, e igrejas baixas de aspecto severo espalhadas pela região, com campanários atarracados resistindo aos ventos do norte.

A casa foi entregue para Saif ocupá-la enquanto cumpria seus dois anos de serviço à comunidade, em troca dos quais prometeram que ele receberia um visto de residência permanente. Estava lá como refugiado, além de médico, e as ilhas remotas precisavam desesperadamente de clínicos gerais, embora, é claro, a promessa do direito à residência permanente não fosse garantida. Saif havia desistido de ler sobre a política inglesa. Para ele, era um mistério insondável. Não sabia que também era um mistério para todas as pessoas ao seu redor; só presumia que as coisas sempre tinham sido assim.

Ele voltara a ter aqueles sonhos. Não sabia se um dia se libertaria deles. Sempre o clamor, o barulho. Estava no barco outra vez, agarrando-se à mala de couro como se sua vida dependesse dela. A expressão do menininho que tivera que suturar sem anestesia depois de uma briga. A resiliência. O desespero. O barco.

E todas as manhãs, fizesse chuva ou sol, ele acordava decidido a não afundar nas próprias ondas – suas ondas de espera: à espera de notícias sobre a esposa e os dois filhos, que ficaram para trás quando ele fora ver se conseguiria forjar uma passagem para uma vida melhor para todos eles num mundo que, de repente, tinha ficado muito pior.

Ainda não recebera nenhuma notícia, embora ligasse para o Departamento de Imigração uma vez por semana. Não sabia ao certo se o bairro distante que havia deixado para trás – antes tranquilo, simpático, relaxado – ainda existia. Toda a sua vida fora destruída.

E as pessoas não paravam de dizer que ele tivera sorte.

Todo dia, de manhã, para tirar da cabeça os horrores da noite, ele fazia uma longa caminhada pela Praia Infinita, tentando alcançar um estado de espírito apropriado para lidar com as pequenas queixas da população local: os quadris doloridos, a tosse dos bebês, a ansiedade leve, a menopausa e tudo que não deveria considerar bobagem quando comparava com o sofrimento excruciante e apocalíptico de sua terra natal. Andar três ou quatro quilômetros já ajudava. Durante o inverno, ele caminhava enquanto o sol mal tinha nascido, meio por instinto, acolhendo os punhados de granizo que pareciam pedras atiradas em seu rosto, fenômeno que nunca havia experimentado antes de chegar à Europa e que achava quase cômico, de tão inconveniente.

Mas, pelo menos, o tempo permitia que Saif sentisse algo diferente de pavor, e ele o deixava açoitar sua cabeça. Quando ficava gelado até os ossos – e exausto –, sentia-se limpo.

Limpo e vazio, pronto para mais um dia nessa meia-vida – uma eterna sala de espera.

Estava pensando nisso quando viu aquilo, e ergueu os braços de surpresa.

Lorna viu o gesto do outro lado da praia e franziu a testa. Não era do feitio de Saif ficar tão entusiasmado. Quando muito, era preciso o maior empenho para fazê-lo revelar um pouco de si mesmo.

A vida em Mure era feita de muita conversa – era inevitável. Todos se conheciam e usavam as fofocas como força vital da comunidade. A qualquer momento, não era incomum saber onde estavam e o que vinham fazendo três gerações de murianos. É claro que todo mundo era milionário nos Estados Unidos ou estava fazendo um sucesso tremendo em Londres ou tinha os filhos mais inteligentes e maravilhosos. Isso tudo era aceito como fato óbvio. Mesmo assim, era gostoso de ouvir.

Mas Saif nunca, jamais falava da família. Lorna só sabia que ele tinha – ou tivera – uma esposa e dois filhos, e não era capaz de perguntar mais nada.

Ele havia desembarcado em Mure desprovido de tudo – de bens materiais, de status. Era refugiado antes de ser médico: era alvo de pena – e até mesmo, em alguns lugares (antes de suturar os ferimentos dessas pessoas e tratar os pais delas), de um desprezo injustificado.

Lorna não suportaria o risco de incomodá-lo, de tirar o que restava da dignidade dele, só por mera curiosidade.

Então, quando o viu acenando na manhã iluminada de Mure, repleta de nuvens e promessas, o coração dela começou a bater mais rápido na mesma hora. Milou captou a emoção de Lorna e correu alegre pela praia. Ela correu para acompanhar o cachorro, chegando ofegante – pois a Infinita sempre era muito mais comprida do que se imaginava, já que a água pregava peças no conceito de distância – e trêmula.

– Olha! – gritava Saif. – Olha!

Lorna olhou para onde ele apontava. Era um barco? O que era? Ela forçou a vista.

– Ah. Já foi – disse Saif.

Lorna o encarou, intrigada, mas o olhar dele continuava fixo na água. Ela olhou também, tentando acalmar o coração. Bem quando estava prestes a perguntar do que ele estava falando, viu: no começo, uma ondulação, nada que desse para distinguir; depois, vindo do nada, um corpo enorme – vasto, mais vasto do que tinha direito de ser, tão grande que ninguém acreditaria que era capaz de se impulsionar. Era como assistir à decolagem de um 747; um corpo imenso, preto e lustroso saltou por cima das ondas e, com uma torção vibrante da cauda, esparramando as gotas d'água, mergulhou, desaparecendo no mar.

Saif se virou para Lorna, os olhos brilhando. Disse alguma coisa que parecia *hut*.

Lorna arqueou as sobrancelhas.

– Quê?

– Não sei qual é a palavra em inglês – respondeu ele.

– Ah! – exclamou Lorna. – Baleia! É uma baleia. Que esquisito… Nunca vi nada igual.

– Tem muitas aqui?

– Algumas. – Lorna fez uma careta pensativa. – Umas baleias normais. Aquela era estranha. E não é bom elas ficarem tão perto da costa. No ano passado, uma baleia encalhou e foi a maior comoção, lembra?

Saif não entendia se "a maior comoção" era bom ou ruim e não se lembrava do caso, então continuou olhando naquela direção. Pouco tempo depois, a baleia saltou de novo, e dessa vez o sol iluminou as gotas que caíam da cauda como diamantes, além de algo que parecia, por mais bizarro que fosse, um chifre. Os dois se inclinaram para a frente para enxergar.

– Que linda!

Lorna olhou para a baleia.

– É mesmo.

– Você parece triste, *Lorena*.

Ele nunca se saía muito bem ao pronunciar o nome dela.

– Bom, pra começar, estou preocupada com ela. É terrível quando uma baleia encalha. Mesmo que a gente consiga salvar uma vez, às vezes elas encalham de novo. E tem mais…

Saif olhou para ela, intrigado. Ela continuou:

– Ah, bom, você vai achar que é besteira.

Ele deu de ombros.

– Para os murianos… quer dizer, aqui na ilha, é sinal de má sorte.

Saif franziu o rosto.

– Mas elas são tão lindas.

– Muitas coisas lindas dão azar. É para serem bem recebidas por nós – disse Lorna, com o olhar fixo no horizonte. – A gente precisa da Flora. Ela resolve essas coisas.

Saif parecia em dúvida, e Lorna riu.

– Ah, é só uma superstição boba.

E a baleia saltou novamente pelas ondas turbulentas, tão forte e livre que, por um instante, Lorna ficou se perguntando por que não sentia nenhuma alegria; por que tinha, inesperadamente, uma sensação de mau agouro no fundo do estômago, que não combinava nada com o dia fresco.

Capítulo três

Flora foi do aeroporto até a Liverpool Street e saiu das entranhas quentes do metrô, refletindo, por um momento, sobre o quanto Londres é chocante quando se passa um tempo longe e se esquece como era e que provavelmente há mais pessoas numa estação da cidade do que em toda a ilha de Mure. Então, percebeu que ficara parada na escada rolante por um microssegundo a mais, porque alguém esbarrou nela e ainda saiu resmungando.

Para Flora, que tinha passado só alguns meses fora, aquilo era bem estranho, já que, antes, usar o transporte público de Londres era tão natural para ela quanto respirar. Agora, não conseguia imaginar por que alguém entraria no metrô se não fosse obrigado.

Ela não estava ansiosa por essa manhã. Nem um pouco. Era ridículo: só precisava entrar no escritório, pegar suas coisas e assinar alguns formulários para o RH, nos quais confirmava a saída e prometia não trabalhar para outro escritório de advocacia chiquérrimo nos três meses seguintes, o que não seria difícil, já que não havia escritórios de advocacia chiquérrimos em Mure. Não existia nada chiquérrimo por lá.

Por isso mesmo era tão bom viver naquela ilha.

Então, ela não devia ficar nervosa, mas estava. O problema era que, de volta a Londres, Flora não conseguia parar de lembrar. Lembrava como era viver lá, quando Joel estava sempre saindo com modelos absurdamente lindas; quando ele usava o Tinder, marcava encontros e fazia todo tipo de coisas em que Flora nunca se saíra muito bem; quando ninguém nunca imaginaria, nem nos sonhos mais loucos, um sócio sênior – lindo, além de tudo – junto com uma assistente jurídica pálida.

Flora tinha uma aparência incomum e sabia disso, sua beleza não era tradicional. Seus cabelos eram de um tom loiro-avermelhado muito claro e sua pele era extremamente branca. Os olhos eram da cor do mar; mudavam quase o tempo todo de cinza para verde e para azul. Ela era o resultado de gerações de murianos e vikings.

Mas não era como as mulheres deslumbrantes de Londres, lindas e produzidas no Instagram, com suas roupas fabulosas – em Mure, as pessoas usavam blusa de lã todo dia e pronto – e cabelos arrumados com secador – coisa que, em Mure, não teria sentido, com todo o vento que soprava lá. Em Londres, todos pareciam muito autoconfiantes, ocupados, apressados e glamorosos, enquanto ela se sentia murcha; já Mure dava a sensação de ser sua casa, seu lugar. No entanto, isso não impedia Londres de fazê-la se sentir fracassada.

Concentre-se, disse Flora a si mesma. *Foca nas coisas boas. Sua vida de casal.*

Ela hesitou.

Não havia dúvida de que estar com alguém tão determinado e durão quanto Joel, como dizia sua melhor amiga, Lorna, era difícil. Ele havia crescido no sistema de acolhimento, pulando de casa em casa o tempo todo. Flora não sabia ao certo se Joel já conseguira se afeiçoar de verdade a alguém. Preocupava-se de verdade se era ela quem ele amava, a família dela – Flora e os três irmãos se adoravam, um amor que demonstravam por meio de muita implicância uns com os outros – ou a própria ilha, com sua atmosfera calma, onde todos se conheciam. O lugar era um porto seguro para o coração ansioso de Joel, o que era muito bom. Mas Flora imaginava se isso bastaria; se ela, ela mesma, bastaria.

Porque os dois haviam trabalhado juntos, naquele prédio, por quatro anos, e Joel nunca tinha reparado nela. Nem uma única vez. Ele nem sabia o nome dela. Embora Flora tivesse falado com ele em várias ocasiões, quando Joel a chamou pela primeira vez para falar de Mure, agiu como se nunca tivessem sido apresentados. Kai, o melhor amigo de Flora no escritório, achava absolutamente surpreendente que os dois estivessem juntos. E Kai era alguém que gostava dela. Flora não queria nem imaginar o que as outras pessoas da firma deviam estar pensando.

Ela se preparou. Era só entrar, sair e pronto, poderia seguir para a próxima etapa gigantesca de sua vida, qualquer que fosse.

Capítulo quatro

Fintan MacKenzie, o caçula dos três irmãos mais velhos de Flora, acordou de vez ao ver seu namorado, Colton Rogers, alongando-se ao sol.

– O que você está fazendo? – resmungou.

Passaram a noite anterior concluindo o processo de escolher possíveis fornecedores de uísque para a Pedra – o andamento se dava num ritmo extremamente vagaroso – e os resultados foram bem previsíveis, de modo que o sol do começo da primavera que entrava pelas enormes janelas do quarto do hotel estava azucrinando o juízo dele.

– Saudações ao sol! – respondeu Colton, cheio de energia. – Vem fazer também!

Fintan voltou a esconder a cabeça debaixo dos cobertores.

– Não, obrigado! Além do mais, esse aí não é o seu melhor ângulo, sabe?

– Você não vai mais dizer isso depois de ver como eu fico flexível. – Colton sorriu. – Vamos, levante-se. Tem suco verde e chá verde lá embaixo.

– Quem está ficando verde sou eu – reclamou Fintan enquanto ia ao banheiro. – Quais são seus planos pra hoje?

– Tenho uma reunião com meu advogado agora de manhã pra resolver umas coisas – disse Colton.

– É aquele americano esquisito? – gritou Fintan do banheiro.

– Pode dizer só "esquisito" – retrucou Colton –, porque americano eu também sou. Enfim, você sabe quem é. Ele não vai se casar com a sua irmã?

Fintan gemeu e passou a cabeça pela porta do banheiro.

– Não pergunta pra mim, pelo amor de Deus. Flora vive de acordo com as próprias regras. E, assim, casar? Sério? – Ele fez uma careta.

– O que você tem contra casamento? – perguntou Colton, esticando-se novamente como um gato e arqueando as costas.

– É coisa de otário – respondeu Fintan. – Olha só o Innes.

Innes era o irmão mais velho, que havia se casado com a bela Eilidh. O relacionamento tinha acabado mal, ela voltara bem depressa para o continente, e agora ele quase não via Agot, sua filha linda e teimosa, embora não lhe faltasse vontade.

– Hummm – murmurou Colton.

Ele mudou de posição e não disse mais nada, e um silêncio um tanto estranho pairou entre os dois. Então, Fintan entrou no chuveiro e logo esqueceu o assunto.

Quando ele saiu, Colton lhe deu um beijo.

– Esse é o seu beijo de "vou demorar pra voltar" – resmungou Fintan. – Não gostei.

– Nem eu – disse Colton, com um sorriso divertido nos lábios.

– Que foi?

– Nada.

– Que foi?

– Bom, agora que tenho um advogado particular trabalhando pra mim…

– Dá pra gente parar de falar dele, por favor?

– … Pensei em ir lá, quem sabe fechar uns negócios, e aí… vou poder passar mais tempo aqui.

– Sério? – disse Fintan, com um brilho no olhar.

Colton o observou por um tempo, apreciando o efeito de suas palavras.

– Seria maravilhoso – respondeu Fintan.

– Eu sei – disse Colton. – Eu vou lá e… bom, tive umas ideias.

Fintan o abraçou. Depois, olhou bem para ele.

– Mas a gente ainda pode ir para o Caribe em fevereiro?

– Pode.

Capítulo cinco

Na recepção, Adu sorriu com alegria ao ver Flora, e ela ficou grata por encontrar um rosto simpático.

– Você voltou! – exclamou ele.

– Ah, não, estou só de passagem – disse ela. – Depois entrego meu crachá. Estou indo embora.

Adu ficou surpreso.

– Vai sair da empresa?

– Vou.

– Por quê?

– Porque… hã, agora tenho uma cafeteria na Escócia.

Adu piscou, aturdido.

– Mas… esse aqui é o melhor escritório de advocacia de Londres.

Flora tentou sorrir. Fez um esforço para pensar em todas as horas dolorosas que havia dedicado à empresa, desde cedinho até tarde da noite, e na documentação chatíssima e interminável que realmente detestava. Tinha feito tudo que sua mãe queria que fizesse – tirar um diploma, ter uma carreira – e, depois, fora obrigada a voltar para casa, achando que era algo que não quisesse… Mas então percebera que sempre havia amado aquela ilha. Era um sentimento muito estranho.

E, de alguma forma, de um jeito horrível que às vezes parecia traição, tal sentimento também a libertara.

Não estava preocupada com Adu, mas sim com Margo, a assistente superpoderosa de Joel, que o havia protegido do mundo exterior e administrado a vida e a agenda dele com mãos de ferro. De repente, Flora gostaria que ela e Joel não tivessem chegado à conclusão de que seria ridículo os dois irem a Londres juntos.

Queria que ele estivesse lá. Ele a acalmaria com sua presença serena. Flora ficava admirada toda vez que o sentia ao seu lado, como se cada pelo do corpo dela se arrepiasse quando ele chegava. Ela parecia um girassol, gravitando na direção dele.

Sabia, no fundo, que não devia ficar tão admirada, tão impressionada. Tinha entregado o coração para ele de bandeja, sem ter certeza de que aquele homem quieto e reservado cuidaria bem dele. Mas entregara mesmo assim; era como se o coração dela sempre tivesse lhe pertencido, não importava o que Joel quisesse fazer com ele.

Ela suspirou. Talvez não encontrasse Margo. Talvez não encontrasse ninguém.

– SURPRESA!

Flora piscou, confusa. Sua antiga mesa, situada num espaço aberto e agora ocupada por uma garota chamada Narinder, tão jovial que era quase ofensivo, estava coberta de balões. De pé atrás dela, muito animado, estava Kai. Como não era de deixar nada passar em branco, ele cobrira a mesa dela com bolos e garrafas de espumante, e todos que Flora conhecia (além de muitos que não conhecia, porque as coisas mudavam rápido na empresa, mas ninguém ligava, afinal, tinha bolo) estavam lá, de pé, corados e alegres.

– Uhul! – gritou Kai. – Você vai sair daqui viva!

Todos aplaudiram, e Flora também ficou corada.

– *Och*, eu só estou… morando no meio do nada – murmurou.

– Olha só o jeito que você fala – disse Kai. – Não faz nem cinco minutos que foi embora e já está toda escocesa.

Ele tirou uma rolha e serviu o espumante em copos de plástico. Mais pessoas chegavam a cada minuto. Flora tinha feito o máximo para evitar encrenca e trabalhara muito durante os quatro anos que havia passado lá, e ficou comovida com a quantidade de pessoas que vieram agradecer pelo que fizera ou dizer que sentiriam saudade.

– Viu só? – comentou Kai. – E você fica aí achando que ninguém repara em você.

– Ah, vai. É só servir bolo de graça que as pessoas vêm se despedir até de um apontador – respondeu Flora, mas mesmo assim ficou contente.

Uma mulher mais velha, uma das advogadas seniores, que Flora sempre havia admirado por ser dona de uma brandura e de um glamour quase inalcançáveis, puxou-a de lado. Já estava no segundo copo de espumante.

– Me conta sobre Mure – pediu ela. – Tem emprego por lá?

– Bom, tem mais no turismo – respondeu Flora. – Pra quem trabalha com fornecimento de comida, sempre, e em agricultura, pra quem gosta. Não é fácil ganhar a vida por lá. Mas médicos e professores são sempre bem-vindos.

A mulher assentiu.

– Era o meu sonho, sabia? – disse ela. – Ir para longe. Ganhar dinheiro aqui e depois ir para algum lugar bonito onde eu pudesse… – Ela sorriu. – Sei que parece bobagem, mas um lugar onde eu pudesse ser livre.

Flora fez que sim, pois sabia o que ela queria dizer, e respondeu:

– Você pode. Pode ir a qualquer momento. Não é caro comprar uma casa lá. As pessoas são legais, e há muitos ingleses na ilha – acrescentou, como incentivo. – Tem lojas e tudo mais. Bom… Três lojas. Tá, esquece o que eu disse das lojas.

A mulher abriu um sorriso triste.

– Ah, acho que agora estou velha demais para começar de novo. Tudo que conheço está aqui e, bom… Mas você fazer isso… é maravilhoso. Acho incrível. Eu vejo seu Facebook.

– Ah – gemeu Flora.

– E lá é tão bonito e… bom, estou com inveja. Só isso.

Ela fez um afago no braço de Flora, esfregou os olhos por um instante e saiu desfilando com aqueles sapatos de salto alto lindíssimos que custavam mais do que a Delicinhas da Annie rendia em uma semana.

Flora ficou olhando.

– Então – disse Kai. – Tem mais uma coisa que o pessoal quer saber. – Ele se inclinou para junto dela com ar conspirador. – *Desembucha!*

Flora ficou corada.

– Como assim?

– Ah, para com isso! Você sabe do que estou falando.

Agora a pele de Flora estava tão pálida que ela não conseguia esconder o rubor. Ficou vermelha igual a um pimentão.

– Sério – disse Hebe, uma jovem incrivelmente bonita, de pele sedosa e longas tranças. Ela falava em tom de brincadeira, mas Flora achava que, na verdade, era sério. – Quer dizer, por que você? Assim, claro que você é maravilhosa e tal…

Ela deixou a frase por terminar.

– De quem vocês estão falando? – perguntou alguém.

Era Narinder, a substituta de Flora.

– Ela deu um jeito de fisgar Joel Binder – respondeu Hebe no mesmo tom de voz. – Praticamente o fez de refém numa ilha até ele ceder.

– Foi exatamente assim – disse Flora, decidida a não morder a isca.

Narinder balançou a cabeça.

– Não conheço ele.

– Não? – perguntou Kai.

Ele pesquisou no site da empresa e encontrou a foto de Joel. Era uma imagem que Flora conhecia muito bem: o terno elegante, os cabelos castanhos, espessos e cacheados, os óculos com armação de casco de tartaruga, o maxilar marcado e a expressão ligeiramente distraída. Era bem o jeito dele. Ela não podia negar o que sentia nem minimizar.

– Olha só que sortuda! – exclamou Kai. – Está vivendo um sonho. Já está procurando vestido de noiva?

– Não! – respondeu Flora, zangada. – Fica quieto. Não quero falar disso.

– Por quê? Vocês terminaram? – perguntou Hebe. – Ele também pediu demissão pra valer?

– Ele vem assinar a demissão semana que vem – afirmou Flora.

– Tem certeza?

Kai sentiu que a situação estava saindo um pouco de controle.

– Vem – disse ele, puxando Flora. – Vamos almoçar cedo. Tchau, gente. Digam para os meus clientes que eu volto já.

– Depois conta como tudo realmente aconteceu! – gritou Hebe.

– Na verdade, detesto ela. Hebe não vai ganhar bolo – disse Flora, enquanto Kai a conduzia, pegando sua bolsa cheia de pertences.

Entre os pertences estavam um lindo par de sapatilhas delicadas que a lama da fazenda em Mure inutilizaria num instante em quase qualquer estação do ano e um batom Chanel caro que ela havia comprado para se animar após um encontro desastroso do Tinder. Parecia outra vida.

Flora pensava nisso enquanto esperavam o elevador e, quando estavam praticamente livres do perigo, Margo se aproximou dela. O desânimo tomou conta de Flora, o que era absurdo. Margo tinha sido a pessoa mais íntima de Joel na empresa, e nem mesmo ela tinha uma relação tão próxima assim com ele. Pelo que Flora sabia, ele tinha muitos conhecidos, mas quase nenhum amigo. Saíra com milhares de mulheres, nas quais ela tentava não pensar demais, mas tivera pouquíssimos namoros que durassem mais de uma semana. Não tinha família, ou, pelo menos, não o tipo de família que ela conhecia. Talvez ele ainda tivesse contato com Margo. E talvez até quisesse continuar trabalhando com ela depois que resolvessem os trâmites da mudança – uma ideia que desencadeou um pânico momentâneo em Flora.

– Oi – cumprimentou Margo, olhando para ela como se não a tivesse reconhecido de primeira. Depois, sorriu. – Flora MacKenzie – disse.

Houve uma longa pausa. Onde é que estava aquela porcaria de elevador? De repente, Kai ficou muito interessado no celular dele.

Margo pigarreou.

– E aí, como vai o Joel?

Flora ficou rosa-choque outra vez.

– Hã, ele está ótimo.

– E neste momento ele está… na *Escócia*?

Ela disse "Escócia" como alguém diria "parquinho": uma coisa boba e temporária.

– Hum, não – respondeu Flora. – No momento ele está em Nova York, trabalhando para Colton.

Ao ouvir isso, Margo se animou.

– Ah, lógico. Eu sabia que ele não conseguiria ficar naquele país por muito tempo.

Ela suspirou quando o elevador finalmente chegou e Flora e Kai iam entrar.

– Não… mas… ele está… mas…

Kai empurrou Flora para dentro do elevador enquanto ela gaguejava.

– Adorei te ver – disse Margo, seguindo em frente. – Boa sorte com tudo!

– Ela está é com inveja – disse Kai, dois coquetéis depois.

– Não, ela está é pensando o mesmo que todo mundo! – rebateu Flora, fazendo beicinho. – Ela não acredita que alguém possa mudar!

Houve uma pausa delicada. Kai conhecia o jeito desconfiado e egocêntrico de Joel tão bem quanto Flora.

– E ele mudou, certo? É lógico que mudou.

Flora mordeu o lábio.

– Mudou, sim – respondeu ela com firmeza. – Lógico.

Capítulo seis

Flora chegou em casa no dia seguinte sentindo-se um tanto desvalorizada. Ficou contente em voltar para a ilha, para a cozinha da fazenda, onde entrou cerca de cinco segundos depois de Fintan – que tinha viajado com mais estilo do que ela –, bem no meio de uma discussão.

Quando Flora havia voltado para casa, meses antes, a fazenda em que ela crescera estava à deriva, sem cuidados nem carinho desde que sua mãe – o centro da casa e, portanto, na verdade, da vida de todos que moravam nela – tinha morrido, na cama onde todos os filhos nasceram.

Fintan havia se isolado. Hoje em dia, era quase impossível acreditar que aquele era o mesmo recluso barbudo de antes. Innes, o mais velho e mais alegre, quase tinha se acabado de tanto trabalhar, tentando manter a fazenda em funcionamento. O pai havia continuado na labuta diária, sem prestar atenção a mais nada, e isso também quase terminara muito mal. Apenas o grande e doce Hamish, que as pessoas em geral acreditavam ter caído de cabeça quando bebê, passara relativamente incólume. Mas a primeira coisa que ele comprou com o dinheiro que ganharam ao vender a fazenda foi um conversível vermelho-vivo, então, quem é que sabe?

Innes e Fintan discutiam sobre quando a Pedra ia abrir – não fazia sentido exaurirem os recursos da fazenda para uma clientela que nem havia posto os pés na ilha, e o verão estava chegando. Fintan dizia, mal-humorado, que precisava estar tudo certo; Innes argumentava que, se Fintan e o namorado parassem de se beijar por um instante, talvez conseguissem terminar alguma coisa, e essa conversa estava indo tão bem quanto era de se esperar, principalmente quando Hamish começou a imitar barulhos de beijo.

– Oi, gente! – disse Flora, deixando a bolsa na velha mesa da cozinha.

O pai dela, Eck, acordou com um susto. Estava tirando a soneca da tarde. Nem mesmo diminuir sua carga de trabalho fora suficiente para impedi-lo de acordar às cinco e meia da manhã, na hora da ordenha, e agora isso nunca mudaria. A família MacKenzie cuidava da fazenda desde tempos imemoriais; às vezes, era difícil pensar que essa geração poderia ser a última a fazer isso.

Agot, a filha de Innes, que acabara de comemorar seu quarto aniversário, também estava lá, subindo e descendo da poltrona de Eck e também pelas pernas e ombros dele. Ao ver Flora, ele sorriu; em parte, ela sabia que era por causa da distração que ofereceria à única neta dele. E foi isso mesmo.

– TIA FOIA!

Agot tinha o famoso cabelo de *selkie*, não só descorado como o de Flora, mas uma grande cabeleira ondulada de um branco platinado. Parecia até algo que poderia brilhar no escuro. Além disso, ela era uma pessoinha encantadora, cheia de autoconfiança e da crença absoluta de que tudo que dizia era muito importante para todos. Às vezes, Flora se pegava olhando para Agot e imaginando o que acontecia com as meninas quando cresciam.

Ficou feliz em pegá-la no colo.

– Oi, meu bem.

– Ela não está parando quieta – disse Innes. – Pode distraí-la, por favor?

– Preciso testar uma receita nova – respondeu Flora. – Agot, quer me ajudar?

– AGOT FAZ COMIDA.

– Eu faço, você ajuda.

– EU FAZ. FAZ AZUDA.

Flora deu uma colher de pau para ela e pegou o avental minúsculo que Colton tinha mandado fazer para a sobrinha como presente de aniversário. Era o mesmo modelo usado na Delicinhas da Annie – amarelo com fundo azul-claro, como o sol e o céu – e fez Agot ter mais certeza do que nunca de que ela trabalhava de verdade na empresa, ou, provavelmente, de que era dona dela.

– CUIÉ DA AGOT!

Flora deu uma olhada na direção de Innes e andou pela cozinha.

Bramble, o cão pastor gordo e aposentado que estava cochilando junto do fogo, levantou-se só para o caso de ela estar cozinhando alguma coisa interessante. Depois, voltou à sua rotina atribulada de dormir, soltar pum e procurar petiscos.

– Escuta – sussurrou Flora –, Agot ainda fala meio que nem bebê, né? Ela tem 4 anos…

– *CHAN E ENGLISH A'CHIAD CANAN AGAM GU DEARBH!* – berrou Agot do outro lado da cozinha.

– Ah, sim, desculpa – pediu Flora.

Agot passava tanto tempo em Mure que ela havia esquecido que a menina morava no continente; o inglês era sua segunda língua.

– E aí, Joel ainda está viajando? – perguntou Innes, levantando a sobrancelha.

Flora não olhou para ele. Aquela era exatamente a pergunta errada.

Ela não queria falar sobre isso. Sim, ele viajava muito. Ela percebia que as pessoas estranhavam o relacionamento deles. Em Londres, ninguém conseguia entender o que ele via nela. Em Mure, era o contrário: ninguém conseguia entender o que ela via naquele homem alto, taciturno e sério demais. Ser taciturno em Mure… chamava muita atenção. É claro que havia uns eremitas aqui e ali: um ou dois fazendeiros mais distantes nas colinas, alguns solteiros inveterados. Mas, para a maioria das pessoas, morar na ilha significava viver em comunidade.

Era importante conhecer seus vizinhos quando a neve vinha do extremo norte, os dias ficavam escuros e acabava o açúcar em casa, ou você perdia algumas ovelhas nos penhascos altos, ou seu trator atolava num pântano, ou você só precisava de um simples contato com outro ser humano neste mundo. Uma xícara de chá, um trago e a passagem suave das estações podiam sanar a maior parte dos problemas.

Alguém que não tirava os olhos do telefone, que entrava na conversa mas logo parava de prestar atenção, que sempre parecia estar com pressa, não era educado, não perguntava a respeito dos filhos das pessoas nem tentava fazer parte da comunidade… Flora não gostava de se lembrar da noite em que brincaram de perguntas e respostas. Bom… Sem dúvida, todos o achavam esquisito.

Ela não conseguia explicar – e como poderia? – como o comportamento dele era diferente nas madrugadas, quando se agarrava a ela como a uma rocha no mar revolto, o suor e as lágrimas dos dois se misturando, indo muito, muito além da necessidade de palavras. Flora não pretendia ter essa conversa com ninguém.

Então, eles que continuassem a achar que Joel era estranho, que não gostava dela de verdade. Ela estimaria aqueles momentos preciosos no fundo do coração, por mais raros que fossem.

– Está, sim! – respondeu Flora. – Assim posso fazer minhas coisas.

Innes assentiu e voltou a olhar para seus livros.

– Eilidh também sempre queria voltar para o continente o quanto antes – murmurou ele.

Eilidh se apaixonara pelo belo Innes na época em que ele estava estudando na Universidade Agrícola da Escócia em Inverness, quando havia festas, shows e todo tipo de coisas acontecendo. Mas ela não conseguira se acostumar a um lugar onde o maior acontecimento social do mês podia ser o avistamento de uma águia-real, então eles acabaram se separando, o que deixara dois corações partidos.

Agot parecia muito firme diante de tudo que acontecera, mas, como Innes confessou uma vez a Flora depois de umas doses a mais de uísque, como iria saber? Ele detestava ser "o pai que mora na ilha".

– Cadê ele?

– Nova York – disse Flora. – Parece que lá está fazendo 20 graus negativos. Desse jeito, Mure até parece as Bahamas.

Ouviram a porta do celeiro bater ao longe.

– É mesmo? – respondeu Innes secamente. – Você devia ir com ele.

– Ele não deixa. Diz que é só trabalho e umas coisas chatas e que eu não ia gostar. Além disso, tenho que cuidar da Delicinhas.

– É, mas nessa época do ano fica bem tranquilo aqui, né? – argumentou o irmão. – No verão é que vai ser uma loucura, quando abrirem a Pedra. A gente vai trabalhar 24 horas por dia, sete dias por semana. Ouvi dizer que Nova York é legal na primavera.

– "Ouvi dizer que Nova York é legal na primavera" – imitou Flora. – Ai, meu Deus, quem é você, o Woody Allen? Enfim, acabei de voltar de Londres. Olha pra mim. Estou até com cheiro de Londres. É uma cidade, tem asfalto e tudo mais. Ah, e tem escadas que sobem e descem sozinhas. Você ia morrer de medo.

Innes deu de ombros e olhou para as contas.

– Não precisa ficar tão irritada só porque seu namorado sai do país toda vez que ele lembra que você tem nariz de leitão.

– Eu *não* tenho nariz de leitão! – retrucou Flora.

– LEITÃO É LEGAL, TIA FOIA! – disse uma vozinha fina.

Quando olhou à sua volta, Flora viu que Agot estava tentando tirar do armário uma panela velha e escurecida que tinha o dobro do tamanho dela.

– Agot! – gritou ela, correndo para lá enquanto toda a pilha de panelas e frigideiras desabava no chão de pedra.

Bramble acordou assustado de sua sonequinha em frente ao fogo. O pai deles também despertou de repente, homem e cachorro olhando em volta com expressões espantosamente semelhantes.

– NUM FOI EU! – gritou a pequenina, com o rosto vermelho de rebeldia.

– Não faz mal – disse Flora, começando a recolher as panelas. – Me ajuda?

Mas Agot havia corrido em direção ao seu amado pai e escondido o rosto no pescoço dele como se tivesse sido alvo de uma ofensa grave.

– Que malandra! – disse Flora, olhando para lá.

Por entre os braços aconchegantes do pai, Agot espiava, dissimulada, para ver se a tia estava olhando para ela. Assim que confirmou, escondeu o rosto outra vez. Flora sorriu por um instante para si mesma, feliz por não ser ela quem lidaria com Agot quando a menina fosse adolescente.

Fintan entrou, carregando um buquê enorme de flores frescas. Havia peônias gigantescas, rosas brancas e todo tipo de flores impossíveis de encontrar nas ilhas escocesas em março.

Flora olhou para elas enquanto Fintan cantarolava e procurava um vaso.

– O que é isso? – perguntou, contrariada.

– Ah. Quando Colton está viajando, ele manda flores todo dia – respondeu Fintan. – Nossa, eu amo esse cara. – E começou a cortar os caules com cuidado.

– Bom, isso não é lá muito sustentável – comentou Flora, mal-humorada.

– Ah, sei lá – respondeu Fintan, organizando as flores com todo o cuidado num velho vaso de cerâmica que fora da mãe deles. – Acho que a gente se sustenta.

Capítulo sete

– *Ah, isso!*

– Essa – disse Flora – é uma das muitas, muitas razões por que somos amigas.

Ela e Lorna estavam na sala de estar da professora no sábado à noite. Flora havia trazido a comida; sua receita experimental de pão torcido de alho-poró e queijo era absolutamente divina, de derreter na boca, principalmente quando acompanhada por um bom vinho tinto. O tempo jogava punhados de chuva contra as janelas a partir da escuridão profunda do céu enquanto elas se acomodavam, de pijama e com suas melhores meias de lã, num sofá aconchegante diante do fogo crepitante, contentes por não terem que trabalhar no dia seguinte.

Flora contou sobre o pedido de Jan, e Lorna começou a gargalhar, o que fez a amiga se sentir melhor imediatamente.

– Ela disse mesmo que seria um gesto de caridade?

– É – confirmou Flora. – Seria um gesto de caridade com a nobre missão de encher aquela bocona dela de comida.

Lorna balançou a cabeça.

– Tem gente que nunca fica satisfeita. Já falou com Charlie sobre tudo que rolou?

– Não. Será que eu devo? Acho que seria meio babaca da minha parte, né? Ia parecer que estou insinuando que ele decidiu se contentar com a segunda melhor opção.

– Não – interveio Lorna. – Ele se contentou com a nona melhor opção. Isso só em Mure.

– Ah, até que ela é bonita – comentou Flora, sentindo-se culpada. Pegou o celular. – Ai, meu Deus.

– Que foi?

– Chegou uma mensagem dela. Ela pode estar lá na frente da porta ouvindo a nossa conversa!

– Você não vai tomar mais vinho hoje – disse Lorna.

Flora leu a mensagem.

– Ai, não. Agora estou com a consciência pesada. Ela quer mesmo que a gente cuide do bufê. Está pedindo um orçamento.

– E quem seria a concorrência? Os sanduíches de linguiça engordurados da Inge-Britt?

– Isso aí é o que eu ia querer no meu casamento – respondeu Flora.

– Ela quer mesmo que você veja Charlie se casar com ela – concluiu Lorna.

– Bom, é bem justo – respondeu Flora. – E vai ser um bom teste pra quando a Pedra abrir. Aí a gente vai ficar de pernas para o ar. Tomara.

Ela e Lorna ergueram as taças num brinde.

– Como vai Saif? – perguntou Flora.

Era o tipo de pergunta que ela só conseguiria fazer depois de algumas taças de vinho.

Lorna deu de ombros.

– Ele ficou animado quando viu uma baleia.

– Ai, não, elas voltaram?

Flora franziu a testa. Sua avó sempre dissera que tinha jeito com as baleias – parte da crença tradicional maluca da família que ela ignorava a respeito de a linhagem feminina ser composta por *selkies* que vinham do mar e voltavam para lá. Mas, em parte, era verdade: ela tinha afinidade com as grandes criaturas e se preocupava quando elas estavam em perigo.

– Enfim – disse Lorna, suspirando. – Enfim, tirando isso, mesma coisa de sempre. Triste. Meio nebuloso.

– Ele está nebuloso?

– Não, o tempo está nebuloso… Ele disse que no inverno fazia muito frio em Damasco. E, nas palavras dele, "não dava pra enxergar um palmo à frente do nariz às dez da manhã".

Flora sorriu.

– Gosto muito desse clima. É só a natureza dizendo pra você ficar encolhidinha dentro de casa, comer uma fatia de bolo e dormir por um bom tempo.

– Foi o que eu disse pra ele – respondeu Lorna. – Ele disse que ia começar a receitar suplementos de vitamina D pra literalmente todo mundo na ilha. Acho que ele ainda não se acostumou com o Serviço Nacional de Saúde.

– E tem alguma notícia da…?

Lorna deu de ombros.

– Acho que, quando tiver, ele vai me contar. Mas o jeito como ele olha para o mar… Quer dizer… Acho que já passou da hora de ter notícias, né?

– Está uma confusão por lá. Nossa, coitada da família dele. Será que alguém já não teria avisado… se eles tivessem morrido?

– Eles tinham… têm dois meninos, sabe? – disse Lorna. – Dois filhos. Um deles tem 10 anos. Nessa idade… sabe, se forem capturados pelo lado errado, treinam eles. Pra lutar. É só.

Flora balançou a cabeça. O sofrimento do médico alto e gentil era inimaginável. Ela havia pensado que Joel e Saif se dariam bem, mas, quando se conheceram, não conversaram muito.

– Meu Deus – disse Flora. – Não aguento nem pensar nisso. – Ela suspirou. – O que será que ele faz nas noites de sábado?

Na verdade, dois quilômetros adiante, Saif estava passando a noite de sábado como passava todas as outras noites de sábado, embora, sendo médico e o clínico geral da ilha, isso fosse exatamente o que ele teria recomendado a si mesmo não fazer.

Amena fizera – ah, muitos, muitos anos antes – uma conta no YouTube, em que eles publicavam filminhos dos meninos para mostrar aos avós. Mas, na verdade, nenhum dos avós nunca aprendeu a usar a internet. Então, no fim das contas, fora algo inútil, e havia apenas dois vídeos: o do aniversário de 3 anos de Ibrahim e um de Ash com 4 dias de vida. O primeiro tinha 39 segundos – Ibrahim, confuso e sério, cuspindo em cima das velas na tentativa de soprá-las, seus cílios longos projetando sombras nas bochechas. Para a frustração de Saif, Amena estava atrás da câmera. Ele conseguia ouvir a voz da esposa, incentivando e rindo, mas não podia ver o rosto dela.

No segundo, o foco estava em Ash, mas era só o rosto de um bebê – apenas um bebê e a voz boba do pai. Havia meio milissegundo de Amena, quando a câmera subia e depois o quê… Como… O que ele tinha feito? Cortara o vídeo, acreditando sem a menor dúvida que poderia ver aquele rosto todos os dias pelo resto da vida. O que tinha feito…? Ele assistiu ao vídeo. Pausou. Assistiu. Olhou por um instante para o número de visualizações. Quatro mil novecentos e quatorze. Era um hábito de que precisava se livrar. Não tinha a menor ideia de como fazer isso.

– Conta mais sobre a baleia.

Flora estava servindo mais vinho nas taças e mudando de assunto, pois o tópico "homens" parecia um território perigoso no momento.

– Não sei qual era a espécie – disse Lorna.

– Ah, fala sério. E você ainda diz que é professora?

– Nem todo mundo aqui é uma criatura marinha em forma humana – retrucou Lorna.

Flora sorriu, mas sua expressão estava pensativa.

– Não quero que mais uma encalhe – disse ela. – É um horror. Às vezes, a gente dá sorte, mas nem sempre…

– Pois é. Acho que o mar está ficando quente demais.

– Tem certeza de que não viu qual era a espécie?

– Que diferença faz? Tinha uma coisa esquisita, tipo um chifre.

– Sério?!

– É, no focinho. Ou talvez estivesse comendo alguma coisa pontuda.

Flora esperou que a internet baixasse lentamente a foto de um narval – uma grande baleia com uma presa que parecia um chifre de unicórnio no focinho.

– Era assim?

Lorna semicerrou os olhos.

– Nossa! Isso existe?

– Como assim? Lógico que existe! De onde você acha que vem o símbolo do unicórnio da Escócia?!

– Hã, nunca tinha pensado nisso – respondeu Lorna.

– O que andam ensinando nas escolas hoje em dia? – perguntou Flora, sorrindo. – O unicórnio. No brasão do Reino Unido. O leão e o unicórnio. Três leões no brasão representando a Inglaterra e um unicórnio representando a Escócia, descrito em textos antigos. Claro que não era assim que eles viam o bicho.

– Então foi esse bicho que eu vi? – perguntou Lorna.

– Foi esse bicho que você viu. É muito, muito raro.

– E dá sorte?

Flora hesitou.

– As lendas dizem que… Bom, as opiniões se dividem. Pode ser sorte ou azar.

– Não acredito em sorte – disse Lorna.

– Não sei se faz diferença a gente acreditar ou não – argumentou Flora. – Mas, em todo caso, acho que é melhor alertar a Guarda Costeira e o resgate. O narval é um animal muito especial.

– Tá beleza, encantadora de baleias.

E voltaram a encher as taças, puseram um filme e terminaram os pães de alho-poró. Para duas garotas sozinhas numa noite de sábado, ficaram bem satisfeitas com o que tinham.

Capítulo oito

Geralmente, Saif ficava feliz com as distrações do trabalho depois dos fins de semana vazios, mas naquele dia a manhã estava particularmente difícil. A velha Sra. Kennedy estava com os joanetes atacados. A lista de espera no continente era de mais de dezoito meses, mas ela poderia ter feito uma consulta particular dentro de uma semana. Era dona de uma chácara e quatro chalés de aluguel para temporada. Ele não conseguia explicar à senhora que, considerando sua idade avançada, dezoito meses representavam, provavelmente, uma grande porcentagem do tempo que lhe restava de vida, de modo que ela deveria mesmo gastar o dinheiro da consulta particular.

– *Aye, och*, não, não quero incomodar ninguém – disse ela.

– Mas não incomodaria menos se conseguisse andar direito, Sra. Kennedy?

Uma vez, Lorna dissera a Saif, surpreendendo-o, que o timbre normal da voz dele poderia soar agressivo para os nativos de Mure, principalmente os mais velhos, que tinham visto muitos filmes americanos em que qualquer pessoa com sotaque do Oriente Médio era automaticamente terrorista. Mesmo achando isso irritante demais, ele tentara suavizar a voz e adotar o padrão delicado e cantado tão característico da fala da ilha. Agora, na verdade, seu inglês era ao mesmo tempo estranho e muito bonito, uma mistura maravilhosa de ambos os sotaques, com música própria. Lorna adorava ouvi-lo. Quando ele estava frustrado, no entanto, a voz tendia a ficar mais cortante.

– *Aye*, mas nunca se sabe quando se pode precisar desse dinheiro!

Saif ficou confuso. O que a Sra. Kennedy fazia com o dinheiro dela, sem dúvida, não era da conta dele. Mas a diferença entre ser capaz de andar e não ser...

Ele balançou a cabeça e lhe receitou outro analgésico. Ela também estava ganhando peso, o que significava que precisaria fazer exames de colesterol e poderia desenvolver gota. Enfim... Próximo!

Logo depois veio Gertie James, uma recém-chegada de Surrey que tinha desistido do estilo de vida estressante com dois salários e fora morar na ilha, dedicando-se à tecelagem, fabricando os próprios utensílios de cerâmica no fogo e cultivando a própria comida. O marido dela havia aguentado uns quinze minutos, depois desistido e decidido voltar para a correria. Agora, ela estava criando três crianças completamente integradas a Mure e endiabradas, que não cabiam em si de tanta felicidade por passar o dia correndo em volta de riachos lamacentos, conhecendo cada pessoa na ilha, montando as próprias pipas, falando uma mistura de duas línguas e comendo quadradinhos de doce de leite. Se tinham vontade de voltar a morar numa casa geminada apertada em Guildford com babá e curso de mandarim, lacrosse e aula de reforço depois da escola? Era mais fácil quererem ir para a Lua.

– É que estou me sentindo… Me sentindo tão…

Nos últimos meses, Saif tinha aprendido que, no Ocidente, ir ao médico e dizer que estava "se sentindo…", sem concluir a frase, era considerado um motivo totalmente aceitável e plausível para procurar um serviço de saúde. Para ele, isso era novidade. Mesmo antes de a Síria se transformar numa zona de guerra, ir ao médico saía caro demais para a pessoa não ter certeza absoluta de que havia uma razão distintamente urgente para ir até lá.

Saif não negava nem por um segundo que os problemas de saúde mental eram verdadeiros, visíveis e muito provavelmente subnotificados nos países em que tinha vivido. Ele nascera na Síria e fora criado em Beirute, no Líbano; não deixava de notar a ironia de ter voltado para a Síria depois da faculdade de medicina em busca de um futuro melhor.

Ainda achava meio complicado, porém, tentar adivinhar as sutilezas do mal-estar das pessoas. Não era um médico sem empatia – de jeito nenhum. Não havia sequer uma criança que chegasse assustada e ansiosa e não saísse com um pirulito, um belo gesso e a sensação de ser levada a sério. Mas, em algumas áreas, tinha menos experiência, e os sintomas de "é que estou me sentindo meio…" eram complicados mesmo.

Ele olhou para Gertie, que, tal como diversas mulheres solteiras ou divorciadas em Mure, achava a situação do médico alto, bonito e levemente barbado bastante romântica. Infelizmente, apesar das lasanhas que viviam aparecendo à porta de sua casa (ele, sinceramente, não tinha ideia de por que as pessoas faziam isso) e dos convites para as muitas atividades sociais da cidade, Saif continuava deslocado – um pouco distante, totalmente concentrado no telefone velho, sempre ao seu alcance. Para muitas pessoas, isso só o tornava ainda mais atraente. Gertie suspirou.

– É que eu… sinto que estou sem pique.

– Não sei se o Serviço Nacional de Saúde tem tratamento pra falta de pique – disse Saif.

Era piada, mas, como muita gente, Gertie não sabia ao certo quando ele estava brincando ou não, e ficou com um ar preocupado.

– Quer dizer – emendou ele, tentando ser profissional –, tem certeza de que não é só por causa da época do ano?

Isso era bem verdade. O finalzinho de março era difícil para todos; o inverno tinha sido longo e escuro, mas o Natal fora maravilhoso. Havia algo de aconchegante nas profundezas do inverno. Agora, as noites estavam destinadas a ficar mais longas; o equinócio já tinha passado e a primavera se aproximava. Mas os cordeiros estavam nascendo em meio a tempestades ferozes, na grama molhada de um mundo que ainda parecia cruel, quando deveria começar a parecer acolhedor e renovado.

Havia narcisos, sim, e crocos, além dos pequenos galantos resistentes, e o verde começava a tomar conta da terra. Só que, quando você ainda tem que raspar o gelo do seu carro de manhã, quando ainda precisa correr pela estrada debaixo de ventos uivantes e chuva forte, quando parece que está prendendo a respiração, esperando o ano começar, ao mesmo tempo que vê os dias de sua vida passando…

É, ele entendia o que a frase inacabada significava. Entendia, sim. Era difícil.

Voltou a olhar para Gertie.

– A primavera vai chegar – disse ele. – As coisas vão melhorar.

– Você acha? – perguntou ela, com a voz um pouco trêmula. – É que o inverno dura tanto.

– A primavera vale a espera. Acho que eu poderia receitar uns remédios fortes, mas você tem filhos, não?

Gertie assentiu. Todos conheciam os filhos dela. Na escola, Lorna tivera vontade de lhe dizer que Mure era, na verdade, uma ilha moderna e funcional, não um assentamento da Idade do Ferro, mas ficou um pouco preocupada com a possibilidade de Gertie tirá-los imediatamente da instituição e tentar educá-los em casa, o que diminuiria ainda mais a quantidade de matrículas. Era necessário estar sempre equilibrando muitas coisas para manter a única escola de Mure aberta, mas, sem ela, a ilha morreria. Então, pronto: Lorna a protegeria até a morte.

– Você quer estar presente na vida deles, não? Sentir todas as alegrias e tristezas? Porque, embora não aconteça com todo mundo, para algumas pessoas… esses remédios eliminam os pontos baixos, mas podem eliminar os altos também. Podem te isolar do mundo, sabe? Te envolver numa manta… e separar um pouco do resto. Pra quem sente uma dor insuportável, é claro que são bons. Mas talvez você possa esperar…

Gertie olhou pela janela. Naquele dia, no que parecia ser a primeira vez em muito tempo, o sol tinha voltado a brilhar. O mundo parecia estar ganhando vida.

– Você acha?

– Acho, sim – respondeu Saif. – Sou um médico à moda antiga. Se eu pudesse receitar isso, diria: arrume um cachorro. Faça caminhadas todos os dias.

Gertie sorriu.

– Você acha que isso ajudaria?

– Acho que isso ajuda em quase tudo. Mas dê um passeio. Veja o mundo. Veja como fica. E, se ainda sentir que está… sem pique, bom… Aí será um problema. Nesse caso, por favor, volte a falar comigo.

Gertie assentiu.

– Vou tentar – respondeu ela. – Mas, se não der certo, vou pôr a culpa em você.

– Mas é claro. – Saif se permitiu sorrir.

Levantou-se educadamente quando ela saiu.

Mas ele mesmo não estava se sentindo melhor, e tentou descobrir o porquê enquanto pensava se ia até a Delicinhas da Annie para almoçar. Flora tentara fazer faláfel para ele. Os bolinhos ficaram terríveis, absolutamente pavorosos, mas ela havia se esforçado tanto e com tanta doçura que Saif disse a ela que estavam ótimos. Agora, ela os fazia o tempo todo, e ele se sentia meio que obrigado a comê-los enquanto todos olhavam para ele, ansiosos. A Sra. Laird, que cuidava da casa para ele, dava-lhe um cutucão e dizia:

– Aah, olha! Chegaram os *farelos* da Flora.

Para dizer a verdade, era mais ou menos essa a textura deles. Saif preferia muito mais um daqueles bolinhos de queijo, que eram divinos.

Naquele dia, não estava com disposição para isso. Era melhor ficar na clínica e terminar de cuidar da papelada… Ele girou a cadeira para usar o computador e foi então que viu.

Não sabia por quê. Deve ter tido alguma coisa a ver com o fato de as datas parecerem tão diferentes em seu computador – ou em sua mente, quem sabe? Por estarem em inglês e não em árabe? Porque – e isso o fez engolir em seco – talvez agora ele pensasse o tempo todo em inglês? Até sonhava em inglês; às vezes, sonhava que sua família não conseguia entendê-lo, que estava gritando com eles, gritando para virem, e a única razão pela qual não o faziam era porque ele não conseguia mais mudar para a única língua que eles entendiam. Era um pesadelo do qual Saif acordava chorando, em lençóis úmidos – soluçando ainda mais quando lembrava, mais uma vez, que o pesadelo era real. O pesadelo que acontecia todos os dias e não dava trégua: ele não sabia. Não sabia o que havia acontecido com sua família.

Mas, quando olhou para o telefone, entendeu que tinha perdido a data, que sabia, em algum nível de consciência, que era naquele dia.

A persiana da janela, que Saif não sabia manusear muito bem e com a qual muitas vezes se enrolava, felizmente já estava abaixada. Ele se levantou e trancou a porta, mesmo sabendo que nunca deveria trancá-la por dentro. Olhou à sua volta uma última vez. As consultas da manhã estavam concluídas e as visitas a pacientes, à tarde, só começariam dali a uma hora.

Então, pegou um rolo de lençol de papel hospitalar, abaixou-se atrás da mesa de exames, esforçou-se para ficar tão pequeno e quieto quanto possível e chorou. Quanto mais tentava sufocar os soluços baixos, mais dolorosos ficavam, pois Saif tinha consciência de que devia estar fazendo o mais estranho dos ruídos. Ash, seu filho mais novo, completava 6 anos naquele dia. Ou completaria. Nem disso ele sabia. Não sabia.

Tinha esquecido o dia. E, de repente, mais uma vez, tudo ficou insuportável.

Capítulo nove

– *Muá*. Só mais um beijo.

– Fintan!

Flora estava sentada à mesa, tentando fazer as contas da Delicinhas da Annie, e ouvir o irmão ao telefone já era demais.

– Sua homofóbica – provocou Fintan, sem parecer nem um pouco triste.

– Sou exibicionismofóbica – respondeu Flora. – E você está *se exibindo*.

– Ela está naqueles dias – disse Fintan ao celular. – Não, eu também não sei. Coisa de menina.

– FINTAN! Hamish, come o telefone.

Hamish, que estava num canto, olhou para ela, parecendo muito feliz com a perspectiva de obedecer, mas Fintan mostrou o dedo médio para eles.

– Já chega. Vou contar para o pai – disse Flora. Ela olhou à sua volta. – Cadê ele?

Eck não estava cochilando na poltrona como de costume. Bramble também não estava ali. Flora ficava nervosa quando o pai saía por aí. Levantou-se e largou as contas – dizendo a si mesma que precisava fazer uma pausa, mas a verdade é que as contas só informavam péssimas notícias –, então saiu para esticar as pernas.

– Colton mandou um abraço! – gritou Fintan alegremente ao vê-la sair.

Se a porta não estivesse empenada, Flora a teria batido.

Ela encontrou o pai na frente do pátio. Estava apoiado no muro de pedra da propriedade, diante da boca larga da estrada que descia a colina. Era uma visão e tanto: nuvens baixas no céu amplo até chegar às ruas de pedra de Mure, lá embaixo, e a praia adiante. Ele não estava fazendo nada. Flora pensou que seu pai era da última geração de pessoas que ficavam contentes em simplesmente não fazer nada – ficar apenas parado, sem nem mexer num celular, esperando, observando. Quando ela era pequena, ele costumava fumar cigarros caseiros, mas já fazia muito tempo que parara. O rosto avermelhado dele estava perfeitamente imóvel, contemplando o único mundo que já conhecera.

Bramble abanou a cauda, batendo-a nas pedras.

– Oi, filhota – disse Eck.

Sua voz preservava os antigos padrões de fala da terra natal.

– Papai.

Ele sorriu.

– Fintan anda sendo demais para o senhor? – perguntou Flora.

Eck suspirou.

– *Ach*, Flora. Sabe como é.

Flora ficou olhando para ele.

– Não vá achando que sou um dinossauro antiquado.

– Não acho – respondeu ela.

E não achava mesmo. Para ela, seu pai era uma rocha, profundamente arraigada no solo, imóvel; resistente e forte.

– É que... é muita novidade pra mim, isso tudo.

– Eu sei. – Flora assentiu.

– Quer dizer... Você acha que eles vão se casar?

Flora não tinha parado para pensar nisso. Sentiu uma pontinha de tristeza ao perceber que Fintan provavelmente se casaria antes dela.

– Sei lá – respondeu. – Nunca conversamos sobre isso.

– Sua mãe não teria achado ruim, não.

Os olhos azul-claros de Eck percorreram o horizonte.

– Mas sabe como é. Quer dizer... O que é que o pessoal da igreja vai pensar?

Flora deu de ombros.

– Acho que hoje em dia o pessoal da igreja tem mais gays na família do que o senhor imagina.

– Você acha mesmo, é?

– O senhor ficaria surpreso.

– É, acho que sim. – Ele balançou a cabeça. – Era mais simples quando eu e sua mãe éramos jovens.

– Para o senhor, sim – respondeu Flora. – Para outras pessoas, era impossível.

– *Aye*, sim, é bem verdade. – Ele suspirou mais uma vez. – Só quero que vocês todos sejam felizes.

– Bom, Fintan é o mais feliz de todos.

Eck ergueu a sobrancelha.

– Acho que deve ser mesmo.

Os dois observaram enquanto Innes e Agot subiam a colina, vindo do porto. Agot estava pulando para lá e para cá e fazendo uma algazarra por causa de alguma coisa. Com seu cabelo branco, ela se parecia exatamente com os cordeirinhos novos saltitando nos campos.

– *Ach*, essa menina precisa da mãe e do pai – disse Eck.

Todos precisamos, pensou Flora, mas guardou o pensamento para si, beijou o rosto do pai e se afastou para tentar convencer Innes a ajudá-la com as contas. Innes de fato a ajudou, comprovando para ela, para sua imensa decepção, que estivera certa o tempo todo sobre o quanto os negócios iam de mal a pior.

Capítulo dez

Colton estava voltando para casa por uma noite – só uma noite! – e não ia trazer Joel. Essa foi a gota d'água.

Ele chegou na quinta-feira, parecendo magro e um pouco cansado de tanto trabalhar, mas mesmo assim deu um belo jantar na Pedra para todos, que compareceram e se divertiram horrores. Hamish tentou se entrosar com Catriona Meakin, que tinha uns 50 e poucos anos, era barwoman em meio período e amada por todos em tempo integral, uma mulher rechonchuda, muito gentil e simpática. Hamish ficou todo bobo quando conseguiu.

A Pedra estava aberta; havia um grande tapete vermelho que levava do cais até os degraus da entrada, onde braseiros estavam acesos para mostrar o caminho até a antiga porta de madeira. Brindes foram feitos e planos foram elaborados para quando o local fosse inaugurado – tudo bem na teoria, pelo visto.

Ao chegar do trabalho naquele dia, Flora encontrara a fazenda vazia, e a ninguém ocorrera lhe dizer onde estava todo mundo. Por fim, descobriu e foi andando, irritada, até o cais, onde Bertie Cooper, que ajudava Colton com o transporte, abriu um sorriso radiante ao vê-la (ele sempre teve uma quedinha por ela). Levou-a de barco, contornando o promontório, para poupá-la de atravessar toda a Praia Infinita. A noite estava fria, e Flora enfiou as mãos nas mangas da blusa. Não tinha ouvido nada sobre a visita-relâmpago de Colton. Mas, talvez, pensou, só talvez, Joel tivesse vindo também para surpreendê-la...

Colton presidia a festa sentado no canto quente do bar, ao lado do fogo crepitante, com Fintan no colo. Muitas pessoas da cidade tinham visto as luzes acesas e "passado por lá" para ver o que estava acontecendo. Havia risadas e alegria, e a jovem Iona, que estava cantando num canto, mal parou ao ver Flora, apenas acenou alegremente.

Flora examinou a sala devagar. Nem sinal de Joel.

– Oi, Colton – disse ela, aproximando-se e beijando o rosto dele, que a abraçou também. – Você não trouxe seu advogado? – perguntou, tentando usar um tom brincalhão e fracassando totalmente.

– Ele está ocupado demais fazendo coisas boas por mim – respondeu Colton.

Ao notar a expressão de Flora, emendou:

– Ai, opa, escuta só. Ele só quer deixar tudo pronto. Desculpa. Dei muita coisa pra ele fazer. Decidi vir pra cá de última hora, tá? Nem falei com ele. – Pelo menos, ele teve a decência de parecer envergonhado daquela atitude. Bagunçou o cabelo de Fintan. – Desculpa, Flora. Eu estava com muita coisa na cabeça. – Beijou Fintan com delicadeza. – É que… eu precisava vir pra casa, mesmo que fosse só por uma noite. Larguei tudo.

Flora assentiu.

– Claro – respondeu ela.

Voltou a pé para a vila. A noite prometia muita diversão e agito, mas ela precisava acordar ao nascer do sol. E, por algum motivo, simplesmente não estava animada. Pegou o telefone a fim de ligar para Joel, porém logo o guardou. Não adiantava nada começar uma briga, mesmo que ele atendesse.

Na próxima vez que Joel voltasse para casa, eles conversariam. Era necessário. Flora dissera isso nas últimas quatro vezes que ele voltara, mas aí ele entrou pela porta e tirou toda a roupa dela e, de alguma forma, o momento passou. Ela suspirou e pegou o caderno de anotações para ver se havia alguma coisa que deixara de organizar para o casamento de…

Por falar no diabo, o próprio Charlie estava chegando pela rua, seguido, como de costume, por uma longa fila de pessoinhas – crianças magras e pálidas de áreas carentes das grandes cidades continentais. Flora acenou para ele.

– E aí, Teàrlach? – saudou ela alegremente. – Não te vejo desde que ouvi a boa-nova. Parabéns!

Charlie não disse que vinha evitando-a deliberadamente. Tivera uma queda enorme por Flora no verão anterior, além da esperança de que pudessem começar um relacionamento. Mas, assim que pusera os olhos no advogado bonitão de queixo quadrado vindo de Londres, ele percebera que não tinha chance.

E ele conhecia Jan havia muito tempo. Trabalhavam juntos. Jan tinha bom coração. Os dois combinavam. Ia dar tudo certo. Foi só por um milissegundo, ao ver o cabelo claro de Flora esvoaçar na brisa, que Charlie sentiu uma pontada de tristeza pelo que poderia ter acontecido. O mais difícil, sendo sincero consigo mesmo, foi a sensação de que ela estava mesmo muito feliz por ele e Jan – que, por sua vez, não estava pensando nem um pouco no que poderia ter acontecido.

– Obrigado – respondeu ele.

Aproximou-se dela e aceitou um beijo em cada bochecha, embora tenham se atrapalhado um pouco e Flora tenha se lembrado, no meio do caminho, que só o povo de Londres cumprimentava as pessoas assim e o gesto podia parecer meio estranho. Era tarde demais para se desembaraçar, mesmo que os dois quisessem, lá no fundo, que as pessoas ainda tivessem o hábito de só apertar as mãos e pronto.

– E de onde vocês são? – perguntou ela, desviando a atenção para os meninos.

– Govan! – respondeu um deles, e os outros deram vivas.

– E o que estão achando daqui?

Eles deram de ombros.

– Não tem PlayStation – disse um, e todos concordaram.

– Nem refrigerante.

Flora olhou para Charlie, fingindo estar zangada.

– Não acredito que você está deixando eles passarem tanta necessidade!

– *Och*, não, tá tudo bem, é legal, bem legal – disse um dos meninos, tão pequeno que quase sumia dentro da capa de chuva laranja usada nas excursões. Parecia aterrorizado, como se Flora tivesse o poder de mandá-lo para casa.

– É, é legal – os outros logo repetiram.

Flora sorriu.

– Bom, então vocês podem ficar. – Ela olhou para Charlie. – Hoje temos uns bolinhos de passas que sobraram porque a Isla estava no Snapchat e deixou queimar um pouquinho. Não podemos vender, mas, se você quiser, eles não matam.

Charlie sorriu com gratidão enquanto os meninos pulavam, animadíssimos.

– Obrigado – disse ele, e Flora entrou para pegar o saco de bolinhos.

Depois, Charlie se virou para ir embora com os meninos.

– Estou muito contente por você, sabia? – disse Flora enquanto ele partia.

Ele olhou para trás. Seu cabelo loiro brilhava ao sol do entardecer e seu rosto gentil parecia um pouco indeciso.

– Eu sei – respondeu. – Eu sei.

Mas Flora já tinha voltado a olhar para o celular.

Talvez devesse ligar para Joel, afinal de contas.

Cinco minutos depois, Lorna passou por lá e viu Flora ainda em uma tentativa desesperada de encontrar sinal.

– Você não vai pra Pedra? Hoje tem festa.

– Eu sei – respondeu Flora, contrariada.

– Bom, por que você não vai pra lá de uma vez? – sugeriu Lorna. – Pra passar o fim de semana. Colton não pode te levar quando for?

Flora piscou, surpresa.

– Mas tem muita coisa acontecendo…

– Sempre tem muita coisa acontecendo – respondeu Lorna.

– Passar o fim de semana em Nova York? – disse Flora. – Que loucura. Seria mais fácil ir para a Lua. Além disso, eu ainda teria que pegar um voo de volta pra casa. De qualquer jeito, Colton não ia querer me levar, pra não atrapalhar Joel.

– Deixa disso – disse Lorna. – Compra uma passagem, então. Joel tem muita grana.

– Bom, isso não tem nada a ver comigo – respondeu Flora, rígida.

Não gostava de falar do dinheiro de Joel; parecia uma coisa indigesta entre eles. Ela nem sabia quanto ele ganhava.

– E tenho um casamento pra organizar.

– Deixa de ser tonta. Quatro *vol-au-vents* por pessoa e uns enroladinhos de salsicha, o pessoal vai adorar. Você consegue fazer isso com a mão amarrada nas costas. Cadê aquele dinheiro da fazenda?

Flora ficou constrangida. No ano anterior, a fazenda fora vendida para Colton, que a estava usando para fornecer produtos para suas empresas. A parte de Flora, obviamente, não tinha sido tão grande quanto a do pai ou a dos irmãos, que haviam trabalhado e administrado a propriedade. Mas ela recebera uma parte.

– Eu estava guardando – disse ela. – Esse lugar... não me dá uma renda nem nada, e eu não economizei nem um centavo em Londres, embora tivesse um salário alto.

Lorna ficou surpresa.

– Por que não?

– Porque o aluguel lá é uma loucura e viajar é uma loucura e almoçar e sair e...

– Você não podia ter saído menos?

– Não – explicou Flora com toda a paciência. – Porque todo o seu dinheiro vai embora no aluguel de um lugar horroroso, então você quer ficar fora de casa o máximo possível.

Lorna assentiu como se aquilo fizesse sentido.

– Enfim. É melhor eu guardar pra uma época de vacas magras. Acho que a Delicinhas não vai me deixar rica.

– Mas se você está tão preocupada assim... – Lorna deixou a frase no ar. – Quer dizer, vocês estão namorando ou não?

– Se eu chegar lá de surpresa, provavelmente não.

– Bom, avise pra ele que você vai.

Flora olhou para Lorna, que ficou aturdida de repente com a aparência triste da amiga.

– E se ele disser não? – perguntou Flora, simplesmente.

– Está tão ruim assim?

– Não sei – admitiu Flora. – Não sei se ele está brincando de ficar aqui ou o quê. Ele me mandou um e-mail ontem pra dizer que vai passar mais um mês inteiro fora. Quer dizer, pelo amor de Deus...

– Então, tá. Acho que você não tem escolha. Vem pra Pedra comigo.

– Não – respondeu Flora. – Mas vou pensar na sua ideia.

Capítulo onze

Colleen McNulty, de Liverpool, Inglaterra, não falava sobre seu trabalho. Falar sobre ele fazia as pessoas agirem de um jeito esquisito em relação a ela, com empatia exagerada ou racismo escancarado – e ambos, Colleen não gostava nem um pouco de admitir, eram igualmente cansativos.

– Sou funcionária pública – dizia ela num tom frio que encerrava o assunto.

Sua filha adulta (ela se divorciara havia muito tempo) sempre estava interessada nos outros assuntos da mãe, mas, de resto, às vezes era difícil estabelecer o limite entre interesse e bisbilhotice, e Colleen com certeza não tinha vontade de conversar com gente que nunca tivera um único dia de adversidade na vida mas achava, por falta de um mínimo de humanidade, que era melhor deixar pessoas desesperadas se afogarem no Mar Mediterrâneo.

Ela era igualmente impassível no escritório, um prédio sem graça numa propriedade industrial esquecível cuja única identificação era um logotipo minúsculo do Departamento de Imigração. Ela realizava os desejos do governo de então, e só. Não era culpa nem responsabilidade dela; fazia o serviço ou não. Não era maldade; simplesmente não havia outro jeito de encarar o trabalho sem se esgotar – da mesma forma que os médicos no campo de batalha cultivavam um senso de humor sombrio. Era preciso se distanciar; do contrário, seria insuportável. Ela não podia se envolver nas histórias de pessoas específicas – de famílias específicas – porque, se isso acontecesse, não conseguiria fazer seu trabalho, não conseguiria cumprir sua função, e isso não ajudaria absolutamente ninguém.

Quem conversasse com ela talvez a achasse insensível, curta e grossa. Na verdade, Colleen McNulty achava que ser eficiente era a melhor maneira de enfrentar o dia e agradar ao Deus em quem acreditava fervorosamente.

Naquela manhã, depois de tirar sua grande e prática jaqueta impermeável, pendurá-la no lugar de sempre atrás da porta, verificar que ninguém havia mexido na caneca "dela" e murmurar bom-dia para Ken Foley, o funcionário sentado à sua frente, com quem dividia o escritório havia seis anos e nunca tivera uma conversa pessoal, ela não tinha grandes expectativas ao ligar o computador e olhar o que haveria naquele dia. Seriam números numa página, células numa planilha, só isso. Não pessoas, mas problemas a serem organizados, abordados e resolvidos até ela sair pontualmente às cinco e meia, voltar para casa, esquentar seu macarrão com molho de tomate pronto e ver vídeos de artesanato no YouTube.

Olhou para o cabeçalho do primeiro e-mail. E, pela primeira vez em seis anos, Ken Foley ouviu a corretíssima Sra. McNulty arfar ligeiramente.

– Colleen? – disse ele, atrevendo-se a chamá-la pelo primeiro nome.

– Com licença – respondeu ela na mesma hora, recuperando a compostura.

Toda sexta-feira, pontualmente... Dava para acertar o relógio por esse acontecimento. Mês após mês, a cada semana, dominando cada vez melhor o inglês – até mesmo o sotaque –, o médico que ela havia mandado para aquela ilhazinha a quilômetros e quilômetros de distância perguntava se havia alguma notícia. E ela nunca, nunca se envolvia com as pessoas que atendia.

Mas ele sempre era tão educado... Nunca reclamava nem se enfurecia como outras pessoas (e, no fim, que culpa tinham?). Nunca a acusava de ser insensível nem de ser responsável pelas políticas do governo, não insistia nem implorava. Limitava-se a perguntar educadamente, com a voz gentil e calma; apenas um discreto tremor revelava a angústia desesperada por trás da pergunta. E toda semana ela garantia que, se tivessem alguma notícia, entrariam em contato com ele imediatamente, é claro, e ele se desculpava e dizia saber disso, é claro, mas que telefonava só por garantia, e ela desligava com toda a educação. Mas não se incomodava com as ligações dele – não mesmo.

Deu mais uma olhada no e-mail, mas sabia os nomes dos meninos de cor. Um deles, ela notou, tinha acabado de fazer aniversário.

A regra de Colleen era nunca verificar as circunstâncias da pessoa – seria bisbilhotice, e não o trabalho dela.

Naquele dia, ela se pegou abrindo uma exceção. Encontrados num hospital militar. Abrigados numa escola pelo que parecia ser um bando de rebeldes e umas poucas freiras, dentre todas as coisas. Não havia sinal da mãe, mas os irmãos estavam juntos. Vivos.

Colleen McNulty, que nunca demonstrava nenhuma emoção diante da tarefa excepcionalmente difícil que executava dia após dia, bem… Ela engoliu em seco.

Queria desfrutar do telefonema – saboreá-lo. Queria muito, muito mesmo. Olhou para Ken e fez uma coisa muito incomum para ela.

– Eu gostaria de fazer um telefonema particular – anunciou, enfática. – Pode me dar um instante? – E indicou a porta.

Ken ficou feliz da vida em ir até a pequena área da cozinha e anunciar ao mundo todo que a reservada e silenciosa Sra. McNulty estava, sem a menor dúvida, entregue a um caso de amor tórrido, provavelmente com Lawrence, o auxiliar de almoxarifado.

Capítulo doze

A mulher no consultório estava chorando. Saif ofereceu a caixa de lenços de papel que guardava para essas ocasiões, que eram frequentes, embora, em geral, não fossem por aquele motivo.

– Eu tinha tanta certeza – dizia ela.

Era a Sra. Baillie, dona de quatro cachorros enormes que, no momento, estavam todos latindo feito doidos do lado de fora do consultório. Já a Sra. Baillie era uma mulher pequenina. Se fosse para apostar no motivo pelo qual aquela paciente iria ao médico, Saif diria que um daqueles cães a havia derrubado. Torcia para que ela se lembrasse de alimentá-los nas horas certas.

– Eu tinha tanta certeza de que era um tumor – repetiu ela.

Saif assentiu.

– É por isso que dizemos para os pacientes não procurarem as coisas na internet – respondeu ele.

Ela soluçou mais uma vez, repetindo as palavras de gratidão.

– Não consigo acreditar no que o senhor fez por mim – disse de novo. – Simplesmente não consigo acreditar.

– Foi um prazer – respondeu Saif.

Extrair furúnculos não era sua parte favorita do trabalho, mas esse nível de gratidão era tão incomum quanto agradável.

– Pode ter certeza de que vou mandar um bolinho para o senhor!

Ao se levantar para sair, a Sra. Baillie sorriu para ele por entre as lágrimas. Em seu íntimo, Saif se perguntou quantos pelos de cachorro entrariam numa massa de bolo na casa da Sra. Baillie, mas sorriu educadamente e se levantou enquanto ela saía. O telefone tocou, e ele franziu a testa, intrigado. Tinha pelo menos mais um paciente antes do almoço e queria ver como andava a tosse convulsa da pequena Seerie Campbell.

Apertou o botão do interfone.

– Jeannie, ainda não terminei – disse ele à recepcionista.

– Eu sei – respondeu ela com pesar. – Desculpe. É o Departamento de Imigração.

Saif se sentou outra vez. De vez em quando, alguém do departamento ligava para verificar os documentos dele. Era rotina, nada de mais, embora ele não pudesse evitar a agitação que sempre, sempre sentia.

A voz ao telefone estava calma.

– Dr. Hassan?

Ele a reconheceu; não era a assistente social que cuidava do caso dele em Londres.

Era a Sra. McNulty, da Unidade de Casos Complexos.

Ele percebeu o próprio olhar se desviar para o medidor de pressão arterial em sua mesa. Deteve um pensamento absurdo de que não ia querer medir a pressão naquele momento.

– A-alô – gaguejou.

– Aqui é a Sra. McNulty.

– Eu sei.

O coração dele estava disparado, incrédulo.

– Acho que tenho uma boa notícia para o senhor.

Saif prendeu a respiração.

– Conseguimos localizar duas crianças que acreditamos serem seus filhos.

Houve uma pausa longa. Saif conseguia ouvir os próprios batimentos cardíacos. Sentia-se ligeiramente desligado do mundo, meio fora do corpo, como se aquilo estivesse acontecendo com outra pessoa.

– Ibrahim? – disse ele, percebendo que não pronunciava o nome em voz alta havia muito tempo. Quando falava com a Sra. McNulty, sempre dizia "minha família".

– Ibrahim Saif Hassan, data de nascimento 25 de julho de 2007? – perguntou ela.

– É! – Saif se pegou gritando. – É, sim!

Lá fora, Jeannie ergueu a cabeça, mas o último paciente não havia chegado, e ela continuou organizando suas anotações.

– Ash Mohammed Hassan, data de nascimento 29 de março de 2012?

Saif se viu simplesmente dizendo obrigado, várias e várias vezes. O estranho era que, naquele momento, ele parecia a Sra. Baillie. Mas estava balbuciando e percebeu que precisava dizer alguma coisa.

A Sra. McNulty sorriu para si mesma e o esperou terminar.

– Vou mandar um e-mail para o senhor com todas as informações, Dr. Hassan. O centro mais próximo fica em Glasgow. Eles vão ser levados para lá... Existem vários protocolos...

Saif não conseguia ouvir nada disso.

– E... – disse ele quando conseguiu recuperar o controle da respiração. – E a minha mulher?

– Não temos notícias – respondeu Colleen. – Ainda.

– Ainda – repetiu Saif. – Sim, claro. Ainda.

E ambos fingiram que era só uma questão de tempo.

– Ah, meu Deus – disse Saif de repente, mais uma vez atônito. – Os meninos! Os meninos estão aqui! Meus filhos! Meus filhos! Meus filhos...

– Estou muito, muito feliz pelo senhor, Dr. Hassan – disse a Sra. McNulty, inabalável.

E fez um esforço para desligar o telefone em meio aos agradecimentos extremamente efusivos dele, já que havia uma reunião da equipe às onze da manhã e ela precisava retocar a maquiagem porque ia presidir o subcomitê de propriedades.

– Boa sorte, doutor – disse ela, em voz baixa.

A oitocentos quilômetros de lá, em algum ponto entre o norte e o nordeste, um homem grande e esbelto, de barba bem aparada, deu um pulo e um soco no ar, gritando tão alto que um bando de pegas levantou voo no campo próximo dali, indo além dos espantalhos e rumo ao céu nublado.

Capítulo treze

Lorna foi andando pelo porto, tomando um pouco de sol no seu horário de almoço – apesar do trabalho acumulado na escola – e saboreando apenas uma pequena pausa da algazarra pegajosa das mãozinhas das crianças, por mais que gostasse delas.

Voltou à fazenda para pegar alguns trabalhos valendo nota que tinha esquecido. O estranho foi haver alguém lá esperando por ela. Lorna ouviu o grito antes de subir a trilha.

– LORENA!

Ela piscou, aturdida. No mesmo instante, soube que obviamente era Saif.

– Lorena…!

Ele parou ao ver que ela estava bem ali. Nem tinha percebido o que estava fazendo. Jeannie havia ido almoçar, e ele sentiu que precisava sair e fazer alguma coisa para não explodir.

O e-mail havia chegado, mas as informações flutuavam, turvas, diante de seus olhos. Lorna era a solução óbvia. Cruzara a cidade correndo sob os olhares preocupados dos transeuntes, que presumiram se tratar de uma emergência médica. Ele nem sequer notara nada disso.

As galinhas ciscavam em volta dos pés de Saif, fazendo barulho, enquanto ele estava ali, parado, ofegante. Lorna ergueu as sobrancelhas. Em meio a toda aquela agitação, a gravata dele estava frouxa ao redor do pescoço e os primeiros botões da camisa, abertos. Lorna desviou o olhar depressa ao ver a pele lisa à mostra. Ele estava sem fôlego, com um olhar desvairado, e abanava alguma coisa freneticamente.

– Onde você estava?

– Na escola, ué! O que foi? O que aconteceu? É só uma baleia!

Saif balançou a cabeça.

– Leia isso! Leia! Hã… Por favor. Por favor, leia. Obrigado.

Ele estendeu a folha de papel. Lorna olhou para ele, intrigada.

– Você sabe ler inglês muito bem – comentou em tom de reprovação.

– Eu preciso… preciso ter certeza – respondeu Saif, arfando.

Apenas o som dos pássaros nas árvores e das galinhas cacarejando e procurando o café da manhã rompia o silêncio em torno deles. Lorna olhou o papel.

Era um e-mail oficial do Departamento de Imigração. Primeiro, ela verificou o endereço do remetente. Havia muitos golpes por aí; ela recebia e-mails de contas falsas do iTunes praticamente todo dia. Mas aquele era legítimo.

Então, leu devagar, percebendo o tremor aflito de Saif a um metro de distância. Depois, por garantia, releu.

– Não quer se sentar? – propôs Lorna, mantendo a voz muito calma para ser entendida por alguém num estado emocional extremamente tenso, algo que ela conhecia bem.

Saif assentiu, sentindo como se o sangue estivesse fluindo para sua cabeça, como se ele mesmo tivesse, de alguma forma, saído do corpo apenas por um segundo. Cambaleou até o banco de madeira diante do portão. Lorna entrou correndo em casa e voltou com dois copos de água. Saif não tinha se mexido. Ela entregou um copo para ele, que aceitou sem agradecer; olhava fixamente para a frente.

– É isso mesmo – disse Lorna simplesmente, a voz baixa e suave ao ar livre.

O olhar de Saif continuou rígido.

– É isso mesmo – repetiu ela.

Começou a ficar preocupada; o rosto dele estava completamente paralisado. Então percebeu, um milissegundo tarde demais, que ele estava empenhando cada fibra do seu ser na tentativa de não chorar.

– Seus filhos estão aqui. Estão vindo pra casa. Hã… Pra cá. Estão vindo pra cá.

Ela, que também havia se sentado, levantou-se de repente.

– Vou fazer um chá – disse, e voltou para dentro de casa.

Depois, ficou parada diante da pia da cozinha e, em silêncio, chorou e soluçou até acalmar o coração.

Capítulo catorze

Depois de um tempo, recuperada a capacidade de falar, Lorna saiu de casa carregando duas xícaras de chá quentinho. Havia fervido a água na chaleira três vezes para dar a ambos tempo de se recomporem.

O sol já tinha dispersado quase toda a névoa e havia a possibilidade real de aquela ser uma tarde linda – pelo menos durante a próxima meia hora, porque, em Mure, ninguém conseguia prever o tempo além disso.

– Ibrahim – disse Saif. – Ash.

– Seus filhos – respondeu Lorna com a voz calorosa.

Ele assentiu. Depois, olhou para as próprias mãos.

– Amena…

Lorna sabia que Amena era a esposa dele. O e-mail não dizia nada sobre ela.

– Nenhuma notícia. Mas isso não quer dizer… não quer dizer que não haja esperança – argumentou ela com doçura.

Saif balançou a cabeça.

– Ela nunca abandonaria os meninos – respondeu ele, convicto. – Nunca.

– Talvez ela não tivesse escolha. Talvez alguém tenha… levado eles – disse Lorna.

Já era ruim ficar aflita pensando em tudo que Saif havia passado para chegar a um lugar seguro. O que tinha acontecido com aqueles que ele deixara para trás era ainda pior; o que acontecera com duas crianças, da idade dos alunos de Lorna, estava além da imaginação.

Saif baixou o olhar.

– O e-mail não diz nada.

– Bom, eles vão ter que verificar… Existe todo um processo burocráti-co. Olha, você precisa ir pra Glasgow fazer um exame de sangue – explicou ela.

– Não preciso de um exame de sangue pra reconhecer meus filhos – rosnou Saif.

– Eu sei. Mas provavelmente é melhor colaborar, não acha?

– Autoridades – disse ele e suspirou.

Ele pegou o papel de volta, com as mãos ainda trêmulas, dobrou-o com muito cuidado e precisão, uma, duas vezes, e o guardou numa carteira velha e gasta que carregava no bolso de trás da calça. Em seu íntimo, Lorna previu, corretamente, que ele guardaria aquele papel lá pelo resto da vida.

Flora estava reabastecendo o balcão de queijos com um queijo marmoriza-do simplesmente sensacional que Fintan havia criado quando uma intuição a fez olhar para cima. Lorna e Saif estavam chegando. Os dois pareciam… Ela não saberia dizer. Não era a primeira vez que ela pensava em como era natural vê-los juntos, como se o destino deles fosse ficar lado a lado. Os dois simplesmente combinavam. Flora lembrou que Saif era casado e que, em todo caso, aquilo não era da conta dela, e tentou parecer ocupada.

Diante da loja, Saif parou.

– Que foi? – perguntou Lorna.

Ele balançou a cabeça.

– Eu não… – Olhou para ela. – Por favor, não conte… Não conte pra ninguém.

– Acho que as pessoas vão perceber quando chegarem duas crianças iguaizinhas a você – argumentou Lorna.

– Eu… sei disso.

Saif olhou para baixo. Pela primeira vez desde que havia chegado, nove meses antes, começara a sentir que fazia parte da comunidade; agora, nin-guém mais reparava nele quando fazia compras na vila, nem estranhava muito ao vê-lo na praia debaixo de chuva ou sol. As velhinhas pararam de insistir em esperar uma hora a mais para falar com "o outro médico" em vez de aceitar o estrangeiro com sotaque. Ele se tornou apenas o Dr. Saif (a maioria das pessoas simplesmente desistira de chamá-lo de Hassan), e fazia parte de Mure assim como qualquer outra pessoa.

A ideia de voltar voluntariamente à época dos cochichos por trás das mãos, dos olhares de esguelha na padaria, da especulação, por causa dos filhos dele... Isso ia acontecer, é claro. Mas, até lá, talvez ele pudesse aproveitar o fato de ser normal só mais um tempinho.

Além disso, não queria dividir a notícia com mais ninguém. Era um tesouro de ouro puro e impossível que ele queria agarrar e guardar dentro de si, para lidar com o espanto incomensurável de como aquilo era possível. A sensação era quase esmagadora.

– Tá bom – disse Lorna, surpresa.

– Pode guardar segredo?

– Claro.

Ela foi sincera ao dizer isso. Flora os viu dar meia-volta e, no fim, não entrar na Delicinhas; achou a atitude curiosa, mas, imersa em seus sonhos com Nova York, logo esqueceu o assunto até o dia do seu embarque.

Capítulo quinze

Flora não conseguia dormir de tanta empolgação. Ela ia ver Joel! Era isso mesmo! E também conheceria Nova York, onde nunca estivera. Sabia em que hotel ele estava hospedado e tinha o vago plano de simplesmente aparecer para encontrá-lo no saguão – ele ficaria tão surpreso! Pôs na mala seu melhor conjunto novo de calcinha e sutiã, encomendado especialmente do continente, e as melhores peças do seu velho guarda-roupa londrino. Suas roupas de Mure consistiam principalmente em camisas de flanela, blusas de lã enormes e vários chapéus, e ela não sabia bem se eram as peças certas para Nova York.

Fintan passou por lá de manhã para levá-la ao aeroporto, sorrindo o tempo todo e dando a ela uma longa lista de coisas que queria que trouxesse dos empórios chiques da cidade, agora que ele se considerava um grande conhecedor do mundo por estar ao lado de Colton.

– E, se topar com Colton, dá um beijaço nele por mim – acrescentou.

– Não dou, não – disse Flora. – É ele quem faz meu namorado ficar longe de mim.

Fintan sorriu alegremente. Flora não entendia como o relacionamento do irmão parecia tão descomplicado e feliz. Não admitia estar com inveja, mas estava.

No aeroporto, esbarraram em Lorna, que estava esperando o irmão dela voltar da temporada na plataforma.

– Eu estou indo! – gritou Flora.

Lorna sorriu.

– Oba, bem que eu queria ir também.

– Então vem!

– Pra ficar vendo vocês se beijando em Manhattan todinha? Não, obrigada! – Lorna sorriu. – Que legal que você vai ver Joel no território dele.

Flora estremeceu.

– Não esqueça que passei anos em Londres vendo Joel no território dele. E ele nunca olhou pra mim. Será que todas as mulheres lá em Nova York parecem supermodelos?

– Como é que eu vou saber? – disse Lorna. – Estou ensinando Egito Antigo para as crianças do terceiro ano…

Anunciaram o voo; meia dúzia de passageiros se levantou e seguiu em frente num passo lento. O embarque não demoraria.

Flora se lembrou de uma coisa.

– Ah, o que estava rolando com você e o Saif no outro dia?

Lorna olhou para ela, sentindo um peso imediato na consciência.

– Como assim?

Flora estava só tentando se distrair do pânico por causa de Nova York concentrando-se em outro assunto, mas o rubor intenso de Lorna e a resposta rápida despertaram sua curiosidade na mesma hora.

– Aaah… – disse ela.

– O voo está saindo – avisou Lorna, que já conseguia ver Ian, seu irmão, que chegara no outro avião, atravessando a pista.

– Tem alguma coisa rolando! Tem, sim! Dá pra ver!

– Não tem, não. Para com isso.

– Era por isso que você queria que eu saísse do caminho. Está planejando uma noite de sedução?

– Não! – respondeu Lorna, ficando mais vermelha que um tomate.

Flora ficou preocupada.

– O que foi? – perguntou. – Qual é o problema? Vocês…? Aconteceu alguma coisa, né? Você deu em cima dele ou o quê?

– Não!

– Bom, o que foi, então?

– Não posso… Não posso dizer. Não posso contar pra você.

Flora olhou para ela por mais alguns segundos. Ouviram a última chamada para o voo.

– Ai, meu Deus. É alguma coisa. Tem a ver com… Ele vai embora? Não, ele não pode ir, né? Ai, meu Deus. Eles… encontraram a família dele?

– Eu não posso falar!

– Caramba! Ai, meu Deus! Sério?! Ai, meu Deus! A Sra. Hassan! Aposto que ela é, tipo, superlinda. Mas não tão linda quanto você, lógico. – Pôs a mão no braço de Lorna. – Nossa. Sinto muito. Sério.

Lorna estava com a voz embargada.

– Não é isso. Não foi ela que encontraram.

– Foram os meninos? – perguntou Flora, aturdida.

– Flora MacKenzie! – Sheila MacDuff, que administrava o aeroporto, conhecia bem a família dela. – Você não ouviu o sinal? Entra logo no avião, senão eu conto para o seu pai!

A expressão de Lorna a traiu.

– Ai, meu Deus. Meu Deus. – Flora estava paralisada.

– Você não pode contar pra ninguém – disse Lorna. – Por favor. Eu prometi que não ia contar. Não antes de ele resolver tudo.

– Bom, eu não vou contar – respondeu Flora. – Porque estou indo pra Nova York!

Lorna abriu um sorriso fraco.

Flora pensou numa coisa enquanto erguia a mala e Sheila a apressava.

– Eles vão estudar na sua escola.

– Vão, sim – concordou Lorna.

– Não sabem falar nada de inglês.

– Tenho certeza de que Saif vai ensinar bem rápido.

– Ah, Lorna – disse Flora. – Que legal. Que notícia maravilhosa.

– É mesmo – respondeu Lorna. – É ótimo. Maravilhoso.

E nenhuma das duas disse o que era tão verdadeiro quanto indescritivelmente terrível: que, por mais maravilhosa que fosse a notícia, era mais uma razão na grande pilha de motivos que explicavam por que Lorna nunca estaria – nunca poderia estar – junto do homem por quem ela estava absoluta e indubitavelmente apaixonada.

Flora correu, dando meia-volta no saguão, para dar um abraço de urso na amiga, ao mesmo tempo que as hélices começavam a girar.

– Não conta – insistiu Lorna. – Você não pode contar pra ninguém.

Mas sua voz se perdeu no ruído do avião.

Capítulo dezesseis

O pequeno avião que ia para a Islândia saía duas vezes por semana, parando nas ilhas Shetland e Faroé antes de seguir para Reykjavik.

Parecia mais um ônibus do que um avião, mas Flora estava empolgada demais – especialmente por ir para o norte, em vez de para o sul – para se importar com as paradas. Não conseguia nem ler seu livro. Ela ia ver Joel! Tinha mandado uma mensagem de texto breve na noite anterior para dizer boa-noite, mas não ligou para não denunciar seu entusiasmo. Ela só queria ficar com ele. Só isso, e não conseguia se concentrar em mais nada.

O voo que ia de Reykjavik para Nova York estava quase lotado, e ela se acomodou animadamente na poltrona. Nunca tinha viajado assim, pegando um avião na maior tranquilidade. Parecia uma coisa bem adulta. E Nova York! Ficou se perguntando se Joel gostaria de passear pela cidade ou se preferiria ficar só no quarto do hotel o tempo todo. Qualquer uma das duas opções, pensou Flora, estaria ótima para ela.

Não! Ela ia agarrá-lo assim que chegasse do trabalho, e ele ficaria surpreso e poderia levá-la para sair, para algum bar chique e glamoroso como os que ela via nos filmes, e os dois poriam o assunto em dia e seria incrível. É, estava feliz agora que tinha um plano.

Flora tirou um cochilo leve quando estavam quase aterrissando e perdeu os picos em espiral dos arranha-céus; depois, meio confusa e mais nervosa do que nunca, passou pela alfândega e chamou um táxi para levá-la à cidade.

Já era noite em Mure, mas, às seis da tarde, o sol ainda brilhava com força nos arranha-céus reluzentes. A visão de Manhattan em comparação às grandes extensões de vazio de sua ilha natal parecia muito estranha; dava-lhe uma sensação estranha e dissonante, além do jet lag. Não era apenas outra cidade; era outro mundo. Nem mesmo os anos de trabalho em Londres a prepararam para a aparência hiper-real daquele lugar, nem para a sobrecarga sensorial completa, ao descer do táxi, das bancas de cachorro-quente a cada esquina, do vapor do metrô, do grande número de pessoas, do buzinaço dos táxis amarelos e da altura das grandes torres.

Ela ficou parada, só por um segundo, na calçada – pelo menos, achava que era a calçada – e absorveu tudo. Lá estava ela. Em Nova York. Nos Estados Unidos. Os Estados Unidos de Joel.

Seu coração batia inacreditavelmente rápido. Ela olhou à sua volta. A cidade estava cheia de pessoas saindo de prédios no horário de pico, andando depressa, com roupas elegantes, magras, em movimento. Flora se sentiu intimidada, embora, é claro, achasse que já tinha sido exatamente assim quando pegava o metrô da Docklands Light Railway, ziguezagueava pela Liverpool Street... Mas aquelas pessoas! Tinham dentes tão brancos, roupas tão caras. Usavam óculos escuros, carregavam copos de suco e passavam a toda velocidade pelos turistas (facilmente reconhecíveis pelo ritmo lento em que andavam), e Flora, circulando com a mala de mão, sabia que não seria confundida com "uma delas" nem por um instante. Da mesma forma, sabia que Joel seria o contrário, que ele faria parte daquele turbilhão sem nem se dar conta disso.

Ela entrou no hotel com cautela. Era extremamente grande, com teto alto, colunas e arranjos de flores frescas caríssimos. Estava cheio de pessoas de meia-idade com jeito de ricaças, obviamente de fora da cidade: sujeitos bem alimentados e bem-vestidos, além de um punhado de gente jovem e bonita. A equipe da recepção, de uniforme preto e chique, também era bonita, com pequenos crachás no peito indicando quantas línguas falavam. Todos ali falavam pelo menos três. Flora teve vontade de abordá-los em gaélico só para dar uma animada, mas não se atreveu.

– Olá – disse ela. – Estou procurando o quarto do Joel Binder.

Eram só seis e meia. É claro que ele ainda não tinha voltado. De repente, Flora imaginou que talvez ele só voltasse muito tempo depois, depois de ficar até tarde no trabalho e jantar fora ou algo assim. Talvez ela pudesse ligar para ele e descobrir. Mas isso estragaria a surpresa, não? Não daria para perceber que era uma chamada local? Ela não sabia mesmo.

Flora achou que a recepcionista olhava para ela de maneira hesitante. Depois, descartou essa impressão como paranoia de sua parte.

(Na verdade, não era nem um pouco mera paranoia. A recepcionista estava loucamente apaixonada por Joel desde que ele tinha chegado e passado a entrar e sair do hotel com seu ar byroniano, distraído e totalmente solitário – mas com excelente educação. Ela havia retocado a cor do cabelo, tentado ficar de plantão toda vez que ele entrava, sempre preparando um sorriso doce e palavras simpáticas para ele – que andava trabalhando demais, ela especulou, e como era sensacional o fato de ele morar na Escócia –, e tinha cultivado várias fantasias particulares sobre simplesmente entrar na suíte, uma noite dessas, para esperar por ele, nua.)

A recepcionista foi muito profissional. Ela não sabia quem era aquela pessoa desgrenhada de cabelo esquisito, mas não era alguém que ela imaginaria ao lado dele. Quer dizer, se aquela era sua rival...

– Infelizmente, ele não está lá, senhora – respondeu num tom ligeiramente acusador (afinal, se essa pessoa, ou perseguidora, ou quem quer que fosse, não conseguia sequer acompanhar os movimentos dele, nem merecia estar lá).

Enquanto isso, de repente, Flora se sentiu extremamente cansada, desesperadamente zonza do jet lag, suja, necessitada de um banho e sedenta, tudo ao mesmo tempo.

– Hã, posso entrar e esperar por ele? – perguntou ela. – Vim pra cá de surpresa.

A recepcionista olhou bem para ela.

– Bom, é claro que não. Quer dizer, a senhora poderia ligar para ele...

– Mas isso estragaria a surpresa... – argumentou Flora.

– Sim, senhora.

Flora suspirou, olhando ao redor. Havia um bar no saguão.

– Então, acho que vou me sentar um pouco – disse ela. – Vou esperar por ele.

A recepcionista ficou curiosa para ver no que aquilo ia dar.

– Claro – respondeu, assentindo.

Flora olhou para os preços no cardápio e tentou fazer a conta mental para convertê-los, mas achou difícil. Suspirou. Qualquer coisa que escolhesse era muito, muito cara. Pediu uma xícara de chá e, quando chegou (estava horrível), percebeu que na verdade não queria chá, e sim vinho, mas ficou constrangida e sem graça demais para chamar o garçom de novo. De repente, toda a grande esperança e a emoção que a impulsionaram a cruzar o Atlântico – e a deixaram, ela sabia, sem um tostão – pareciam estar se esvaindo.

Ela foi ao banheiro. O voo deixara sua pele manchada e seca, os lábios rachados e o cabelo arrepiado. Queria sair e ver se conseguia encontrar um lugar para comprar um hidratante – provavelmente, não encontraria nenhuma loja da sua terra, mas com certeza haveria *alguma* loja –, mas e se ele chegasse quando estivesse ausente? Teria que perguntar de novo àquela recepcionista com cara de desprezo, e Flora não tinha lá muita certeza de que confiava nas respostas dela.

Flora suspirou e fez o que pôde com a loção corporal que o hotel caro tinha deixado ao lado da pia. Cheirava a lavanda e não dava muito conta do serviço. Enquanto fazia o melhor que podia com os restos de maquiagem ainda guardados no saco plástico com que passara pela alfândega, uma mulher extremamente alta e loira entrou no banheiro, falando alto ao telefone que não, de jeito nenhum, iria àquele bar brega, sua besta, você tem 12 anos, por acaso?

A mulher nem percebeu que Flora estava lá – parecia ser uns trinta centímetros mais alta que ela –, mas se examinou no espelho ao lado com um olhar crítico. Era absolutamente linda: pele impecável, nariz longo e aquilino, olhos azul-claros e cabelos loiros e sedosos, penteados para trás. A mulher franziu o rosto diante dos próprios traços perfeitos no espelho, depois retocou uma mancha inexistente no queixo. Então, percebeu que Flora estava lá e fez um muxoxo, como se dissesse: a gente é assim mesmo, fazer o quê?

– Você está linda – disse Flora por impulso.

Sinceramente, era impossível dizer qualquer outra coisa quando confrontada com tamanha fabulosidade.

– Ah, você também – respondeu a mulher de um jeito nada convincente, retocando o brilho labial enquanto alguém gritava ao telefone. – Então, bom dia pra você… Não, Sebastian, não, eu *não quero* ir pra sua casa de campo…

Ela deixou um perfume leve e caro no ar.

Voltando a se olhar no espelho depois que a deusa saiu, sentindo-se mais atarracada e pálida do que nunca, Flora pensou: *Aquela sim era o tipo de mulher com quem Joel deveria estar.* As mulheres de Nova York eram assim: confiantes, estilosas, fabulosas, seguras de aonde iam e do que queriam. Todas que ela vira com Joel em Londres, ao longo dos anos, todas de que se lembrava tão bem. O que estava fazendo? O que tinha na cabeça? Será que aquilo tinha sido um erro ridículo? Ela se olhou no espelho, suspirando. Então, percebeu que era melhor voltar para o saguão, para o caso de ele chegar. E, quando ele a visse, será que haveria decepção em seu olhar? Será que Flora só servia para ele em Mure, onde havia apenas ela, muitas aves marinhas e algumas ovelhas para olhar?

Deixa de ser besta, disse ela a si mesma. *Deixa de ser besta.* Voltou para o saguão, sentou-se outra vez e fez um esforço para não se preocupar e se lembrar de alguns meses antes, no meio do inverno, só ela e Joel, lá em Mure, na escuridão de janeiro, quando o dia nunca clareava de verdade; os dois passaram um fim de semana inteiro dentro de casa, enrolados no sofá, debaixo dos cobertores, assistindo a DVDs antigos porque não conseguiam se conectar à Netflix, comendo torradas quentes com a manteiga salgada da fazenda e o pão que a Sra. Laird tinha feito naquela manhã, dourado e repleto de grãos, parecendo um pedaço do paraíso nos pratos velhos de cerâmica, com o som do fogo crepitando, o aroma do pão tostado, a proximidade de Joel, o corpo dele e…

Joel passou direto por ela. Ele nem sequer olhou para os turistas ao redor, sentados ou de pé, entrando e saindo do hotel a qualquer hora do dia e da noite, zonzos de jet lag, confusos, estressados ou simplesmente perdidos.

Foi tranquilamente até a recepção para ver se os contratos que estava esperando haviam sido entregues. A mesma recepcionista parecia estar sempre de plantão; ele havia registrado o fato no subconsciente, mas não pensava nisso de maneira ativa. Agora, ela olhava para ele com a expressão de quem tinha algo importante a comunicar. Ele esperava que não fosse nenhum transtorno, como uma mudança de quarto. Só queria tomar banho, trabalhar um pouco, comer alguma coisa e conseguir dormir, o que, mesmo tendo cortinas blecaute, um quarto alto com janelas à prova de som e um ar--condicionado quase silencioso, era difícil. Estava extraindo o máximo dos dias de trabalho e mandando a conta para Colton até poder voltar para casa.

Casa. A palavra parecia muito estranha e hesitante sempre que ele pensava nela. Seria possível haver algum lugar que ele considerasse sua casa, seu lar? Um lugar que ele pudesse preservar, como um tesouro, secreto em seu coração, mesmo enquanto cruzava salas de reunião e saguões de hotel a milhares de quilômetros de distância; um lugar especial, só seu, esperando por ele no fim daquela cidade e de todas as outras cidades iguais a ela…

A recepcionista deu um aceno de cabeça.

– O senhor está esperando alguém?

– Não – respondeu Joel, com o rosto franzido de contrariedade.

Não queria falar com nenhum dos clientes de Colton cara a cara se pudesse evitar, principalmente pelo modo como o chefe abandonava os pontos de venda deles sem aviso. Além disso, não paravam de falar de comida saudável nem por um minuto. Às vezes, Joel queria fazê-los experimentar alguns dos melhores carboidratos e gorduras de Mure só para conferir o horror no olhar deles.

A recepcionista, é claro, sabia muito bem que ele não estava esperando ninguém; só queria ver a reação dele e ficou contente com o que viu.

– Bom, uma pessoa veio visitar o senhor. Será que é surpresa?

Quando Joel contara a Flora sobre sua infância, ela não havia percebido o que significava de verdade.

Ele havia contado a ela de modo muito prático e não vira necessidade de se alongar no assunto. Não houve lágrimas nem dramalhão. Ele simplesmente disse que seus pais não puderam cuidar dele e que havia crescido no sistema de acolhimento. Olhando para Joel, Flora sempre achara difícil imaginar isso; logo ele, tão resolvido, tão bonito, tão seguro de si, tão invencível à primeira vista. Ele não parecia arrasado por conta de sua história de vida, nem sequer atormentado, nem um pouco. Era a realidade dele, e só.

Mais tarde, Flora perceberia o quanto tinha sido ingênua – perigosamente ingênua – por pensar assim. É claro que sua infância não tinha sido perfeita – parando para pensar, quem é que teve uma infância perfeita? Ninguém. Mas ela teve mãe e pai, que ficaram juntos, que a amaram e a incentivaram como puderam, às vezes com sucesso, às vezes nem tanto. Família era isto: todo mundo junto e misturado.

Ela não entendia. Não de verdade, não por completo. Sentia a tristeza no campo abstrato, é claro – não ter família, que coisa terrível. Mas mantivera Joel num pedestal por muito tempo, vendo-o sempre, quando ele era seu chefe, como um grande epítome de triunfo, sucesso e de tudo que ela ansiava ter.

Ele havia contado a Flora, mas ela não tinha entendido, e ainda levaria um bom tempo para entender.

Se já conheceu uma criança no sistema de acolhimento, a única coisa que você não deve fazer – que *nunca* deve fazer – é uma visita-surpresa. Elas já tiveram muitas surpresas, bem mais do que deveriam. Surpresas como: você nunca mais vai ver seus pais. Ou: você não vai mais ficar aqui. Ou: você vai mudar de escola. Ou: sentimos muito, essa colocação não funcionou como esperávamos.

Se quer demonstrar seu amor a uma criança que teve experiências de acolhimento difíceis, seja totalmente previsível, em todos os sentidos, tediosa e implacavelmente. Para sempre.

Flora não percebeu isso quando começou a acordar, sem saber onde estava nem que horas eram. Na verdade, ficou surpresa ao ver que estava no saguão de um hotel luxuoso em Nova York, ainda usando o sobretudo que trouxera de Mure naquele dia quente, sonolenta e completamente desnorteada, e dar de cara com Joel olhando para ela com uma expressão de horror abjeto – a soma dos piores medos dela.

Capítulo dezessete

– Oi – disse Flora com a voz fraca.

Ela esfregou os olhos. Ele não disse nada. Atrás dele, ela percebeu gradualmente que a recepcionista estava assistindo à cena com o maior interesse.

– Oi – respondeu Joel, por fim.

Não houve abraço. Ele ficou olhando para ela como se não soubesse que diabos ela estava fazendo lá, e Flora se deu conta de que também não sabia. Não sabia o que estava fazendo lá. Por que não obedecera aos seus primeiros instintos? De repente, teve vontade de se encolher, se dobrar ou se enfiar num buraco no chão.

– Pensei em fazer uma surpresa pra você – disse ela timidamente.

– E fez mesmo – respondeu Joel, meio ríspido.

No íntimo, ele se culpou pela expressão nos olhos dela: tão decepcionada com ele. O que esperava que ele fizesse? Estava trabalhando, tentando terminar o serviço para poder voltar para casa. Não estava lá aprontando com outras mulheres ou o que quer que ela estivesse pensando, se tinha ido vigiá-lo.

– É que eu pensei… Nunca estive em Nova York.

Flora não conseguia acreditar no quanto parecia boba falando daquele jeito, como se quisesse ser a namorada dele só para poder participar de uma excursão da escola.

– Então, eu vim! – concluiu.

– E vai ficar aqui?

Joel disse aquilo sem pensar. Estava muito cansado, ao fim de uma longa quinzena, e assim que terminou de pronunciar a frase quis dar um chute em si mesmo. Nem sabia o que queria dizer, mas, mesmo assim, era algo ruim.

O rosto de Flora ficou muito pálido e imóvel.

– Desculpa por ter te incomodado – disse ela, e foi pegar a mala para sair.

Depois de um segundo, Joel percebeu que ela estava falando sério e foi atrás dela. Bem que a recepcionista queria poder segui-lo. Esse tinha que ser o fim; ele estava absolutamente furioso com aquela mulher. Estava óbvio que não era um relacionamento sério. Ela com certeza tinha chance.

– Flora! – gritou ele enquanto ela atravessava o saguão movimentado. – Volta aqui. Desculpa. Me desculpa. É que você… me pegou de surpresa, foi isso. Eu detesto surpresas.

A voz de Flora tremia e seus olhos estavam cheios de lágrimas.

– Bom, e eu detesto ser uma besta chata, então acho que estamos quites – respondeu ela.

– Não… A besta aqui sou eu – disse Joel. – Sou eu. Me desculpa. Por favor. Por favor. Vem para o quarto comigo. Vamos beber alguma coisa. Vamos… É que eu não esperava te encontrar aqui.

– Sério? – respondeu Flora. – Bom, você demonstrou isso com a maior elegância. Vou embora. Posso ficar em outro lugar e volto pra casa no domingo.

– Não faz assim… Deixa de ser boba. Vem. Por favor. Vem. Sobe para o quarto comigo. – Joel olhou ao redor. Pareciam estar dando um vexame na frente de todo mundo, e isso ele não aguentava de jeito nenhum. – Por favor – sussurrou bem baixinho, com urgência.

Dentro do elevador – com o maior mau humor, a recepcionista tinha dado uma chave extra para Flora, deixando seu descontentamento bem óbvio –, ficaram em silêncio. Nenhum dos dois queria falar sobre o que acabara de acontecer. Foi como se a primeira barreira – de quantas mais? – tivesse se erguido na frente deles. E ambos haviam falhado em ultrapassá-la de maneiras que não estavam claras para nenhum deles. Agora, eram como um par de estranhos.

Flora quase se animou ao ver a suíte – não foi um dos instintos mais nobres, como ela teria sido a primeira a admitir. Era grande, com uma enorme sala de estar com vista aberta para Manhattan, que brilhava rosada à luz do começo daquela noite de primavera: ao sul, a vista se estendia até o centro da cidade e a nova estrutura futurista do World Trade Center; ao leste, até o Brooklyn.

Todos os móveis eram creme e cinza: sofás e almofadas, janelas que iam do chão ao teto e, ai, meu Deus, a varanda… Flora foi atraída para lá. Era absolutamente arrebatador.

Flora pensou como era exatamente o que ela sonhara que seria… e como ela e Joel ficariam sentados naquela varanda, rindo de como ela fora brilhante em guardar segredo sobre a visita, pedindo coquetéis…

Esfregou teimosamente os olhos.

– Estou cansada – comentou. – Pra mim, é uma hora da manhã. Posso ir dormir, por favor? Eu fico no sofá.

Joel não gostava de mulheres chorando e não gostava de ser emocionalmente manipulado. Ele havia cedido; ela estava lá. Isso bastava, não? Ou ele teria que passar a noite toda com peso na consciência? Estava cansado de se sentir culpado. Esse era seu padrão.

– Tudo bem – respondeu, indo até a mesa e deixando sua pasta lá. – Está com fome? Pode pedir alguma coisa para o serviço de quarto.

Flora estava morta de fome.

– Não, tudo bem.

– Então tá.

Ele seguiu em direção à pasta.

– Você vai… *trabalhar*? – perguntou Flora.

– Tenho uma reunião importante com Colton. Ele precisa que eu resolva muita coisa. É por isso que estou aqui. – Ele estava com o maxilar tenso.

Flora olhou para as luzes que se acendiam pouco a pouco sobre Manhattan – um mundo maravilhoso e surpreendente de coisas incríveis que ela nunca conhecera – e teve vontade de chorar ainda mais de frustração. Estava tudo lá fora e ela não ia ver nada. Mais uma vez. Porque na verdade não era a namorada de Joel. Ela quisera descobrir e agora sabia. Para ele, ela era só… O quê? A pousadinha dele? Sua casa de campo?

Ignorando-o, Flora foi até o frigobar e pegou uma vodca e uma água tônica, sem olhar o preço. Largou o casaco no encosto de uma cadeira, tirou a blusa de lã grandona – estava se sentindo totalmente sufocada –, soltou o cabelo, serviu a bebida e foi para a varanda, deixando a brisa suave da primavera soprar para longe o avião, o torpor e o jet lag.

Ali, até mesmo vinte andares acima da rua – ou talvez principalmente por isso –, Flora sentia a cidade avançar sobre ela em ondas. As buzinas dos táxis, impossivelmente distantes lá embaixo; o sol poente inclinando as sombras dos enormes edifícios, umas sobre as outras; a largura das ruas e avenidas fervilhantes, todas seguindo na mesma direção, ao contrário das trilhas estreitas e sinuosas de sua terra; as centenas de janelas iluminadas diante dela. Flora olhou com inveja para as varandas e coberturas ajardinadas; as pessoas debruçadas nos terraços e nas saídas de incêndio naquela noite tão amena; as festas, os amigos e casais, e a estranheza das vidas desfrutadas com muito mais proximidade e intimidade do que conhecia em Mure, mas, ao mesmo tempo, distintas, anônimas e diferentes. Que sentimento esquisito. E ela pensou, com uma estranha tristeza, que qualquer pessoa que olhasse para ela naquele momento veria uma mulher de cabelos muito claros totalmente só. Poderia até ser uma moradora da cidade, que conhecia Nova York como a palma da mão e tinha morado lá a vida inteira.

Flora percebeu que essa ideia a agradava muito, e, se era para ser – e nesse ponto teve um pensamento tão assustador que o empurrou para o fundo da mente – sua primeira e última viagem a Nova York, então iria aproveitar ao máximo. No dia seguinte, iria sair e ver tudo. Tinha pensado que Joel poderia acompanhá-la, ou levá-la aos lugares de que ele gostava, mas tudo bem. Ela visitaria o Empire State Building, o museu Guggenheim, a ilha Ellis e todos os lugares que quisesse; pararia em locais bonitos, comeria em restaurantes recomendados na internet e…

Bom, precisava de um plano. Havia cometido um erro… Um erro que, no fundo, achava que estivera cometendo aquele tempo todo. Ele era muita areia para o caminhãozinho dela. Ela servia bem para o que as pessoas antigamente chamavam de "amásia" – Flora MacKenzie, quietinha em casa, tecendo e mantendo o fogo aceso na lareira enquanto o homem saía pelo mundo para cuidar dos assuntos dele. O mundo grande que existia além das praias tranquilas e das marés agitadas de Mure. Lá fora. Sem ela.

Flora bebeu e tentou pensar nisso com calma. Bem que a tinham avisado. Margo avisou, os amigos também. Não podia fingir que não sabia.

Uma música a alcançou, vinda de algum bar ou apresentação bem lá embaixo, e Flora ficou ouvindo, balançando-se devagar à brisa morna, tentando sentir, pelo menos, o momento; tentando aproveitar como podia. Estava em Nova York, as estrelas se acendiam na borda roxa dos arranha-céus e, enquanto as lágrimas escorriam por seu rosto, ela pensou: *Já é alguma coisa, né? Isso já conta.* Talvez, um dia, ela pudesse dizer: *Bom, uma vez ouvi música no alto de um prédio em Nova York, numa noite quente de primavera, e eu era jovem, ou quase, e a música era linda, e muito, muito triste...* E se perguntou para quem, afinal, poderia contar essa história.

E não ouviu a porta se abrir silenciosamente atrás dela, nem percebeu nada até sentir em seus ombros nus o beijo mais suave, a presença dele atrás de si. Flora fechou os olhos com força e, quando os abriu de novo, ele ainda estava lá, em silêncio, dessa vez envolvendo-a nos braços, protegendo-a do vento, abraçando-a; ele apoiou a cabeça nas costas dela e assim ficou. E ela pensou numa velha história de sua mãe – dos espíritos do mar que apareciam à noite, e não se podia olhar para eles, ou o feitiço seria rompido, mesmo que fossem as criaturas mais lindas e extraordinárias de todo o mundo feérico. Não se podia olhar para eles durante o dia; só depois do pôr do sol podiam se revelar, e, se alguém não conseguisse resistir e desse uma única olhada, os tais espíritos desapareciam para sempre na névoa, e quem tivesse visto um deles passaria o resto da vida na estrada da solidão, procurando sinais por toda parte, em todo o mundo, sem nunca mais encontrar outra criatura dessas. E aqueles lamentos e gemidos eram o som que o vento fazia ao passar pelos juncos à noite. Fora o que a mãe de Flora contara. Não tenha medo dos ruídos que ouve à noite. Mas, se você ama um espírito do mar, nunca, nunca olhe para ele.

Então, Flora ficou paralisada, olhando o horizonte, seu coração uma cascata, não ousando se mexer e mal se atrevendo a respirar enquanto Joel se agarrava a ela como se a vida dele dependesse disso, beijando suavemente seu ombro. Ela estremeceu, e, achando que era de frio, Joel tirou o casaco e a cobriu com ele, até que, pouco a pouco, relutante, enquanto a lua se erguia atrás dos prédios, Flora se virou para encará-lo.

Capítulo dezoito

Lorna sacou seu bloco de anotações.

– Ok – disse ela. – Exame de sangue.

– Pronto – respondeu Saif.

Estavam sentados no muro do porto, preparando a viagem que Saif faria na semana seguinte. Sua substituta era a pessoa mais avoada que os dois já tinham visto, então Saif torcia, em segredo, para que todos evitassem ficar gravemente doentes até ele voltar. E, quando voltasse, bem…

– Brinquedos?

– Vou esperar pra ver do que eles gostam.

– Boa decisão. Até as três e dez de hoje as crianças gostavam de Shopkins e spinners. Ou seja, a essa hora já devem preferir coisas totalmente diferentes.

– Não entendi o que você disse.

– Ah, Saif, você está precisando de… Deixa pra lá, vai dar tudo certo – disse Lorna. – Roupas novas.

– Estou esperando saber os tamanhos.

Ele havia mostrado a Lorna duas capturas de tela dos vídeos. Sua carteira original, com fotografias, havia se perdido no mar muito tempo atrás.

"Seus filhos são lindos", tinha dito Lorna.

Saif sorrira.

– São mesmo.

– Toma. – Lorna entregou um pacote. – Não se empolga, não. E acho que esse vai ser só o começo de um dilúvio de presentes quando todo mundo descobrir.

– Não conte a ninguém – pediu Saif com urgência.

Lorna ficou ligeiramente constrangida, mas não contou que Flora já sabia.

Ele olhou para o pacote.

– São baldinhos de praia – explicou Lorna, indicando a Praia Infinita, onde as crianças mais duronas já andavam para lá e para cá pela margem, construindo barragens e cavando buracos, apesar do vento gelado. – Nunca saem de moda. E não dá pra viver em Mure sem eles.

Saif ficou surpreso.

– Obrigado – disse ele, pegando o pacote. – Eles estão chegando mesmo – completou. – Estão chegando mesmo.

– E isso é maravilhoso – respondeu Lorna gentilmente.

– Nunca tive tanto medo – confessou Saif.

Innes passou por eles. Andava de mãos vazias enquanto Hamish carregava uma pilha enorme de caixas: suprimentos para a Delicinhas da Annie. Lorna ficou bem impressionada com a divisão do trabalho.

– Oiê! – Ela acenou. – Oi, Innes, como vai Agot?

Ele fez uma careta.

– Ela está o capeta. Mordeu todo mundo na creche porque não quer ir pra escola no continente.

– Que bom! – gritou Lorna. – Precisamos dela na nossa lista de matrículas.

Innes balançou a cabeça.

– Não sei se a gente deveria matricular um furacão que nem ela. Tem notícias da minha irmã errante?

– Não – respondeu Lorna alegremente. – Pra mim, é um bom sinal.

Ela se voltou para Saif enquanto os rapazes seguiam em frente.

– E galochas – acrescentou quando eles estavam longe. – Não esqueça as galochas! Compre todas que encontrar!

Capítulo dezenove

Flora se virou para encará-lo.

– Não faço mais surpresas.

– Obrigado.

Ficaram ali, imóveis.

– Eu não deveria ter vindo – disse ela depois de uma longa pausa. – Achei que você ia querer me ver.

– Eu quero – respondeu ele. – É por isso que quero… quero entrar de cabeça no trabalho e terminar o mais rápido possível. Pra poder voltar pra casa. É só isso que eu faço. É só o que me interessa. Achei que você soubesse.

Flora piscou, aturdida.

– Mas…

– Mas o quê?

– Mas eu não sou só… alguém pra quem você volta quando está cansado de fazer outras coisas.

Joel semicerrou os olhos. Estava muito cansado mesmo.

– Como assim?

– Quer dizer, você vai a vários lugares sensacionais, e seria legal me levar junto de vez em quando… Sabe, não sou só uma empregadinha.

– Nunca te vi como empregadinha. Você é gerente.

– Você nunca me leva pra lugares legais como esse hotel!

Joel franziu o rosto.

– Estou trabalhando quinze horas por dia numa sala de reuniões sem janela, à base de café americano, a pior bebida do mundo. Só penso em terminar logo isso e poder voltar pra casa e pra você. É só nisso que penso.

– Mas eu estou aqui.

– Eu sei. E eu detesto esse lugar.

Flora olhou em volta.

– Como é que pode detestar isso aqui?

Ela estava fraca e tinha aturado muitas coisas, provavelmente até demais. Mas, ai, meu Deus, lá estava ela, debaixo do céu violeta de Nova York com um homem cujo próprio cheiro a fazia querer se virar do avesso – sentindo tanto amor que ela achava que morreria. Era só o que ela queria fazer...

Joel deu de ombros.

– Vem – disse ela, despertando de repente. – Tenho um plano. Vamos sair.

Sabia que não podia simplesmente deixar Joel levá-la para a cama. Era o que sempre acontecia, e era maravilhoso, mas nada se resolvia nem mudava.

A única coisa que Joel queria – e queria desesperadamente – era levá-la para a cama, arrancar aquele vestido dela, perder-se na beleza pálida de suas curvas e de sua pele, e depois, finalmente, a maior bênção, conseguir dormir um pouco porque ela estava junto dele. Estar tão perto dela outra vez era como um feitiço; quase o fazia esquecer os casos, a carga de trabalho, a estranheza de estar de volta aos Estados Unidos, o ritmo de tudo.

– Posso te levar pra sair amanhã? – perguntou ele.

– Amanhã você não vai trabalhar? – retrucou ela, provocante.

– Eu te quero demais. – Joel a puxou para bem perto, para que ela pudesse sentir o que dizia.

– Que pena – retrucou Flora, sorrindo para ele. – Se me levar pra cama, vou pegar no sono. Precisa me levar pra algum lugar barulhento. Com dança.

– Eu não danço.

– Eu não ligo.

Mas sair numa sexta-feira à noite na movimentada Nova York, com um Joel relutante e uma Flora sem noção, foi no mínimo um erro. Qualquer lugar que parecia bom tinha uma espera de duas horas por uma mesa e mulheres bonitas e grosseiras à porta, que faziam uma cara desconfiada quando eles diziam não ter feito reserva, enquanto todos os outros lugares estavam cheios de turistas. Evitando os bares irlandeses ridiculamente falsos em que Flora não queria entrar de jeito nenhum, acabaram num bar com paredes de carvalho escuro, cheio de advogados – exatamente o tipo de gente que Joel não tinha a menor vontade de ver – e suas lindas companhias, obviamente escolhidas no Tinder ou por ali mesmo. E Flora, exausta e fisicamente esgotada, avaliou muito mal o efeito dos coquetéis. Bebeu dois e pediu mais um, um atrás do outro, e, na verdade, ficou bêbada em apenas meia hora, enquanto Joel continuou sóbrio. E, toda vez que tentava falar do relacionamento, percebia que estava se repetindo de maneira desconexa.

Joel tinha horror a gente bêbada – tinha lembranças demais – e tentou, delicadamente, convencer Flora a voltar para o hotel. Ela protestou, dizendo que ele era um cara horrível que não gostava dela de verdade e era sempre chato; embora Joel discordasse completamente da primeira acusação, não pôde deixar de notar que ela talvez tivesse razão quanto à segunda. Por outro lado, tinham saído para se divertir e não se divertiram nem um pouco, e agora Flora estava tão alterada que mal parava em pé. Por segurança, ele achou melhor levá-la bem depressa para o elevador do hotel, caso ela começasse a gritar com ele lá dentro.

– O senhor precisa de ajuda? – perguntou a recepcionista com petulância, abrindo para ele um sorriso que imaginava não ser ameaçador.

Ele fez o possível para sorrir para ela enquanto Flora resmungava palavras desagradáveis em gaélico a respeito da recepcionista e não parava de apertar o botão de descer, tentando sair na direção do bar, ao passo que Joel fazia de tudo para levá-la para cima. Finalmente de volta ao quarto, Joel foi para o banheiro. Voltou preparado para ouvir um longo discurso sobre como ele era horrível, mas, em vez disso, Flora estava deitada atravessada na cama, totalmente vestida, dormindo.

Suspirando, ele fechou as cortinas blecaute, tirou com delicadeza os sapatos dela, deixou um copo d'água e dois comprimidos de ibuprofeno ao lado da cama e a acomodou cuidadosamente debaixo do edredom. Depois, sabendo que o sono não tinha o menor interesse em chegar perto dele essa noite, ligou a luminária da mesa na sala de estar, pediu um café e voltou aos seus arquivos.

Flora acordou incrivelmente cedo, tonta, com dor de cabeça, sem a menor ideia de onde estava naquela escuridão. Rolou de lado, lembrou e soltou um longo gemido. Tinha estragado tudo da maneira mais espetacular. Lembrava-se de ter sido grossa com Joel na noite anterior, de ter gritado com ele. Para seu horror, percebeu que era ele quem a havia colocado na cama. Ai, meu Deus. E depois... O quê? Onde estava ele? Não estava na cama. Será que tinha ido embora com raiva? Depois de ela se recusar a ir para a cama com ele... e sair por aí agindo feito uma doida. Ai, meu Deus. Pensou nele, todo comportado e contido, enquanto ela dava um piti feito uma harpia bêbada. Viu o copo e o ibuprofeno ao lado da cama e apoiou a cabeça nas mãos. Deus do céu. Nunca tivera uma ideia tão ruim em toda a sua vida. O que é que tinha na cabeça? Que burra!

Seus olhos estavam se acostumando ao quarto escuro quando ela viu a faixa de luz dourada vinda por baixo da porta. Levantou-se para usar o banheiro e escovar os dentes, depois espiou pela porta. Ele estava sentado, olhando para seus arquivos. Sem notar a presença dela, tirou os óculos e os deixou de lado por um instante, esfregando os olhos ressecados. Pareceu tão jovem e tão perdido com esse pequeno gesto que Flora sentiu vontade de se aproximar, mas teve medo de ser julgada. Ela se sentia tão mal que ainda não conseguia encarar Joel, então voltou para a cama e ficou deitada no escuro, incapaz de dormir por causa da diferença de fuso horário. Por fim, quando ele foi se deitar, ela ainda estava acordada, mas não se aproximou dele, nem ele foi para junto dela, ainda que nenhum dos dois estivesse com sono. A manhã nunca demorou tanto a chegar.

Capítulo vinte

Na manhã seguinte, Joel acordou cedo para ir trabalhar. Flora pediu desculpa e ele, formal, disse que não se preocupasse com isso, que não era nada. Ainda nem tinham feito amor, e isso aterrorizava Flora, porque era nesse espaço que tinham juntos que tudo sempre dava certo e nada nunca era mal interpretado; sempre era como se seus corpos pudessem falar um com o outro de uma forma que as mentes não conseguiam: diretamente, com sinceridade absoluta e compreensão mútua total. Já aquilo... aquilo era horrível. E ela não tinha a menor ideia do que fazer para melhorar.

Ainda se sentindo péssima, ela fez café e se sentou na frente de uma televisão americana esquisita, estranhando que aquilo fosse normal para todos que moravam lá. Ia ser um dia bonito, conforme ela percebeu a um certo custo, depois de tentar converter graus Fahrenheit para Celsius. E a cidade estava ao seu alcance... depois que se sentisse um pouco melhor. Tomou um banho demorado, com a sensação de ser espancada pela água, no incrível banheiro decorado com plantas tropicais, o que com certeza a ajudou a se sentir melhor. Depois, vasculhou sua mala feita às pressas em busca da roupa certa. Não encontrou nenhuma. Poderia sair para comprar uns vestidinhos leves e bonitos, pensou de repente. Mas quando os usaria? Em Mure não havia muitos dias quentes, e esse tipo de roupa não serviria para trabalhar na Delicinhas da Annie.

De repente, sentiu saudade de casa. A essa hora, era tarde em Mure, e o comércio estaria movimentado – as pessoas andando para lá e para cá atrás de *millionaire's shortbreads*, biscoitos amanteigados grandes e pegajosos com recheio de caramelo e cobertura de chocolate, além de tortas de passas e *bridies*, tortinhas de carne, e tudo mais de que precisavam para se reabastecer; as senhorinhas voltando do mercado em busca de bolinhos e xícaras de chá; os fazendeiros, em sua passagem semanal para ver a luz e o movimento da cidade de Mure, levando fatias enormes de bolo de frutas para casa, que deixavam em cima da cômoda a semana inteira, para consumi-las com pequenos copos de uísque e grandes pedaços de queijo.

Então, Flora disse a si mesma: *Deixa de ser besta. Ânimo.* À noite, resolveriam tudo. Com certeza. Não é?

Ela olhou para a sala de estar que Joel havia deixado incrivelmente arrumada, como tinha o costume de fazer. Então, abriu o armário, onde a fileira de ternos dele estava pendurada. Encontrou uma blusa de lã, a única peça ali que não fora recém-lavada e ainda tinha o cheiro dele, e afundou o rosto no tecido, tentando não chorar.

De repente, o telefone da suíte tocou. Flora ficou surpresa. Devia ser Joel! Talvez ele estivesse livre para almoçar com ela! Talvez tivesse chegado ao escritório e mudado de ideia, percebendo que devia tirar um dia de folga para ficar com ela! Tinha se dado conta de que a amava mesmo que ela fosse uma… bom, uma bêbada desleixada que falava demais, refletiu Flora, com mais uma pontada de agonia. Ai, meu Deus.

Hesitante, ela atendeu.

– Alô?

– Alô? Joel?

Era a voz de uma mulher. Flora conteve a decepção inevitável e tentou ignorar o medo crescente.

– Hã, oi, não – respondeu rigidamente. – Aqui é a Flora. Quer deixar um recado?

Houve uma pausa. O coração dela batia veloz e dolorosamente.

– Desculpa, quem fala? – perguntou.

Não conseguia parar de pensar naquela loira do banheiro, ou mesmo naquelas mulheres no bar na noite anterior, pelo pouco que lembrava, as que Joel tinha achado sem personalidade, mas Flora achara lindas.

– Ai, nossa, desculpa… Você é *escocesa*? – Agora, a voz parecia mais madura para Flora, que ficou desconcertada. – Mark! – A voz do outro lado estava falando com outra pessoa. – Mark! É a moça da Escócia!

– Como é que é? – disse Flora.

– Ah, me desculpe *mesmo* – disse a mulher. Ela parecia boa gente, maternal e simpática. – É que nós... nem imaginamos que você estava em Nova York.

– Ele nunca conta nada pra nós! – disse uma voz distante ao fundo.

– Pensei em deixar um recado! Bom, querida, é *ótimo* falar com você.

Flora ficou boba. Se não soubesse... ou pensasse saber... teria imaginado que aqueles eram os pais de Joel.

De repente, sentiu que sabia muito pouco sobre aquele homem, e isso a amedrontou.

Capítulo vinte e um

– Desculpa – disse Flora. – Desculpa se a pergunta for grosseira, mas… quem fala? Quer deixar recado?

– Claro… Eu sou Marsha Philippoussis e… Ele nunca falou mesmo de nós?

– Não – respondeu Flora, cada vez mais preocupada.

– Bom, Mark, que é o meu marido, ele… ele e o Joel… Bom, não sei se posso dizer. Somos amigos dele.

– Amigos.

Não era que Joel não tivesse amigos. Flora sabia que ele tinha colegas de squash e colegas advogados na maior parte das cidades do mundo, e todos sempre ficavam contentes em vê-lo. Mas não tinha melhores amigos, nem amigos íntimos, pelo que ela sabia. Não tinha uma amizade como a de Flora e Lorna. Mas talvez a maioria dos homens fosse assim.

– Pode contar pra ela – gritou a outra voz.

– Ah, tudo bem. Bom, querida, Mark foi psiquiatra de Joel quando ele era mais novo. Mas agora somos… amigos.

– Amigos que nunca avisam um para o outro quando estão na cidade!

Pelo jeito, Marsha e Mark eram uma autêntica dupla cômica.

– Bom… é. Pensamos que, já que ele está na cidade, talvez pudéssemos jantar… Você gostaria, querida? Hoje à noite?

– Hã, não sei quais são os planos dele.

Marsha riu. Ela se lembrou dos planos do Joel de antigamente: ir para o bar mais próximo, pegar a mulher mais bonita do lugar e sair de lá com ela. Então, estava muito curiosa para conhecer a garota que finalmente – finalmente

– parecia ter amansado aquele jovem estranho, sério e determinado que ela conhecia desde que ele era criança. Era difícil imaginá-la; na cabeça de Marsha, Flora seria uma espécie de fada: uma criatura estranha, exótica e encantadora.

– Vou ligar para o celular dele – disse Marsha. – Vai estar desligado, mas geralmente, se você liga quatro ou cinco vezes, ele acaba atendendo.

Flora tentou imaginar o quanto teria que relaxar em relação a Joel para ligar quatro ou cinco vezes seguidas para ele. Não conhecia muitas pessoas que se atreveriam a fazer isso.

Ela saiu do hotel hesitante, mas ficou mais tranquila assim que sentiu o sol quente da primavera. Ah, como aquilo era glorioso depois dos longos meses de escuridão em Mure. Verificou se tinha protetor solar suficiente na bolsa (em geral, a pele dos habitantes da ilha e o sol quente não se davam tão bem) e depois, apesar de tudo, sentiu-se desabrochar com prazer enquanto andava entre as sombras compridas na calçada movimentada, entrando no caminho das pessoas sem nem se importar. O primeiro raio de sol depois de um longo inverno, decidiu ela, fazia toda a espera valer a pena. Inalou o cheiro quente das calçadas de Nova York – cachorros-quentes, pretzels, combustível, perfume, mercearias – e adorou. Deixou o sol fazer cócegas na parte de trás de seus braços, sentiu-o mergulhar no seu vestido e aquecê-la. Queria levantar as mãos e girar, tomando um banho de sol.

Era difícil ficar tão desanimada. Tudo bem, a noite anterior tinha sido…

Tinha sido um horror, não podia negar. O total oposto de tudo que esperava que fosse. Joel não a havia tomado nos braços, encantado. Não havia abanado a cabeça, impressionado ao ver sua incrível chegada. Não houve espanto feliz nem beijos vorazes nas sombras dos maiores edifícios do mundo, nem ele mostrando a ela a paisagem urbana, tirando uma folga no fim de semana para que os dois pudessem agir como…

Flora foi sincera consigo mesma: para que pudessem agir como namorados de verdade. Não como o que ela às vezes sentia que eram: marinheiros naufragados que foram parar juntos numa ilha deserta, agarrados um ao outro em busca de sanidade e segurança em meio aos destroços dos próprios corações.

Ela jurava que não eram assim. Podiam ser melhores.

Apaziguou a ressaca com um enorme suco espremido na hora num copo gigantesco e um pretzel de pepperoni – que estava absolutamente delicioso, era maior do que a cabeça dela e com certeza não lhe faria bem, embora ela avaliasse se apropriar da receita – e depois saiu para caminhar até o Empire State, mesmo percebendo logo cedo que caminhar pelos enormes quarteirões da cidade demorava mais do que tinha previsto e que a Broadway era maior do que qualquer rua em que já estivera.

Mas não importava. Flora ficou fascinada ao olhar para tudo: as pessoas, as vitrines, os pequenos apartamentos empoleirados lá no alto, o movimento de tudo. Talvez, pensou, ela até combinasse com a cidade. Bem, pelo menos até chegar ao Empire State e ter que pegar a fila enorme de turistas como qualquer outra pessoa, mas, mesmo assim, valeu. Olhou para o telefone, pensativa. E se ele não ligasse? E se ela tivesse vindo de tão longe para não ver Joel? Tentou pensar num jeito de explicar isso a Lorna, que já havia mandado várias mensagens cheias de inveja, dizendo que Flora estava sonegando informações e pedindo fotos. Não havia nenhuma. Ela deu uma olhada no Instagram de Fintan – pois é, agora Fintan tinha um Insta para quando ele e Colton estiverem por aí, viajando de avião e vivendo o maior romance. Flora fazia o possível para não ter inveja do relacionamento do irmão, mas parecia não haver nenhuma dúvida sobre ele ser o único que estava se divertindo, mesmo que não tivesse feito nada além de ficar sozinho no celeiro por três anos, fazendo queijo naquele frio de rachar, depois que a mãe deles tinha morrido.

Ela mandou uma mensagem para Joel:

> Desculpa pelo que fiz ontem à noite. Não estou acostumada com as bebidas de NYC!!!

Acrescentou pontos de exclamação demais, depois calculou que davam a impressão de desespero e os apagou, aí decidiu que a mensagem parecia muito desanimada, então acrescentou só um ponto de exclamação, depois mais um, e decidiu que a) era isso mesmo e b) estava ficando louca. Mandou a mensagem, prendeu a respiração e tentou não olhar o celular a cada dez segundos enquanto a fila avançava.

– Joel! Você não contou pra gente que tinha trazido uma pessoa pra Nova York!

Marsha entrou no assunto de uma vez, sem dar a ele a chance de dizer alguma coisa, argumentar que estava ocupado demais ou usar outra de suas táticas de fuga. Ela partiu para cima. Em geral, Joel ficava paralisado ou era grosseiro quando confrontado com esse tipo de comportamento, mas, em se tratando de Marsha, não se incomodava. Até gostava. Isso mostrava que, no fundo, ela o conhecia muito bem.

– Então, é ela? Essa é a tal?

Joel pensou em Flora na noite anterior, ralhando com ele na calçada diante do hotel, e gemeu. Não queria nem ver a cara dos Philippoussises se uma coisa dessas acontecesse outra vez. Sabia que eles iam querer conhecê-la, mas não tinha a menor ideia do que estavam esperando. Alguém com mais pinta de modelo, talvez? Com roupas mais chiques? Marsha sempre tivera um estilo impecável. Mas as mulheres de Nova York eram assim mesmo. Será que eles perceberiam que havia algo mais em Flora? Que talvez ela não tivesse unhas perfeitas, mas, por baixo de tudo, havia um bom coração, um espírito e um fogo interior?

Além disso, sua vida amorosa parecia assunto íntimo – algo que só eles entendiam – e Joel não ficava à vontade para expô-la à luz do dia. Mas percebeu que já era hora. Não tivera mesmo relacionamentos convencionais, mas esse tinha que ser. Era o que teria que fazer. Era o que Flora queria, é claro que era. E Mark e Marsha eram… Bom, se Joel tivesse uma família, seriam eles. Tinha que acontecer. Assim, Marsha ficou extremamente surpresa – tinha preparado uma lista de nove motivos pelos quais ele deveria concordar em levar Flora para jantar com eles – quando Joel respondeu laconicamente:

– Claro. Posso levar ela para o jantar?

Marsha ficou tão aturdida que mal conseguiu responder, mas se recuperou bem depressa.

– Joel, você está tratando a moça direitinho?

E a pausa disse a ambos o que precisavam saber.

– Pare de trabalhar – recomendou Marsha. – É sábado.

Joel olhou para os documentos. Colton havia deixado tantos assuntos para ele resolver que não tinha nem graça. Ele estava tramando alguma coisa e esperava que Joel cuidasse de tudo.

– E até mais tarde – disse Marsha, desligando.

Flora estava no alto do Empire State, diante de uma das vistas mais emblemáticas do mundo, fazendo algo que sonhara por toda a sua vida desde que vira *Sintonia de amor* quatro vezes num fim de semana, e a única coisa em que conseguia se concentrar era em olhar o telefone toda hora.

Isso não estava certo, pensou. Esse nervosismo sem fim. Ele era seu namorado. Tudo bem, ele nunca tinha dito essa palavra – mas havia se mudado para um pontinho distante no meio do Mar do Norte para ficar com ela. Se isso não era um compromisso, o que era? Ele poderia ter se mudado para lá e não viver com ela se só gostasse da ilha, certo?

Flora tentou apreciar a vista deslumbrante, a incrível capacidade de Nova York de ser tão estranha e ainda assim, ao mesmo tempo, extremamente familiar; tirou fotos para outros casais, mais felizes, e tentou não demonstrar amargura ao fazer isso; pesquisou na internet onde almoçar, encontrando milhares e milhares de respostas, e olhou para a lista de restaurantes que pareciam espetaculares. Se ao menos estivesse com fome…

Acabava de se virar para voltar quando ouviu o toque do telefone. De alguma forma, soube na mesma hora que era ele – para o bem ou para o mal.

– Alô?

– Como está se sentindo?

O tom descontraído e bem-humorado de Joel fez Flora fechar os olhos, inundada por uma onda de alívio. Tinha certeza de que ele arranjaria uma desculpa para se isolar ainda mais, chateado com as broncas bêbadas dela, mas, em vez disso, a voz dele estava totalmente normal.

– Horrível – respondeu ela, sincera.

– Que bom – disse ele. – Eu deveria ter te avisado sobre as bebidas americanas. Se bem que tomar quatro coquetéis em meia hora não é uma boa ideia em nenhum lugar do mundo.

– Não tem muitos coquetéis no Recanto do Porto – murmurou Flora.

– Não mesmo. – Joel tomou fôlego. – Enfim… Hoje à noite, você quer…? Quero te apresentar a umas pessoas.

Flora se empertigou. Devia ser aquela senhora que havia ligado.

– Vou verificar minha agenda – respondeu ela, e Joel riu.

Flora então passou a maior parte da tarde em pânico, vasculhando a Quinta Avenida de um lado a outro – completamente paralisada pela gama de opções – em busca de uma roupa apropriada. Ela se perdeu na Sak's, vagou pela Bloomingdale's, perplexa demais até para se aproximar de alguma peça, viu sapatos até ficar zonza e percebeu que em sua vida raramente precisava comprar roupas de verão e que parecia não ter jeito para isso.

Joel olhou para o telefone. Depois, para o laptop. Pensou no que Marsha diria naquela noite, soltou um belo palavrão e foi se encontrar com Flora.

Por um instante, ficou preocupado com o que Marsha e Mark pensariam, mas eles nunca haviam conhecido nenhuma de suas namoradas; elas raramente duravam o bastante, e, mesmo quando duravam, ele não tinha interesse em compartilhar aquela parte de sua infância com elas. Detestava – desprezava – a expressão que as mulheres adotavam muitas vezes ao ouvir sobre o passado dele, como se passassem a vê-lo como um passarinho ferido que só elas poderiam curar. Assim, na maior parte do tempo, não contava nada. Com Flora, tinha sido diferente; ela fora tão ferida pela morte da própria mãe que foi como se dividissem algo que ambos entendiam. Mesmo que ela não pudesse entender, pelo menos não completamente. Perder uma mãe amada não era o mesmo que nunca ter tido mãe.

Mas Marsha e Mark… Não havia como se esconder deles. Mark havia lido todos os registros da infância dele; Marsha, ele imaginava, intuíra o resto.

Torcia para que gostassem de Flora. Torcia para que achassem que ele era bom o bastante para ela.

Ele a encontrou surtando na Zara da Quinta Avenida, carregando quantidades gigantescas de roupas para o provador. Parecia afobada e corada – os dias de sol não combinavam muito com ela –, e seu cabelo estava úmido, preso num rabo de cavalo. Estava com uma enorme pilha de vestidos coloridos nos braços, nenhum dos quais, ele já sabia, combinaria com ela.

– Está curtindo? – perguntou num tom suave.

– Nem um pouco – respondeu Flora, irritada. – Os tamanhos americanos são esquisitos e tudo me deixa pálida.

– É que você é translúcida.

– Nada combina comigo e absolutamente todo mundo fica incrível com essas cores, enquanto eu pareço o Gasparzinho.

Joel não pegou a referência, mas adivinhou que aquilo não era bom. Olhou ao redor. Não havia dúvida: Joel era bom em escolher roupas, refletiu Flora. Ele usava terno todo dia, era isso que fazia, mas suas roupas eram sutilmente diferentes – melhores – do que as das outras pessoas: os cortes elegantes, a posição dos botões, as camisas impecáveis. Ele não era um dândi; acertava naturalmente. Aquela vida que ele tinha antes… Todos se vestiam bem. Ela não se atreveria a comprar nem uma gravata para ele. Suspirou. Agora, ele a olhava com atenção, franzindo a testa.

– Que foi?

– Não sei se essa é a loja certa pra você – disse ele. – A Zara é espanhola. Foi criada para *señoritas* bronzeadas que só jantam às onze, todas as noites. Vem comigo.

Ela o acompanhou e ele a guiou habilmente até um canto bem tranquilo da Bergdorf's, no quarto andar. Ela o olhou desconfiada.

– Que foi? – perguntou ele. – Saí com muitas modelos.

– Bom, isso faz com que eu me sinta *bem* melhor – respondeu ela.

– Elas são muito chatas. Precisamos ter essa conversa de novo?

Flora olhou para uma vendedora, que tinha a pele tão clara quanto a sua, mas estava coroada por um cabelo chanel preto bem reto e batom laranja-vivo.

– Não – disse ela.

– Tudo bem. – Um sorriso se insinuou nos lábios de Joel. – Deixa comigo.

E Flora observou com leve assombro enquanto ele revirava rapidamente as araras de roupas, pegando algumas peças, olhando para ela e devolvendo a maior parte delas. Finalmente, voltou com três.

Havia um vestido desconstruído no tom mais claro de rosa millennial. A parte de cima era de Lycra macia e a saia, de seda sintética, num tom claro de azul-esverdeado; parecia esvoaçante e estranho demais em comparação com qualquer coisa que Flora teria escolhido. Rodava em torno dela enquanto

Flora caminhava e a fazia parecer, com seus cabelos claros e ombros brancos, uma sereia.

Havia um vestido prata claro de tecido transparente com forro, com raminhos de flores minúsculos, quase invisíveis, bordados na camada externa. A camada interna era um tubo de seda divinamente confortável, e a externa ia até o chão. No instante em que Flora o vestiu, pegou-se andando de uma forma diferente; o vestido a deixava esbelta e elegante, em vez de meio alta demais e com jeito de viking – era uma visão de um tipo de pessoa diferente do que ela achava que poderia ser, principalmente quando Joel se aproximou e desamarrou o cabelo dela com cuidado, espalhando-o sobre os ombros.

– Agora você é uma fada – disse ele.

O último vestido era de gorgurão verde bem claro, com decote ombro a ombro, ligeiramente mais justo e feito para ser usado com salto alto. Sem dúvida, era um vestido sexy.

Joel estava sentado numa grande poltrona, folheando uma revista, e ergueu o olhar quando ela saiu do provador.

– Aí, sim – comentou ele, contente.

– Sério? – disse Flora, dando uma voltinha.

Ela ficou extremamente corada e Joel se animou só de ver isso acontecer. Como adorava causar aquele efeito nela. Deu uma olhada ao redor para ver se as cabines do provador davam alguma privacidade, mas a vendedora de ar arrogante logo olhou para lá como se percebesse o que ele tinha em mente.

– Vamos embora – disse Joel, apressado, olhando o relógio. – Dá tempo de ir pra casa e trocar de roupa.

Flora verificou o preço. Era astronômico.

– Ah – murmurou ela.

Joel abanou a mão.

– Para com isso, por favor – disse ele. – Vou levar todos – avisou à vendedora sem se virar para ela.

– Não faz isso, Joel.

Ele balançou a cabeça.

– Eu quero. – Joel a puxou para junto dele. – Você é literalmente a única mulher que eu conheço que nunca me pediu nada.

Flora engoliu em seco. Sabia que era um elogio, mas parecia ser também um aviso.

Livrou-se desse pensamento enquanto mudava de roupa. A vendedora embrulhou todas em papel de seda para ela, e os dois correram por entre a multidão o mais depressa possível. Joel começou a beijá-la antes mesmo de entrarem no elevador, e Flora olhou em volta, meio envergonhada, até perceber que, é claro, não conhecia ninguém lá, então não dava a mínima, e o beijou também, com vontade, e ele praticamente a carregou para dentro do elevador, e os dois não prestaram atenção a mais nada, nem à recepcionista, que os olhava com inveja.

Marsha e Mark viviam num bairro residencial. Flora e Joel ainda estavam meio risonhos quando chegaram, um pouco atrasados, Flora com o cabelo molhado nas pontas, mas radiante com seu vestido prateado. Joel anotou mentalmente a ideia de comprar uns brincos para combinar com a peça.

Os Philippoussises moravam num prédio chique com porteiro no Upper East Side, e Flora ficou extremamente impressionada com o antigo elevador de carvalho e o belo chão de taco, bem como com a vista para o parque.

Marsha abriu a porta, e Flora gostou dela na mesma hora. Era uma mulher pequena, de cabelos castanhos curtos e silhueta arredondada, usando uma roupa obviamente cara. Havia grandes vasos de lírios no corredor e uma iluminação suave por toda parte. Os olhos dela, escuros e pequeninos, registraram tudo – incluindo o fato de que a pobre garota, pensou consigo mesma, estava claramente de vestido novo. Ficou se perguntando se Joel vinha empregando seus velhos truques outra vez, tentando controlar todos os ambientes em que estava.

Joel se inclinou e beijou Marsha de leve, mas não fugiu a tempo enquanto ela abria os braços e insistia em lhe dar um abraço.

– Eu juro que você continua crescendo! – disse ela.

– Marsha, tenho 35 anos.

– É, bom, mesmo assim.

Mark chegou com uma colher de pau na mão e um pano de prato por cima do ombro. Flora sentiu Joel relaxar ao lado dela.

– Como vai? – cumprimentou Joel respeitosamente.

– Entrem, entrem – disse Mark, radiante.

Ele tinha a barba grisalha bem aparada e seus olhos brilhavam. Flora logo sentiu o calor e a inteligência deles, e teve inveja de ambos.

– Você deve ser Flora, nossa amiga escocesa.

Ele não tentou imitar o sotaque, como muitos americanos faziam, e Flora ficou grata por isso.

– Como você é linda – disse Marsha.

Flora não era nada do que ela esperava. Tinha presumido que seria mais uma das loiras esbeltas de Joel. Se bem que sempre havia desconfiado de que não era Joel que tinha um tipo preferido, e sim a sociedade que considerava aquele tipo de mulher particularmente desejável, então ele fizera aquela escolha da mesma maneira como escolhia um relógio, um apartamento ou qualquer outra coisa: pelo que parecia ser a melhor opção disponível no momento.

Mas aquela garota não era assim. Não se parecia com ninguém que Marsha já tivesse visto, e Marsha morava em Nova York, onde, cedo ou tarde, se via todo tipo de gente. O cabelo muito claro, a pele praticamente albina, aqueles estranhos olhos em tons de azul, verde e prata… Não era de se notar à primeira vista; parecia uma pessoa mediana… mas quem a olhasse com atenção veria que era marcante. Seu modo de falar nem sempre era fácil de entender, mas, para Marsha, soava como música.

Por favor, pensou ela. *Que ela seja boazinha, mas não boazinha demais.*

– Então, o que está achando de Nova York?

– É maravilhosa – respondeu Flora. – E estranha… É como se eu já conhecesse. E, além disso, que calor!

Marsha ficou intrigada.

– Ah, estou achando a primavera bem fresca.

– Está quente em comparação com a minha terra.

– Bom, é melhor não vir em julho… Quer um martíni?

– Um pequeno, por favor – respondeu Flora, e Joel sorriu, debochado.

– Para com isso! – sussurrou ela enquanto seguiam até a grande cozinha aberta com uma vista extraordinária da cidade. – Que lindo – comentou Flora quando chegaram à varanda.

Joel havia parado na cozinha, onde Mark fazia um mussaca enquanto ele contava sobre seu novo emprego. Mark assentia solenemente.

– Então… – chamou Marsha.

Flora se lembrou do que tinha ouvido falar sobre os americanos: que eram muito francos e objetivos.

– Você é a tal.

– Ah, não sei – disse Flora.

No íntimo, porém, ficou emocionada com aquela declaração – principalmente enquanto bebia o martíni, que estava muitíssimo forte, mas também delicioso. Viu as longas filas de faróis dos carros, indo para lá e para cá ao longo do parque.

– Você é a única pessoa que ele já trouxe pra nos conhecer – disse Marsha. – E nós conhecemos Joel desde que ele tinha 11 anos.

Flora continuou olhando para fora.

– Como ele era?

Marsha pensou, relembrando.

– Inteligente. Triste. Tão reservado e fechado que não havia por onde encontrar uma brecha. Não sei se ele já se abriu com alguém. – Deixou a pergunta implícita no ar.

– O que aconteceu… Quer dizer, ele contou que cresceu no sistema de acolhimento. Por quê? O que aconteceu? Isso ele nunca disse, e fiquei sem jeito de perguntar.

Marsha deu de ombros.

– Eu não vi os arquivos, é claro. Então não sei. Mas vou te dizer uma coisa. Quando as outras crianças tuteladas fazem 18 anos, Mark pergunta legalmente se elas querem se encontrar com a família biológica. – Ela bebeu um gole do drinque. – No caso do Joel, não.

– E ele nunca foi adotado? Nenhuma família quis ficar com ele?

Marsha fez que não.

– O sistema nem sempre funciona, infelizmente.

– Mas e… Vocês têm filhos?

– Temos. É claro que não poderíamos ter adotado Joel. Profissionalmente, é inconcebível. E na época nossos filhos eram novos demais. Mas… tentamos fazer o possível por ele.

– Ele é muito grato – afirmou Flora.

Marsha fez uma careta.

– Não quero que ele fique grato. O que quero mesmo é que ele saiba que pode contar com a gente, que deixe de bobagem e venha nos visitar sempre que der na telha. Eu adoraria um mundo em que não precisássemos implorar para ver ele. – Ela ergueu o olhar. – Mas, Flora, você não deveria ter que perguntar isso para mim. Sabe disso, não é?

Flora assentiu.

– O amor é isso, sabe. Conhecer alguém… e ser plenamente conhecida.

E Flora não conseguiu falar enquanto voltavam para a cozinha, onde Joel e Mark estavam mergulhados numa conversa sobre as complicações de possíveis julgamentos de impeachment que, ela e Marsha intuíram imediatamente, era o jeito deles de dizer um para o outro o quanto se amavam. A noite foi boa, com Mark e Marsha falando de uma viagem desastrosa à Itália que parecia incluir uma excursão pelos hotéis mais loucos do país; de como Mark se recusava a se aposentar, argumentando que metade dos seus pacientes estava triste por ter se aposentado e perdido seu propósito na vida, e, além disso, ele adorava o que fazia; Marsha falou sobre seu curso de design de interiores e como as mulheres que o frequentavam eram terríveis; Joel não falou muito, como sempre, mas riu nos momentos certos, e nenhum dos anfitriões fez o que Flora mais esperava e ao mesmo tempo mais temia: perguntar ao casal quais eram seus planos ou que direção tomariam.

Às dez e meia, Flora deu um bocejo involuntário de jet lag e Mark se levantou para buscar os casacos. Joel usou o banheiro e eles foram embora, ambos pensando que o jantar tinha sido tão bom quanto poderiam esperar. No carro, Flora adormeceu encostada em Joel, as palavras de Marsha ecoando nos ouvidos dela. Enquanto pegava no sono, jurou para si mesma que conseguiria – que o conheceria de verdade.

Capítulo vinte e dois

Flora tentou fingir indiferença, mas era essencialmente péssima nisso. Ela se sentou na cama enorme, ainda admirando aquela vista sensacional, e tentou imaginar se as pessoas que moravam lá um dia se cansavam de vê-la, ao mesmo tempo que se perguntava se os carneirinhos de Paul Macbeth já haviam nascido – esperava não perder os primeiros pulinhos que eles dariam por aí. Estava ansiosa para voltar para casa no dia seguinte. Quem dera Joel fosse com ela. Flora o viu desatar a gravata e, de repente, ele pareceu tão sozinho ali, de pé, à luz tênue do quarto, que ela se aproximou e passou os braços ao redor dele.

– Então, eles te conheceram quando você era criança – disse ela. – Como você era?

Joel deu de ombros.

– Sei lá. Esse é o problema dos psiquiatras. Eles nunca te dão um relatório anual.

– Sua infância foi boa?

Ele ficou tenso.

– Não muito – respondeu.

Então, num gesto rápido e forte, ele a puxou para si e a olhou bem nos olhos, com as mãos firmes nas costas dela daquele jeito que a deixava sem fôlego.

– Última noite em Nova York – disse ele. – Vamos aproveitar ao máximo.

Ele acordou cedo no domingo, e ela ficou sentada, abraçando os próprios joelhos e observando-o. Contou a ele sobre a volta dos filhos de Saif e ficou contente ao vê-lo feliz com a notícia, além de preocupado com a situação deles. Ela se deitou, fingindo um ar descontraído.

– Então, você cresceu principalmente em Nova York?

Joel a olhou de relance.

– Por que a pergunta?

– Estou curiosa. É bem normal querer saber, né?

Joel deu de ombros.

– Bom, cresci aqui e ali.

– Você já disse isso.

Joel olhou para ela, seus olhos escuros inflexíveis.

– Já contei sobre a minha infância pra você.

– Não contou, não – respondeu Flora, odiando-se por falar como se estivesse implicando com ele. – Você disse que cresceu no sistema de acolhimento, mas não me contou mais nada.

– Não tem mais nada pra contar. – Joel olhou para o relógio. – Fiquei em lares adotivos. Passei por várias famílias. Aí, escapei e fui para um internato. Tá, preciso ir.

– Você… sabe o que aconteceu com seus pais? – perguntou Flora com delicadeza.

A expressão de Joel se fechou rigidamente.

– Preciso ir – repetiu ele.

Flora olhou ao redor, consternada.

– Não dá pra gente tomar um *brunch* ou qualquer coisa assim antes de eu ir? É domingo.

– Colton não sabe o que é domingo. Hoje tem aquela reunião importante… para a qual não estou nem um pouco preparado, já que me distraí com você. E, quanto mais rápido eu terminar, mais rápido posso sair desse lugar!

Então deu um beijo nela e saiu – e pronto.

Capítulo vinte e três

Na verdade, embora Joel tenha tentado se livrar dessa sensação, a visita de Flora o incomodou muito mais do que conseguia admitir. A mensagem que Marsha mandou dizendo o quanto tinham gostado dela deixou tudo ainda pior. Ela parecia uma policial, cada vez mais perto de descobrir a verdade sobre ele. E isso era insuportável. Ele queria a garota de pele macia sentada à luz do fogo, aquela cuja presença apaziguava sua alma torturada, que atuava como um bálsamo para sua mente inquieta.

Não alguém como todas as outras – como todas as legiões de mulheres por cujas mãos ele havia passado, que queriam uma história completa, que queriam ouvir todo o relato de novo e de novo e de novo, e era de se imaginar que a narrativa perderia o poder, mas não. E a única coisa decente que ele tinha na vida…

Tivera que deixar o quarto do hotel o mais rápido possível, na esperança vã de que aquele relacionamento não estragasse também.

Não tinha a ilusão de que ela não percebera.

Se a reunião com Colton tivesse corrido bem, ele poderia até ter tirado a situação de letra, se esquivado. Mas a reunião *não* correu bem.

A sala era fechada e o encontro foi particular. Não havia mais ninguém lá, o que era muito incomum. Quando Colton fazia negócios, geralmente tinha um séquito enorme ao seu redor, mesmo que as pessoas só estivessem lá para rir das piadas dele. Nem Fintan estava lá, e isso raramente era um bom sinal. Fintan só havia feito bem a Colton Rogers. Suavizara o lado abrasivo dele e o fazia rir.

Mas lá, naquela enorme sala de reuniões no 86º andar de um arranha-céu no centro da cidade que pertencia quase completamente a Colton, não havia nada além de uma mesa ampla, um bule de café e os dois homens.

Joel sacou os documentos.

– Eu… entendo que não cabe a mim questionar as suas decisões, mas consolidar absolutamente tudo… O que Ike acha disso?

Ike era um dos financiadores locais de Colton.

– Não importa – respondeu Colton, abanando a mão.

Ele tirou um maço de papéis de sua mochila. Joel franziu a testa; aquilo era novidade.

– Toma – disse Colton, jogando-o por cima da mesa. – Dá uma olhada.

– Quer que eu leve isso comigo?

– Não pode levar. Leia, reformule, e eu mando alguém digitar. Agora. Hoje.

Joel piscou, aturdido; depois, baixou a cabeça e começou a ler. Colton o observou atentamente. O silêncio na sala era total.

Meia hora depois, Joel levantou a cabeça.

– Colton, você não pode fazer isso.

Colton deu de ombros.

– Eu faço o que eu quiser.

Joel olhou para as folhas de papel outra vez.

– Mas… mas, Colton, isso é errado. O que vai fazer com… – Deixou a frase por terminar. – Quer dizer, sério, tem certeza?

Colton deu de ombros mais uma vez.

– Bom, o dinheiro é meu.

– Mas…

Os dois ficaram em silêncio. Colton, contrariado.

– Joel, você é meu advogado.

– Sou, mas…

– Não tem mas nem meio mas. Você está contratado. É meu advogado. Não quero mais ninguém. Faça o que eu pedi. Senão, posso te despedir e você pode ir embora da ilha e partir o coração daquela menina fofa e ir parar sei lá onde, porque não deu a mínima. Nem carta de referência.

Ele olhou com firmeza para Joel.

– Mas…

– Joel, você é *advogado*. Tira assassinos da prisão.

Fez-se um longo silêncio.

– Você tem que fazer isso. Senão, mando outra pessoa fazer, e o único resultado é que vai levar mais tempo. Ah, e, a propósito, se disser uma palavra a respeito disso, a encrenca vai ser maior do que imagina. Vou passar o resto da minha vida estragando a sua. Vê se não esquece.

Desta vez, o silêncio durou ainda mais. Então, Joel falou:

– Posso reformular essas anotações.

– Ótimo – disse Colton. – Cuida disso. E anda logo. Vou dar o fora desse inferno. – Ele indicou a vista deslumbrante de Manhattan do outro lado da janela. – E voltar para onde as coisas importam de verdade.

Capítulo vinte e quatro

– Tem certeza absoluta, cem por cento mesmo, de que ele não é só babaca?

Fintan estava fazendo o melhor que podia para incentivá-la.

Flora pensou em como Joel agia quando era seu chefe em Londres: sempre acompanhando uma seleção de modelos, nunca sequer olhando de relance para as pessoas que considerava inferiores a ele, sendo ríspido.

– Bom… – disse ela, enquanto Fintan estacionava o carro. Estava exausta e sob efeito do jet lag. – Bom, eu entendo por que as pessoas *podem achar* que ele é babaca. – Ela olhou para cima. – Mas ele gosta de cachorro.

– Cara, só um psicopata não gosta de cachorro. Não acusei ele de ser psicopata. Só babaca.

Entraram na estradinha de terra que subia o morro até a fazenda. Bramble e os outros cães da família foram imediatamente à loucura. Ao observar a cena, Flora quase sorriu.

– Não aborrece o pai – pediu Fintan.

– Por quê?

Flora ficou aflita na mesma hora. Seu pai andava muito desanimado desde a morte da mãe deles, três anos antes.

– Por nada – respondeu Fintan. – É que ele está tão feliz por você ter se resolvido… e a mãe teria gostado do Joel.

– A não ser que ela achasse ele babaca – argumentou Flora, triste.

– Bom, é, isso também é possível – disse Fintan. – Enfim.

Innes e Hamish chegaram alegres, vindo dos campos. Desde que a fazenda fora comprada, a entrada daquele dinheirinho, além de um cliente novo e garantido para seus produtos orgânicos, havia aliviado boa parte do esforço e da preocupação de suas vidas. É claro que a vida dos fazendeiros nunca ficava isenta de preocupações, mas, mesmo assim, havia uma leveza na expressão feliz de Innes enquanto ele tirava as botas grandes e acenava para eles.

Agot estava dentro da casa.

– TIA FOIA! – Ela se levantou com um salto.

– Você estava vendo *Peppa Pig* até agora? – perguntou Flora, sorrindo, e pegou a menina nos braços, girando-a.

– EU AMA PEPPA.

– Que bom saber disso.

Agot olhou em volta com ar travesso, se inclinou em direção ao ouvido de Flora e, num sussurro alto, exigiu saber:

– TEM PESENTE PA AGOT?

– Agot! – ralhou Innes. – Isso foi exata e precisamente o que pedi pra você não dizer quando a Flora entrasse pela porta.

A malandrinha parecia não se arrepender de nada.

– MAIS EU GOTA DE PESENTE! – justificou-se, como se a exigência do pai fosse absurda.

Flora sorriu e se sentou.

– Bom… – respondeu ela, tirando da mala um globo de neve que tinha todos os pontos turísticos de Nova York.

Ela balançou o globo para a pequenina, que arfou alto.

– TÁ NEVANO!

– Isso mesmo, está nevando.

Agot o arrancou das mãos da Flora, de olhos arregalados.

– Tome cuidado – disse Flora. – Não vá derrubar.

– NÃO DELUBA GOBO DE NEVE – concordou Agot ao mesmo tempo que sacudia o globo com um entusiasmo perigoso, de olhos fixos nele.

– Como é que se diz, Agot? – perguntou Innes, observando-a, feliz.

– BIGADO, TIA FOIA. – Agot ergueu o rostinho para ela e logo o franziu. – QUE FOI?

Flora ficou surpresa.

– Não foi nada – respondeu.

– TÁ CHOLANO? TIA FOIA TÁ TISTI? TÁ TISTI? TÁ TISTI? NÃO CHOLA.

Agot subiu no colo de Flora e começou a usar as mãozinhas para secar os resquícios de lágrimas dos olhos de Flora.

– Estou bem! – garantiu Flora, um tanto desesperada. – Estou só meio cansada, é isso.

– Está com saudade do Joel? – perguntou Innes.

– *Nah*, ele foi um babaca – respondeu Fintan.

– Cala a boca, Fintan!

– NÃO FICA TISTI. – Era impossível convencer Agot a mudar de assunto.

– Não estou triste – insistiu Flora. – Estou muito feliz. Por que você não brinca com seu globo de neve?

Agot olhou para o globo. Bramble estava tentando comer o presente.

– GOBO QUÉ VÊ PEPPA – disse ela, pegando-o.

– Que bom – disse Flora. – Acho uma excelente ideia.

– TIA FOIA, O QUE É BABACA?

Os meninos já haviam começado a discutir quem ia fazer o jantar e, de repente, Flora sentiu um cansaço esmagador.

– Na verdade, acho que meu jet lag não passou – comentou ela. – Acho que vou dormir.

Capítulo vinte e cinco

Prezado Colton,

Lamento informar...

Joel olhou para o cursor piscando, frustrado.

Era incapaz de pensar direito. Mal conseguia pensar em qualquer coisa. Tinha estragado tudo, tudo mesmo... Talvez devesse pedir demissão. Pedir demissão, ir embora de Mure e ficar em Nova York ou Cingapura ou qualquer outro lugar... Trabalho nunca faltaria.

A ideia de deixar tudo para trás, incluindo o único lugar que acalmava seu coração inquieto e ferido, o único lugar onde conseguia respirar, longe do maldito ar-condicionado, do barulho constante do tráfego, do bip-bip--bip dos telefones de todo mundo e das filas intermináveis de pessoas e problemas, todos zunindo em volta dele e crepitando pelo ar...

Nossa. Apagou o e-mail.

Querida Flora,

De repente, lembrou-se daquele fim de semana que passaram juntos nas profundezas do inverno: Flora fingindo ler, embora não parasse de pegar no sono; ele trabalhando. Toda vez que olhava para ela, a cabeça de Flora estava caindo, mas ela o pegava olhando, sorria e dizia:

– Juro que esse livro é muito interessante.

E ele sorria também, enquanto as chamas crepitavam na lareira. O quarto era aconchegante, e Bramble, que pelo jeito se tornara companhia permanente desde que Flora voltara e não gostava de sair de perto dela, tinha se virado com um resmungo que parecia vir de um homem de 70 anos – que era a idade dele em anos de cachorro. De repente, Joel percebera ter perdido completamente o interesse pelo trabalho. Havia deixado as pastas de lado, se levantado e tirado o livro dela do caminho. Então, ele a puxara para junto de si à luz do fogo e a beijara avidamente, e ela se colara a ele com tanta sede, acordando por completo no mesmo instante, aqueles olhos claros assumindo a expressão distante e turva que ele aprendera a reconhecer muito bem. Os dois se atrapalharam enquanto ela tentava tirar as quatro camadas de roupas absurdas que usava; eles riram – o que era estranho para Joel, pois raramente ria – e fecharam Bramble no banheiro, e, lá fora, os flocos de neve caíam em rodopios, criando uma linda paisagem no porto enquanto o calor dos dois corpos era ampliado pelas chamas que projetavam suas sombras na parede. E ele pensou que nunca tinha sido tão feliz assim – não, que nunca tinha sido feliz na vida.

E depois, o que tinha feito? Tinha dormido. Dormira por nove horas.

Joel nunca dormia em lugar nenhum. Aprendera a não dormir bem cedo na vida: nos lares adotivos, com as crianças da família que podiam manifestar seu descontentamento com a chegada dele de várias maneiras, em momentos imprevisíveis do dia; no internato, onde nunca se estava totalmente a salvo de um professor à procura de malfeitores, nem de garotos mais velhos à procura de problemas. Passara a vida toda em estado de alerta.

Menos em Mure. Lá, ele estava... estava a salvo.

Nova York não era um lugar seguro. Era confuso e acelerado, e o deixava ansioso. Fazia com que Joel fosse obrigado a se fechar dentro de si mesmo, e o que ele havia feito? Tinha olhado para Flora e visto em seus olhos não a expressão nítida de confiança que ela lhe dera quando estavam sentados no muro do porto, não o olhar calmo e concentrado que fazia quando estava trabalhando na Delicinhas da Annie, seguindo perfeitamente as receitas da mãe, nem aquele olhar terno e febril sempre que ele a tocava, o rosto corado, todas as vezes, as mãos dela tremendo de um jeito que ele achava totalmente irresistível...

Não. Ela havia olhado para ele com sofrimento, confusão e decepção, e de todo tipo de formas terríveis que Joel não suportava. Isso desencadeara o pânico, profundamente enterrado, de um menino que, se não agradasse as pessoas, não poderia garantir um teto acima da cabeça e comida, muito menos alguém que o amasse. E, para piorar, agora Colton estava empenhado em destruir tudo.

Não havia precedentes na vida de Joel em que ele pudesse falhar e continuar sendo amado. Nenhum. Isso simplesmente nunca tinha acontecido com ele. Era por isso que se esforçava tanto para ser o melhor: o mais bem-sucedido, o que trabalhava mais horas, sempre derrotava o adversário, seduzia as mulheres mais bonitas e sempre tinha êxito.

Falhar aos olhos de Flora parecia o pior fracasso de todos, e ele não sabia ao certo se aguentaria. Também não sabia o que fazer a respeito.

Apagou o e-mail, soltando um palavrão. Ao que parecia, ele não servia para ninguém, nem para nada.

Joel andou de um lado para outro da suíte, tentando se distrair. Então, pensou numa coisa – algo que, mesmo que tivesse estragado tudo, mesmo que tivesse que ir embora, ainda poderia fazer. Uma coisa útil.

O país podia ser diferente, o contexto podia ser outro, mas havia uma coisa que ninguém conhecia melhor do que Joel: assistência social à criança.

Abriu o laptop outra vez.

Prezado Saif,

Quero que saiba que ouvi a maravilhosa notícia a respeito dos seus filhos e que seria um prazer representá-lo, *pro bono*, em qualquer situação que encontre pela frente.

Capítulo vinte e seis

Às vezes, uma boa noite de sono dá um jeito em tudo. E, às vezes, você leva dois segundos para perceber que não, tudo continua uma porcaria. Flora piscou, olhando o teto, e suspirou. Não tinha telefonado para Joel. Não sabia como fazer isso. Não sabia o que sentia, nem qual direção tomaria, nem em que pé estavam. Continuou a encarar o teto. Ah, sim, e ainda precisava organizar um casamento que tinha ignorado completamente ao partir para o outro lado do mundo.

O vento vinha do mar, mas era salgado e fresco, e ajudou a tirar o torpor do jet lag da sua mente quando ela abriu a porta da cozinha para deixar os cachorros saírem, abanando alegremente os rabos enormes à luz da manhã. Ela foi para a cozinha.

– Tcharã! – disse Fintan, mostrando algumas linguiças frescas numa sacola de papel. – *Haggis* e ervas.

Que era basicamente estômago de ovelha recheado com vísceras.

– Que nojento.

– É aí que você se engana – retrucou ele, ligando o forno Aga. – Espera só pra ver. Isso vai curar todos os males.

Flora abriu um sorriso triste.

– Como Colton está hoje?

O rosto de Fintan se iluminou.

– Ótimo! Está em Los Angeles gritando com os acionistas. Se não fosse esse casamento besta, eu também estaria lá.

Flora sorriu.

– Ah, legal.

Fintan se aproximou.

– Se ele não está te fazendo feliz…

– Não começa – respondeu Flora. – Não posso pensar nisso agora.

– Quer dizer que vocês vão ficar na mesma pra sempre, se ele acha que não tem problema fazer esse tipo de coisa.

– Eu sei. Sei disso. É que… Conheci o psiquiatra dele.

– Ele te levou pra conhecer o *psiquiatra* dele?

– É uma situação incomum.

– Ele não tem amigos, não? Teve que pagar pra ter um?

– Não é isso.

Flora ficou corada. Ela nunca havia comentado o passado de Joel com ninguém, o que era complicado, pois tornava mais difícil arranjar desculpas para ele.

– A vida dele não foi fácil.

Fintan fez uma pausa e virou as linguiças, que estavam estalando na frigideira.

– Ele é um advogado rico e bonito que pode viajar pelo mundo.

– Advogados ricos e bonitos também têm problemas.

Fintan olhou para a irmã.

– Eu acho… – começou ele, devagar. – Acho que… ele deveria te tratar que nem uma princesa, só isso.

Flora sorriu.

– Só se for que nem a Cinderela. Minha lista de tarefas pra amanhã está uma loucura.

– Eu sei – disse Fintan. – Não é ótimo?

O casamento de Charlie e Jan ia ser realizado na antiga capela com vista para o promontório, as fileiras de túmulos antigos montando guarda contra as ondas. O lugar era antigo – antigo *mesmo*. Quando os missionários chegaram, já havia pessoas morando em Mure havia milhares de anos. A conversão fora rápida – até demais, segundo alguns. O povo havia aceitado a nova religião, mas nunca esquecera por completo as velhas histórias de divindades do mar, focas, deuses vikings e príncipes em torres de gelo, transportadas por sobre o mar frio e contadas de geração em geração ao redor do fogo e longe dos ouvidos do pastor.

A festa seria no Recanto do Porto, o que de certa forma surpreendera Flora – ela esperava um gazebo no jardim da propriedade dos pais ricos de Jan, não o hotel antigo e meio negligenciado no limite da vila. Ainda assim, seria conveniente poder ir embora depois de se fartar, em vez de esperar que todo mundo saísse, e é claro que a Pedra ainda não fora aberta. Havia uma lista de convidados, é óbvio, mas ficara evidente que os moradores em geral – principalmente os residentes idosos da vila – passariam de qualquer jeito pela igreja, considerando o quanto casamentos eram raros na pequena comunidade de Mure (embora pessoas de fora fossem para lá se casar o tempo todo, em busca da paisagem pitoresca e de uma demonstração de superioridade no estilo do casório, só para complicar a vida dos convidados que precisariam ir para lá). Esses convidados extras provavelmente também iriam à festa, então Jan havia pedido um bufê em vez de um jantar com pratos fixos, além de um limite razoável de bebidas já pagas no bar.

Mas, no quesito comida, ela queria tudo. Flora a xingou baixinho e tentou pensar no dinheiro enquanto fazia centenas de enroladinhos de salsicha; bolinhos em miniatura, todos macios, leves e perfeitos, para servir com creme local e geleia de amora-silvestre; bolos *simnel* minúsculos e imaculados; tortas de todos os tipos; geleias e *possets*, ainda que Flora tivesse sido obrigada a vasculhar o livro de receitas de sua mãe de cabo a rabo só para descobrir o que era essa sobremesa. Mas o bolo de casamento não, é lógico, tinha dito Jan, toda presunçosa. Ele seria encomendado do continente, insinuando, é claro, que não confiariam a Flora as coisas realmente importantes... Flora tinha se limitado a sorrir e morder a língua, dizendo apenas que tudo bem.

Havia – ela não podia deixar de admitir – uma partezinha dela que pensava: e se?

Será que poderia ter sido ela a acordar naquela manhã de primavera ensolarada e fresca, não com uma sensação de medo, mas com a nítida sensação de felicidade? Sabendo que ia se casar com um homem bonito, bom e íntegro, com quem poderia construir uma vida feliz e descomplicada? Com quem poderia criar filhos que falariam gaélico e inglês e frequentariam a escola de Lorna? Que os dois se veriam todo dia e trabalhariam em horários decentes...?

Um tipo muito simples de felicidade… Isso havia sido oferecido a Flora. Mas Charlie tinha visto a dúvida no olhar dela, o modo como ela virava a cabeça sempre que o chato daquele americano entrava em cena; ele tinha visto, entendido e a deixado em paz. Ela estava condenada a nunca ter uma vida simples e feliz como a das outras pessoas.

Flora sentiu muita pena de si mesma – ao mesmo tempo que assava pão sem fermento para servir com bastante manteiga e uísque da ilha, salmão defumado e ovas locais; bolinhos de gengibre com glacê que estouravam na boca, vertendo o recheio de creme de confeiteiro; e uma infinidade de *éclairs*. Enquanto isso, Isla e Iona preparavam sanduíches de pepino na cozinha dos fundos com o rádio num volume alto e falavam dos rapazes que esperavam ver na festa – e será que as saias pretas que Jan pedira para elas usarem podiam ser curtas?

Às onze horas, no entanto, enquanto a cerimônia acontecia – ela não sabia se Jan achava que ela poderia ter tentado ir de penetra –, Flora inspecionou a sala com prazer. O tapete estava desbotado (e um pouco empoeirado nas bordas) e o teto continuava manchado de tabaco depois de todos aqueles anos, mas as mesas compridas estavam absolutamente recheadas e quase rachando de tanta comida ao redor da peça central, que era o bolo (bem simples e sem adornos – nada que Flora não pudesse ter feito na Delicinhas da Annie). Havia jarras pesadas de creme, duas postas de salmão defumado na ilha e tigelinhas quentes de sopa *cullen skink*, e tudo estava simplesmente lindo.

Flora se permitiu sorrir um pouco. Então… Noiva, ela não era. Mas sem dúvida estava perto de poder dizer que era cozinheira. Fintan passou a cabeça pela porta e fez sinal de joinha com os dois polegares.

Ouviram a comitiva do casamento antes de vê-la. Era um dia lindo, ensolarado e cheio de vento, e não havia carros para casamentos em Mure – a não ser que alguém quisesse pôr flores num Land Rover (e algumas pessoas faziam isso mesmo –, então os noivos e convidados foram a pé pela rua principal, em meio a gritos e parabéns de turistas e transeuntes, encantados por se verem no meio de uma procissão de casamento, enquanto os sinos da igreja badalavam. Flora preparou um pouco o próprio coração. Esse era o dia de Jan, e não havia muita gente que não soubesse que ela e Charlie tiveram um casinho no verão anterior. Ela queria que, pelo menos dessa vez, Joel pudesse estar ao seu lado diante de algo que importava para ela. Fintan, como se percebesse isso, chegou mais perto da irmã e afagou seu braço. Ele também tirou um pouco da farinha que havia caído no avental e no cabelo dela.

– Não esquenta – disse ele. – Você não tem por que se sentir mal.

Flora não achou que isso fosse verdade nem por um instante, mas pregou um sorriso nos lábios e fez o melhor que pôde.

Para dizer a verdade, Jan estava bonita. Tudo bem que não havia tingido o cabelo, que estava curto e rigidamente cinza, nem tirado os óculos. Mas era a primeira vez que Flora a via sem uma blusa de lã e, com certeza, a mulher tinha umas pernas fenomenais; usava um vestido chique e reto na altura dos joelhos que as exibia muito bem e uma jaqueta branca com um jeitinho de anos 1980, mas estranhamente apropriada. Não usava véu, mas se mostrava do jeito que era. Charlie, é claro, estava de kilt, assim como os outros homens, com uma gravata preta pela primeira vez, uma casaca preta curta e um colete preto por baixo.

Ao vê-lo, Flora se abaixou para sair de vista, voltando à cozinha como a Cinderela, enquanto os pratos com os canapés quentes eram levados – vieiras e veado bem fatiado, e petisquinhos de *haggis*, quentíssimos, com creme de rábano. Inge-Britt, a gerente do Recanto do Porto (e amante de Joel por uma noite só, o que Flora, constrangida, tentava esquecer, e Inge-Britt, que tinha uma atitude islandesa bem saudável em relação a esse tipo de coisa, já havia esquecido de verdade), distribuía taças de prosecco, algumas das quais haviam sido servidas cedo demais e já estavam chocas – mas Flora não quis comentar.

Ela olhou para a multidão que chegava. Parecia haver muita gente mesmo... Jan tinha insistido em provisões para cem pessoas, o que era bastante, óbvio, mas havia bem mais gente do que Flora esperava ver.

Não só isso, mas havia muitas crianças. Jan com certeza não mencionara crianças... Muitas delas, Flora presumiu, faziam parte dos grupos de excursão que Jan e Charlie organizavam juntos, levando crianças do continente que viviam em situação difícil para passeios de aventura. Embora esse fosse um objetivo totalmente louvável e um trabalho maravilhoso, às vezes Flora queria que Jan não exibisse sua virtude moral com tanta regularidade.

Mas o problema daquelas crianças era que não conseguiam esperar um bufê. Não sabiam que a ideia era aguardar até que todos tivessem bebido alguma coisa, se acomodado e organizado para que os discursos pudessem começar e todos pudessem se comportar de modo sensato. Elas foram direto para a mesa do bufê e já começaram a encher a boca com o que houvesse pela frente.

– Não! – disse Flora, horrorizada, enquanto sua linda arrumação era arruinada antes que os convidados entrassem para vê-la.

Ela saiu da cozinha sem nem ligar para o fato de não ter se limpado nem passado um batom. Os meninos, surpresos, olharam para ela com ar de culpa e um silêncio tomou conta da sala. Jan se virou, o olhar cheio de expectativa. Flora sentiu que estava corando na mesma hora – e ficou rosa-choque.

– Hã. Quer dizer, oi. Vocês podem esperar até todo mundo entrar aqui para começar a comerem juntos?

Fez a cara mais agradável que pôde e percebeu o quanto sua voz soava falsa. Na verdade, parecia estar afugentando crianças famintas para longe da comida. Com certeza não era esse o efeito que pretendia causar.

Jan se adiantou com pressa, um sorriso de pena nos lábios.

– Não se preocupe, Flora… Todos aqui são nossos convidados.

Flora tentou puxá-la de lado.

– Mas… mas só temos comida para cem convidados! Você disse cem!

Agora, o salão estava totalmente lotado, e os meninos já tinham voltado a encher a boca.

Jan soltou uma risadinha cristalina que Flora nunca tinha ouvido.

– Ah, o que você está fazendo não é difícil, né? É ótimo receber *todos* os nossos amigos para celebrar nosso casamento…

Charlie se aproximou por trás de Jan, sorrindo nervosamente e parecendo meio suado.

– Ah… é… Parabéns – disse Flora. – Estou muito… Estou muito feliz por vocês.

Jan apertou a mão de Charlie em um gesto possessivo.

– Bom, é claro que você tem que dizer isso – respondeu ela, olhando em volta. – Estou vendo que o americano parece ter ido embora.

Flora ficou atônita. Havia ainda mais pessoas entrando, incluindo alguns frequentadores mal-afamados do Recanto do Porto que Flora tinha quase certeza de que não teriam recebido um convite nem dali a um milhão de anos.

– Tá, enfim… Você sabe quantas pessoas está esperando?

– Flora – disse Jan. – Essa comemoração é importante na nossa comunidade. É importante para todos nós. É claro que você foi embora da ilha…

E depois voltei, pensou Flora, revoltada.

– Mas, para quem sempre ficou aqui, que acredita na ilha como nosso lar… esse é um dia importante para todo mundo.

– Então… quantas?

– Todo mundo é bem-vindo – disse Jan.

Ela olhou para a mesa de bufê, cada vez mais vazia. Os meninos estavam jogando *vol-au-vents* uns nos outros e pisoteando as migalhas.

– Ah, nossa, parece que tem pouca comida – comentou Jan.

E saiu deslizando pelo salão, como se a situação não tivesse nada a ver com ela.

Flora se virou, agarrou Isla e Iona, levou-as para a cozinha e capturou Fintan, que estava indo pedir um gim-tônica.

– Tudo – rosnou ela. – Vamos pegar tudo que tivermos guardado.

Fintan franziu a testa.

– Bom, eu não vou dar pra ela os queijos que estão maturando.

Ele tinha começado a maturar queijos, como vinho, preparando-os para a reabertura da Pedra. Eram queijos extraordinários, lindos mesmo, e Flora às vezes queria que pudessem vendê-los a outros clientes. Renderiam uma fortuna.

– Qualquer coisa – repetiu ela. – Qualquer coisa que esteja no congelador, qualquer coisa que esteja à mão, e comecem a trabalhar. Façam o que for mais rápido. Iona, você faz sanduíches. Corre lá no mercado.

Flora ficou triste; até agora, tinham usado os melhores produtos possíveis.

– Compra todo o presunto que tiver. E todos os pepinos.

Pensou nos pepinos do mercadinho local. Podiam estar meio murchos, no mínimo. Para chegar às ilhas do norte, percorriam um longo caminho.

– Ponha muita manteiga em tudo. Ai, meu Deus – gemeu ela. – Não temos tempo pra fazer mais pão. Vê o que a Sra. Laird tem.

As garotas, justiça seja feita, trabalharam na velocidade da luz com o que tinham à disposição. Encontraram cada pedaço de bolo de frutas – Flora os armazenava em grandes quantidades para a Delicinhas. Também encontraram uma grande pilha de massa de biscoito de gengibre congelada que Flora havia esquecido que tinha, e acabaram esquentando tudo no micro-ondas, transformando numa sobremesa e acrescentando creme inglês. Rasparam cada migalha da Delicinhas da Annie e serviram a uma multidão cada vez mais bêbada e exigente, aceitando até mesmo, por fim, saquear o estoque de chips de batata de Inge-Britt simplesmente para dar aos convidados de Jan algo para comer.

Finalmente, depois do que pareceram cerca de vinte horas de gente barulhenta, dançarinos, cantores e chatos de plantão, e depois que os discursos foram feitos, o bolo foi cortado e as bebidas gratuitas acabaram. Sem mais nenhuma migalha à vista, as pessoas, sentindo que a festa havia chegado ao fim, começaram a se retirar.

Na cozinha, as garotas trabalhavam como nunca, lavando tudo, e Fintan se juntara a elas como um bom camarada. Flora estava a todo vapor, com o cabelo amarrado num rabo de cavalo e suor na testa. Olhou ao redor. Não restava mais nada; usaram as salsichas que Inge-Britt servia de manhã e os ovos para fazer uma *frittata* de última hora que cortaram em fatias. Nem um único prato ficara intacto. A bagunça, porém, estava por toda parte.

Flora teve vontade de chorar. Mal sabia o que as pessoas tinham comido. Todos os bolinhos e *hors-d'oeuvre* lindos e feitos delicadamente à mão que ela havia preparado no começo foram empurrados de qualquer jeito para a boca de meninos que nem ligavam para o que estavam comendo. As pessoas ficaram olhando ao redor com expressões famintas até ficarem bêbadas o bastante para não ligar para o que ingeriam ou contentes com um pacote de chips de batata. A ideia de alguém querer contratar Flora depois disso era impensável. Além do mais, tinham gastado no mercado local todo o dinheiro que havia na Delicinhas e provavelmente deviam a Inge-Britt pelos chips.

Enquanto os convidados do casamento saíam do salão para ver Charlie e Jan pegarem a balsa noturna rumo ao continente – iam para a Itália, Flora ouvira Jan dizer um milhão de vezes –, a confeiteira apoiou a cabeça exausta no batente de uma porta e deixou uma lágrima escorrer pelo rosto. Depois, disse para si mesma que precisava deixar de bobagem, porque ainda havia horas de limpeza pela frente. E ela nem queria pensar no envelope que o pai taciturno de Jan havia deixado na cozinha.

Ela sabia que conteria um cheque no valor exato que haviam combinado com antecedência – para alimentar cem pessoas. Não chegaria nem perto de cobrir a comida extra, as horas extras e o uso da cozinha de Inge-Britt. Tinha aceitado trabalhar no casamento para ganhar dinheiro – para levar a Delicinhas ao sucesso. Em vez disso, as pessoas só se lembrariam dos pratos vazios, dos sanduíches bagunçados.

Ah, não adianta, disse a si mesma. Não adiantava se preocupar com isso nem pensar demais no assunto. Talvez estivesse ficando autoindulgente; a Delicinhas estava indo tão bem que ela havia tirado um fim de semana de folga. Tinha parado de lutar pelo prêmio e esquecido como era administrar de fato uma empresa de fornecimento de comida, dia após dia. Bom, agora ela sabia. Arregaçou as mangas, encheu a pia de água e tentou absorver o aprendizado. Mas sentia os dentes rangerem.

Houve uma batida leve nas portas vaivém da cozinha. Flora olhou para lá, cansada. Naquele exato momento, não havia ninguém, nem uma única pessoa que ela tivesse vontade de ver, e esse simples fato a entristecia. A mulher parada ali era uma estranha, embora Flora a tivesse visto de relance na festa de casamento. Usava um vestido florido, sandálias brancas e óculos grossos; tinha cabelos compridos e pretos, bem como uma expressão de pesar.

– Hã, oi?

– Eu não trabalho aqui – disse Flora. – Vou chamar a Inge-Britt. Um instante.

– Não, não – respondeu a mulher com sotaque de Glasgow. – Eu só queria dizer… Sinto muito… Sou a assistente social que está com os meninos. Me desculpe… Só quando entrei percebi o que fizeram com o bufê… Eu tinha ficado para trás, na igreja.

– Tudo bem – respondeu Flora. – Mas eles pisotearam muita coisa.

– Eles passaram a semana toda numa atividade da Aventuras no Campo e se divertiram tanto, e era para eu escoltar o grupo de volta, mas, quando descobriram que ia ter um casamento, insistiram até conseguirem permissão para ficar.

Ela baixou o olhar.

– Sabe, eventos felizes como esse são muito raros para alguns dos meninos… Muitos deles mal saem de casa. E com certeza não há muitos casamentos na vida deles. De alguns deles.

Ao ouvir isso, Flora foi atingida por uma onda de remorso. Só tinha conseguido pensar no estrago que os meninos fizeram no seu lindo bufê. Havia esquecido completamente quem eram e de onde vinham. Tentou pensar em como eles deviam ter azucrinado Charlie, que, apesar do tamanho, tinha o coração mais mole do mundo, e na esperança no rostinho das crianças. Como é que alguém conseguiria dizer não para elas?

– Eu tinha a intenção de vir controlá-los, é claro. – A mulher torceu as mãos, nervosa. – Mas fiquei presa num banco da igreja, atrás da multidão, e um deles teve que ir ao banheiro, e enquanto eu ia com ele os outros meio que correram pra rua. E… me desculpa mesmo.

– Não tem problema – disse Flora.

O estranho era que, só por dizer isso, e por ter ouvido o pedido de desculpa, ela se sentiu um pouco melhor.

A mulher olhou ao redor.

– Quer que eu chame eles pra ajudarem a limpar?

– Ah, não, imagina – respondeu Flora. – Não. Deixa eles aproveitarem as férias.

A mulher sorriu.

– Eles vão na mesma balsa que Jan e Charlie, então não sei que tipo de lua de mel eles vão ter.

Flora sorriu.

– Que bom que eles conseguiram vir, fico feliz.

– Eles também – disse a mulher. – Obrigada por ser tão compreensiva. Achei que você estaria escrevendo uma carta furiosa para o conselho exigindo a minha cabeça numa bandeja!

– Eu não faria isso. Se bem que adoraria se essa bandeja viesse cheia de salgadinhos extras. Aceita uma xícara de chá? Ou, ah, que se dane, ainda deve ter um pouco de prosecco…

A bondosa Inge-Britt havia escondido uma garrafa para si mesma.

A mulher ficou com uma expressão culpada.

– Ah, é melhor não. Preciso acompanhar os meninos de volta e… Tá, meia taça. Não conta pra ninguém.

– Pode deixar. Cadê eles?

– Chegaram cedo pra esperar a balsa. Enquanto isso, Charlie pôs todos pra jogar bola no gramado.

Flora balançou a cabeça.

– No dia do casamento dele?

– Ele é um homem bom.

– É, sim – concordou Flora, reflexiva. – Muito bom.

Ficaram sentadas na cozinha.

– Posso te perguntar uma coisa? – disse Flora.

– Lógico.

– Esses meninos… Estão no sistema de acolhimento, né?

– Alguns, sim… Às vezes, alguns deles ficam com um dos pais. Em muitos casos, o melhor é quando a gente consegue que fiquem com um dos avós.

– O que faz com que um lar adotivo dê errado?

– Geralmente, agressividade. Se há outras crianças na família e o adotado não consegue dividir a atenção… às vezes acaba sendo agressivo, porque é a única reação que conhece.

Flora franziu a testa. Aquele não parecia ser o caso de Joel. Às vezes, ele ficava distante, mas ela não conseguia imaginá-lo sendo violento nem tomado por uma raiva incontrolável. Na verdade, era até controlado demais.

– Tem algum outro motivo?

A assistente social tomou outro gole.

– Bom – disse ela. – Às vezes, a criança simplesmente não combina com aquela família. Não é culpa dela. Um trauma em casa pode abalar o seu comportamento, mas ela já era meio incomum quando chegou. Uma criança no espectro autista pode ter dificuldade para se adaptar. Ou, por mais estranho que pareça, às vezes é o contrário. Muitas das famílias adotivas com que trabalhamos são de renda baixa ou média. Uma vez, recebemos um menino que era um gênio, ou quase: extremamente inteligente, excepcional em matemática, uma espécie de prodígio. Não conseguimos mantê-lo em nenhum lar adotivo. Ou a família achava que ele era esnobe demais ou exibido, ou simplesmente não sabiam o que fazer com ele.

– E como ele está hoje? – perguntou Flora, ansiosa, porque aquele, sim, lembrava o caso de Joel.

– Ele deu sorte. Conseguimos uma bolsa de estudos pra ele e o tiramos do sistema de acolhimento. Foi para um internato.

– Será que ele não se sentiu sozinho lá?

A mulher ficou triste.

– É essa a questão no meu trabalho – disse num tom gentil. – Todos eles se sentem sozinhos, meu bem. Muito sozinhos. Nenhuma criança deveria saber o que é solidão.

Ela se levantou para ir embora e derramou o resto da taça na pia.

– Só mais uma pergunta! – disse Flora. – Eu tenho um amigo, um amigo que...

E explicou a situação de Saif e seus filhos.

– Acho que eles vão ficar bem – respondeu a assistente social. Entregou um cartão de visitas, e Flora viu que seu nome era Indira. – Mas, qualquer coisa, me liga, tá? Não vou esquecer que você encheu umas cinco mil bocas hoje. Te devo essa.

Capítulo vinte e sete

Saif não queria gritar. Ele não era do tipo que gritava. Mas Lorna estava entusiasmada demais, como se aquilo fosse um projeto escolar, não a vida dele.

Lorna não conseguia pensar em mais nada, de tão eufórica e cheia de ideias a respeito de como os meninos seriam, de como a situação ficaria, do que ela poderia fazer para dar as boas-vindas e do quanto eles estariam nervosos. Seriam violentos? Teriam sofrido uma lavagem cerebral? Estariam tão traumatizados que incomodariam as outras crianças? Ela teria que elaborar uma estratégia para lidar com as outras crianças – talvez precisasse da ajuda de grupos de reassentamento de refugiados, o que significava chamar pessoas do continente – e, caramba, era emocionante, é claro, mas também muito complicado.

Então, naquela manhã, Lorna estava transbordando de planos e ideias quando foi encontrar Saif para uma caminhada. Estava ventando muito, e foi divertido sentir a brisa empurrá-la até a Praia Infinita, acordando-a, fazendo as ondas dançarem – se bem que voltar seria mais difícil – e encontrá-lo ali, olhando para o mar, com o rosto imóvel como pedra.

Ele se virou devagar, e foi só então que ela percebeu que os olhos dele estavam cheios de raiva.

– Você está bem?

– Eu confiei em você! – berrou ele, furioso. Estava brandindo alguma coisa; obviamente, já esperava vê-la. – Confiei a você a maior... Confiei a você minha vida. Minha vida e a da minha família em suas mãos. E...

Lorna sentiu o coração desabar daquele jeito terrível que a gente sente quando começa a desconfiar de que cometeu um erro terrível.

– Quê? – disse ela, tentando soar despreocupada, mas ouvindo o tremor na própria voz.

– Você contou pra todo mundo! Contou pra todo mundo nesta ilha, todos já sabem!

– Não contei, não! – respondeu Lorna, em pânico. Tinha contado para Flora, mas Flora tinha jurado guardar segredo, não? – Não contei!

– Joel! Ele sabe!

Saif mostrou o e-mail impresso. Lorna leu em silêncio.

– Flora adivinhou! – disse Lorna. – Eu não contei nada.

– E agora ela contou pra todo mundo!

– Deve ter contado só para o Joel.

Sem dúvida, fora só para ele, pensou Lorna. Por favor. Mas entendia muito bem o impulso – a alegria de espalhar boas notícias, para variar, era extremamente poderosa. É claro que Flora queria deixar as pessoas felizes e se alegrar com algo de bom que acontecia – para Saif, para a ilha, para o mundo – a partir daquela situação horrível.

– Aqui não existe "só para" alguém – respondeu Saif.

Ele achava a comunidade da ilha, tão unida, bem parecida com o mundo que ele havia deixado para trás, em Damasco, onde o mais extraordinário, encantador e ao mesmo tempo irritante era que todos quase sempre sabiam de cada passo de uma pessoa antes mesmo que ela o desse.

– Vai sair no jornal, e todos vão comentar sobre o assunto no mercado e na sala de espera do meu consultório, e vocês vão transformar meus filhos em animais de zoológico antes mesmo de eles chegarem, e não vão me dar chance de me preparar, e vamos ser atropelados…

– Atropelados por pessoas bem-intencionadas… que se importam com você – disse Lorna, magoada. – Que querem o melhor pra você e sua família. Qual é o problema? Joel está te oferecendo serviços jurídicos! Eu quero deixar a escola pronta e adequada para os meninos. Todo mundo vai querer ajudar!

Saif balançou a cabeça.

– Não – disse ele. – Todo mundo quer fofocar e se intrometer e descobrir o que aconteceu e cutucar os meninos exóticos. E tirar fotos e falar deles.

Ele voltou o rosto para a areia.

– E se eles estiverem machucados, Lorena? E se um deles tiver perdido uma das mãos, um braço... Você ainda vai querer todo mundo olhando, perguntando? Hein?

Por um tempo, Lorna ficou em silêncio.

– Me desculpa – disse ela por fim. – Tenho certeza de que Flora não contou pra mais ninguém.

Saif sacudiu o papel furiosamente.

– Tem mesmo? – retrucou ele. – Eu... não tenho.

Ele deu as costas e foi embora pela praia. Lorna o viu partir na mais absoluta tristeza, querendo ter raiva de Flora, mas sabendo muito bem, no fundo, que a culpa era toda dela própria.

Era estranho. Saif se lembraria de cada segundo das duas semanas seguintes da mesma forma como se lembrava da primeira noite da vida de seu filho mais velho, Ibrahim: na casa, cada segundo pesando sobre ele, a enormidade de constatar como seu mundo havia mudado para sempre conforme olhava para aquele serzinho minúsculo, enquanto Amena dormia no outro quarto, acabada e completamente exausta.

Aquela primeira noite tinha sido tranquila. Ele se lembrava de cada som das cigarras no pátio; do estrondo distante do trânsito de Damasco, que não invadia o subúrbio bonito onde moravam; do embrulhinho de bochechas bem vermelhas, punhos diminutos e um tufo de cabelo preto. O bebê não chorava, só fungava e se contorcia, levemente irritado. Saif já era médico havia tempo suficiente para saber que deveria deixá-lo se acomodar e não tirar o menino do berço de jeito nenhum. Tirou mesmo assim.

Naquele mundo pequeno, mas enorme e novo, naquele novo amanhecer, ele caminhou para lá e para cá com Ibrahim, saindo para o frescor abençoado do pátio, onde o forte aroma das pétalas de hibisco se abrindo à noite pairava sobre o orvalho, misturando-se ao cheiro poeirento das ruas da cidade e aos vestígios do delicado perfume das refeições noturnas que a brisa carregava. Os dois andaram por toda parte, enquanto Saif apontava para a lua e as estrelas no céu e dizia que o amaria até lá e além, e aquela coisinha fungou e se aconchegou junto dele, adormecendo apoiada em seu ombro, e o pai prometeu protegê-lo com a própria vida.

Não tinha feito isso. Havia fracassado. O mundo em que Ibrahim nascera, e Ash também, tinha ruído vagarosamente – e então, para sua crescente descrença, desmoronado de repente – diante de seus olhos. E pior: tinha desmoronado enquanto o resto do mundo olhava, ansiando, desconversando, hesitando.

Mas aquela primeira noite... Os aromas fortes, o estrondo baixo; a criatura minúscula, fungando, incessantemente viva em seus braços; onde tudo tinha começado. E, agora, ele tinha a chance de recomeçar?

– Ele vai ficar bem, tenho certeza – disse Flora. – Me desculpa, desculpa mesmo.

Flora havia fechado a loja na segunda-feira. Em parte, porque estava exausta depois do casamento; em parte, porque não tinham nada para vender, literalmente, e ela teria que esperar a chegada de novos suprimentos – leite para bater mais manteiga e farinha. A vida não era fácil quando se prometia fazer tudo com recursos e mão de obra locais. Não dava para passar no caixa de um mercado qualquer e guardar tudo no armário.

– Ah, não esquenta a cabeça – respondeu Lorna. – Eu não deveria ter contado pra você.

– Você não me contou! Eu adivinhei!

Flora tinha ido buscar Lorna na escola, e, ao chegar, a amiga havia coberto às pressas um livro que estava lendo em seu escritório.

– O que é isso? – tinha perguntado Flora, desconfiada.

Mas Lorna balançara a cabeça e se recusara a responder.

– Se for *Como mudar de profissão*, eu te mato – dissera Flora.

Lorna balançara a cabeça.

– Credo, não – dissera ela.

Apontou para os vários alunos que gostavam de ficar no parquinho depois da aula jogando partidas de futebol bem competitivas com times interclasses. Era fácil organizar partidas entre turmas numa escola que só tinha duas, e às vezes as crianças maiores compensavam os números das menores.

A pequena escola ficava no alto da colina com vista para a vila de Mure. Feita de arenito vermelho, ainda tinha as letras originais esculpidas acima das portas, dizendo "meninos" e "meninas". Lá ventava muito no inverno, mas no verão a ampla vista com água nos dois lados da colina, a vila junto ao porto abrigado lá embaixo, os barcos a vapor partindo para terras distantes e as plataformas de petróleo no horizonte formavam uma linda visão. É claro que a vista era totalmente ignorada pelas crianças que corriam livremente de um lado para o outro, na alegre inconsciência de sua infância desimpedida, sem as restrições de pais superprotetores. Todas as mães e pais de Mure se conheciam e as crianças andavam por aí à vontade – em todo caso, os poucos carros da ilha raramente passavam a mais de trinta quilômetros por hora –, subindo e descendo as ruas, entrando e saindo das casas umas das outras.

Havia perigo em Mure – nas queimaduras acidentais, nas escaladas durante o mau tempo ou nos mergulhos num dia em que as correntes de retorno quisessem arrastar as pessoas, e não importava o quanto um dia de verão pudesse ser quente, a água sempre estava fria. Mas os perigos tradicionais – trânsito intenso, sequestros, desconhecidos e assaltos – não existiam. As crianças eram livres para brincar. Nos longos meses de inverno, tinham que se recolher, como todo mundo, com livros ou videogames. Mas, assim que a luz voltava, passavam o máximo tempo possível ao ar livre, desesperadas por liberdade. Não era raro, no auge do verão, quando o sol nunca se punha, ver as crianças brincando em plena luz do dia às dez da noite.

– Não – repetiu Lorna. – Na verdade, quero fazer ainda mais no meu trabalho. Só preciso que mais gente tenha filhos.

– A começar por nós, pelo jeito – disse Flora, melancólica, enquanto se dirigiam ao Recanto do Porto.

O hotel tinha uma bela área ao ar livre com mesas, muito agradável desde que as pessoas usassem blusas de lã. As duas se sentaram lá, sorrindo alegremente para os amigos que passavam.

– Rá, rá, rá – respondeu Lorna. – Nossa, é mais fácil Mure sediar os Jogos Olímpicos.

– Nem me fala. Ai, meu Deus, dá pra imaginar? Aquele monte de *remadores*?

– Vocês vão se resolver, né, Flora?

– Não sei – respondeu Flora, séria. – Não sei mesmo o que ele quer. Ele volta logo. Enquanto isso, nem tenho coragem de olhar pras contas.

– Manda logo mais uma fatura pra Jan.

– Eu mandaria – disse Flora –, se não soubesse exatamente o que vai acontecer: "Aah, Flora, sei que você está com muito ciúme da nossa felicidade espetacular, mas bem que você poderia pensar um pouco nos órfãos sem um tostão, blá-blá-blá…"

– Não dá pra falar só com Charlie?

– Ah, nossa, não, agora ele morre de medo de mim, como se de repente eu fosse lançar mão das minhas artimanhas femininas e tentar seduzi-lo, exatamente como *não* fiz da última vez. Aff.

– Vai ver, o problema é Mure – disse Lorna. – Talvez estar nessa ilha transforme nossa vida amorosa num desastre.

– Só pode ser – concordou Flora. – A gente pode beber de novo em noite de semana? Quer dizer, se você puder pagar…

– Sério?

– É. Seríssimo. Estou mesmo numa pior.

Capítulo vinte e oito

Saif passara por uma enxurrada de verificações. Uma mulher tinha ido inspecionar a casa, e, ao olhar para o lugar através dos olhos de uma estranha – a primeira pessoa além da Sra. Laird que passava da porta desde que ele tinha se mudado para lá, no ano anterior –, Saif percebeu o quanto era inadequada para crianças: ainda estava cheia dos móveis pesados e empoeirados do último morador, a geladeira era antiga e rangia e não havia televisão.

Ele tentou alegrar os quartos no andar de cima, encomendando alguns pôsteres do continente – barcos e foguetes, quem sabia do que os meninos gostavam? Mas, de alguma forma, eles pioraram ainda mais o visual dos sofás velhos com suas capas protetoras e das camas com colchões úmidos e flácidos. A mulher, porém, simplesmente preencheu vários campos num formulário e não disse nada positivo nem negativo. Ficou óbvio que ele fora aprovado, pois logo recebeu um e-mail pedindo que comparecesse a um endereço em Glasgow numa determinada data – e que reservasse acomodações para uma quinzena. A jovem médica que seria sua substituta, de ar um tanto avoado, tinha chegado do continente, e Saif tentou passar despercebido. Também tentou dormir à noite, com um milhão de perguntas girando na cabeça. Não era, pensava ele, morosamente, a melhor hora para se desentender com sua única amiga, que além disso trabalhava com crianças pequenas todos os dias. Mas seu orgulho o impediu de ligar para Lorna. Em todo caso, ele nunca ligava; o relacionamento deles era muito mais casual. Ligar para ela seria como cruzar uma fronteira, e seus pensamentos eram tão esmagadores que ele não conseguia se convencer a fazê-lo.

Finalmente, chegou o dia.

Ele tentou entrar na Delicinhas da Annie sem atrair atenção – o que era bem difícil para um homem do Oriente Médio com 1,85 metro numa pequena ilha escocesa e que, ainda por cima, era um dos únicos dois médicos do lugar.

– Oi, Dr. Saif! – disseram Iona e Isla ao mesmo tempo quando ele entrou.

Nervoso, ele olhou ao redor em busca de Flora – tinha praticamente certeza de que Lorna havia contado tudo a ela –, mas a proprietária ainda não estava atendendo os clientes. Ela estava nos fundos, terminando algumas focaccias de cebolinha e ervas, com a expectativa de que, naquele dia de clima ameno, mas com vento, seria perfeito algo que poderia ser comido ao ar livre no porto sem sair voando – e tentando equilibrar as contas, tarefa que, na melhor das hipóteses, era perturbadora.

– Hã… por favor, tem quibe? – perguntou ele.

Saif não tinha a menor ideia de que Flora finalmente havia percebido a catástrofe que era seu faláfel e incluído o sanduíche de carne de cordeiro picante no cardápio só para ele. Aquilo nunca nem tinha passado por sua cabeça. Num instante, o sanduíche se tornara muito popular na vila e estava começando a ser visto como uma especialidade da casa, já que em Mure não faltava carne de cordeiro de excelente qualidade.

– Claro!

O sino tilintou e as velhas Sra. Kennedy e Sra. Blair entraram juntas, muito alvoroçadas.

– Aquela baleia voltou! Olha, é um perigo isso aí!

– Vai bloquear a balsa.

– Flora, você tem que fazer alguma coisa!

– Não tenho, não – respondeu Flora na mesma hora.

Iona já pegava o celular.

– Vou postar no meu Insta.

– Sempre fica parecendo uma bolha – argumentou Isla.

– Bom, então eu amplio a imagem. Selfie com a baleia.

– Não é uma baleia – disse a Sra. Kennedy, séria.

– Tá, então por que a senhora disse "aquela baleia voltou"? – retrucou Iona, petulante, ajustando a câmera do telefone.

– É um narval – respondeu ela. – É uma criatura muito sábia, muito rara, muito bela, e vai deixar toda a ilha em polvorosa antes de a situação se resolver.

– Como assim? – Saif não pôde deixar de perguntar.

– Ah, oi, Saif. Olha, eu ando com um probleminha terrível na minha…

Saif, acostumado com esse tipo de coisa, saiu pela tangente:

– Marque uma consulta com a Jeannie… Por que vamos ficar em polvorosa?

– Turistas – respondeu a Sra. Kennedy com desdém, como se o turismo não fosse a força vital de absolutamente tudo que faziam. – Todo mundo quer ver um narval. Depois, as autoridades vão querer rebocar o bicho. E aí, o pessoal do Greenpeace vai vir para cá.

– O que os turistas querem com o narval?

– Eles também não sabem. Acho que gostam de tirar fotos com ele. Flora, vai falar com o narval.

– Não é assim, não! – disse Flora. – Eu não sou uma foca! E a senhora está sendo… foquista!

– Todas as mulheres da sua família conseguem falar com as baleias.

– É verdade? – perguntou Saif.

– Aham, homem da ciência, é a mais pura verdade – respondeu Flora, revirando os olhos. – Quer café?

– Quero, por favor.

Flora passou para ele os quatro sachês de açúcar de sempre.

– Preciso pegar a balsa – disse Saif.

Flora ficou surpresa. Queria perguntar por quê, mas não se atreveu.

– A balsa não vai sair se o narval estiver no caminho – explicou a Sra. Blair.

– Estou preso – disse Saif, tentando parecer descontraído, mas na verdade estava em pânico.

Sua reunião em Glasgow era às quatro e meia. Ele tinha que pegar aquela balsa – de qualquer jeito – para chegar a tempo. Não havia dormido nem um pouco. Passara a noite falando em voz alta com Amena como se ela estivesse lá, mas havia se sentido mais tolo do que nunca. Estava apavorado. Queria que Lorna ainda fosse sua amiga, que pudesse ir com ele; sabia que ela tinha jeito com crianças. Mas é claro que Lorna não falava árabe e os meninos ficariam ainda mais confusos e, não, essa também era uma péssima ideia. Meu Deus, por que não conseguiram encontrar a mulher dele?

Não, isso ele teria que fazer sozinho. Mas, no que deveria ser o dia mais feliz e maravilhoso de sua vida – o dia com que tanto sonhara, quando seus meninos seriam devolvidos para ele –, estava tomado pelo terror e por um mau pressentimento. Se dissesse a coisa errada, será que as autoridades se recusariam a deixar que ele os levasse? Achariam que os meninos tinham sido radicalizados? Lógico que não – eram só crianças.

Via de regra, ele tentava evitar as manchetes sensacionalistas. A maioria das pessoas em Mure não lia muito além das notícias locais; as manias passageiras de Edimburgo, Westminster e Washington significavam pouco para as pessoas cujas vidas eram medidas pelas mudanças no clima e pela duração dos dias, não pelo Twitter, pela política e pelos gritos nos debates da televisão.

Ainda assim, ele sabia que tudo aquilo existia: um mal-estar, uma antipatia que contaminava as pessoas, quisessem ou não; todas as tragédias terríveis; todos os oradores afoitos, direitistas e esquerdistas, e todo tipo de maluco que ganhava espaço na TV. Ele tentava evitar problemas e fazer seu trabalho da melhor forma possível. E, claro, à medida que as pessoas o conheciam, entendiam o que era mais ou menos intrínseco aos seres humanos: a maioria das pessoas era gente boa e estava só distraída, tentando viver ao máximo como todo mundo, embora ele não gostasse quando alguém tinha o impulso de argumentar que ele também era gente boa, sabe? Porque ele sabia que isso significava "é gente boa… para *um deles*", não importava o quanto o tom de voz fosse simpático.

Ele aceitou o café e desejou bom-dia a todas.

– Por que você vai para o continente? – perguntou a Sra. Blair, desconfiada.

Ela não ia para o continente desde que sua filha se casara com um praticante de snowboard de Aviemore, e, bom, aquilo não tinha dado em nada. Para ela, só servira para confirmar que sair da ilha era uma péssima ideia. Afinal, por que sair, quando tudo que alguém poderia querer existia lá, na opinião dela?

Saif não imaginava que alguém lhe perguntaria isso, embora tenha sentido um breve alívio ao notar que ela ainda não sabia a verdade.

– Hã, pra fazer umas compras? – respondeu pouco convicto.

Era um motivo que já ouvira as pessoas informarem, específico o suficiente para motivar a viagem e vago o bastante para desencorajar a especulação. Ele esperava que bastasse. Ao anoitecer, o boato de que ele era um doido viciado em compras já teria se espalhado pela vila, mas não havia muito que pudesse fazer a respeito. Flora não olhou nos olhos dele.

A Sra. Blair assentiu.

– Bom, tome cuidado no continente – disse ela. – Não é tudo que dizem.

– Obrigado – respondeu Saif.

Quando chegou ao porto e cumprimentou os outros passageiros com um aceno de cabeça – havia mais gente do que o normal, pois o voo havia sido cancelado –, presumiu que o narval tinha tomado seu rumo. Não houve atraso e logo o imediato estava desenrolando a corda grossa que atava a balsa ao porto, e as casas de Mure, em tons pastéis, alegres e cintilantes ao vento e à luz do sol, começaram a diminuir ao longe. A água ficou mais agitada e o ruído constante da embarcação os levou para cima e para baixo de uma forma que fez Saif se lembrar, infelizmente, de outra viagem pelo mar – recordações que se desfaziam em imagens mais turvas durante o dia, mas nunca se afastavam muito dele nos sonhos repletos de mulheres chorando e, o que era ainda pior, de crianças silenciosas que tinham aprendido a ficar bem caladas e imóveis enquanto seu mundo era destruído. Saif se lembrava dos gritos ríspidos dos contrabandistas, que surpreendiam com pontapés quando achavam que alguém não estava andando depressa o bastante; do frio congelante do mar – ele nunca tinha sentido tanto frio quanto o provocado pelas ondas que ultrapassavam a borda do barco –; e do cheiro forte de diesel barato se infiltrando em tudo, mesmo em meio aos corpos sujos e ao medo das pessoas amontoadas lá dentro. Aquilo fora um vislumbre do inferno.

Saif fechou os olhos por um instante, tentando dissipar as lembranças e se concentrar na tarefa que tinha pela frente. Seu coração estava feliz, mas ainda muito temeroso. Ele queria… Ah, como queria que Amena estivesse lá. Imaginou – se deixou imaginar por um momento, enquanto segurava o corrimão com força excessiva – que entrava numa salinha sem janelas, como as muitas pelas quais havia passado ao ser escolhido e integrado ao novo mundo das Ilhas Britânicas. Imaginou-se entrando pela porta e encontrando Amena lá, com o cabelo comprido brilhando, sorrindo para ele, tão linda quanto no dia do casamento, o rosto radiante, os meninos tão bonitos e amorosos como sempre, e a esposa dizendo: "Está tudo bem! Tudo bem! Eu cuidei deles! Eles estão bem! E agora vamos ser felizes!"

Ele abriu os olhos de uma vez. Era uma fantasia absurda que não o ajudaria nem um pouco a enfrentar o mundo real, a encarar as coisas do jeito que eram. A água se chocou contra a lateral do barco. E então… ele semicerrou os olhos. Devia ser impressão sua. Devia… Será que ainda estava sonhando? Aquilo era…?

Estava sozinho, pois a maior parte dos outros passageiros decidira que o vento estava meio forte demais e ficara feliz em se refugiar na cafeteria ou no bar lá embaixo. Ele olhou adiante, mas sua mente não conseguia entender o que estava vendo. Era uma baleia – a baleia que ele havia visto, tinha certeza, com a mesma barriga comprida, o tom branco da pele e as belas curvas, como se uma criança tivesse desenhado parábolas no céu.

Mas havia mesmo algo diferente que agora ele conseguia distinguir com clareza. Aquela baleia tinha… Não havia como negar… Tinha um chifre, como o de um unicórnio. Era enorme, retorcido como uma corda, e se projetava da boca do animal. Era a coisa mais estranha que Saif já tinha visto: mais estranha do que a fosforescência na costa da Grécia e o escaravelho que seu irmão havia guardado numa caixa de fósforos, maravilhado com seu brilho de pedra preciosa.

Mas aquilo… Era como uma criatura vinda do espaço ou de um reino mágico. Era realmente a coisa mais maravilhosa que Saif já vira, e brincava no rastro da grande balsa enquanto a água se agitava atrás da popa. Teve medo de que a baleia fosse sugada para baixo das hélices, mas ela parecia perfeitamente feliz, nadando por cima e por baixo da espuma, rolando, subindo e descendo.

Seria um sinal? Quem sabe até uma mensagem de Amena? Saif não era o mais devoto dos homens: era um cientista e fora educado para ser racional. Mas, sem dúvida, seria preciso ter um coração mais duro que o dele para não pensar nessa possibilidade enquanto a criatura enorme e impossível se atirava pelas ondas, refletindo a luz do sol… Se algo tão maravilhoso e esplêndido podia acontecer… Bom…

Enquanto isso, oitocentos quilômetros ao sul, em Liverpool, Colleen Mc-Nulty olhou, tristonha, para a marmita trazida de casa e imaginou se haveria algum jeito de descobrir o que estava acontecendo naquele dia. Mas, no fim das contas, ela só mandava as cartas. Era apenas uma funcionária. Assim que Ken saiu da sala, sumindo durante uma pausa excessivamente longa para usar o banheiro, como fazia todos os dias por volta das dez da manhã (às vezes, Colleen pensava que sua relação com o colega era uma junção de todas as partes desagradáveis de um casamento, sem nenhuma das partes boas), ela estendeu a mão para sua bolsa e verificou de novo se os dois pacotinhos estavam lá – um urso e um cachorro de pelúcia aos quais ela não pudera resistir e acabara comprando. Sabia que os meninos eram mais velhos, talvez velhos demais para bichinhos de pelúcia, mas não conseguia pensar em mais nada de que as crianças pudessem gostar. Os pacotes estavam endereçados ao consultório médico de Mure – sem assinatura, apenas com um bilhetinho que dizia: "De quem lhe quer bem." Ela arrumaria encrenca no escritório se alguém desconfiasse de que tinha interagido com qualquer cliente da unidade. Sairia na hora do almoço para ir ao correio, esperando que, de alguma forma, aquilo pudesse ajudar, mesmo que só um pouquinho.

Capítulo vinte e nove

A sala de entrevistas era exatamente como Saif havia previsto. Duas mulheres estavam lá, esperando por ele.

– Bom… – disse a assistente social, que obviamente era sênior.

Era um pouco mais alta, mais magra e bem-vestida do que as outras pessoas, embora não de uma forma que se pudesse necessariamente identificar à primeira vista. Tinha maçãs do rosto proeminentes e seu corte de cabelo era curto nas laterais e reto em cima, e Saif ficou impressionado e um pouco intimidado ao mesmo tempo.

– Meu nome é Neda Okonjo. O senhor prefere inglês ou árabe?

– Pode ser inglês – respondeu Saif.

Estava tão acostumado a viver a vida em inglês que voltar a falar árabe parecia um desafio. O árabe era sua antiga vida; o inglês era a nova. Lá, naquele *bunker* anônimo em algum lugar nos arredores da enorme cidade cinzenta de Glasgow… Lá, essas vidas estavam prestes a colidir.

– Por favor, posso vê-los?

– Desculpe – respondeu Neda. – O senhor entende que precisamos…

Ela apresentou a outra mulher, que era médica e pegou um cotonete. Ele abriu a boca, obediente, enquanto ela raspava. Já havia mandado uma amostra de sangue; isso era apenas para verificar se ele era a mesma pessoa de quem vinha a amostra.

– O senhor entende que isso é só uma formalidade.

– É claro. E depois posso vê-los…

As duas mulheres se entreolharam.

– Precisamos completar o questionário com o senhor.

– Claro… Eles estão… estão bem?

– Volto já – disse a médica.

Saif e Neda ficaram em silêncio, ele olhando para o nada, ela mexendo no celular. Logo a médica voltou e assentiu discretamente para Neda.

– Que bom – disse Neda, inclinando-se para a frente.

– Posso vê-los?

Neda empurrou um relatório completo para ele por cima da mesa. Saif leu com uma rapidez incrível, o coração acelerado. Foi uma leitura difícil.

– O senhor precisa saber que, quando encontramos os meninos…

– Minha mulher…?

– Sinto muito. Simplesmente não sabemos.

– Ela nunca os abandonaria.

– Entendo. A área em que eles foram encontrados… estava quase toda destruída. Houve um bombardeio. Qualquer pessoa que pudesse fugir já tinha feito isso.

– Ela nunca os deixaria pra trás!

Ele passou os olhos pelos documentos outra vez. Não havia nenhuma menção a ela.

– Por favor, Dr. Hassan. Senhor. Por favor, fique calmo. Não estou insinuando isso nem por um segundo. – Ela franziu a testa. – O senhor não tinha ninguém para acompanhá-lo?

Saif balançou a cabeça, de repente aterrorizado com a ideia de que, se expressasse desagrado ou raiva, ela o impediria de se reunir com seus filhos.

– Peço desculpa.

Neda assentiu e continuou.

– Eles estavam vivendo com um grupo de crianças… praticamente ferais… Alguns soldados desertores ajudavam com mantimentos, arranjavam comida pra eles, mas não era muito.

Saif fechou os olhos.

– Ash… Acreditamos que Ash tenha quebrado o pé em algum momento e o osso não calcificou corretamente. Vamos tentar fazer o procedimento aqui antes de vocês irem embora.

Lágrimas afloraram imediatamente aos olhos de Saif com a ideia de seu menino estar sentindo dor, mancando, locomovendo-se com a perna ferida, sem mãe nem pai.

– Entendo que isso é perturbador – continuou Neda. – E Ibrahim… Temos motivos para acreditar que ele passou muito tempo com os soldados. Temos assistência psicológica disponível, mas não tanto quanto eu gostaria, infelizmente. Políticas de austeridade. Mas vamos ajudar vocês em tudo que for possível.

Saif assentiu, mas não estava prestando muita atenção. Precisava abraçar os filhos imediatamente.

– Posso… por favor, posso vê-los agora? – perguntou com a maior calma possível.

Neda e a médica se entreolharam mais uma vez e entregaram vários documentos para Saif, que assinou cada um.

– Venha comigo – pediu Neda.

A segunda sala, no final de um longo corredor, tinha janelas e brinquedos de todos os tipos, pelo que Saif notou ao observar pela janela da porta. Sentia que seu coração estava a ponto de parar. Queria ir ao banheiro, pois estava com medo de passar mal.

Num gesto gentil, a médica pousou a mão no braço dele.

– Vai dar tudo certo – sussurrou ela com brandura. – Pode demorar um pouco, mas vai dar tudo certo.

Saif, porém, cego pelas lágrimas, mal conseguiu ouvi-la ao entrar cambaleando pela porta, e parou ali, tremendo, piscando à luz natural, no meio da sala de teto baixo. Dois meninos magros, só um pouco mais altos do que na última vez que ele os vira, quase dois anos antes, se viraram, os olhos arregalados nos rostos descarnados, ambos precisando com urgência de um corte de cabelo. Ibrahim gritou, e Ash sussurrou, hesitante e assombrado…

– *Abba?*

Capítulo trinta

Saif prendeu a respiração. Ibrahim, depois de chamá-lo de pai pela primeira vez, havia ficado em silêncio e recuado até a mesa de jogos num canto, onde estava batendo pinos numa tábua de madeira com um martelo de brinquedo – um jogo infantil demais para um menino de 10 anos, embora ele parecesse mais novo.

Já Ash, que agora tinha 6 anos, não soltava o pai. Havia gritado, corrido na direção dele, pulado em seu colo e se recusado a largá-lo. Da última vez que Saif o vira, o menino era um anjo de rosto redondo, com apenas 4 anos, ainda com as dobrinhas típicas de um bebê em torno dos joelhos e cotovelos.

Agora, estava tão magro que era de partir o coração; seus olhos pareciam enormes no rosto, as bochechas fundas, as pernas e os braços iguais a gravetos. Quando Saif o pegou no colo, ele pesava mais ou menos o mesmo que as crianças bem alimentadas de 4 anos de Mure que ele atendia no consultório. Saif franziu a testa e olhou para Neda, que consultou o relatório.

– Eles estão ganhando suplementos líquidos com alta taxa de calorias, além da comida – informou ela. Leu mais e sorriu. – Parece que nenhum dos dois gosta dos suplementos.

Saif afundou a cabeça no ombro de Ash para que o filho não o visse chorar.

– Sinto muito – sussurrou em inglês para que Ash não o entendesse.

– Abba voltou! – respondeu a criança em árabe, como se ele tivesse passado apenas um dia fora.

Ibrahim ergueu a cabeça de repente ao ouvir o pai falar aquela língua estranha, franzindo a testa de uma forma que fazia Saif se lembrar doloro-samente da mãe deles. Fez um gesto pedindo para o garoto se aproximar.

– Vem aqui, meu menino querido – disse, em árabe.

Mas Ibrahim ainda o observava com cautela.

– Não se preocupe – disse Neda em voz baixa. – Tudo isso é completa-mente normal.

– Para de falar do jeito que eles falam – sibilou Ibrahim para Saif.

– Meu querido – disse Saif.

Ele se aproximou e se ajoelhou ao lado do filho, passando o braço em volta dele. Ibrahim se encolheu ao toque e recuou.

– É assim que vamos falar a partir de agora. Não é tão difícil. Você é muito inteligente. Já aprendeu um pouco disso na escola, lembra?

Ibrahim ficou confuso. É claro, pensou Saif. Fazia muito tempo que ele não ia à escola. Pensou no relatório novamente. Escondido com soldados da resistência, o que ele tinha visto… Era insuportável.

– As pessoas que falam inglês não foram boas com você? – perguntou Saif.

Ibrahim deu de ombros.

– Eles trouxeram você pra casa, de volta pra mim – disse Saif.

– Aqui não é minha casa.

– Não – respondeu Saif. – Mas você vai gostar do lugar aonde vamos.

– Quero ir pra casa ficar com a mamãe – murmurou Ash, com o rosto ain-da afundado no pescoço do pai, embora a barba de Saif lhe fizesse cócegas.

Saif fechou os olhos.

– Eu já falei pra ele – disse Ibrahim, ainda zangado. – Mamãe sumiu. Todo mundo sumiu. Tudo sumiu.

Ele martelou o bloco no jogo infantil com muita força. O silêncio tomou conta da sala.

Neda deu um passo à frente.

– Há casas novas – disse ela. – Agora, vocês vão ter uma casa nova. Conte pra eles como é.

– Bom – começou Saif. – Tem muito vento. É fresco e às vezes a ventania empurra a gente pela rua.

Saif percebeu Ash olhando para ele, interessado.

– E é um lugar muito antigo, com muitas montanhas verdes e…

barcos... ovelhas e... Ah, tenho certeza de que vocês vão gostar. Tem muitos cachorros!

Os meninos ficaram tensos. Saif percebeu imediatamente o erro que havia cometido. Eles sabiam das travessias de fronteira, quando os soldados apareciam com os cachorros farejando as vans e os caminhões, procurando passageiros clandestinos – procurando problemas. De repente, Saif percebeu o quanto ele mesmo havia mudado e até relaxado. A ilha lhe parecia um refúgio tão seguro que não tinha mais medo dos cães, nem conseguia se lembrar de como havia deixado de ter medo. Pensou no cachorro bobo de Lorna, Milou, que corria até ele todas as manhãs quando se encontravam na praia. Milou tinha ajudado, com certeza. Então, lembrou que Lorna não era mais sua amiga e que só Deus sabia o que estava acontecendo na ilha àquela altura. Por fim, pensou com amargura que nada daquilo importava. A única coisa que importava agora estava naquela sala.

A Sra. Cook espiou dentro da sala e viu que Lorna estava, mais uma vez, trabalhando além do horário.

– Não fique até muito tarde! – disse ela.

Lorna olhou para a outra professora. Acabara de receber uma confirmação oficial do conselho de reassentamento de refugiados. Não era mais segredo: os meninos estavam na lista de matrículas da escola. Ela mostrou o documento à Sra. Cook, que receberia Ibrahim em sua turma.

Sadie Cook leu devagar, depois tirou os óculos.

– Você já sabia?

Pelo menos alguém sabia que ela era capaz de guardar segredo, pensou Lorna, e assentiu.

– Deus do céu. Vai ser o maior acontecimento... Eles sabem falar inglês?

– Os filhos dos Galbraiths não sabem falar inglês! – argumentou Lorna.

– Nossa, é verdade – concordou Sadie. – Eles teriam que se esforçar muito pra serem piores do que aquele bando de ferinhas.

– Pois é.

Sadie olhou para o documento.

– E a mãe?

Lorna balançou a cabeça.

– Não temos notícia.

– Meu Deus. Que horror. Que horror. – Ainda assim, um sorrisinho meio maroto ensaiou aparecer nos lábios da Sra. Cook. – Ah, nossa, aquele coitado nem vai perceber o que o atropelou.

Capítulo trinta e um

Nos dias seguintes, em Glasgow, houve inúmeras avaliações psicológicas, o início de algumas aulas de inglês e muitos, muitos formulários para preencher e repassar.

Neda foi paciente e prestativa do começo ao fim, e a médica, cujo nome Saif nunca descobriu, tratou de garantir que os meninos tomassem as vacinas necessárias e de montar para eles os "livros vermelhos" – o histórico médico de que precisariam ao longo da vida em território britânico –, bem como fez todos os exames possíveis. Estavam subnutridos, obviamente; pequenos e abaixo do peso para as respectivas idades. Tinham parasitas internos por terem comido só Deus sabia o quê, piolhos, e Ash recebeu um anestésico local para que realinhassem seu pé. Embora se agarrasse ao pai durante todo o procedimento, ficou tão quieto e demonstrou tanta coragem que foi de partir o coração, e Saif não aguentou pensar no que mais o menino tivera que suportar.

Mas, de resto, estavam bem; não havia sequelas mais sérias, pelo menos na superfície. Os pesadelos mais terríveis de Saif, com membros perdidos e ferimentos na cabeça, não se tornaram realidade.

Psicologicamente, a situação era outra. Ash não tinha saído de perto de Saif. Neda havia sugerido que não seria uma boa ideia deixá-lo dormir na mesma cama que o pai, mas o menino tinha chorado tanto – e no quarto do hotel, ainda por cima – que Saif havia cedido, e o menininho inquieto havia passado a noite se revirando ao lado dele. Era como carregar um pequeno coala por toda parte. Ibrahim, por outro lado, estava distante e frio; não era abertamente agressivo, mas amuado e arredio. Recusava-se categoricamente a olhar para os livros de contos em inglês e a repetir palavras básicas. Não tocava no pai e aceitava as vacinas e os exames de sangue infinitos com um olhar estoico, recusando gestos de consolo. Ash começou a ir na direção oposta. Era como se tivesse aprendido tardiamente que ao chorar seria recompensado com atenção ou um doce, e Saif também não sabia o que pensar sobre isso. Mas devia fazer muito tempo que ele não ganhava nenhum tipo de atenção.

No fim da primeira semana, Neda deu um jeito de conseguir um DVD de *Freej*, um desenho animado em árabe, deixar outra funcionária tomando conta dos meninos e levar Saif para tomar um café num pequeno restaurante libanês que ela conhecia em Glasgow.

– Como vão as coisas? – perguntou ela.

Saif balançou a cabeça e respondeu com sinceridade:

– Eu não tenho dormido. Estou… É… Quer dizer… Achei que seria simplesmente como ter meus filhos de volta. Eles… mudaram muito.

Neda assentiu.

– Não se preocupe – disse ela gentilmente. – Vocês só precisam de tempo. Só que vai *mesmo* levar um tempo. Essas coisas demoram. Mas as crianças… são muito adaptáveis. Seus filhos passaram por muita coisa. Rotina, comida boa, ar fresco… Com isso, vão começar a sarar. Eles precisam sair do centro, parar de serem cutucados e examinados por adultos. Precisam ficar perto de outras crianças.

– Mas Ibrahim…

– Isso é muito comum. – Ela sorriu. – Se quer saber, eu tenho um filho de 12 anos, e ele é assim o tempo todo.

Saif sorriu.

– É verdade. – Ele brincou com o açucareiro. – Queria que Amena estivesse aqui.

– Ainda não tem notícia dela?

Saif fez que não.

– Ibrahim deve ter sido o último a ver a mãe… Quer dizer, não tenho notícia dos meus primos, nem de ninguém… – disse ele.

Neda olhou para ele, tão cheio de dor.

– Não restou ninguém da sua família?

Saif deu de ombros. Sim, restavam algumas pessoas, mas eram combatentes, e ele nunca comentava isso com as autoridades.

– Não – murmurou ele.

Neda mudou de assunto.

– Então, você vai ser pai solo?

Ele sorriu.

– É, acho que sim… Tem uma senhora que me ajuda e disse que vai tomar conta deles quando eu estiver trabalhando, e eles vão pra escola e… É muita coisa de uma vez.

Neda olhou para o relógio.

– Bom – disse ela –, não se esqueça de aproveitar.

E Saif não tinha a menor ideia do que ela queria dizer.

Capítulo trinta e dois

Hesitante, Saif levou os meninos para fazer compras, já que em Mure não havia muitas lojas que vendessem algo além de gaita de fole ou uísque. Ele os vestiu com blusas grossas de lã e casacos impermeáveis, que eram comicamente grandes, e comprou hambúrgueres, o que no fim foi uma péssima ideia. Ibrahim se lembrava de beber refrigerante com um grupo de soldados e ficou aterrorizado, enquanto Ash não deixou Saif soltá-lo nem mesmo para pegar o pedido. Todos ficaram olhando para eles e alguém fez *tsc, tsc, tsc*. Ash começou a gritar e, no fim, Saif deixou tudo para trás e correu de volta para o centro de refugiados, com o coração batendo desvairado, convencido de que não estava à altura da tarefa, de que não conseguiria lidar com os dois meninos traumatizados.

Mas Neda foi perfeitamente inflexível na questão: ou ele assumia a responsabilidade por seus filhos, ou eles teriam que ir para o sistema de acolhimento, ou, pior ainda, voltar. (Isso não era verdade, de jeito nenhum, mas ela ficou irritada com Saif por ter tanto medo de assumir suas responsabilidades, então estava tentando fazer o homem tomar jeito na base do susto.)

– Vou passar lá para visitar vocês em breve. Qualquer dúvida, de dia ou de noite, me ligue. Mas, se gosta de mim, não ligue à noite.

E ela sorriu para demonstrar que o perdoava pelo passeio desastroso.

– Olha – disse ela por fim. – Você vai se sair bem. Em todos os lugares do mundo, as mães fazem isso todo dia. Os pais também. Você consegue.

E Saif, com Ash finalmente adormecido em seus braços, torceu para que ela tivesse razão.

Enquanto isso, ele ligou para Jeannie, a recepcionista do consultório. E, percebendo que era absurdo não admitir com quem estava voltando, e como seria, explicou a situação e confessou tudo.

O silêncio chocado de Jeannie o fez entender, com um susto, que a notícia não tinha se espalhado pela vila. Ele presumira que Lorna e Flora tinham contado para meio mundo. Perceber que não haviam feito isso o deixou envergonhado.

– Ah – disse ele, e acrescentou: – Você pode explicar para todo mundo?

– Claro! – respondeu Jeannie, que, Saif sabia, ficaria felicíssima por ser a portadora da fofoca, sabendo mais sobre a saúde e o histórico médico de cada residente de Mure do que qualquer outra pessoa e não podendo vazar nem uma palavra a respeito. – Pode deixar. Vou pedir pra ninguém incomodar vocês. Espera aí, a escola já sabe?

– Claro. Eles foram matriculados e estão prontos pra ir.

– E quem vai cuidar dos meninos?

– Bom, eu sou o pai deles.

– É, mas você vai estar no trabalho... Sabe que as aulas terminam antes de o consultório fechar, né? E você ainda vai estar de plantão.

Saif ficou aturdido. Por que não tinha pensado em tudo isso antes?

Ele sabia o porquê. Porque, antes de abraçar os meninos, não conseguia se deixar acreditar que eles eram de verdade.

– Será que você pode...?

Ele ouviu o sorriso na voz de Jeannie.

– Vou perguntar pra alguém. A Sra. Laird deve ter umas horas livres. Ela gosta muito de você, sabia? Ajuda não vai faltar. Ah, Saif, que maravilha. Que notícia maravilhosa. Lorna deve estar feliz da vida.

– Por quê? – perguntou Saif, depressa.

– Bom, você sabe... pra encher a escola, é claro!

– Ah, sim, é claro.

– Como estão as coisas? – perguntou Jeannie, mudando de assunto. – Nem consigo imaginar. Você deve estar... Ah, deve estar tão feliz!

Saif olhou para o quartinho que ocupavam no hotel barato. Ibrahim estava num canto, jogando furiosamente um jogo de guerra no iPad que Saif tinha considerado uma boa compra na época, mas já estava totalmente arrependido. Ash estava sentado, olhando para o nada, com o braço apertado em volta dos tornozelos de Saif, torcendo sem parar uma mecha de cabelo ao redor do dedo.

– Ah, é, hã, está tudo bem – disse ele.

– Deve ser difícil pra eles.

Saif não podia dizer para todo mundo como era difícil. Então, ele se limitou a agradecer enfaticamente e desligou o telefone. Ibrahim ainda se recusava a falar inglês e disse que não precisava ir para a escola – escola era coisa de otário, de gente que não confiava em Deus para prover tudo –, e Saif não tinha a menor ideia de como ganhar essa discussão. Ibrahim sempre fora uma criança sensível, curiosa e questionadora. Como costumava fazer os pais rirem com suas perguntas complexas sobre como o mundo funcionava e com sua vontade de entender tudo!

Agora, vendo o filho sentado ali, obcecado com o jogo em seu colo, Saif se perguntou quais respostas ele descobrira por conta própria, atirado nos mares de uma guerra.

Tinha pensado que a travessia noturna de balsa poderia ser um passeio divertido para eles. Mais uma vez, é claro, estava enganado.

Eles se despediram de Neda, com Ash se agarrando a ela e soluçando como se seu coração fosse arrebentar, o que não tranquilizou ninguém, e Ibrahim dando ombros como se não ligasse, o que era igualmente ruim. Na balsa, os dois ficaram tensos, embora tivessem sido levados para a Grã--Bretanha de avião. Tiveram medo da maneira como a embarcação subia e descia na água; as ondas estavam agitadas e a travessia foi difícil. Ash ficou enjoado algumas vezes, e Saif acabou passando metade da noite com ele debruçado no vaso sanitário; Ibrahim se recusou a tirar os olhos do iPad, do qual Saif prometeu, em silêncio, se livrar o quanto antes, quando fosse humana e psicologicamente possível. Quando enfim viram Mure, Saif estava ansioso ao extremo em relação aos dias, semanas e meses à frente.

Os meninos seriam aceitos? Como é que aprenderiam inglês? Como ele tiraria Ash do seu lado todo dia? Como conseguiria trabalhar também? Pois não havia a menor possibilidade de ele não trabalhar; essa era a condição para a obtenção do seu visto. Como poderia cuidar de dois meninos sem mãe?

Saif já havia se sentido impotente outras vezes: na guerra e em sua longa jornada. Mas nunca sentira tanto desânimo quanto naquele momento, e o tempo imitava seu humor, cobrindo Mure com nuvens escuras. Um trovão soou, e Ash gritou, escondendo o rosto na blusa do pai. Até Ibrahim se agarrou ao videogame com mais força.

– É só um trovão – explicou Saif. – Venham, vamos subir para o convés e dar uma olhada na nossa nova casa.

No convés, o ar estava gelado, o que era impressionante em abril, com ventos soprando diretamente do Ártico e uivando mar afora. Gotas de chuva quicavam, misturadas com os respingos altos das ondas enormes e arqueadas; grandes gaivotas gritavam ao redor do porto. Ash começou a chorar na mesma hora. Ibrahim olhou para o chão, amuado, recusando-se a olhar a paisagem.

– Então, essa vai ser a nova casa de vocês – disse Saif, tentando demonstrar entusiasmo, embora já não dormisse direito havia semanas. – Estão vendo as casinhas alegres à beira-mar? De várias cores? E depois do porto tem uma praia tão comprida que as pessoas chamam de Praia Infinita! E no verão acontece um festival na praia! E todas as crianças vão lá comemorar os vikings e…

Mas nenhum dos dois estava ouvindo. Enquanto o motor fazia ruídos monstruosos ao entrar em marcha à ré e Ash soluçava com todas as suas forças, Ibrahim simplesmente deu as costas e voltou para dentro da balsa, e Saif teve que correr para pegá-lo de volta antes que se perdesse, mas o menino se livrou dele com um gesto brusco assim que o pai o alcançou.

A quantidade de bagagem que os dois meninos tinham era uma lástima, mesmo com as roupas novas que Saif havia comprado em Glasgow. Eram duas almas perdidas, levadas a outra terra; e, quando a família pequena, aterrorizada e fragmentada desembarcou da balsa na manhã cinzenta e gelada de Mure, Saif teve mais medo do que nunca em toda a sua vida.

Ele tentou carregar todas as malas e Ash ao mesmo tempo, e não olhou para mais nada antes que terminassem de enfrentar o vento até o fim do cais, passando o prédio do terminal e seguindo para o estacionamento. Só então, ergueu o olhar e viu.

Na frente da fila gelada e inquieta, com um grande número de moradores da vila – principalmente os mais velhos, que sempre gostavam de conferir qualquer coisa que estivesse acontecendo –, estava Lorna, usando uma enorme jaqueta à prova d'água, com um grupo de alunos. Assim que os viram, as crianças acenaram animadas e Lorna mandou que levantassem a placa que ela havia feito com muito capricho, e que, tendo pesquisado as palavras na internet, ela achava que devia estar completamente errada.

BEM-VINDOS, ASH E IBRAHIM.

مرحباً آش و إبراهيم

Saif cutucou os meninos para que olhassem. Ash ficou confuso e Saif lembrou que, embora tivesse 6 anos, ele ainda não tinha ido à escola nem aprendido a ler. Era perfeito que houvesse apenas duas turmas na escola de Mure: ele poderia ficar com os mais novos, integrando a turma desde o comecinho, mesmo sendo dezoito meses mais velho que muitos deles. Tinha, porém, mais ou menos a mesma altura.

Ibrahim, por outro lado, olhou e leu, e Saif viu o primeiro brilho de esperança em seus olhos desde que havia chegado.

– Eles falam árabe? – perguntou o menino com uma expressão desesperada.

Saif se encolheu.

– Não – respondeu. – Agora, falamos inglês.

Ele repetiu o que disse em inglês, tão delicadamente quanto pôde, no momento em que Lorna levantou os braços e as crianças começaram a cantar a música que ensinava o alfabeto árabe – e cantaram bem mal.

Ao ouvir isso, Ash levantou a cabeça do casaco do pai e se virou para olhar, admirado, enquanto cantavam uma música que até ele conhecia.

Saif tentou sorrir. Ele sabia – e conseguia ver na expressão ansiosa de Lorna – que as crianças estavam fazendo o melhor que podiam. E, quando chegaram ao fim, ele e os outros adultos que tinham se reunido para assistir aplaudiram o máximo possível.

Lorna olhou para ele com uma expressão de esperança, e Saif esqueceu de uma vez a briga e qualquer desentendimento que houvesse entre eles. Como podia não ter percebido que seria muito melhor contar às pessoas da ilha sobre o desafio mais difícil de sua vida? Por que tinha achado que seriam hostis? Seu próprio povo o teria acolhido e ajudado a cuidar dele e de sua família quando tudo deu errado. O que o fizera pensar que o povo de Mure não faria a mesma coisa?

– Obrigado – disse ele.

– بالحب و السعادة – respondeu Lorna.

Saif olhou para ela, surpreso.

– Agora você fala árabe?

– قليلاً – disse ela. – Estou tentando aprender.

Ela ficou corada e não quis revelar que, desde que soubera que os meninos iam chegar, sua vida noturna praticamente se resumia a estudar e ficar viciada no Babbel, o que era melhor do que ficar viciada em ver Netflix, embora não gostasse de pensar que isso ainda a fazia ficar na casa de seu pai, sentada até tarde, sozinha, noite após noite, enquanto a juventude passava.

Flora foi correndo até o cais enquanto Clark, o policial simpático, se aproximava para apertar com seriedade a mão de Ibrahim (Ash não se virou para encará-lo) e sorrir gentilmente na falta de algo a dizer. Flora trouxera uma caixa grande cheia de comida, incluindo todos os baclavás que fora capaz de fazer. Saif aceitou a caixa e ficou pensando, parado em meio à ventania uivante, imensamente grato: quem sabe? Talvez… talvez bastasse.

Capítulo trinta e três

A tempestade havia passado num instante, como acontecia o tempo todo nas ilhas do norte, e uma tarde gloriosa tinha chegado do nada. Fintan estava correndo para o aeroporto. Ele sabia que não precisava buscar Colton – um dos funcionários dele poderia levá-lo –, mas não se importava.

No casamento de Charlie e Jan, ele não tinha visto a mesma coisa que Flora. Vira a felicidade e a maravilhosa comunhão de toda a comunidade lá, comemorando. Desde a morte da mãe, sentia-se muito frustrado morando na ilha, fazendo a mesma coisa todo santo dia. Conhecer Colton havia mudado tudo; agora, ele via as coisas pelos olhos de Colton. Apreciava cada vez mais a beleza da paisagem, a paz e a tranquilidade que encontravam lá, a privacidade, a paz de espírito e o sossego interior. Ele via o que Colton via. E amava seu namorado inteligente e volátil mais do que nunca.

Colton sorriu ao descer do avião. Parecia magro e muito bronzeado. Os Estados Unidos sempre faziam isso com ele.

– Ah, *meu Deus*, quero beijar esse chão – disse ele. – Sabe, se um dia você não vier me encontrar aqui, mesmo que seja uma vezinha só, vou achar que estamos com um problemão.

Fintan o beijou.

– Então isso nunca vai acontecer – prometeu. – Como foi em Nova York? Colton franziu a testa.

– Acho que meu advogado está muito deprimido. Isso faz dele um maníaco por trabalho, então, nesse sentido, até que as coisas não vão mal.

– Credo – disse Fintan. – Flora também não está fazendo nada além de andar por aí com cara de tristeza.

– Sinceramente – disse Colton, com a confiança otimista de alguém que acha que os problemas sentimentais das outras pessoas nunca vão acontecer com ele –, não sei por que eles não se resolvem e pronto.

Fintan sorriu, feliz.

– Sério. Minha irmã é um pé no saco, mas não é tão ruim assim.

Colton suspirou. Ele sabia que era em parte a causa da infelicidade de Joel e que estava prestes a deixar muitas outras pessoas igualmente tristes com o que ia propor. Mas não ia pensar nisso agora. Quanto a Joel e Flora… Bom, Colton tinha namorado muita gente diferente ao longo dos anos e chegado a algumas conclusões: primeiro, que não existia uma única pessoa para cada um; segundo, se você conheceu alguém, ama essa pessoa perdidamente e ela também gosta de você, você é o sacana mais sortudo do mundo. Ele tinha passado muito tempo apaixonado por pessoas que só o viam como amigo, ou negavam a própria sexualidade e os sentimentos, ou estavam simplesmente no lugar e na hora errados.

Agora, aos 40 e poucos anos, ele sabia: esperar pelo que você quer, esperar por algo perfeito, era um desastre. Nunca dava certo. Você tinha que se jogar. Caso se jogasse e desse errado, bom, paciência. Dava para consertar. Mas, se não se comprometesse, não se estabelecesse e continuasse esperando o próximo amor, um amor que não exigisse absolutamente nenhum esforço, seria fácil demais. Bom, não ia rolar.

Fintan tinha feito comida, mas Colton não queria comer.

– *Nah* – disse ele. – Estou sem fome. Acho que quero esticar as pernas, me livrar do jet lag, reequilibrar minha melatonina, sabe?

Fintan não sabia, pois raramente ia a algum lugar, mas assentiu.

– Tudo bem – respondeu.

– Vamos passear com um daqueles cachorros vadios que estão sempre com você – disse Colton.

– Eles não são vadios! – retrucou Fintan. – São cães de trabalho leais! Que por acaso têm liberdade pra vadiar por aí.

Era verdade. Bramble tinha o hábito de perambular pela rua principal para visitar a Delicinhas da Annie de vez em quando. Os moradores e visitantes se acostumaram a ver o cachorro marchar pela rua, e Hamish o havia treinado para buscar e levar o jornal para casa; assim, todos ficavam felizes com a situação – menos Bramble, que farejava todo tipo de coisas deliciosas em volta de Flora, mas nunca ganhava nenhuma delas. Todos os afagos que conseguia pelo caminho compensavam um pouco, mas não totalmente. Ele, porém, era um cão sensato e não perdia a esperança.

– Beleza – disse Colton.

Estava muito feliz, muito contente por estar de volta à ilha, e Fintan se alegrou só de olhar para ele.

– Então, tirando o advogado sofredor, como foi em Nova York?

– Uma merda – respondeu Colton. – Quente demais, grudento, detestei. Não consigo respirar lá. Los Angeles foi pior ainda.

– Eu trouxe uma coisa pra você.

– É queijo?

– Colton! Para!

– É que eu adoro seu queijo. Não tenho culpa.

Ficaram em silêncio enquanto atravessavam a vila para estacionar na Infinita.

– E aí? – perguntou Colton.

– Não é queijo!

– Tá, então o que é?

– Esqueci – respondeu Fintan, emburrado.

Colton fungou, farejando o ar.

– Para.

– É que… estou sentindo um cheirinho de…

– Esse carro sempre tem cheiro de queijo.

– Bom, isso é verdade. Mas você ainda pode me surpreender. É queijo macio? Azul? Duro?

– Cala a boca!

– Porque eu trouxe uma coisa bem dura pra você…

Saíram do carro, sorrindo, e, exatamente como esperavam, lá estava Bramble, trotando pela rua principal com o jornal entre os dentes.

– Bem na hora – comentou Fintan, afagando-o e pegando o jornal.

– Ele deve ter sentido o cheiro do queijo fresco – disse Colton.

– Para de falar de queijo!

Foram caminhar. A tarde caía, mas o céu ainda parecia um fundo de estúdio de cinema: um tom azul que desbotava até ficar branco, ou melhor, de uma cor impossível de nomear, como a do cabelo de Flora; uma cor desbotada, difícil de olhar.

Perto do porto, a praia estava ocupada por criancinhas valentes que brincavam na parte rasa da água gelada, pequenos barcos de pesca de caranguejo com suas redes e seus pescadores no cais. (Não havia muitos peixes perto da costa; pescar era mais um pretexto para sair de casa num belo fim de tarde, conversar com os amigos e dividir uma ou duas fisgadas no silêncio amistoso do que uma atividade genuína.)

Mas, enquanto caminhavam, o tempo mudou: o sol saiu mais uma vez e os dois tiraram os sapatos, deixando os pés afundarem na areia macia e quente, as pessoas apreciando a beleza do entardecer às suas costas e, protegidos do vento pela rocha atrás deles, os dois sentiram o sol no pescoço, ouviram o ruído tranquilizador das ondas e nada mais.

Depois de caminhar algumas centenas de metros, Colton parou com uma expressão séria.

– *Tá bom* – disse Fintan. – Era queijo, sim. Desculpa.

Colton balançou a cabeça.

– Não preciso de nenhum presente – disse ele, coçando o cavanhaque meio grisalho.

– Eu sei – respondeu Fintan, teimoso. – É por isso mesmo que eu queria te dar alguma coisa. Ninguém te dá nada. As pessoas acham que você tem tudo.

Colton ficou surpreso. Era verdade. Na vida dele, Fintan era praticamente a única pessoa que chegara a lhe pagar ao menos uma bebida. Estava tão acostumado a pagar todas as contas que nem tinha pensado nisso. Ele sorriu. Se um dia tivera alguma dúvida momentânea, acabara de se livrar dela.

Olhou ao redor. Alguns tentilhões voavam em círculos ao longe, sobre as ondas, e uma garça alçou voo das rochas. De resto, não havia ninguém a observá-los na ponta mais distante da Praia Infinita. Era um fim de tarde perfeito. Colton prendeu a respiração e, por um instante, sentiu que tudo, exceto as ondas, estava imóvel – tudo, no mundo inteiro. O tempo não passava, o mundo estava parado no lugar e nada havia mudado nem nunca mudaria, o que significava que se poderia pensar que nada tinha muita importância – ou que tudo tinha.

Colton se abaixou, apoiado num dos joelhos.

Fintan ficou de boca aberta.

– O que... O que você está fazendo? – perguntou ele, olhando ao redor para o caso de haver alguém atrás deles.

De repente, Colton sentiu uma pontada de medo. Teria interpretado mal a situação? Fintan havia falado sobre homens no passado, mas nada sério; até o ano passado, ele nem tinha se assumido. Será que Colton era só um passatempo para o jovem? Para ganhar experiência antes de partir para outra? Em geral, Colton não era do tipo que entrava em pânico, mas foi exatamente isso que começou a acontecer com ele.

Fintan continuava olhando para ele. Então, graças a Deus, ouvindo o canto triste de um tentilhão no céu, ele mordeu o lábio e tentou impedir que um sorriso de puro prazer se espalhasse pelos lábios.

– Fintan MacKenzie – disse Colton, devagar. – Eu nunca fiz isso na vida, e juro que não quero fazer de novo, porque estou ficando velho e meus joelhos não aguentam, e a gente percebe que a areia está bem molhada quando se ajoelha nela.

Fintan cobriu a boca com a mão.

– Mas não consigo me imaginar mais feliz com ninguém, em lugar nenhum do planeta, do que sou com você. E o seu...

Bramble achou que aquilo fosse parte de alguma brincadeira. O cachorro foi se sentar ao lado de Colton na areia e agora o cutucava com a pata, achando que ele ia jogar alguma coisa.

Colton começou a rir.

– Sai, Bramble!

O cachorro jogou as patas sobre os braços dele.

– Aff, pelo amor de Deus, Bramble. Não é com *você* que eu quero me casar!

Fintan arfou em voz alta.

– Que saco, o que você achou que eu ia fazer aqui ajoelhado? – disse Colton.

Houve uma pausa.

– Acabou? – perguntou Fintan, por fim.

– Como assim?

– O pedido. Acabou? Você vai pedir o cachorro em casamento em vez de mim?

Naquele momento, Bramble estava pulando sem parar, lambendo o rosto de Colton na maior alegria.

– Para com isso! – disse Colton. – Chega, vou me levantar. Espera aí, só posso me levantar depois que você responder...

– Só falta a pergunta!

– Isso é muito mais incômodo do que parece quando alguém faz num filme.

– Tá, beleza. Vamos embora, Bramble – disse Fintan.

– Não! Espera. Tá. Ok. Meu querido. Amor. Eu... Eu te adoro. Te adoro desde a primeira vez que te vi, todo emburrado e meio bêbado.

– É assim que eu sou nos meus melhores momentos – comentou Fintan.

– E... e vou passar o resto da minha vida aqui. Pronto. Decidi. Já viajei o mundo todo e não existe lugar melhor que este. É fato. Quero ficar aqui, quero ficar com você, e o tempo... o tempo... Bom... – Ele se encolheu. – O tempo passa rápido demais.

Fintan sorriu para ele. Bramble ficou de língua de fora, ofegando de tanto esforço. Colton cambaleou.

– FINTAN! CARAMBA, RESPONDE LOGO!

– Tá bom, tá bom, tá bom. Sim! SIM!

Capítulo trinta e quatro

Noites em claro. Trabalho sem fim. Nada de Flora. Nada de Colton, a não ser mais trabalho, da pior espécie.

O hotel era um fardo imenso sobre ele. Sentia que não podia mais ligar para Mark desde que ele e Marsha fizeram questão de dizer o quanto adoravam Flora, é claro, o quanto achavam que ela era a mulher certa para ele e como ele deveria fixar residência num lugar e coisa e tal. Então, ele se afastou.

Ele se exercitava implacavelmente, o que em geral ajudava a apaziguar sua inquietação, mas passar horas correndo pelas calçadas da cidade não adiantava; não o cansava o suficiente a ponto de ajudá-lo a dormir e não desligava o pânico infinito e turvo que rodopiava em sua mente. Tentou trabalhar ainda mais; quanto mais trabalhava, porém, mais serviço Colton mandava. Tentou beber e percebeu que no passado teria ido a um bar, encontrado uma mulher extraordinariamente linda e tentado transar até se acalmar… mas não fez isso. Não queria mais fazer isso. Havia só uma coisa que queria, só uma pessoa, e não conseguia se aproximar dela – não conseguia agir direito. Tinha medo de que ela quisesse mais e mais e mais, e todo tipo de coisas que ele não tinha para dar.

E agora, aquele lugar – o lugar que ele pensava ter encontrado, onde o tormento infinito, a insegurança, a corrida e a fuga desesperadas não eram necessárias –, será que ainda existia para ele? Colton estava prestes a mudar tudo de maneira irrevogável.

Ainda seria bem-vindo lá? Ele de fato não tinha ideia do que passava pela cabeça de Flora; a impressão era de que havia sido trancado para fora do paraíso, que as palavras cuidadosas e evasivas de Flora ecoavam precisamente a linguagem com a qual ele se acostumara durante toda a sua vida, quando um assistente social bem-intencionado, mas ainda assim decidido, explicava, mais uma vez, por que ele não poderia mais ficar naquela casa e que tentariam encontrar outro lugar para ele.

Ele foi para a varanda. O calor e o barulho da cidade se ergueram para recebê-lo. Meu Deus, como detestava aquele lugar. Odiava.

Queria sentir o ar fresco e a quietude, caminhar por uma praia comprida e respirar a brisa mais fresca do mar, deixando o ar soprar todas as teias de aranha em sua mente. Não. Não eram teias de aranha. Estavam mais para cobras retorcidas, enroladas no interior de seu crânio, apertando cada vez mais, e, se Flora soubesse… Se ela soubesse, se chegasse perto o bastante, se desconfiasse do que existia debaixo da carapaça dele, o que continha… Era uma massa contorcida e sufocante de monstros escorregadios que apertavam cada sinapse, as grandes entranhas emaranhadas no interior que ele podia esconder com um terno elegante, com o charme, com um corpo atlético, com dinheiro, com coisas assim. Enquanto funcionasse.

Ele não podia aceitar o risco de deixar Flora se aproximar. Mas, se não deixasse, perderia tudo. E Colton ia acabar com tudo com um só golpe.

Sua cabeça doía, como se os monstros estivessem tentando transbordar, fugir. Não… Se os deixasse sair, se um dia o fizesse, tinha medo de começar a gritar e nunca, jamais ser capaz de parar.

Ele vagou pela varanda, cambaleando, olhou por cima do parapeito e depois para o chão. A suíte não ficava de frente para a rua; a vista era para o teto de outro prédio.

Que merda, por que estava tão quente? O calor estava por toda parte. Ele ligou o ar-condicionado, mas logo começou a tremer de modo incontrolável. Não sabia quanto tempo fazia que estava naquele quarto, naquele hotel. Sua mente estava turva. Nenhuma de suas roupas servia; ele não sabia o que havia de errado com todas elas. Não conseguia lembrar a última vez que tinha comido. Piscou; o suor escorria pela testa. Deu mais passos à frente, cambaleando.

Flora estava fechando a Delicinhas da Annie. Tinha dispensado as garotas e fazia um cappuccino para Lorna.

– Isso a gente pode pagar – disse ela. – Parabéns pelo que você fez hoje.

– Obrigada – respondeu Lorna, corando. – Será que ele gostou? Foi difícil saber. Acho que gostou.

– Não acredito que você passou um mês estudando árabe.

Lorna corou ainda mais.

– É uma língua linda.

– Você é uma caixinha de surpresas.

– Assim como você. Nossa, mas aqueles meninos são tão pequenos. – Lorna suspirou. – Ele vai precisar de muita ajuda.

Flora a olhou com malícia.

– Uma ajudinha *sexy*?

– Ai, meu Deus, lógico que não – respondeu Lorna. – Pode acreditar, desisti dessa ideia. Dá para imaginar? Impossível.

– Sabe, às vezes o impossível acontece – comentou Flora, lambendo a espuma do cappuccino. – Quer dizer, olha esse lugar.

As duas observaram as paredes pintadas do café singelo ao redor delas.

Lorna sorriu.

– Verdade. Mas acho que ele já tem muito o que fazer, e eu é que não vou tentar me impor à imagem da mulher desaparecida e perfeita dele, né? Em todo caso, não é o certo. Vou dar aula para os filhos dele. Nossa. Esse vai ser o meu trabalho. Pobrezinhos, pareciam tão tristes. Hoje de manhã o clima estava um horror.

– É mesmo. Quer que eu mande uns pãezinhos para eles amanhã?

– Isso não cabe no meu orçamento – respondeu Lorna, melancólica.

– Nem no meu fundo de caridade – disse Flora no mesmo tom. – Jan levou tudo.

– Tem notícia do Joel?

– Hã, estou achando melhor ficar na minha.

– *Você*, ficando na sua?

Flora corou.

– Eu sei, eu sei. Para com isso.

– Você passou anos perseguindo esse homem…

Flora passou o dedo ao redor da borda de sua xícara.

– Sério, estou tão desesperada que topo tentar de tudo.

Lorna assentiu.

– E, a propósito, você está *aprendendo árabe...*

– Para ajudar as crianças – afirmou Lorna piamente. – Então, você está dando um gelo nele... e aí?

– Nada... – Flora balançou a cabeça. – Nem sinal. Ele não mandou nenhuma mensagem.

Lorna fez uma careta. Aquilo não era nada bom.

– Bom... – começou ela. – Lembra o que aqueles amigos dele disseram para você em Nova York, né?

– Lembro, mas eles não disseram: "Continue fazendo papel de tonta por anos e anos e anos."

Lorna parecia solidária com a amiga, mas olhou para o relógio.

– Desculpa – disse ela. – Tenho que ir. Tenho uma pilha quilométrica de trabalhos para corrigir.

– Eu sei – respondeu Flora. – E eu tenho que fazer as contas.

– Não é ótimo sermos mulheres incríveis completamente no controle da nossa vida e do nosso destino? – comentou Lorna, levantando-se e abraçando Flora. – Olha, você ama o Joel. Ponha as cartas na mesa. Se quer mesmo ficar com ele, acho que não adianta esperar.

– Concordo – disse Flora. – Mas e se ele me der um fora e disser que está ocupado demais?

Então, ficou sentada, olhando para o telefone, pensando e ponderando o que fazer, sem a menor ideia, nem mesmo umazinha, a respeito do tumulto que acontecia a milhares de quilômetros de distância. Flora tinha uma imagem romântica, ou tivera no passado, de que, se você estivesse com a pessoa que ama de verdade, captaria o que ela estava sentindo, "sintonizaria" as vibrações dela; mesmo que a pessoa estivesse longe, você poderia ler nas estrelas ou sentir numa nuvem passageira como ela estava ou quando ela pensava em você.

Agora, percebia que havia uma grande possibilidade de isso ser uma grande balela.

Por outro lado, enquanto olhava para o telefone, ele começou a tocar...

Flora o agarrou e atendeu.

– Alô?

Logo notou, com certa decepção, que era Fintan, não Joel.

– EBAAAAA! – berrou ao telefone alguém aparentemente embriagado e sem fôlego.

– Fintan? Cadê você? Está bêbado?

– Não! – disse, a voz em êxtase. – Na verdade, agora que você perguntou, ficar bêbado parece uma ideia totalmente fabulosa e fantástica. Vamos encher a cara!

– É, cuidar das minhas contas sempre fica melhor quando estou bêbada – respondeu Flora. – O está acontecendo?

– Conta para ela – ouviu-se o resmungo inconfundível que era a voz de Colton atrás dele.

– *O quê?* – respondeu Flora.

– A gente vai se casar! – gritou Fintan, feliz.

Flora ficou quieta, apenas durante o mais breve dos milissegundos, antes de gritar "Eba!" também.

Não era justo, de jeito nenhum, ter inveja do irmão por se casar primeiro. Por ela, tudo bem.

Na verdade, tudo ótimo! Ela amava Fintan e amava Colton; era uma notícia excelente. Excelente. E ela insistiu consigo que ficaria feliz. Além do mais, era *mesmo* uma boa desculpa para não fazer as contas.

– Que maravilha! – disse ela. – Quem fez o pedido?

– O coroa – respondeu o próprio Colton. O telefone agora estava obviamente no viva-voz. – É lógico. Vem tomar um espumante com a gente na Pedra.

– O que o pai disse?

– Vou ligar para ele agora – respondeu Fintan.

Flora mordeu o lábio. Ele tinha ligado *para ela* primeiro. Sem a mãe, ligara para ela. Isso significava muito.

– Ele vai… – Ela pensou um pouco. – Bom, ele vai aceitar.

– Você acha que ele topa me levar para o altar?

Ambos tiveram acessos de riso incontroláveis.

– Ah, Fint – disse Flora de repente. – A mãe teria adorado isso.

Do outro lado da linha, os dois homens silenciaram.

– *Aye* – respondeu Fintan. – Acho que sim.

– Ai, meu Deus – disse Flora. – Quem vai contar para Agot? Ela tem que ser a daminha de honra.

– Com certeza – concordou Fintan. – Vem logo. Vou pegar alguma coisa para comer em casa. Vamos acender o fogo lá na Pedra. Vem!

E foi assim que Flora só conseguiu telefonar para Joel muito, muito mais tarde.

Joel não percebeu que tinha esvaziado o frigobar: esvaziou de repente, e ele ficou olhando para o interior, meio embasbacado. Tudo parecia muito errado. Ele tentou lembrar quando tinha comido pela última vez e percebeu que não sabia. Viu um Toblerone mole, mas concluiu que não dava para encarar. Olhou para o telefone. Nada. Ninguém para quem ligar, ninguém para… Olhou para o computador. As palavras ficaram turvas diante de seus olhos.

Nossa, como estava cansado. Estava tão, tão cansado. De se controlar, de se sair bem, de não precisar de nada, nem de ninguém.

E não precisava mesmo. Não precisava de ninguém.

Ele se levantou, voltou cambaleando para a varanda, caiu. Talvez devesse sair. Talvez devesse ver se tinham uísque lá embaixo, no bar. Tinham que ter uísque, não é? Em Mure, serviam o melhor uísque do mundo… Como era mesmo o nome? Algum nome estranho, gaélico e impronunciável, e dava para se sentar diante do fogo, se aconchegar e misturar o uísque com um pouquinho de água, e, na primeira vez que Flora lhe deu uma dose, ele pediu gelo e ela ficou totalmente horrorizada e…

Quando percebeu, Joel estava de volta à varanda.

Talvez tivesse apagado por um segundo. Não sabia onde estava. Não sabia o que estava acontecendo. Só sabia que tudo era demais para ele.

A rolha do champanhe pulou e todos aplaudiram, os rostos brilhando à luz do anoitecer depois que o sol fizera sua aparição tardia. Um fogo enorme ainda crepitava na lareira – em Mure, sempre era boa ideia ter seguro contra incêndio. Todo mundo estava rindo e Fintan estava sentado no colo de Colton, olhando de vez em quando para ele como se mal acreditasse que tudo aquilo estava acontecendo.

– Já tem aliança?

Fintan assentiu e se inclinou para perto de Flora. Ela ofegou. O anel era primoroso: duas faixas de prata, entre as quais havia um ornamento de metal esculpido na forma de pequenas engrenagens encaixadas.

– É como uma batedeira de manteiga – disse Fintan.

Flora balançou a cabeça. Era absolutamente belo, único e totalmente a cara deles.

– Que lindo.

– O que o Joel disse? – perguntou Colton preguiçosamente.

Ele não estava prestando atenção à conversa dos MacKenzies. Descobrira que, quando todos tagarelavam ao mesmo tempo, o sotaque ficava mais forte e difícil de entender, mas gostava de ouvir. Então, simplesmente se acomodava e deixava o som passar por ele como o canto dos pássaros – bebendo uísque em vez de champanhe, com o homem que ele amava em seu colo e o fogo tremeluzindo na lareira, o céu ainda claro depois das nove da noite –, e sentia que tinha tudo para viver feliz.

Ao ouvir a pergunta, Flora ficou paralisada. Quem não a conhecia tão bem quanto os irmãos dela não chegaria a perceber.

– Hã, não tenho notícia dele…

Innes franziu a testa.

– Vocês dois estão…?

– Shhh – disse Fintan depressa.

– Não – respondeu Flora.

Que situação ridícula. É claro que ela telefonaria para ele. Eram pessoas normais. Se ele estivesse num bar ou ocupado demais para falar com ela ou…

De repente, seu coração começou a palpitar. Pronto. Esse ia ser o acerto de contas. Flora ia ligar para ele e contar a notícia mais linda e feliz que os MacKenzies receberam nos últimos anos. E, se ele fosse mesmo seu namorado – parte de sua família e de sua comunidade –, ficaria encantado, emocionado, interessado.

Mas, se estivesse ocupado demais, se não desse a mínima… Bom, nesse caso ela saberia a verdade.

Sentiu um frio na barriga. Depois daquela viagem desastrosa… Tinha que haver limites. E havia. Ela não precisava de um anel de noivado com design perfeito que custasse uma fortuna. Não precisava de um grande casamento nem de uma declaração elaborada. Mas precisava saber em que pé estava aquele relacionamento. Precisava saber que era importante para ele.

Ela se levantou e pediu licença, sabendo muito bem que os meninos ficariam olhando até ela se retirar e, em seguida, fofocariam sobre ela e Joel. Não conseguia pensar nisso agora.

Lá fora estava mais frio do que parecia. O sol traçava um arco alto e completo no céu; a luz ampla era do amarelo mais claro, quase sem cor; o mar, excepcionalmente, estava parado como uma lagoa até onde a vista alcançava, a superfície calma e perfeitamente plana. Era uma noite lindíssima, e, lá na Pedra, com seus jardins bem cuidados e terraços contidos por muros – com o tapete vermelho indo até o cais onde os hóspedes chegariam de barco –, todas as tochas estavam acesas, alegrando o caminho, embora não houvesse escuridão.

O ar estava carregado do aroma dos últimos jacintos-dos-bosques da primavera, cuidadosamente agrupados em fileiras pelo exército de jardineiros da Pedra; os últimos narcisos já murchavam.

Flora olhou à sua volta e absorveu a beleza da noite, temendo que tudo estivesse prestes a mudar por completo, arruinando-a e abandonando-a. Pensou em Joel, na beleza dele, no rosto decidido, nos lampejos inesperados de humor que, agora desconfiava, ele tinha usado o tempo todo para impedir que ela se aproximasse. No sexo.

Talvez… Talvez ela pudesse viver assim. Talvez conseguisse administrar a situação. Ser ignorada, subestimada, deixada sozinha por meses a fio. Esperando algumas migalhas de seu amado. Ou talvez não pudesse.

Joel estava sentado na varanda quando o telefone tocou, embora não soubesse ao certo como tinha ido parar lá. Pouco antes, ele estava de pé, não estava? Tentando se refrescar? Ou não? Tudo estava bem confuso em sua mente.

No começo, não percebeu o que estava produzindo aquele som; sua cabeça estava cheia de ruídos e do berro de um telefone, mas o som persistiu, persistiu, depois parou… Será? Ou foi ele que desmaiou? E o chamado recomeçou e parou de novo.

Flora olhou para o mar, furiosa. Não queria deixar uma mensagem. Aquilo era importante demais. Ele veria que era ela na tela do celular, mesmo que estivesse fora do hotel. Ele nunca ficava a mais de meio metro do telefone, nem mesmo à noite, quando o usava como despertador. Andava com a vida na palma da mão, envolta em plástico. O telefone era importante para ele. Se *ela* era importante, aí já era outra história.

Ela desligou e telefonou outra vez, desligou e telefonou outra vez, percebendo que já estava beirando a loucura, mas tão irritada, ansiosa e zangada que não ligava mais para a impressão que passava. Se ele achava que Flora era uma espécie de mulher descartável, indiferente e desinteressada, bom… Ela não era, e pronto.

Olhou de novo para o belo edifício da Pedra, sereno à luz da noite: as pedras cinzentas tão reconfortantes, as glórias-da-manhã do jardim apenas começando a render frutos, o grupinho lá dentro rindo e festejando à luz suave.

Parecia um lugar tão feliz. Olhando lá para dentro, Flora se sentia tão deslocada.

Ela ligou de novo. E de novo. Era a última vez, prometeu a si mesma. Ligaria só uma última vez.

Joel entreabriu um dos olhos. Sentia-se um náufrago, agarrando-se a um mundo que girava e girava e o jogava para cima e para baixo até ele não saber mais qual lado era para cima. E aquele som persistia em seus ouvidos. Tinha que o fazer parar. *Precisava* fazê-lo parar.

Pegou o telefone, que tinha escorregado quase até a beirada da varanda. Havia um vão entre o parapeito de vidro e o piso. Ele ficou tentado a empurrar o telefone para o abismo. Ver como cairia. Ver como voava e rodopiava pelo ar, ver se era o certo a…

Semicerrou os olhos, fitando o aparelho, e percebeu que estava vendo tudo duplicado, que não conseguia mais entender as palavras na tela.

F… l…

– Alô?

– Joel!

– O que foi?

Flora ficou chocada.

– Hã, preciso de motivo para ligar?

– Não, claro que não. Me diz uma coisa… O tempo está bom aí? Não está quente demais? Nossa, aqui está um calorão dos infernos…

– Joel… Eu só queria te dar uma notícia. Colton e Fintan ficaram noivos! Eles vão se casar.

Flora esperou ansiosamente a reação dele. Houve uma pausa demorada, que durou milhares de quilômetros. Então, ouviu um suspiro intenso.

– Lógico que vão – disse Joel.

E desligou.

Flora baixou o telefone bem devagar. *Chega*. Ela olhou para o mar. Assim não dava. Ela se virou para ir embora. Não ia se despedir dos meninos; naquele momento, a felicidade óbvia deles era um pouco demais para ela. Sabia que ficariam bem. Na verdade, melhor ainda: ela passaria na casa do pai pela manhã e tentaria fazer algo de bom. Ele não quisera sair naquela noite – dormia à moda dos fazendeiros, como sempre fizera: ia para a cama às oito da noite em ponto e se levantava às quatro da manhã. Não que ela fosse dormir muito essa noite.

Bertie, que pilotava o barco de passageiros quando havia gente na Pedra, estava esperando no cais. Ele se levantou depressa.

– Oi, Flor! – disse ele, ficando bem corado como sempre ficava ao vê-la.

– Bertie, pode me levar para casa?

– *Aye*, claro! Vai ser um prazer! De carro ou de barco? Vem, vamos de barco. Está uma noite linda!

Por que não?, pensou Flora.

Não importava, e talvez o ar fresco pudesse ajudá-la a dormir um pouco. Então, assentiu e o acompanhou até o cais.

Capítulo trinta e cinco

Joel percebeu que estava um caco, mas não sabia como sair dessa. A situação tinha chegado a um ponto insuportável de repente, e ele não sabia o que fazer.

Não conseguia controlar a respiração. Arfando, sentiu um salto repentino nos batimentos cardíacos – um enorme choque elétrico. Agarrou o telefone como uma tábua de salvação.

Antes de entender o que havia feito, apertou o botão de retorno de chamada, embora, em seu estado confuso e zonzo, não soubesse ao certo o porquê, nem para quem estava ligando. Sua respiração saía em grandes suspiros trêmulos.

Não havia sinal no mar, e Flora descobriu um tipo curioso de quietude e contentamento ao olhar para o amplo oceano, sentindo-se sozinha e encarando o mundo por conta própria. O que quer que acontecesse, ela sabia que não era mais a mulher que tinha sido um ano antes: tímida, amedrontada, abalada ao ponto da paralisia pela morte da mãe e zangada por ter que voltar para a ilha.

Agora, a ilha era seu lar, e, apesar dos muitos inconvenientes, ela a adorava. Era dona de uma pequena empresa… Bom, tudo bem, seus recursos estavam praticamente esgotados no momento, mas era a empresa dela e ela daria um jeito. Estava indo bem.

Nunca seria rica, mas já tinha passado um tempo com pessoas ricas e não sabia bem se isso as deixava nem ao menos um pouquinho felizes.

E não fazia sentido ter vestidos chiques em Mure.

A pior sensação, pensou ela, era a de ter fracassado.

Achava que tinha conhecido Joel tão intimamente quanto alguém poderia conhecê-lo. Chegara o mais perto possível e, ainda assim, não conseguia desvendá-lo. Não conseguia se aproximar de verdade; não podia consertá-lo. No fim, todo mundo tinha razão. Era impossível amansar Joel, simplesmente porque ele não sabia o que era mansidão. Mas ela havia se empenhado ao máximo. Havia, sim.

Só quando se aproximou da costa, voltando ao alcance da única torre de sinal de celular de Mure, Flora percebeu que seu telefone estava tocando. Havia desativado o correio de voz ao sair de Londres, não querendo mais ser tão dependente do celular.

Naquela hora, se alguém verificasse o registro de chamadas, veria que o aparelho já havia tocado 138 vezes.

Flora olhou para ele enquanto Bertie olhava para ela, e a esperança no olhar dele se transformou em decepção quando ela atendeu.

– Joel?

Houve uma pausa breve. Depois, apenas duas palavras:

– Me ajuda.

Capítulo trinta e seis

Flora entrou com tudo pela porta do Recanto do Porto.

– Preciso usar o telefone e o computador do hotel – disse ela. – Desculpa, o sinal está uma porcaria. É uma emergência.

– Deve ser mesmo – respondeu Inge-Britt.

Flora rolou desesperadamente uma página da internet até encontrar o contato do psiquiatra Mark Philippoussis em Manhattan e explicar a situação para a recepcionista dele, que então transferiu a ligação. Ela lembrou o número do quarto no hotel e Mark chegou lá em tempo recorde, acompanhado de Marsha, além de um policial, caso não conseguissem entrar.

Flora também ligou para a gerência do hotel. Foi atendida pela recepcionista que tinha se apaixonado por Joel, e que também estava cada vez mais preocupada com a perda de peso dele, as noites em claro, os horários e hábitos estranhos e o olhar vidrado sempre que ela tentava flertar ou dizer oi. Dessa vez, ela foi extremamente gentil e prestativa, e Flora ficou meio feliz e meio agoniada por não estar lá quando eles finalmente entraram no quarto e o encontraram sentado na varanda, olhando além da borda como se não soubesse ao certo onde estava, mesmo com a enorme cidade iluminada espalhada a seus pés.

Capítulo trinta e sete

– Bom, que se dane, cara.

Flora não pôde deixar de ficar impressionada. Além da compra de passagens e passeios de férias e talvez, um dia, um apartamentinho, ela nunca havia considerado o que o dinheiro era capaz de fazer; assim, foi espantoso ver Colton em ação.

Ele estava conversando ao telefone com Mark Philippoussis, ou melhor, gritando com ele.

– Me deixa falar com ele!

Mark estava totalmente calmo diante do caso.

– Um dos seus funcionários parece estar sofrendo de exaustão nervosa – informou educadamente –, ao mesmo tempo que está tremendamente bêbado. Acho que a última coisa que vou fazer é deixar o senhor falar com ele.

– Ele é meu empregado, tenho uma obrigação com ele e, se tiver que trazer ele pra cá de avião, é o que vou fazer.

Flora se levantou.

– Por favor, posso falar com ele? Por favor?

Ela pegou o telefone e foi para outra parte do hotel em Mure.

– Mark?

– Flora? É você?

– Sou eu… O que aconteceu?

– Você sabia que ele estava trabalhando tanto assim?

Flora engoliu em seco.

– Ele sempre faz isso.

– Eu sei. Parece que… Ele perdeu muito peso, Flora. Acho que está exausto. Aconteceu alguma coisa estressante com ele no trabalho?

– Ele nunca me conta nada do trabalho.

Flora olhou intensamente para Colton, que se afastou.

– E entre vocês dois?

Flora ficou em silêncio por tempo suficiente para Mark entender.

– Olha, Flora. Que tal se Marsha e eu levarmos Joel para nossa casa? Para ele dormir e se recuperar?

– Depois você manda ele pra casa, Mark? – perguntou Flora, ansiosa.

– Você acha que é o melhor para ele?

Bem que Flora queria saber.

– Acho, sim – respondeu. – Posso falar com ele?

– Ele desmaiou, Flora.

– Nossa. O que ele tem?

– Vou ter que conversar com Joel, mas diria que foram ataques de pânico e excesso de trabalho. Não sei o que o deixou tão ansioso; em geral, ele tem muito autocontrole. Assim que ele acordar, ligo para você.

– Você vai levar ele para um hospital?

– Hoje, não.

– Que bom. – Flora ficou aliviada.

A voz dele tinha parecido tão… tão desolada.

Colton tomou o telefone de volta para deixar muito claro para Mark que pagaria por qualquer coisa necessária e poderia deixar um avião à espera de Joel, mas o psiquiatra o cortou depressa e a ligação acabou.

Flora ficou sentada à janela enquanto a noite finalmente começou a escurecer e a lua surgiu. Já passava das dez.

– Você sabia que tinha alguma coisa errada? – perguntou Fintan delicadamente, torcendo o anel novinho em folha no dedo.

– Eu… achei que esse fosse o jeito dele… – Ela olhou em volta, angustiada. – Ele ficou cada vez mais distante. Mas… sabe… os homens fazem isso.

Fintan assentiu.

– É, eu sei.

Ele colocou a mão no joelho de Colton, tentando tranquilizá-lo. O noivo, no entanto, olhava para fora, e assim ficaram sentados a noite toda, esperando notícias.

Capítulo trinta e oito

Os filhos de Saif detestavam a casa dele, seu novo lar. Era gelada e ventava demais. A casa bonita, cinza e larga, feita de pedra cara e meio afastada da vila, tinha um lindo exterior. Mas o proprietário anterior tinha pouco dinheiro para a manutenção, e os caixilhos das janelas estavam descascando e rachando, correntes de ar sopravam em todos os cantos e as cortinas grossas que Saif usava para bloquear a luz durante as longas noites de verão estavam cobertas de poeira. Era um lugar frio e assustador, e, olhando em volta, Saif se perguntou mais uma vez como nunca tinha pensado nisso.

Até então, a casa fora só um lugar onde comia e dormia.

Ele saía ao amanhecer, geralmente para caminhar na praia e esperar, cheio de esperança, por sua família; depois, ficava ocupado no consultório o dia todo e de plantão na maior parte das noites. A Sra. Laird ia até lá algumas vezes por semana para arrumar a casa para ele, deixando um cozido ou uma lasanha – ele acabara se acostumando com o tempero suave da comida dela, e as crianças comiam depressa e sem fazer comentários –, e depois ele só fazia uma sopa ou almoçava na Delicinhas da Annie e comia um sanduíche à noite. Mal pensava em comida.

Agora, olhando ao redor, percebia o quanto a casa era tristonha, mesmo com os pôsteres patéticos que ele comprara para tentar animar o ambiente. Nunca tinha sido a casa de uma família, nunca passara essa sensação.

Ele se sentiu ainda mais tolo. Se não tivesse ficado tão irracionalmente irritado e agido feito bobo com Lorna, ela o teria ajudado antes a arrumar os quartos para os meninos – havia muito espaço na casa. Bastava comprar roupas de cama e cortinas de cores alegres – ou o que quer que os meninos gostassem. Sentiu remorso e vergonha.

– Tô com medo, *Abba*.

Ash ainda se agarrava a ele. Haviam feito um raio X do pé dele e realinhado o osso, mas ele precisava mesmo caminhar para fortalecer o pé. Em vez disso, não aceitava descer do colo do pai nem por um instante.

– Está tudo bem.

– *Podo* dormir na sua cama?

Saif não estava com a menor vontade de passar mais uma noite com o menininho de pé engessado dando pontapés na cabeça dele. Mas qual era a alternativa? Ele se lembrava bem da primeira noite que passara lá, um estrangeiro, congelando e soluçando.

– Claro – respondeu, acendendo as lâmpadas. – Posso. É "posso" que se fala.

– Poço?

Saif olhou para Ibrahim.

– Quer dormir com a gente também?

Ibrahim deu de ombros.

– Tanto faz.

Saif assentiu. Sabia que aquilo significava "sim".

– Certo. Bom, vamos ficar juntos essa noite, está bem? Tenho certeza de que até amanhã a tempestade vai embora.

Não tinha a menor certeza disso.

O celular tocou e ele murmurou um xingamento. Os telefonemas depois do expediente ainda deviam ser feitos à médica substituta, não? Quem poderia querer falar com ele a uma hora daquelas? Olhou a tela e viu que era Flora MacKenzie. Que estranho.

– Alô?

– Saif? É Flora… Desculpa te incomodar.

– Tudo bem, mas… Desculpe, é assunto médico?

– É.

– Sabe, eu estou… Tem uma médica de plantão…

– Eu sei, eu sei. Me desculpa mesmo, Saif. Mas…

Ela explicou a situação, e Saif assentiu.

– Parece… Parece um colapso nervoso, Flora.

Ele a ouviu engolir em seco.

– Será que é melhor ele não ficar lá?

– Não sei. – Saif pensou no assunto com cuidado, ao mesmo tempo que Ash tentava tirar os dedos dele do telefone. Por fim, disse: – Acho que… Acho que esse tipo de coisa tem que ser tratada com cuidado. Com paz e sossego.

– Mas você sabe como tratar?

– Sei. Sei, sim.

E ficaram em silêncio.

Capítulo trinta e nove

Joel nunca entendeu bem o que aconteceu depois. Lembrava-se vagamente de Mark fazendo muitas perguntas, mas não sabia ao certo o que tinha respondido. Colton tinha arranjado um avião para levá-lo para casa, e Mark o fez ficar sóbrio com uma grande quantidade de café e medicação intravenosa – não era a primeira vez que algo assim acontecia naquele hotel.

– O que você quer, Joel?

Ele achou a pergunta estranha e engraçada, mas estava tão exausto e a voz de Mark era tão gentil e suave que só conseguiu responder:

– Posso ir para casa?

E entrou no avião. Era a última coisa de que se lembrava.

Flora não dormiu nada. Passou a noite andando pela Praia Infinita – naquela época não escurecia de verdade em Mure; havia só uma espécie de crepúsculo à meia-noite, com o sol voltando a nascer logo em seguida. Colton e Fintan cochilaram nas poltronas, mas Flora se recusou a descansar durante as cinco horas que o avião passou no ar. Estava totalmente claro às quatro da manhã, quando o pontinho apareceu no vasto céu branco, descendo numa curva lenta, o único objeto artificial à vista por muitos quilômetros, acima do galpão de estanho que abrigava o pequeno aeroporto. Sheila MacDuff chegou. Em geral, ela ficaria furiosa por ser acordada àquela hora, mas estava bem contente porque o motivo era importante e renderia muita fofoca. Seu marido, Patrick, que trabalhava como controlador de tráfego aéreo e balconista na loja de presentes, acenou da pequena torre de controle enquanto o avião fazia um pouso perfeito na alvorada cintilante.

Colton e Fintan acordaram e saíram com Flora para receber os passageiros. Flora apoiou a cabeça no ombro de Fintan quando a porta se abriu na pista e uma figura magra e encurvada, com Mark ao lado, desceu os degraus. Todos olharam para Flora a fim de ver o que ia fazer, mas ela se limitou a dar um passo à frente, cuidadosa, preocupada – como se ele fosse frágil.

Mark observou as pedras e os campos soprados pelo vento ao redor da pista, e seu comentário alegre amenizou o clima.

– Mas que lugar é esse? A Lua?

No Land Rover, Joel estava zonzo e quieto. Flora pegou sua mão e ele olhou para ela.

– Desculpa pela confusão.

Ela balançou a cabeça.

– Deixa disso. É culpa do Colton por te fazer trabalhar demais.

Colton, na frente, estava estranhamente calado.

– É – disse ele, virando-se. – É. Me desculpa. Se quiser, pode me processar. – E abriu um sorriso fraco.

Joel não aceitou a oferta de paz. Em vez disso, encarou Colton com raiva no olhar. Flora percebeu, mas não entendeu. Era como se Joel o odiasse.

– Você precisa dormir, cara.

Estacionaram no chalé de Joel na Pedra. Mark ficou com um quarto no corredor. Joel nunca ficou tão contente ao rever aquele lugar.

Entrou sozinho.

– Não estou doente – garantiu, virando-se à porta.

Colton ficou olhando para ele.

– Obrigado – murmurou Joel. – Obrigado por me trazer para casa.

– De nada, cara – respondeu Colton.

E, mais uma vez, algo silencioso passou entre eles.

Até agora, Joel mal tinha olhado para Flora, que entrou no quarto atrás dele. Ele olhou para ela, que ficou extremamente agoniada ao ver como parecia magro e perturbado. Como não tinha percebido isso ao visitá-lo? Por que não tinha questionado a atitude evasiva e o fato de ele ter parado de voltar para casa?

Os dois se olharam. Então, Flora entrou no lindo banheiro, com a banheira antiga com pés em forma de garra, e começou a preparar um banho bem quente. Joel fez uma careta.

– Vem – murmurou ela, desabotoando a camisa dele. – Entra na banheira.

Com cuidado e delicadeza, ela o colocou no banho, entrou, posicionando-se atrás dele, e o lavou carinhosamente, abraçando-o e beijando-o de leve, e toda vez que ele começava a dizer alguma coisa, zonzo, ela o silenciava e dizia "amanhã você me conta", e ele deixava.

Depois, Joel foi para a cama e adormeceu num instante. Flora ficou lá, observando-o, imaginando o que poderia fazer, até que, depois das cinco horas, também foi vencida pela exaustão, deitou-se ao lado dele e pegou no sono.

Capítulo quarenta

Mais uma vez, a Delicinhas da Annie ficou fechada na segunda-feira de manhã. A Sra. Cairns saiu à procura do seu primeiro bolinho de queijo do dia. Saif já tinha recomendado que cuidasse do peso várias vezes, e ela havia olhado para ele e respondido, sem hesitar:

– Doutor, tenho 74 anos, meu marido morreu, meus filhos moram na Nova Zelândia, e o senhor está mesmo me dizendo que não posso comer um bolinho de queijo?

E Saif respondera, constrangido:

– Acho que a senhora pode comer um bolinho de queijo, mas não *quatro* bolinhos.

E a Sra. Cairns, que, depois de inicialmente desconfiar que o médico de pele escura estava lá para explodir Mure, superestimando o interesse político do ISIS pela ilha, passara a gostar dele e do jeito sério como ele a chamava de senhora – e, na verdade, se parasse para pensar, ele era bem bonito, até lembrava um pouco Omar Sharif...

Ela deu um suspiro profundo ao encontrar a loja fechada. Seu grupo de amigos e parentes, muitos dos quais odiava por razões obscuras havia quase meio século, juntou-se a ela aos poucos enquanto ponderavam aonde iriam para discutir suas últimas doenças e quem podia ou não ter morrido.

Charlie ficou amuado ao guiar seu último grupo de jovens para fora da balsa em busca dos enroladinhos de salsicha matinais. Tinha sido uma travessia difícil: os que não vomitaram passaram a viagem toda, francamente, tocando o terror na balsa, correndo para lá e para cá, e os comissários, que o conheciam bem e em geral eram muito tolerantes, fizeram caras e bocas, contrariados. Charlie prometera aos meninos os melhores enroladinhos de salsicha do país se eles se comportassem, e por isso estava enrascado.

Já Isla e Iona ficaram absolutamente encantadas com a notícia de um dia de folga inesperado – ainda não tinham ouvido as fofocas – e decidiram sair para tomar sol, mesmo com a temperatura de 14 graus e um vento tão frio que era como se alguém tivesse ligado um ventilador atrás de um bloco de gelo. Isla, porém, tinha esperado muito tempo para seu biquíni novo chegar do continente e não perderia por nada a chance de usá-lo.

Os turistas e montanhistas, animados com os comentários excelentes do TripAdvisor (menos aqueles que diziam "que decepção, não tem comida chinesa – uma estrela" e "nao intendi nada q eles falaram, diviam fala inglez aki – uma estrela") e procurando algo delicioso para comer antes de passar dez horas numa caminhada difícil em sabe-se lá que tipo de clima, perceberam que precisariam se contentar com o que o supermercado tinha a oferecer ou o Recanto do Porto, com seu cheiro de cerveja. Tentaram encarar a situação numa boa – e falharam, principalmente os andarilhos que tinham ido com os amigos só por curtição, mas que, daquele momento em diante, sem dúvida, não fariam nada além de passar o dia todo reclamando. Aquilo não estava dando muito certo para ninguém.

Se ao menos Flora tivesse visto tudo isso, teria se animado muito ao ver como, em tão pouco tempo, a Delicinhas da Annie havia se tornado um pilar da sua pequena comunidade.

Mas ela não pôde ver.

Quando Joel acordou, em torno das dez, sua confusão mental foi difícil de administrar. Primeiro, ele estava com a rainha de todas as ressacas. Segundo, não tinha a menor ideia de onde estava. Olhou ao redor, os olhos ardendo e doendo, a mente ainda enrolada num novelo de lã, abafada. Quê? O que tinha acontecido? Ai, ah, meu Deus, ah, meu Deus, a cabeça dele...

Correu para o banheiro e vomitou. Olhou-se no espelho; mal se reconheceu. Onde é que estava? Que lugar era aquele?

Por fim, aos poucos, ele se levantou, encontrou uma toalha branca, enorme e fofa, e a enrolou em torno de si. Estava tão tonto que esbarrou no batente da porta. Quando tinha sido a última vez que havia comido? Não conseguia lembrar. Nossa, que sensação horrível.

Foi só então, segurando-se à porta, tentando descobrir o que havia acontecido, que avistou a sala e sua mente deu uma cambalhota.

Não estava em Nova York? O coração pulou, em pânico. O panorama à sua frente...

A primeira coisa que pensou foi que tinha morrido. Havia pulado – de repente, a cena voltou à sua mente: a varanda, o calor, a altura. Ele se agarrou novamente ao batente da porta, tentando se concentrar no que via.

Em vez dos vermelhos e laranjas fortes do pôr do sol de Nova York, diante dele havia uma paleta de tons de cinza claros e aguados: uma enorme janela de vidro com vista para um amanhecer que refletia precisamente a sala onde estava, uma paisagem enorme e cinzenta, nuvens e mar, areia branca e macia, grama clara achatada pelo vento, tons de azul-escuro. Ele piscou, surpreso. E lá na cama, deitada, pálida, com o cabelo espalhado ao seu redor como algas marinhas...

Então, ele se lembrou. E ficou tão grato que quase começou a chorar. Certo, a carreira dele podia estar arruinada...

Mas Flora ainda estava lá. O pior não tinha acontecido.

Joel ficou sentado na cama por um tempo, alinhando o ritmo da própria respiração com o dela. Ela se mexeu um pouco durante o sono e ele se inclinou, deu-lhe um beijo na testa e saiu para refrescar a cabeça – para respirar o ar frio que lhe fizera falta por tanto tempo.

Capítulo quarenta e um

Lorna chegou à escola cedo, nervosa. Ainda não ouvira a notícia a respeito de Joel; estava preocupada com os dois recém-chegados. As crianças queriam cantar a música do alfabeto outra vez – justiça seja feita, tinham passado muito tempo ensaiando – e o dia estava bonito, então Lorna decidiu deixá-las cantar. Neda Okonjo havia mandado o relatório sobre os dois meninos, o qual ela precisava guardar a sete chaves num arquivo. Ambos lhe rendiam motivo para preocupação.

É claro que já tinha recebido crianças que vinham de situações difíceis – em Mure, havia divórcios como em qualquer outro lugar, e, num dia terrível e tempestuoso, o pai de Kelvin McLinton fora atropelado pelo próprio trator.

Mas a preocupação de Lorna era não estar totalmente capacitada para lidar com a nova questão. Tinha lido o máximo que podia na internet sobre como lidar com o pós-trauma em crianças. A maior parte fora reconfortante – como ela dizia a si mesma o tempo todo, desde que as crianças fossem amadas e bem cuidadas, elas já eram bastante resilientes por natureza. Lembrou que a geração de seus avós vivera a evacuação e a guerra. Mas esse era um desafio em que ela não queria errar de jeito nenhum, pelo bem de Saif e dos meninos.

– É só fazer o melhor que puder. – Neda tinha sido simpática, clara e tranquilizadora ao telefone. – Ninguém espera perfeição. É só se ater ao que eles conseguem fazer, e não se preocupe muito com o inglês deles. Basicamente, para aprender, eles precisam fazer o contrário do que recomendamos para a maioria das crianças: ver TV cerca de seis horas por dia. Tente fazer com que as outras crianças sejam simpáticas e deixe eles desenharem muito. Sabia que desenhar é um passatempo universal das crianças?

Lorna sabia.

– Bom, valorize isso. Toda criança neurotípica tem seu jeito de construir o mundo por meio das próprias mãos. Deixe os meninos fazerem isso e eles vão se adaptar ao resto da turma. E deixe o Google Tradutor ligado.

Lorna se levantou. Ela escolhera uma saia comprida, esperando, de alguma maneira esquisita, conseguir se parecer mais com as mulheres que eles deviam estar acostumados a ver, embora não soubesse muito sobre isso. Ao ver Saif, engatou mais um grande sorriso.

Ele a cumprimentou, esforçando-se ao máximo para sorrir também. Parecia exausto. Lorna achou que isso era de se esperar.

– Desculpe – disse ele. – Tive uma emergência ontem à noite. Eles não dormiram muito.

Ash estava mesmo cochilando no ombro dele, não tendo acordado completamente no carro. Ibrahim vinha atrás, mal-humorado, as mangas do casaco passando dos punhos, chutando o cascalho com a ponta dos novos sapatos pretos.

– Espero que tenha dado tudo certo – respondeu Lorna.

Saif decidiu deixá-la descobrir por conta própria; ele precisava ir para a Pedra o quanto antes. Balançou Ash para acordá-lo, e o menino começou a chorar no mesmo instante. Ele abraçou os dois filhos.

– É só a escola – disse ele com firmeza. – Ash, você vai gostar. Tem muitos brinquedos e coisas para desenhar. Ibrahim, vai ter outros meninos com quem brincar.

Ibrahim deu de ombros.

– E eu volto na hora do almoço.

Estavam começando com meios períodos. Se tivessem que ir para o consultório com o pai, simplesmente iriam.

Ash armou seu choro estridente de uma nota só, e Saif tentou não deixar que sua irritação transparecesse muito.

– أهلاً بالمعلمة – disse Lorna. – Entrem e sejam bem-vindos.

Saif olhou bem para ela.

– Cheguei há um ano e tinha uma falante fluente de árabe aqui o tempo todo – disse ele com um meio sorriso.

Ela corou.

– Eu sou péssima!

– Seu empenho é o maior elogio e a maior gentileza que alguém poderia me fazer... – disse ele. – Desculpe se eu...

Ela balançou a cabeça. Nenhum pedido de desculpa era necessário entre eles. Ele assentiu. Então indicou Ash, que precisou desgrudar de si mais uma vez.

– Me desculpe mesmo – insistiu ele.

– Essas coisas acontecem – respondeu Lorna com um sorriso.

Ao olhar para o rosto bonito e sardento da professora, o calor de seu sorriso reconfortante e ligeiramente nervoso, Saif sentiu seu mundo parar de girar, só um pouquinho. Não estava sozinho.

– لعب Brinquedos – disse Lorna para Ash.

O menino parou de gritar por um instante, depois balançou a cabeça e recomeçou.

– Bom, temos brinquedos.

E, pegando-o no colo como se fosse uma criança muito mais nova, em violação direta de uns quarenta regulamentos de saúde e segurança, ela o levou para dentro. Ibrahim lançou um olhar carrancudo para Saif antes de segui-la, relutante. Saif ficou parado, admirado, vendo que, no fim das contas, tinha sido mais fácil do que ele esperava.

Flora acordou numa cama vazia, ouvindo uma batida na porta. Piscou, relembrando tudo que tinha acontecido, e se sentou. Nossa. Que horas eram? Onde ele estava? *Onde* ele estava?

Alguém bateu na porta mais uma vez, e ela pulou de susto. Enquanto olhava em volta, Joel apareceu nas portas francesas que levavam ao jardim, magro feito uma aparição, assustando-a ainda mais. Ele passou pelo quarto sem olhar para ela e abriu a porta para Saif.

– Espera! – exclamou Flora, puxando a roupa de cama para se cobrir.

Estava horrorizada. Saif ficou tão desconcertado quanto ela.

– Ah – disse ele.

Flora fez um muxoxo.

– Desculpa – respondeu Joel.

– É melhor eu voltar depois?

– Não, é... – Joel começou a dizer.

– Na verdade, pode esperar cinco minutos? – pediu Flora. – Enquanto isso, você pode tomar um café na recepção, que tal?

Saif concordou e se retirou depressa. Quando Joel se virou, Flora sentiu o coração na garganta.

– Hum. – Ela pigarreou. – Bom dia.

– Oi – respondeu ele.

– Como está se sentindo?

– Bem melhor do que ontem à noite.

Ela bocejou, saiu da cama e foi na direção dele.

– O que aconteceu?

Joel deu de ombros.

– Falei com Mark. Ele disse que tive estresse e um ataque de pânico. Por excesso de trabalho.

– Só isso? – Ela olhou bem para ele.

– Ele acha que não.

– E você, o que acha?

– Acho que você é simplesmente maravilhosa e que a gente deveria dizer para o Saif esperar mais um pouco...

Flora balançou a cabeça.

– Isso não resolve nada.

– Resolve *uma coisa*...

– JOEL! – gritou Flora. – Não é por aí! Você estava completamente bêbado e caindo aos pedaços. Por quê? Tá bom. Acho que vou ter que deixar essa história nas mãos do Saif e do Mark. Estou do seu lado, Joel. Mas não estou te ajudando. Não estou te deixando melhor. Estou te deixando exatamente do jeito que é. Minha esperança... Minha esperança era conseguir ajudar, fazer alguma coisa por você. Ficar com você. Mas não dá.

Joel ficou olhando para ela, destruído, impotente, incapaz de se mexer.

– Estou do seu lado. Mas não estou te fazendo bem nenhum, Joel. E você também não está me fazendo bem. Penso em você o tempo todo, e isso está sabotando o meu trabalho e a minha vida, e não posso... Não posso mais fazer isso comigo mesma...

Ela sentiu a voz embargada. Continuou:

– Vou ficar na fazenda. Mas vou estar te esperando quando você quiser ficar comigo. Não para transar. Não *só* para transar. Vou estar esperando quando você estiver pronto para ficar aqui comigo. Se você me quiser. Não se quiser Mure, nem um lar, nem uma ilha, nem um sonho de criatura marinha. Se quiser a mim. Só a mim.

– Flora, isso é absurdo. Eu estou bem. Está tudo bem.

– Tem um médico aqui no quarto ao lado com remédios fortes e outro médico esperando você na recepção – disse Flora. – Você não está bem coisa nenhuma. Se não fosse Colton, você podia ter acordado hoje internado num hospital.

– Se não fosse Colton, pra começo de conversa, eu não teria ficado nesse estado.

– Ele não apontou uma arma para a sua cabeça e te obrigou a trabalhar.

– Quase isso.

Flora se aproximou e acariciou delicadamente o rosto dele.

– Eu te amo – disse ela, num sussurro.

Nunca tinha dito aquilo, pelo menos não para ele, e não sabia se um dia teria a chance de dizer de novo. Precisava saber que tinha feito isso enquanto podia. Mesmo que, a partir de então, nada mais acontecesse. Mesmo que fosse o fim.

Pronto. As palavras pairavam no ar. Era a última cartada de Flora.

Ele olhou para ela, abalado, incapaz de responder. Sua mente tentava desesperadamente entender a situação. Ela não podia amá-lo só porque tinha pena dele; ele não suportaria.

– É... É só um mal-entendido – disse ele.

Depois disso, houve um silêncio demorado.

– É, sim – concordou Flora. – É, sim, Joel. E quem entendeu mal foi você.

Ela o beijou e se virou para pegar a blusa que havia deixado perto dos travesseiros na noite anterior. Quando tocou o travesseiro, sentiu que estava encharcado. Alguém tinha chorado nele. Ela deu as costas e saiu, um fantasma pálido seguindo a trilha entre os belos jardins da Pedra.

Capítulo quarenta e dois

Saif voltou, tendo aproveitado a oportunidade para ligar para a escola e saber como os meninos estavam, mas Lorna, ocupada demais, não atendeu, e ele ficou apreensivo.

Mais uma vez, ficou meio aturdido ao ver Joel de pé e bem ativo. Não era o que ele esperava. Não tinha muita experiência com problemas de saúde mental e, naquela manhã, não tivera tanto tempo quanto gostaria para se atualizar com leituras a respeito, mas não esperava que o paciente o cumprimentasse com a maior cortesia, perguntando se aceitava mais um café. Ele observou a mão direita de Joel. Estava tremendo, mesmo depois que ele a cobriu com a outra mão para tentar fazê-la parar.

– Você sabe onde está? – perguntou Saif com cuidado.

– Quem é que sabe? – respondeu Joel. Depois, balançou a cabeça. – Estou bem. Desculpe. Fiquei estressado demais e… surtei. Foi gentileza do Colton me trazer para casa.

– Bom, existem várias opções sugeridas para casos como esse… Acho que podemos tentar um benzodiazepínico e ver como você reage…

Joel ergueu as mãos.

– Calma aí… Calma aí. Não tem nada de errado comigo. Tive uma noite ruim, só isso. Trabalhei demais.

– Isso mesmo – disse Saif. – Além disso, ficou desidratado e está abaixo do peso. Parece que isso não é novidade na sua vida.

– Estou bem.

Saif ficou atônito. Geralmente, tentava impedir que as pessoas recorressem a antidepressivos, mas aquele caso era diferente.

– Joel, não precisa ter vergonha de pedir ajuda quando precisa. É só uma doença.

– Não é, não – respondeu Joel. – É uma reação natural a uma situação intolerável. Que saco. – Ele olhou ao redor. – Tirando remédio, o que mais você recomendaria?

Saif deu de ombros.

– Descanso. Dieta equilibrada. Paz e sossego. Exercícios leves.

– Bom, com certeza vou ter paz e sossego – disse Joel. – Ninguém está falando comigo.

Saif assentiu.

– E a comida aqui é ótima. Quer dizer, se eu conseguir arranjar comida…

– E você precisa continuar falando – disse Saif. – Arrume alguém com quem conversar.

– Ai, meu Deus – resmungou Joel.

Mais alguém bateu na porta. Era Mark.

– Minha nossa, cara, este lugar é simplesmente incrível – disse ele. – Você já bebeu a água daqui? O gosto é diferente de qualquer água que eu já tenha provado. Acho que não é água. É como beber luz fria. E esse ar! Quem quiser se desintoxicar, é só caminhar por aí! Certo… Vamos dar um jeito em você.

Ele apertou a mão de Saif.

– Conseguiu fazer ele aceitar algum remédio?

Saif balançou a cabeça.

– Nem eu. – Mark revirou os olhos. – Sujeitinho genioso. Obrigado por tentar, doutor. Agora, você e eu – continuou ele, apontando para Joel – temos trabalho a fazer. *Muito* trabalho.

– Boa sorte – disse Saif, e foi embora.

Ainda nem tinha começado o atendimento matinal e, mais tarde, precisava buscar os meninos. Aquele dia seria um desafio e tanto.

Saif subiu a colina e chegou atrasado à escola na hora do almoço, o que não foi exatamente culpa da Sra. MacCreed. Numa situação normal, ele não se importava quando ela começava a tagarelar sobre os joanetes. Ela ia ao consultório com a frequência que o sistema de consultas permitia, contava a ele histórias felizes sobre seus netos e como viviam bem, levava uma torta para o médico e sorria enquanto ele fazia um exame superficial no pé da paciente. Depois, Saif renovava a receita do remédio dela.

Já tinha dito à Sra. MacCreed que ela poderia pegar a receita na recepção, ou, algo ainda mais simples, mandar entregá-la diretamente na farmácia, mas ela havia ficado com um olhar muito magoado, e ele percebeu que as consultas eram simplesmente parte da rotina social dela. Os filhos se encontravam no continente e o marido havia muito tempo estava debaixo da terra – os homens trabalhavam até morrer; as mulheres, pequenas, largas e fortes, de alguma forma seguiam em frente, curvadas ao vento, por um período impressionante –, enquanto ela vivia solitária. Ele nunca mais tocou no assunto.

Naquele dia, a torta era de veado. Devia haver um abate legalizado dos animais, mas era melhor não perguntar de onde tinha vindo aquela carne. Saif ficara surpreso ao saber que existiam veados na ilha, até ser informado de que os vikings haviam importado os animais mil anos antes. Às vezes, tinha a sensação de estar vivendo num mundo de muito tempo atrás. Isso o agradava.

Mas não havia jeito de apressar a Sra. MacCreed.

Saif esticou as pernas compridas enquanto corria os últimos metros até o alto da colina. Não pensou em ir de carro; raramente dirigia na ilha, e só o fazia ao visitar os pacientes à noite; apenas quando já estava na metade da subida pensou que provavelmente deveria ter usado o carro para não ter que descer o morro com Ash no colo, mas era tarde demais.

Lorna o viu chegar, parada com Ash ao seu lado, silencioso e trêmulo, e Ibrahim, emburrado, de punhos fechados, um pouco mais longe. Iam ter que conversar, mas, primeiro, ela precisava tirar da cabeça a visão do corpo de Saif, forte e poderoso, em movimento. Tinha passado muitas e muitas noites deitada, imaginando se o peito dele era liso ou peludo, querendo afagar os pelos escuros que iam das costas da mão dele até os punhos, pensando na pele dourada dele e no contraste que faria com a dela, mais clara...

Lorna se censurou. Pensar em tudo aquilo era completamente inútil e inapropriado, ainda mais enquanto ela segurava a mão de um dos filhos dele. O rosto dela ficou vermelho. Saif, ao vê-la, pensou que estivesse zangada.

– Sinto muito – disse ele. – Sinto muito mesmo. Não consegui sair mais cedo...

Lorna balançou a cabeça, sentindo em segredo que era ela quem deveria pedir desculpa pelas imagens constrangedoras de Saif que tinha espalhado na própria mente enquanto estava perto dos filhos dele. Ninguém avisava sobre esse tipo de coisa na faculdade de pedagogia.

– Não, não, não tem problema. É só a hora do almoço. Não estamos atrasados.

Saif se abaixou e abriu os braços. Ash voou na direção dele, arrastando o pé ferido. Ibrahim ficou exatamente onde estava.

– Hã, e aí, como foi? – perguntou Saif, desesperado.

Aquele era um olhar que Lorna conhecia muito bem, típico de mães e pais, porém mais ansioso do que o normal. Ela mordeu o lábio.

– Lembre que é só o começo – disse ela. – Ninguém espera que tudo seja fácil de primeira. – Não sabia como explicar, então, começou com os pontos positivos: – Ash passou a maior parte do tempo bem pertinho de mim.

Ele tinha passado a manhã toda sem soltar a mão dela.

Havia onze crianças na sala; ela ainda tivera que tentar trabalhar com todas elas. Havia pedido ajuda a Seonaid MacPherson, uma menina da outra turma que tinha 11 anos e era grande para a idade, e ela conseguira convencer Ash a se sentar no colo dela.

Com muita gentileza, Seonaid tinha folheado um livro de bebê que Lorna havia arranjado, apontando "gato", "cachorro", "bola" e assim por diante, tentando fazer com que Ash repetisse as palavras. Ele não tinha repetido nada, mas já era um começo.

Ibrahim, por outro lado... No intervalo, ela o havia incentivado a ir jogar bola com os outros meninos, e, para sua alegria, ele tinha aceitado. Os meninos o receberam muito bem.

Foi assim até que um deles, o pequeno Sandy Fairbairn, o atacou, até com delicadeza, para tomar a bola. Nisso, Ibrahim pulou em cima do menino e começou a socar o rosto dele com vontade, gritando.

Ela os separou imediatamente – para sua vergonha, na falta do vocabulário árabe, só conseguiu gritar "Pare, pare!" para Ibrahim – e confortou Sandy, que estava mais chocado do que seriamente ferido. Ela teve medo de ser confrontada pela mãe dele depois da aula.

Houve compreensão, mas também cortes e hematomas. E ela também não estava gostando disso.

Ibrahim encarava o chão, recusando-se a olhar nos olhos do pai.

– Houve… um incidente – começou Lorna, olhando para o menino mais velho.

Ibrahim ergueu o olhar. Podia não entender as palavras, mas sabia que ela o estava dedurando, com certeza, e os olhos dele arderam de ódio.

Havia decepção no rosto de Saif. Ibrahim parecia assustado. Saif e Lorna compartilharam um pensamento que nenhum dos dois podia expressar. Como, exatamente, teria sido a vida deles no meio dos soldados? O que teriam visto? Ibrahim passara dois anos num mundo de guerra e violência, e ainda não queria se abrir. Saif se lembrou da aparência de Joel naquela manhã, todo arrumado.

O menino se tornou o homem.

– Vou falar com a mãe da outra criança – disse Lorna. – Mas acho que você vai ter que explicar para ele…

Ela não queria falar com um tom professoral demais.

– Por favor – pediu. – Por favor, explique para ele. Os meninos são muito bem-vindos aqui. Muito mesmo. Mas tem coisas que podem complicar tudo, e a violência é uma delas.

Saif assentiu.

– Entendo. O que eles passaram…

– Eu sei – respondeu Lorna. – Entendo isso. Todo mundo entende, juro. Mas eles não podem machucar as outras crianças.

Saif assentiu mais uma vez.

– Eu sei. Eu sei. Me desculpe.

Saif acabou tirando a tarde de folga – o que não surpreendeu Jeannie nem um pouco, já que ela havia criado quatro filhos e sabia exatamente o que ia acontecer – e tentou levar o almoço para o jardim, mas os meninos se recusaram a comer aquela comida e reclamaram que o dia estava muito frio, embora o sol estivesse brilhando. Eles tremiam, e Saif percebeu, com espanto, que tinha se acostumado ao clima. Acabou aceitando a derrota e abrindo os pacotes de biscoitos recheados com geleia de figo que tinha estocado, e comeram em silêncio. Alguém tinha deixado três cozidos na porta da casa, mas ele não conseguiu imaginar os meninos comendo nenhum deles. Também havia chegado um pacote misterioso de bichinhos de pelúcia com o carimbo postal de algum lugar da Inglaterra.

Sem a menor ideia de quem era a remetente, Saif ficara totalmente intrigado e pensara em jogá-los fora, caso tivessem sido enviados por algum xenófobo ou por alguém que desejasse mal à família dele. No entanto, Ash tinha visto o pacote, agarrado o ursinho e se recusado a largá-lo; então, Saif teve que aplicar o princípio da navalha de Ockham e presumir que ninguém tinha enchido um urso de pelúcia com antraz e o mandado para uma criança refugiada.

Voltaram para dentro da casa.

– E aí? – perguntou ele, hesitante. – O que vocês acharam da escola?

– Eu fica com você, *Abba* – respondeu Ash, decidido, no colo de Saif.

O menino estava lambendo o recheio e descartando o biscoito. Saif não sabia se aquela era a melhor estratégia para fazê-lo ganhar peso.

– Mas agora você é um menino crescido que vai para a escola!

Ash balançou a cabeça.

– Não. Eu fica com *Abba*.

Era como se ele tivesse ficado congelado no dia em que sua família desaparecera: cristalizado na forma de uma criança pequena. Saif abraçou o filho. Queria dizer: "Claro. Vou te transformar de novo num bebê e vamos recomeçar."

Mas não podiam recomeçar. A passagem dos dias tinha sido implacável – assim como a dos meses e anos – e aquela época não voltaria mais. Não adiantava querer que a vida tivesse sido diferente. Todo mundo queria que a vida tivesse sido diferente.

Ele abraçou o menino com força.

– Você é meu meninão – disse Saif, beijando-o com vontade. – E nunca mais vou sair de perto de você, a não ser na escola. Prometo.

O corpinho do menino relaxou um pouco e ele perguntou, sonolento:

– Quando a mamãe vem?

Capítulo quarenta e três

– Não! – disse Mark, abanando a mão. – Quer dizer, olha este lugar! É maravilhoso! É que... Quer dizer... Achei que morar no meio do nada... seria igual a uma prisão ou coisa assim. Nunca consegui entender. Mas *este* lugar...

Joel abriu um meio sorriso. A Pedra ficava empoleirada no extremo norte da Praia Infinita, e eles estavam caminhando por ela, bem devagar. Ele ainda se sentia um tanto frágil.

– Nem sempre é assim – respondeu.

Duas nuvenzinhas perseguiam uma à outra pelo céu e as ondas açoitavam boa parte da faixa de areia. A maré estava alta, e era como se alguém tivesse enchido uma banheira entre Mure e o continente.

– É que é assim... É assim... tão limpo. Tão puro. Olha essa água!

Joel fez que sim com a cabeça.

– Pois é.

– Dá para ver... Dá para ver por que... Opa, aquilo ali é uma garça?

Joel deixou Mark andar mais um pouco.

– Joel, esqueça que sou seu amigo. Neste momento, não sou seu amigo. Você entende, certo?

Joel olhou para cima e suspirou.

– Só preciso dormir.

– Você precisa de muitas coisas. – Mark olhou ao redor. – Isso aqui é melhor do que qualquer aula de ioga que já fiz – comentou, mais consigo mesmo do que com Joel. – Tenho que trazer a Marsha para cá. Ela acha que vai evaporar se puser um pé fora da ilha de Manhattan, mas aposto que Mure seria uma surpresa para ela.

– E aí, o que vai acontecer? – perguntou Joel.

Mark suspirou e tirou os óculos por um momento. Seus olhos eram castanho-claros, inteligentes e penetrantes. Ele parecia muito mais direto e incisivo sem os óculos, que lhe conferiam um ar de professor distraído. Por um instante, Joel se perguntou se Mark precisava mesmo tanto assim deles ou se serviam mais para criar uma barreira de afabilidade profissional.

– Bom, tudo depende de você, não é? – respondeu Mark.

– Saif acha que tive um colapso nervoso.

– Concordo com ele.

Joel piscou, sem graça.

– É que… chegou uma notícia ruim no trabalho.

– Bom, acontece – comentou Mark. – A maioria das pessoas desenvolve certa resistência a esse tipo de coisa.

Joel assentiu.

– Além disso, você fez várias mudanças importantes na vida – emendou Mark.

– Eu mudo de casa com frequência.

– E era para essa última mudança ser o contrário disso.

Mark olhou para ele com cuidado.

– Isso não é um teste, Joel. Você não vai ser julgado por ser capaz de ficar num lugar ou não.

Joel parou de andar.

– É claro que vou – respondeu. – Todo mundo aqui vai me julgar. Todo mundo que acha que eu não sirvo para a princesinha local.

– E você serve?

– Você quer que eu seja uma pessoa melhor.

– Não, quero que você se sinta melhor – disse Mark. – Não é a mesma coisa.

Voltaram a andar.

– É isso que você quer, Joel? – perguntou Mark. – Porque, enquanto não tiver certeza, enquanto não tiver se resolvido, acho que não deveria partir o coração daquela moça tão boa se for só para fugir de novo.

Joel suspirou. Ao que parecia, tudo que ele queria que sua vida em Mure fosse estava desmoronando ao redor dele.

– Você acha que eu deveria deixar Flora em paz…

– Só acho que você precisa dar uma pausa em todas as distrações.

– Ela não é uma distração.

Mark não respondeu.

– Acho que você só precisa de um tempo para se curar antes de qualquer outra coisa.

Joel detestou a carência que ouviu na própria voz ao dizer:

– Você vai ficar aqui?

– Todo mundo precisa de férias – respondeu Mark, sorrindo ao avistar o porto. – Agora me diz: tem algum lugar bom para comer por aqui?

– Ai, meu Deus – resmungou Joel.

Capítulo quarenta e quatro

De modo quase imperceptível, uma rotina se desenvolveu. Joel era forçado a ficar na cama até mais tarde, embora argumentasse que dormia pouco. Também era obrigado a devorar um café da manhã enorme; depois, ele e Mark jogavam Scrabble ou liam em silêncio no hotel vazio, antes de fazerem longas caminhadas que cobriam a ilha de cabo a rabo, percorrendo as muitas trilhas escondidas e longas estradas sossegadas da região. Mark tinha comprado um bastão resistente e um grande chapéu de palha, com os quais parecia ridículo, mas imensamente feliz, e os dois ficaram marrons debaixo do sol. Ele não parava de tentar convencer Marsha a ir para lá, mas ela se recusava, fingindo que não queria sair de Manhattan. Na verdade, Manhattan ficava pegajosa e desagradável no verão, mas ela intuía que Mark e Joel estavam fazendo algo extremamente importante juntos e queria dar a eles todas as chances de prosseguirem sozinhos.

Mark continuou em contato com Flora – e gastou muito dinheiro na Delicinhas da Annie –, mas manteve Joel e ela separados.

Na opinião dele, ou Joel ia admitir seus problemas e enfrentá-los, ou continuaria refém deles, e ele queria poupar Flora de todo o sofrimento possível.

Na verdade, Flora já estava sofrendo. Ela mergulhou onde sabia que era necessária: no trabalho. O perigo de a Delicinhas da Annie encerrar as atividades era real, e Flora estava tentando resolver os problemas financeiros trabalhando mais pesado e por mais tempo. Ela não queria aumentar as preocupações de ninguém comentando o assunto, mas ele não lhe saía da cabeça.

A multidão que chegava de férias já estava toda lá, e ela passava o dia inteiro alimentando as pessoas com bolos, bolinhos, tortas e salgados recém-saídos do forno, um número infinito de cafés, e, graças a Deus, o tempo estava quente o bastante para vender muitas bebidas geladas – e o preço delas foi o primeiro a subir. Flora também concluiu que precisava de mais uma coisa com que se ocupar, já que Lorna estava extremamente atarefada com o fim do período escolar e tudo andava bem difícil para todos.

Então, Fintan quis uma festa de noivado, e como é que ela poderia recusar?

– Preço de família – disse ele. – Você vai fornecer a maior parte da comida de graça. Não quero que o Colton ache que estamos nos aproveitando dele.

Flora nem se dignou a responder. Precisava desesperadamente se aproveitar de Colton Rogers, mas entendia o ponto de vista do irmão.

– Todo mundo tenta arrancar dinheiro dele – explicou Fintan. – Quero que ele perceba… que entenda… que não é por isso que estamos juntos. – Ele ficou corado.

– Eu sei – respondeu Flora, meio encolhida.

Seria possível, é claro. Ela daria conta, não é?

– Para ser sincero – confessou Fintan –, mal vi Colton desde que ficamos noivos. E parece que ele passa o tempo todo muito preocupado. Será que ele acha que tomou a decisão errada?

– Acho que todos os homens americanos são completamente imprestáveis – resmungou Flora, espalhando farinha para abrir a massa. – Próxima pergunta?

Na verdade, Colton finalmente aceitara se reunir com Joel, que estava se sentindo meio constrangido pelo fato de continuar morando na Pedra.

Ao bater na porta e entrar sozinho, Joel achou Colton magro e abatido.

– Como vai? – perguntou Colton.

Joel deu de ombros. Estava ciente de que era o assunto do momento na ilha, mas, de alguma forma, se sentia alijado das conversas.

E deixar de lado o laptop e o telefone (Mark ameaçara jogá-lo na privada e dar a descarga) também estava fazendo um bem enorme a ele.

– Como vai você? – perguntou em resposta.

Ainda não conseguia acreditar no que Colton estava planejando.

Foi a vez de Colton dar de ombros.

– Quem se importa? – respondeu. – Acho que você vai ficar surpreso ao saber que conseguiu terminar os documentos antes de... ter aquele piripaque. Eu não sabia que tinha contratado uma flor tão delicada.

Joel ficou aturdido. Não queria dar a Colton o prazer de demonstrar que sentira um peso enorme na consciência.

Colton folheou os documentos.

– Bom, Joel, chega de conversa mole. Vai rolar, mesmo que você não queira. Você me acompanhou até aqui. O processo já está praticamente no fim. O trabalho acabou... Por enquanto.

Joel assentiu.

– Mas... – De repente, a expressão de Colton ficou estranhamente vulnerável. – Ainda quero que você seja meu advogado.

Houve uma pausa.

– Vamos lá, Joel. Alguém vai ter que ser, e prefiro que seja alguém da minha confiança. Da minha *total* confiança.

Ao ouvir isso, Joel olhou para ele.

– Por favor – insistiu Colton.

Joel deu um suspiro.

– Eu não... não consigo trabalhar muito.

– Tudo bem. Trabalha só um pouquinho de vez em quando. Fica na Pedra. Come um monte de guloseimas. Você sabe que eu não ligo para a despesa.

– Obrigado.

– Não esquenta – respondeu Colton. – É só você me apoiar.

Joel fechou os olhos. Aquilo, sem dúvida, ia ser um problema.

Capítulo quarenta e cinco

Os dias continuaram a se prolongar – e, em todos eles, Saif temia o momento de ir à escola buscar os meninos.

Ibrahim passara a se recusar a brincar com as outras crianças, o que as levou a fazer o que era natural em situações como aquela: elas se afastaram dele até na hora de jogar bola.

Ash ainda não dava o menor sinal de ficar menos apegado, embora tivesse começado a dizer algumas palavras em inglês – já dissera "cachorro" e "doce" (Saif desconfiava, com razão, de que a Sra. Laird o estivera subornando).

Saif ainda estava muito preocupado. Passava a noite toda acordado cuidando da papelada que não conseguira ver durante o dia e mal agradecia às senhoras que levavam comida para eles, ainda que não pudesse ficar sem elas. Também não podia ficar sem a Sra. Laird, que, entre cuidar dos filhos dele e fazer aqueles pães extremamente populares para a Delicinhas da Annie, andava trabalhando mais horas do que seus joelhos artríticos suportavam. Mas Saif ainda não tinha conseguido um único sorriso de nenhum dos meninos.

Ibrahim só ficava feliz com o iPad; era uma dependência terrível, que Saif não tinha a menor ideia de como eliminar. Ele levara os filhos para as sessões de terapia no continente, mas os dois nada fizeram além de ficar sentados lá, completamente quietos, Ash sempre escondendo a cabeça na axila do pai. Como alternativa, a psicóloga tinha sugerido que conversassem pelo Skype a partir de então, o que não ajudara em nada.

Dentro de uma semana, Neda ia conferir como estavam. Saif ficava apavorado ao pensar que, ao constatar o péssimo trabalho que ele estava fazendo, ela pudesse tomar os meninos dele. Suas caminhadas matinais, é claro, haviam acabado, e faziam muita falta. Lorna passara a ser a diretora da escola dos filhos dele; assim, era ainda mais difícil tê-la como amiga, e, em segredo, ele ficou surpreso com a saudade que sentia dela.

Mas havia um lado bom. A médica substituta cobria os plantões de Saif várias noites por semana, quando ele não conseguia ninguém para olhar os meninos. Numa noite de chuva e vento, quando ela deveria ficar de plantão, teve que ligar para ele porque acabara de quase decepar um dos dedos num acidente à bolonhesa.

Os meninos estavam dormindo; Saif não sabia o que fazer. A Sra. Laird estava visitando a irmã nas ilhas Faroé. Primeiro, ele tentou falar com Lorna, depois com Flora, apenas para descobrir que as duas tinham ido ao pub juntas.

– Se você quiser, eu vou aí – disse a voz simpática que atendeu ao telefone da fazenda.

Saif nem sabia qual dos irmãos era até Innes chegar, cinco minutos depois, pedindo desculpa por trazer Agot, que tinha percebido que alguma coisa interessante estava acontecendo e insistira em ir com ele. Na mesma hora, os dois meninos também se levantaram.

– Muito obrigado por vir – disse Saif, vestindo o casaco depressa e pegando a maleta.

– *Aye*, não tem problema – respondeu Innes.

Ash ficou logo encantado com a menininha, esticando a mão para tocar o cabelo loiro-platinado dela. Agot, por sua vez, tentou agarrar os cílios extremamente longos de Ash, o que o fez chorar. Ela logo começou a dar tapinhas um pouco fortes demais nas costas dele, dizendo:

– PONTO, PONTO, NÃO CHOLA, NÃO CHOLA.

Até que, por fim, e para a surpresa de Saif, Ash repetiu:

– NÃO CHOLA.

E Innes e Saif trocaram sinais de positivo.

– Eu trouxe uns desenhos animados – disse Innes.

Saif olhou para ele, sinceramente comovido.

– Obrigado.

– Agot assiste a qualquer coisa que pisque o suficiente para deixar a gente tonto.

– Talvez Ash fique meio...

E ficou mesmo: ao ver que Saif havia vestido o casaco, Ash, muito ansioso, correu para o pai, abraçando-o em volta dos joelhos.

– Eu volto logo – disse Saif, tentando se separar dele com delicadeza.

– NÃO VAI.

– Eu volto. Preciso trabalhar.

– *ABBAAA!*

Saif olhou para Innes, sem graça.

– *Ach*, ele vai ficar bem – garantiu Innes. – Temos vários carneirinhos que fazem exatamente a mesma coisa.

– E depois são mortos – comentou Saif, e logo se calou ao ver a expressão de Innes. – Estou brincando.

– Ah, tá – respondeu Innes, que ficara mesmo em dúvida.

– Preciso parar de tentar fazer piada em inglês – comentou Saif.

– Não, faz piada, sim. É legal – respondeu Innes, sorrindo ao mesmo tempo que Ash começava a gritar e respirar depressa.

– Pronto, pronto, rapazinho, não fique assim.

– NÃO CHOLA! – Agot estava de volta. – NÃO CHOLA, MININO!

Por um momento, Saif teve vontade de pedir para a médica substituta suturar a própria mão ou então ir para qualquer lugar aonde ele pudesse levar sua família.

Innes balançou a cabeça.

– Eles vão ficar bem – repetiu, meio brusco. – Uma hora você vai ter que sair.

– Eles precisam do pai.

– E a ilha precisa de um médico. Você vai ter que ser as duas coisas.

Saif fez a sutura mais rápida de toda a sua vida e deu alguns analgésicos à substituta extremamente envergonhada. Depois, saiu a 130 quilômetros por hora pelas estradas desertas do campo para voltar para casa, com o coração palpitando. Como será que Ash estaria? Como Innes teria administrado a gritaria? O que fariam sem ele? Será que se sentiriam abandonados outra vez? Que retrocesso isso representaria? E aquela coisa horrível que arranhava o fundo de sua mente: será que um trauma de infância poderia transformar um homem adulto num...

Bom, no momento não adiantava se concentrar em nada disso. Nada mesmo. Ele só torcia para que a situação não estivesse muito...

Quando entrou na casa escura e agourenta, um barulho estranho chegou a seus ouvidos. Seria um grito? Sua frequência cardíaca acelerou e ele correu para a sala de estar... Não havia ninguém lá. Ele olhou à sua volta, o instinto de luta ou fuga tomando conta dele. Onde estava Innes? Onde estavam todos?

Saif seguiu o barulho até o quarto no andar de cima, o cômodo que havia preparado para os meninos, e entrou.

Lá estavam eles, pulando loucamente nas camas: Ash, com o pé ferido, Ibrahim, jogando-se desajeitado de um lado para o outro, e Agot, que gritava entre os ataques de risos dos três:

– PULA, PULA, PULA!

E os meninos respondiam:

– BULA! BULA!

Então Ibrahim caiu da cama, e os três caíram na gargalhada.

Saif olhou à sua volta, procurando Innes, que estava sentado num canto, quase adormecido apesar de se encontrar no meio da bagunça.

– Oi – disse ele, quando os três perceberam que ele chegara.

– *ABBA!* – Ash pulou nos braços dele na mesma hora, mas estava arfando, sem fôlego.

Ibrahim olhou para cima e ficou sério ao ver o pai. Agot continuou pulando.

– Bom, parece que vocês todos estão bem – disse Saif, meio irritado, meio feliz.

– FESTA DA MEIA-NOTCHI? – sugeriu Agot, a pequena pagã.

Mas Innes a pegou no colo, deixando a menina reclamar freneticamente, e desceu a montanha com ela. Saif pôs os meninos de volta na cama e ficou sem dormir até de manhã, contemplando os uniformes escolares que havia comprado, pendurados numa cadeira. Tinham sido feitos para crianças escocesas de 10 e de 6 anos, mas, nos filhos dele, ficavam largos como sacos de dormir.

Flora e Lorna perderam tudo isso, porque estavam tomando todas no bar do Recanto do Porto.

– Que saco – disse Flora, entornando um gim-tônica. – E agora parece que eu vou dar uma festança que não posso nem bancar para comemorar o amor perfeito do Fintan e do Colton.

– Mas ele ainda está aqui – argumentou Lorna.

Flora assentiu.

– Pois é. Mark acha melhor eu e Joel não namorarmos enquanto ele não estiver… bom, enquanto não tiver se recuperado.

– Mas *você* vai se recuperar?

– Sei lá – respondeu Flora. – Acho que vou comer amendoim. Sabe, Lorna, não dá pra sentir saudade do que você nunca teve.

– Sei – disse Lorna, contrariada, aceitando um punhado de amendoins.

As duas se sentaram mais perto uma da outra.

– E os meninos, como estão? – perguntou Flora.

– Muito mal. Estou fazendo absolutamente tudo errado.

– Para! Você é fantástica!

– Estou ficando mais velha a cada segundo, esperando alguma coisa acontecer. Só que nada vai acontecer. Tenho que sair dessa.

– Desce mais uma…

Inge-Britt serviu mais gim.

– Aaah! – fez Flora.

– Que foi?

– Sabe quem mais é ótimo e solteiro e não é o Saif?

– Se for um dos seus irmãos, não vale.

– É… Ah, tá.

– Sério?

– Deixa disso. Innes é bonitão. Eu acho.

– *Innes?* Fala sério, Flora. Conheço ele desde que eu tinha 4 anos.

– Então, você sabe que ele é gente boa.

– Que nojo. Parece o Joey e a Rachel em *Friends*.

– Ou então o Ross e a Rachel em *Friends*…

– O que também é um nojo.

– Ah, é. Vai, me deixa arranjar um casamento para os meus irmãos.

Lorna pensou no assunto.

– Flora, eu moro nessa ilha faz 32 anos. Innes mora há 35.

– Aah, você sabe a idade dele! Aposto que gosta dele!

– Não, é que estive em todas as festas de aniversário dele.

Flora ficou surpresa.

– A questão é: depois de todo esse tempo, você não acha que, se a gente se gostasse, já teríamos feito alguma coisa? Não tem mais ninguém aqui!

– Bom, vai ver, é isso. Quando você já tentou com todo mundo e não resta mais ninguém…

– Sério? – disse Lorna.

– Ele está solteiro há anos! Agot e o trabalho ocupam o tempo dele todinho.

– E se a gente ficasse junto, depois se separasse, e você tivesse que tomar o partido de alguém?

– Eu tomaria o seu – disse Flora. – Tenho uma penca de irmãos.

Lorna sorriu.

– Ah, deixa disso, está dizendo mesmo que acha ele pavoroso?

– É que nunca pensei nele como namorado – respondeu Lorna.

Innes fora o galã da escola, mas ela sempre havia passado tanto tempo com Flora que ele era só o menino que a provocava, chamando-a de Sardenta e cutucando as tranças dela. E ela não gostava nem um pouco disso. Mas não havia dúvida de que ele era praticamente a melhor opção disponível.

– Além do mais, seria esquisito – argumentou ela. – Agot logo vai entrar na escola.

Flora balançou a cabeça, negando.

– Ela vai à escola no continente, com a mãe dela.

– Tem certeza? Ela passa *muito* tempo aqui.

– Pois é – disse Flora com carinho. – Vou ficar com saudade daquela ferinha. – Ela olhou para Lorna. – Mas é claro que, se você fisgar o pai dela…

– Ô, pode parar, sua esquisitona!

– Eu só quero que alguém seja feliz! Menos Fintan e Colton: eles são felizes até *demais*.

– Então, você quer que as pessoas sejam felizes, mas só até certo ponto aceitável dentro dos seus critérios?

– É por isso que nunca vou concorrer a uma vaga no Parlamento. Inge--Britt! Conta o que você faz pra arranjar homem!

– Você é boba, é? – respondeu Inge-Britt. – E o submarino nuclear lá na baía?

– O quê? – disseram Lorna e Flora ao mesmo tempo.

– Opa! – respondeu Inge-Britt, serena. – Esqueci que era confidencial. – Ela pegou os copos vazios, suspirando. – Aqueles marinheiros russos... Nossa.

E saiu desfilando, deixando Flora e Lorna olhando para ela na maior confusão – e com mais do que uma pontinha de inveja.

Capítulo quarenta e seis

Por trás dos óculos, Joel apertou os olhos enquanto ele e Mark faziam a caminhada de sempre. Depois do primeiro dia, nunca mais falaram sobre a saúde de Joel. Conversavam sobre livros que leram ou beisebol. Nada que tivesse a ver com o que estava acontecendo, nem com o futuro, nem com o que Joel faria e para onde iria. Mark achava que precisava ajudar o menino que existia dentro do homem a se descontrair e dar espaço para ele descobrir o que fazer depois disso. Tinha plena consciência de que essa cura só era viável para um homem rico. Também sabia que ele e Marsha se sentiam culpados por não terem adotado Joel quando ele era jovem e o criado como filho. Deviam ter feito isso. Aquele período em Mure pareceria uma penitência se Mark não estivesse se divertindo tanto.

De um lado do morro, num dia de luz e vento, eles se depararam com um grupo que estava montando barracas. Joel se lembrou do nome a tempo: Charlie, o ex de Flora, que ele já conhecera. Estava com uma mulher de cabelo curto e cara mal-humorada, além de um grande grupo de meninos. Olhou para eles, curioso. Muitos pareciam malcuidados, com cortes de cabelo bem curtos, baratos e rápidos de fazer, unhas roídas, dentes faltando e expressões carrancudas.

Num susto, Joel os reconheceu: as camisetas gastas adquiridas em bazares de caridade; a postura ligeiramente hostil de crianças que sabiam que podiam ganhar tanto um tapa quanto um beijo; o olhar beligerante que dizia que não se importavam com o que ninguém diria a eles, pois já tinham ouvido coisas muito piores. Joel olhou para Mark, que entendeu em silêncio e indicou que seguisse em frente.

Joel tinha ouvido Flora falar do trabalho de Charlie, é claro, além de alguma coisa sobre um casamento, mas estivera totalmente concentrado no trabalho e não havia prestado atenção. Não. Estava tentando ser mais sincero consigo mesmo: tinha ouvido perfeitamente bem, mas não quisera escutar. Outros meninos perdidos não eram problema dele. Tinha sofrido tanto nas mãos de outras crianças do sistema de acolhimento quanto nos lares transitórios; tiravam sarro dele por seu jeito estudioso de ser. Sempre houvera aquela sensação contínua de competição entre eles: quem seria adotado? Quem estava ficando velho demais para ser encantador?

Naquele momento, era como se ele os estivesse vendo pela primeira vez, parado ali, sozinho no mundo, carrancudo, exatamente como os meninos.

Charlie sorriu; sua expressão aberta e descomplicada era puramente amigável e acolhedora, e, de repente, Joel quis muito que Flora tivesse se casado com aquele homem. Assim, pelo menos um deles poderia ser feliz. Se ela tivesse se casado com Charlie, Joel não teria que se preocupar mais com ela: poderia ficar triste sozinho.

– Bom dia! – disse Charlie. – Digam oi para o Sr. Binder, pessoal.

– Oooi, Sr. Binder – resmungou o coro de meninos emburrados.

Charlie se aproximou.

– Eu soube que... soube que você estava passando por um momento difícil.

Joel deu de ombros.

– Sério, não é nada. Estou bem. Teve um pouco de exagero.

– Hum, certo – respondeu Charlie, sem jeito, coçando a nuca. – Eu devo ter entendido tudo errado.

Joel sentiu Mark olhando para ele e respirou fundo.

– Não – disse ele. – Na verdade, você ouviu certo. Estou passando por um momento bem difícil. Obrigado por perguntar.

Mark sorriu, aprovando a atitude.

– Esse aqui é o meu amigo Dr. Philippoussis.

A mulher de aparência feroz foi na direção deles.

– Quem está aí? – rosnou.

– Hã, esses são Joel e o Dr... – Charlie não estava acostumado a sobrenomes gregos e deixou a frase por terminar. – E essa é a minha... hã, minha esposa, Jan.

Jan mediu Joel de cima a baixo.

– Você é o americano da Flora – anunciou ela. – Achei que tivesse um pouco mais de carne nesse corpo aí. Igual ao meu Charlie – explicou em tom presunçoso.

Joel lembrou que Flora não gostava dela, o que era intrigante, já que em geral Flora gostava de todo mundo, como um labrador. Mas estava começando a entender o motivo.

– Está de folga? – perguntou Jan. – Está de licença por problema de saúde mental, não é?

Ela não poderia ter escolhido um termo pior. O rosto de Joel ficou tenso.

– Excelente! – continuou ela. – Você vai ser útil para nós. Traga seu atestado de antecedentes e venha trabalhar com a gente. Aqui, eu te mando um formulário.

– Espera aí, como é que é?

– Precisamos de voluntários! Sempre precisamos de voluntários! Venha nos ajudar com os meninos.

– Ah, não, eu… Melhor não.

Mark pigarreou enfaticamente.

– Todo mundo nesta ilha tem dois empregos. Você não tem nenhum. Vai dar bem certo, não acha? Não se preocupe, não vamos te obrigar a fazer nada que cause estresse nem cansaço mental. É só montar as barracas e assar umas salsichas.

– Não acho uma boa ideia.

– Ou talvez seja seu imperativo moral – insistiu Jan com aquele seu jeito direto que recusava discussão. – Esse é Joel. Ele vai vir nos ajudar – anunciou ela aos meninos, que deram vivas.

– Ah, eu não… Eu não…

– Eu deixo o formulário lá na Pedra. Tchau!

Jan se separou deles. Charlie, sem graça, olhou para Joel.

– Ela é sempre assim? – Joel não pôde deixar de perguntar.

– Jan é eficiente – respondeu Charlie.

– Gostei dela – comentou Mark, coçando a barba.

Capítulo quarenta e sete

– Sabe quem está muito a fim de você?

Flora estava de mau humor quando chegou em casa e tinha bebido mais um gim-tônica. Deveria estar cozinhando para a família toda, mas esse plano não estava indo muito bem. Hamish tinha saído outra vez com aquele carro esporte absurdo, já que era noite de sexta-feira, e o pai havia decidido que, se Flora chegava em casa cheirando a gim de uma forma que teria feito a mãe dela revirar tanto os olhos que eles dariam uma volta completa na cabeça (isso era impossível), então ele ia tomar um uísque.

Innes tinha acabado de chegar, com Agot marchando à frente dele. O que Lorna tinha dito era verdade, pensou Flora vagamente. Agot estava passando muito mais tempo em Mure. Ela tinha noção de que a mãe da menina, Eilidh, estava ocupada com o trabalho em período integral no continente; como Innes era o próprio patrão, era mais fácil para ele ficar com a filha. Além disso, ela fora criada na fazenda, e Mure era o tipo de lugar onde todo mundo ficava de olho nos filhos de todo mundo. Mesmo assim…

– TÁ CHATO – anunciou Agot. – QUELO ILMÃZINHA.

– Você tem a mim – respondeu Flora em tom carinhoso.

Agot a mediu de cima a baixo.

– VOCÊ TIA – respondeu, contrariada. – E VOCÊ TAMÉM VELINHA.

"*Tamém*" era a nova palavra favorita de Agot. Flora não sabia ao certo se aprovava o uso.

– Agot – disse Innes. – Fique boazinha.

– AGOT TAMÉM NUM FICA BOAZINHA.

Flora cortou habilmente uma fatia de pão fresco para Agot e passou nela uma camada grossa de manteiga.

– Acho que está passando aquele desenho de robô na TV – disse ela, otimista.

Agot começara a gostar mais de um desenho animado com batalhas entre robôs desde que decidira que *Peppa Pig* era coisa de criancinha.

– ROBÔ MATA-MATA! – berrou Agot, correndo para a sala da frente, onde quase ninguém ficava, e ligando a velha TV.

Innes ficou olhando para ela.

– Enfim, vamos falar daquela pessoa que é doida por você – disse Flora, cortando cebolas para fazer um curry, o que seu pai desaprovava.

Pensou em usar mais pimenta, mas depois imaginou Agot reclamando a noite inteira e decidiu não fazer isso.

– Quem é? – perguntou Innes, com um olhar perplexo. Era verdade: na juventude, ele havia ficado com metade da ilha. – É alguém que eu ainda não "conheço"?

Flora sorriu, contrariada.

– Larga de ser irritante.

– Flora está sendo irritante? – disse Fintan, entrando pela porta com uma nova bolsa masculina que parecia extremamente cara, que deixou com um gesto reverente numa das poltronas antigas e gastas. – Nem parece ela, a não ser todo santo dia.

– Cala a boca, Fintan – respondeu Flora, beijando a bochecha dele.

– Ah, nossa, olha os caras da cidade grande – resmungou Innes, fazendo um muxoxo.

– Tem uma pessoa que gosta do Innes, mas ele está tão velho que esqueceu como é – explicou Flora, abraçando Colton, que tinha entrado logo depois de Fintan.

Ele parecia cansado, mas estava segurando uma garrafa de vinho que um cliente lhe dera como presente de despedida e que beberiam naquela noite sem olhar o rótulo – e nenhum deles jamais descobriria que era de uma safra extremamente rara no valor de mais ou menos 8 mil libras.

– Bom, não me admira – respondeu Colton.

– EI! – gritou Fintan, pegando-o pelas lapelas do casaco.

– Que foi? Estou sendo educado. Ou você preferiria que eu dissesse "Meu Deus, lógico, afinal seu irmão parece um bicho do mato"?

– Quero que você diga que todo mundo no planeta parece um bicho do mato em comparação comigo – respondeu Fintan, fingindo estar zangado.

Os dois se beijaram e todos reviraram os olhos.

– Parem com isso! – mandou Flora. – Senão, eu cancelo a festa de vocês.

– Tem uma mulher a fim do Innes – comentou Fintan. – Que coisa mais estranha e incomum.

Ele se aproximou, experimentou o molho curry de Flora e acrescentou uma grande porção de pimenta extra. Ela bateu na mão dele com a colher de pau.

– Quem é? A Sra. Kennedy? Aparentemente ela consegue tirar a dentadura.

– Cala a boca, Fintan – disse Innes.

– Bom, você não está ficando mais novo. É a Sra. McCreedie? Se você gosta de botinhas de pele de ovelha, cola nela que é sucesso.

– Na verdade – disse Flora –, é alguém que você conhece muito bem.

Innes fez uma careta.

– Não é mais uma daquelas suas amigas malucas do continente, né? – perguntou. – São todas esquisitas, só falam maluquice e têm uns cabelos bizarros.

– Acho que o que você está tentando dizer é que elas são contemporâneas e têm bom gosto – corrigiu Flora.

Innes fungou.

– *Aye*, até parece.

– Beleza, então. Se você não quer saber, eu não conto.

– Convida ela para o churrasco – sugeriu Fintan. – Aí, a gente vê quem é.

Capítulo quarenta e oito

– Tem certeza de que vai mesmo fazer um churrasco de noivado? Eu nem conheço ninguém que tenha churrasqueira.

Havia uma superstição em Mure e, na verdade, em muitas das ilhas que dizia que comprar qualquer coisa para ser usada deliberadamente ao ar livre era o mesmo que provocar o destino: tempestades, cortes de energia e chuvas torrenciais. Quem quisesse fazer um churrasco poderia usar tijolos e uma grelha velha como todo mundo; tentar qualquer coisa diferente era loucura. Era uma arrogância que só serviria para invocar a ira dos deuses.

– Colton vai trazer. Parece que ele tem uma churrasqueira supermoderna e tal…

– Colton vai levar uma churrasqueira para a casa de vocês? – Lorna franziu a testa. – Por que vocês não vão para a casa dele? *Lá*, ele tem vários lacaios e tudo.

Flora deu de ombros; Lorna lembrou que Joel estava hospedado na Pedra e mudou de assunto.

– Vai cair o maior toró.

– Talvez não.

– Você está planejando uma festa para daqui a dois dias, sua doida.

– Eu sei – respondeu Flora. – Mas, de todo modo… Venha para o churrasco. Brinde à felicidade dos noivos. Tome umas cervejas. Fique pertinho do Innes. Coma uma linguiça de um jeito bem insinuante.

– Flora!

Mas Lorna não podia negar que estava se sentindo muito só. A ideia de se arrumar para sair e fazer alguma coisa glamourosa… Bom, glamourosa, não, mas *alguma coisa*…

– O que mais você pretendia fazer nesse dia? – perguntou Flora, de um jeito bem irritante.

– Me embrulhar num cobertor e ficar vendo as gotas baterem na janela – respondeu Lorna. – É exatamente o que vou fazer.

– A gente se vê no churrasco – disse Flora. – Põe uma roupa sexy.

– Agasalho cor-de-rosa ou agasalho marrom?

– Qualquer um, é só abrir um pouco o zíper e mostrar esse decote.

– Para exibir o moletom que vai ficar por baixo?

– Tipo isso.

– Não deixe de ir por minha causa – pediu Joel.

– Você não vai? Sei que eu disse que você deveria tomar cuidado com Flora, mas esse é um evento importante – argumentou Mark.

– Hoje eu disse que ia ajudar os meninos.

Joel não aguentaria ver Colton e Fintan tão felizes. Simplesmente não aguentaria.

Mark franziu o cenho.

– E o que Flora acharia disso?

Joel deu de ombros.

– Não acha que deveria contar para ela? – O tom de Mark era gentil, mas firme. – Acho que vocês já passaram bastante tempo separados. Se você não vai comparecer, Joel, não deixe Flora esperando.

Joel sabia que ele não estava falando só do churrasco.

Saif estava cansado demais. O tempo todo. Era uma coisa atrás da outra. Nunca tinha parado para pensar em tudo que Amena e sua mãe haviam feito pelos meninos em casa; nunca percebera de verdade o quanto as duas cuidavam das necessidades deles, primeiro enquanto ele ia trabalhar, depois enquanto trabalhava ainda mais, tentando descobrir como levar a família para um lugar seguro. Pensou naqueles dias longos na praça do mercado, nos sussurros e na desinformação, na venda de tudo que tinham para vender, no planejamento e no medo.

Mas, na nova vida, eram as coisas do dia a dia que ele não conseguia resolver. Achava que estava preparado para a angústia mental, o sofrimento e a dificuldade. Só que não estava preparado para ver Ash sentado no canto da cama, recusando-se a se levantar, colando e descolando a fita de velcro em seus tênis minúsculos o tempo todo; o ruído era como uma escova de aço raspando o cérebro de Saif, não importava quantas vezes ele pedisse para o menino parar ou ameaçasse tomar os tênis dele. O que ele não podia fazer, é claro: os enormes olhos de Ash se enchiam de lágrimas, e a ideia de privá-lo de qualquer coisa, ou entristecê-lo de alguma forma, parecia, de repente, completamente insuportável.

Então, começavam de novo. E ele também travava uma batalha interna quanto a separar Ibrahim de seu iPad, na medida em que ficar com o aparelho era a única coisa que o menino queria fazer... Saif havia conseguido, porém, mudar as conversas para o inglês. Achava que isso já era um começo. Mas, todo dia, chegava à escola esperando notícias melhores, e todo dia Lorna era bondosa demais para dizer que ele teria que parar de levar Ash no colo a toda parte, para o bem de todos, e que os meninos ainda não estavam aceitando Ibrahim, que ficava agressivo sempre que alguém se aproximava, e como ela gostaria de saber o que fazer, gostaria mesmo, e já estava na hora, não?

A quinta-feira anterior ao churrasco teve um anoitecer belíssimo, e Saif decidiu levar os meninos até o porto e comprar batata frita e refrigerante para eles. Pessoalmente, não conseguia engolir aquele refrigerante escocês, o tal Irn-Bru, mesmo sem saber quais eram os ingredientes, mas entendia que era praticamente parte da religião do lugar e, por isso, o respeitava. A batata frita com sal e vinagre, porém, o lembrava da batata frita bem temperada que comiam em outros tempos; ele passara a ter carinho por ela e queria apresentá-la aos meninos.

Ibrahim desceu a colina com tanto desânimo que parecia que sair para comer numa noite bonita era a pior coisa que poderia acontecer com ele.

Na fila ao ar livre – pois muitos moradores tiveram a mesma ideia naquela noite tão linda – estava Innes, segurando Agot pela mão.

– Oi – disse Saif.

Tentou imaginar como Innes, que parecia ser pai solo em todos os sentidos, dava conta de tudo – do trabalho e da filha – e ao mesmo tempo parecia tão tranquilo e à vontade. Talvez, para algumas pessoas, fosse tudo muito natural. Talvez Saif tivesse sido um tolo por pensar que seria fácil para ele.

– Mais uma vez, obrigado pelo que fez na outra noite.

– ASSSHHHH! – berrou Agot.

E foi então que ali, na fila, Ash tomou a atitude mais inesperada: desceu do colo de Saif por vontade própria e foi mancando até Agot, que pulava feito mola.

– BATATA, BATATA, BATATA! – gritava ela, empolgada.

Ash sorriu. Tinha perdido um dos dentes da frente, o que o deixava muito engraçado. E, de repente, também estava gritando "BATATA, BATATA, BATATA!" numa imitação perfeita do sotaque da menina, típico da ilha.

– KETCHUP TAMÉM! – berrou Agot.

– KETCHUP TAMÉM! – ecoou Ash.

– Meu Deus – disse Saif, completamente perplexo.

Innes sorriu, distraído. Para ele, ver Agot comandando outras crianças estava longe de ser novidade.

– Ah, que legal que eles estão se dando bem... E aí, como estão as coisas?

Saif foi tomado pela vontade de responder: "Está tudo horrível, insuportável, como é que você aguenta?" Então, olhou para as duas crianças: Agot parecendo um diabrete saltador; Ash fazendo o máximo para imitá-la.

– Bom, sabe como é. – Foi a resposta fraca.

– A gente estava indo para o muro do porto – disse Innes, do seu jeito descontraído. – Querem vir?

Innes nunca saberia o quanto esse simples convite foi importante para Saif. A simplicidade da mão amiga estendida sem expectativa, nem curiosidade invasiva, nem preocupação excessiva com as palavras certas. Era só um camarada falando com outro, sem planos. Saif tinha passado muito tempo vivendo só à base dos planos alheios; o convite era tão banal e puro que quase o fez chorar.

– Vamos – respondeu.

Assim, compraram batata frita e Irn-Bru, menos para Agot, que preferiu uma bebida chamada Red Kola, e é claro que por isso Ash pediu uma igual. Saif a ofereceu também para Ibrahim, que deu de ombros e disse

"Tanto faz"; o pai percebeu que aquilo significava que ele queria, sim, desesperadamente, e todos levaram seus lanches fumegantes embrulhados em papel, atravessando a rua de pedras até o muro. Eles se sentaram lá, observando as crianças na praia do pequeno porto, gritando com Agot toda vez que ela tentava dar comida para as gaivotas que voavam em volta e pareciam grandes o suficiente para levar as crianças embora.

– QUELO GAIVOTA LEVA EU! – gritou Agot, erguendo os braços.

Ash imitou o movimento, derrubando as batatas no chão, e foi a maior bagunça até recolher tudo, secar as lágrimas e substituir as batatas. Mas Saif percebeu que aquele era um tipo normal de bagunça – que acontece com qualquer família, qualquer pai ou mãe, ao sair com as crianças – e ficou profunda e intensamente grato.

– No sábado vai ter um churrasco – comentou Innes, descontraído. – Para comemorar o noivado do meu irmão. Se quiser, aparece lá com os meninos. – E achou melhor acrescentar: – Ah, ele vai se casar com um americano alto e cabeludo, então, não sei se…

Saif abriu um sorriso tenso. Sabia que as pessoas tinham boa intenção, mas não gostava da insinuação de que, por ser de outro país, ele seria, automaticamente, preconceituoso. Innes percebeu isso assim que acabou de falar.

– Desculpa, quer dizer, é que aqui tem um pessoal mais velho que andou agindo de um jeito bem esquisito por causa disso.

Saif assentiu.

– Como vai o seu pai?

– Por incrível que pareça, está feliz – respondeu Innes, comendo uma batata. – Acho que ele só quer que a gente saia logo de casa.

– VOCÊ VAI NA MINHA CASA? – perguntou Agot para Ash.

Ash balançou a cabeça, concordando.

– Sim – disse.

– Você entendeu o que ela disse? – perguntou Saif em árabe, abaixando-se perto do filho. – Entendeu?

– Ele não é burro – resmungou Ibrahim.

– Entendeu? – repetiu Saif.

– SIM! – gritou Ash em inglês.

Saif piscou, admirado. Aquilo era… era maravilhoso.

– Bom, hã, é, vou indo – disse Innes.

– Ah, sim, desculpe – respondeu Saif, voltando imediatamente a falar inglês. – Obrigado.

E foi mais sincero do que conseguia expressar.

Capítulo quarenta e nove

Estava tudo quieto na Delicinhas da Annie depois que as meninas foram embora, tudo limpo, polido e arrumado, pronto para o dia seguinte. Flora estava sentada sozinha a uma mesa instável no canto da sala com uma calculadora e uma sensação de pânico crescente. Ela largou a xícara de chá e olhou para cima quando ouviu uma batida na porta. Às vezes, algum turista molhado e cheio de esperança passava lá depois da hora de fechar, e, às vezes, quando estava de bom humor, Flora fazia um café rápido e embalava um pedaço de pudim para a pessoa levar, feliz da vida.

Mas, naquela noite, não. Ela balançou a cabeça, e o visitante bateu mais uma vez. Só quando olhou para a porta de vidro percebeu que era Joel.

– Oi – disse ela, engolindo em seco enquanto girava a velha chave.

Seu coração palpitava. Será que ele tinha ido até lá se declarar? Tinha ido dizer o quanto sentia saudade dela, que havia cometido um erro e só queria se dedicar a ela?

Com uma pontada de ansiedade, percebeu que ele parecia estar melhor. As bochechas haviam recuperado a cor; era óbvio que o ar fresco estava lhe fazendo bem. Flora queria, mais do que tudo, passar os dedos por aqueles cabelos cacheados. Ele se inclinou para beijá-la e ela retribuiu, mas os dois erraram a mira, e o beijo dele acertou metade na bochecha e metade na orelha dela, que ficou vermelha e recuou de uma vez.

– Hã, oi – respondeu ele.

Flora abriu passagem para ele entrar.

– O que está fazendo?

Flora deu de ombros.

– Estou só vendo… umas contas e tal.

Ela queria ter passado um pouco de maquiagem. Não tivera um segundo de trégua o dia todo, era esse o problema. Nunca parava.

Joel olhou para o rastro de farinha na testa dela e quis, mais do que tudo, limpá-lo delicadamente, segurar seu rosto nas mãos… Mas não. Como Mark dizia, ele precisava melhorar primeiro.

– E… como estão as contas?

De repente, Flora teve vontade de chorar. Estava tão cansada de preparar tudo para o domingo, e a única pessoa que ela queria estava ali, na frente dela, parecendo um contador fazendo uma auditoria.

– Se quer saber, estão péssimas.

Joel ficou surpreso.

– Mas você trabalha tanto!

– Olha quem fala… Ai, desculpa – acrescentou Flora bem depressa.

– Tudo bem… – Ele olhou para o computador. – Posso dar uma olhada?

Flora arregalou os olhos. Ele nunca havia demonstrado muito interesse pelo trabalho dela.

– Hã, pode – respondeu.

– Quantos anos tem esse laptop? Preciso dar corda nele?

– Joel…

– Sério, ele pesa mais que você.

– Que bom que alguma coisa pesa mais que eu.

Joel sorriu, e o sorriso atingiu Flora como um dardo. Então, ele limpou os óculos com um guardanapo branco limpo e inclinou a cabeça para a tela.

Flora foi para a cozinha nos fundos, terminar as últimas tarefas do dia e as primeiras da preparação para o dia seguinte.

Passou um café para eles, não porque quisesse beber, mas porque não conseguiu pensar em mais nada para fazer. Depois, voltou para a sala principal. A iluminação era suave. A noite estava clara, mas cinzenta, e as lâmpadas redondas e antiquadas dos postes no porto lançavam uma luz suave pelas vidraças. Ela apoiou a cabeça na janela por um instante e olhou para Joel. Ele estava concentrado como sempre – e, como sempre, pensou ela, bem distante.

– Tome.

Joel olhou para ela e sorriu.

– Obrigado, mas parei com o café.

– Ah. Jura?

– Café, vinho, comida processada… Mark me pôs numa dieta composta basicamente por mato, gorduras saudáveis e só.

– Tá…

Ela trouxe, então, um copo d'água, entregando-o bem na hora em que ele tirou os óculos e suspirou.

– Flora…

O coração dela pulou.

– Que foi?

– Flora… Não dá para continuar assim. Isso… não tem como dar certo.

Ela apoiou as costas no balcão. Estava tudo arruinado. Era o fim. Exatamente como ela sabia que seria, exatamente como havia desconfiado o tempo todo…

– Olha – continuou Joel. – Olha o seu estoque. O controle das mercadorias. Não dá… Seu controle de entrada e saída está um desastre. Olha isso.

Ele a chamou para ver a tela, mas ela não confiou nos próprios passos.

– Achei que você fosse advogado – respondeu.

– Um advogado de direito empresarial tem que saber ler um relatório de lucros e perdas, senão… boa sorte para ele – disse Joel, e olhou bem para ela. – Quer dizer, você poderia investir dinheiro na loja, mas seria o mesmo que pôr água num balde furado.

Flora assentiu, mordendo o lábio.

– Você faz muito mais comida do que vende toda semana. Por que não faz menos?

Flora olhou diretamente para o chão. Não queria contar o motivo para ele: ter comida para dar aos meninos de Teàrlach.

– E por que está pagando quase o valor de mercado pelos produtos da fazenda da sua família?

– Porque o chato do seu chefe ainda não abriu o hotel para a minha família poder ganhar a vida – retrucou Flora, sentindo o rosto arder.

Joel ficou surpreso, mas não comentou o assunto.

– Quer dizer… você está cobrando muito, muito pouco. Por tudo. Precisa mesmo de três tipos de linguiça?

Bom, precisava, sim, pensou Flora, irritada, pois nem todo mundo em Mure comia carne de porco, e ele deveria saber disso.

– Mas… mas as pessoas fazem compras aqui com a aposentadoria delas – argumentou. – Também tem mães muito jovens… e você sabe que está difícil para os agricultores.

– É, mas vocês recebem uma tonelada de turistas ricos. Eles podem gastar um pouco mais.

– Não dá para fazer isso – disse Flora. – Não dá para fazer um preço para a população e outro para os turistas.

Joel arqueou a sobrancelha.

– Não vejo motivo para não fazer.

– É ilegal, Sr. Advogado.

– Bom, existem brechas que…

– Eu só quero ter uma empresa boa!

– Também quero que você tenha, Flora. Eu… Você sabe que quero o melhor para você.

E o que mais?, pensou Flora, frenética. *O quê? O que mais?*

– Escuta, eu vou… Posso mandar um e-mail para você com umas ideias?

– Não preciso que você me salve.

Ao ouvir isso, ele se deteve, depois abriu um meio sorriso.

– Não consigo nem salvar a mim mesmo – respondeu. – Mas tem umas coisas que você pode fazer. Várias. Coisas positivas. Pense nisso. Por favor.

Flora assentiu sem dizer nada enquanto ele se levantava para ir embora.

– Ah… – disse ela ao levá-lo até a porta, com vontade de pegar na mão dele e apoiar a cabeça naquele peito, mesmo que Mark tivesse dito, com muita delicadeza, que os dois precisavam de um tempo. – Por que… por que veio aqui hoje?

Joel vestiu o casaco.

– Eu… Não posso ir à festa no domingo – explicou. – Desculpa.

Flora ficou decepcionada. Tinha esperança… só um pouquinho… de que ele fosse comparecer, ver como tudo ia maravilhosamente bem e como todos estavam se divertindo, e iria querer participar… Joel, participando de alguma coisa? Que ideia mais besta!

– Tudo bem – respondeu ela. – Obrigada pelas dicas.

– De nada – disse ele.

E saiu pela noite pálida e nevoenta, e ela o perdeu de vista antes que o som dos passos dele abandonasse seus ouvidos.

Capítulo cinquenta

Saif ainda estava ansioso quando Neda chegou, naquela mesma semana, mas não tão aterrorizado quanto antes.

Enquanto desciam até o porto para recebê-la no terminal da balsa, o otimismo dele logo se dissipou. Ela apareceu, alta e glamourosa, à beira do cais ao lado dos andarilhos barbudos e dos americanos animados agarrados às suas pochetes. Parou e olhou à sua volta.

A manhã estava linda e fria, tão refrescante quanto um copo de água gelada. As ondas frias dançavam à luz. Ela piscou, tirou um grande par de óculos escuros da bolsa e percorreu o quebra-mar na direção deles, com os saltos fazendo barulho na rua de pedras.

Na mesma hora, Ash começou a tremer nos braços de Saif e Ibrahim deu as costas, voltando ao seu iPad.

– É a Neda! – disse Saif, tentando animá-los. – Ela é legal!

Ash continuava a tremer.

– O que foi?

O menino murmurou alguma coisa que Saif se esforçou para ouvir, ao mesmo tempo que Neda chegava e se inclinava na direção dele. Ela balançou a cabeça.

– Não – disse ela. – Escute, Ash. Não vim aqui para levar vocês de volta.

Saif suspirou ao perceber que ele imaginara aquilo. Ash ainda estava encolhido, e as lágrimas escorriam pelo rosto do menino. Neda endireitou o corpo.

– É só uma visita! Trouxe presentes para vocês!

Mas Saif não conseguia ouvi-la. Tinha virado o rosto. Parando para pensar, parecia absurdo, mas mesmo assim era verdade: uma pequena parte dele também tivera medo de que seus filhos quisessem ir embora. Que preferissem ir para qualquer lugar a morar com ele. De repente, as emoções foram demais para Saif, que abraçou Ash com força. Neda olhou para ele, entendendo tudo, e depois sorriu.

– Olha que paisagem mais linda! – exclamou ela. – Tem algum lugar onde eu possa tomar um café? Temos que nos sentar e abrir os presentes!

Ibrahim ficou alguns passos atrás enquanto Saif a levava pelo calçadão do porto em direção à Delicinhas da Annie, onde vários dos recém-desembarcados, muito gratos – tanto os que estavam voltando para casa quanto os que não esperavam encontrar coisas boas para comer na viagem –, não conseguiam acreditar na própria sorte. Neda se virou para Saif, abriu um sorriso enorme e falou em inglês:

– Você achou mesmo que eles iam preferir voltar comigo?

Saif piscou duas vezes.

– Só por um segundinho.

Ela balançou a cabeça.

– Francamente. Você achou que eles iam chegar aqui e, cinco minutos depois, a vida ia ser feita de algodão-doce?

Saif deu de ombros.

– É que está tão difícil.

– Vida de pai é assim – disse Neda.

Saif abriu um sorriso fraco.

– Mas não consigo fazer Ash largar do colo, nem Ibrahim do iPad.

Dito e feito: o menino estava andando e olhando a tela ao mesmo tempo, sem notar nada ao redor.

– Como assim, não consegue?

Saif olhou bem para Neda.

– Ponha o Ash no chão e pronto – disse ela.

Tinham atravessado a rua tranquila e andavam pela calçada em direção à casa cor-de-rosa onde ficava a Delicinhas. Neda olhou para ele.

– Anda!

– Hã, acho que ele não quer descer.

– Ele também não quer comer legumes, certo?

Saif se encolheu.

– Uma coisa de cada vez.

Neda fez que não com a cabeça.

– Infelizmente, não é assim que a banda toca, meu amigo. Você não pode travar todas as batalhas. Trave uma só.

– Qual?

– A batalha do "faça o que eu estou dizendo".

Saif riu.

– Não sei, não.

Continuaram a andar, Saif consciente de que todos estavam olhando para eles.

– Bom, você é médico. O que recomendaria?

– Recomendaria que ninguém me pedisse conselhos sobre como cuidar de crianças.

– *Tsc, tsc, tsc* – fez Neda. – Vamos. O que você diria?

Ele deu de ombros. Neda baixou a voz.

– O que Amena diria?

Foi um golpe baixo, e Saif se retraiu um pouco.

– Não tem nenhuma notícia? – perguntou ele depressa.

Neda balançou a cabeça.

– Sinto muito, Saif. Mas, se ela estivesse aqui…

– Ela diria: "Ash, você já é crescidinho, tem que ir andando."

– Humm… – murmurou Neda.

Deram mais alguns passos. Então, Saif sussurrou no ouvido de Ash:

– Querido, vou te pôr no chão para você poder andar e deixar sua perna bem forte.

Ash projetou o queixinho para a frente e adotou um olhar duro como aço.

– Não, *Abba*.

– Vai ter que ser assim – disse Neda. – Estamos indo para o café comer coisas gostosas e abrir presentes. Quer vir com a gente?

Ela fez um gesto para Saif, que pôs Ash no chão. Na mesma hora, o menino começou a escalar a perna da calça dele.

Para uma criança subnutrida de 6 anos com o pé quebrado, ele tinha uma força espantosa. Neda observou Saif para ver o que ele faria, e Saif se pegou vermelho, consciente de que aquilo era um teste – não para Ash, mas para ele.

Ele abriu os dedinhos do filho para tirá-lo da própria perna, mesmo sentindo que era uma crueldade insuportável. Ash gritou mais alto. *Que ótimo*, pensou Saif, ficando ainda mais vermelho. Ash estava dando o chilique mais birrento do século bem no meio da rua principal, no porto cheio de gente, numa manhã de sexta-feira. Até a hora do almoço, o número de pessoas na ilha que ainda não tivessem ouvido falar do filho descontrolado do médico seria praticamente insignificante.

– Certo, vamos lá – disse Neda, sorrindo alegremente para Ash. – A gente se encontra lá no café. Tomara que tenha pão doce. Você adora pão doce, né?

Ash não parou de berrar, de rosto bem vermelho, esperneando com a perna ilesa. E Neda não parou de sorrir.

– É para eu sair andando e pronto? Quando ele está assim?

Neda deu de ombros.

– Você é quem sabe. – Então, baixou a voz. – Sabe, no longo prazo, pode ficar mais complicado se você não conseguir tratar Ash como um menino normal.

– Ele não é normal.

Mas Neda já voltara a andar. Saif ficou dividido, olhando para o menino tendo um ataque de birra na calçada e para a mulher alta e autoconfiante que caminhava à sua frente.

Ele deu um passo na direção dela. Parou e, de repente, só por um instante, Ash deu uma trégua na gritaria, olhando o pai e tentando entender a nova situação. Então, voltou a gritar – ainda mais alto. Saif ficou aflito.

Neda abriu a porta da Delicinhas da Annie, fazendo o sino tilintar.

– HUMMM – disse ela numa voz bem alta e em inglês. – OLHA SÓ QUANTOS BOLOS.

Dessa vez, a pausa na gritaria durou muito mais.

Ibrahim seguiu Neda sem vacilar. Saif se permitiu dar mais um passo.

– Que bolo você vai querer, Ibrahim?

Ora, isso já era demais para qualquer criança de 6 anos. A ideia de Ibrahim poder escolher um bolo enorme e comê-lo todo sozinho enquanto Ash ficava lá fora na calçada era uma injustiça inaceitável. Ash se levantou e correu, aos prantos, até a porta.

Flora ficou olhando para eles com uma expressão um tanto confusa, principalmente porque Neda estava segurando a porta e barrando a saída de três mochileiros com suas mochilas gigantescas, que, por sua vez, estavam no caminho do novo penteado da Sra. Blair, que fora até lá especialmente para exibi-lo. A situação não estava agradando a ninguém.

Então, Flora olhou pela janela e viu os meninos – já os tinha visto passar às vezes, é claro, mas não os conhecera oficialmente. Abriu um sorriso e acenou para que entrassem. E, mesmo com os avisos medonhos de Joel ecoando nos ouvidos, não pôde deixar de oferecer alguns pirulitos que havia guardado.

– Bem-vindos – disse ela. – Bem-vindos, todos!

Quando já estavam sentados, depois de o penteado da Sra. Blair ser colocado de volta no lugar, os soluços de Ash deram lugar a lamentos ocasionais. Mas, para a surpresa de Saif, Neda nem se abalou.

– Sei como é – comentou ela enquanto Isla trazia dois *flat whites*. – Opa, muito obrigada!

Flora sempre ficava levemente ofendida pelo modo condescendente como as pessoas reagiam ao fato de que ela vendia café de boa qualidade – ela se ressentia da suposição de que todo mundo que morava nas ilhas era gente rústica que se contentava com café instantâneo.

Neda continuou:

– E não quero dar sermão, mas, pelo menos por enquanto, você tem que ser a mãe e o pai desses meninos.

– Isto é: dar bronca neles.

Neda deu de ombros.

– Repito, você é quem sabe.

– Você diz "Você é quem sabe" quando quer dizer "Faça o que estou dizendo" – respondeu Saif, sorrindo.

– Eu? – retrucou Neda, mordendo um pãozinho doce com cobertura de glacê. – Ai, nossa, que delícia.

Ela se voltou para Ibrahim, que estava afundado na cadeira e, como sempre, de olhos grudados no iPad à frente dele. Em seguida, olhou para Saif.

Ele suspirou e se inclinou na direção do filho.

– Ibrahim, preciso pegar o seu iPad.

Ibrahim ficou de olhos arregalados.

– Você não pode fazer isso – disse ele. – É meu.

– Enquanto estamos no café.

– Até ela ir embora?

– O nome dela é Neda, por favor.

– Até Neda ir embora?

– Me dê o aparelho.

Todos ficaram olhando tensos para a mesa, menos Ash, que estava com um pão doce numa das mãos e o pirulito na outra, de modo que esquecera totalmente o mau humor.

– Vocês são meninos maravilhosos – disse Neda, alegre. – Agora, que tal me mostrarem a sua escola?

Flora sorriu ao ver os meninos saírem, depois de Saif fazê-los se virar e murmurar agradecimentos sem jeito para ela. Ela viu que Ibrahim era idêntico ao pai: tinha exatamente a mesma testa franzida e a expressão séria. Ash era uma criança linda, de cílios longos. Mas os dois estavam magros demais. Ela jurou dar um jeito naquilo. Mais alguns bolinhos de queijo e… *Aff*, não, precisava fazer os bolinhos menores… Ai, por que era tão difícil?

Ash conseguiu chegar até a metade da colina antes de desabar de modo dramático e se declarar absolutamente exausto. Neda pediu que ele dissesse a mesma coisa em inglês, o que, para o espanto de Saif, ele conseguiu sem problemas. Ela riu na cara dele e disse que não se preocupasse, pois conhecia muitos pais em período integral que, assim como ele, achavam esse tipo de coisa extremamente complicada, o que fez Saif relaxar um pouco e se pegar sorrindo também diante da encenação exagerada de Ash. E foi por isso que, quando Lorna olhou pela janela da sala das professoras e os viu chegar, os dois meninos a pé, Ibrahim sem o iPad e a mulher linda e alta andando ao lado de Saif, seu coração afundou no peito.

Ela com certeza nunca o tinha feito sorrir daquele jeito, nem rir, exibindo os dentes brancos. Além de tudo, formavam um casal bonito, pensou ela. Quem era a mulher? Não podia ser… Saif podia ter arranjado uma namorada, não podia? Afinal, um dia ele conheceria alguém, certo? Mas

Lorna havia se consolado tanto com a ideia de que ele era fiel demais, que respeitava demais a esposa para pensar em…

– Oi! – disse Saif.

Sem dúvida, ele estava com um humor melhor do que nas últimas semanas, quando andava exausto e estressado, buscando os filhos furiosos e pouco comunicativos e vendo, com a tristeza que Lorna reconhecia muito bem nos olhos de um pai, seus meninos serem excluídos das brincadeiras no recreio, sem que ninguém os escolhesse, ficando sozinhos num canto da escola.

Naquele dia, o rosto de Saif estava mais ensolarado, mais aberto, e Ash… aquele menino estava *andando*? Lorna nunca o tinha visto no chão. Imaginou que ele tentaria se agarrar a ela como geralmente fazia, mas, em vez disso – e a visão doeu de um jeito assustador –, ele pegou a mão da mulher alta.

– Lorena. Srta. MacLeod – disse Saif, sorrindo. – Essa é Neda Okonjo. Ela é a assistente social que está nos ajudando… Cuidou dos meninos em Glasgow.

– Oi – disse Lorna num tom mais rígido do que pretendia. Não imaginara que as assistentes sociais tinham passado a ser tão glamourosas.

Saif se perguntou por que Lorna estava tão estranha.

– Oi – respondeu Neda. – Olha, acho que você está fazendo um ótimo trabalho com os meninos.

Lorna piscou, surpresa. Particularmente, ela não concordava nem um pouco. Estava preocupada, pensando estar fracassando em tudo com eles. Não conseguia fazer com que dissessem nada em inglês, nem que participassem, nem que reagissem a qualquer coisa.

– Eles já entendem tudo que estamos dizendo! – continuou Neda. – Parabéns!

Lorna franziu a testa.

– Entendem?

– Olhe só o Ibrahim – disse Neda, sorrindo.

Num instante, o menino ficou corado e olhou para o chão.

– Ele finge que não entende. Mas entende, sim. É um menino muito bonito.

Ibrahim corou ainda mais. Saif não conseguia acreditar.

– E joga futebol muito melhor do que ele mesmo imagina – completou Neda.

– Você sabe mesmo fazer milagre – comentou Lorna.

– Não. Foi você quem fez – respondeu Neda. – Confie no processo. Aliás, vocês dois. Confiem em como os meninos são inteligentes e no quanto estão aprendendo, mesmo sem perceber que estão. Tratem os dois como os outros meninos. Por favor. Chega de carregar no colo.

Lorna assentiu.

– E nada de deixar Ibrahim ficar no computador. Se ele conseguir não bater em ninguém… Viu, Ibrahim? Nada de bater, né?

Ibrahim deu de ombros.

– Vamos fazer um trato. Aposto que, se você parar, vai estar jogando futebol com todo mundo em até uma semana.

– Não ligo.

– Em inglês.

Ele obedeceu.

– Não ligo – disse, vermelho até as orelhas.

– Não precisa ligar – disse Neda com delicadeza. – É só jogar futebol.

O sinal tocou, e pela primeira vez os meninos entraram na escola por conta própria, misturando-se ao pequeno fluxo de meninas e meninos, perdendo-se nele – como crianças normais num dia normal. Saif e Lorna se entreolharam, sem conseguir acreditar.

– Certo – disse Neda, virando-se. – Vamos dar uma olhada na situação da casa. Não se preocupe, vou só marcar campos num formulário. É óbvio que vocês estão indo bem.

– Você é incrível – disse Lorna, voltando a olhar para a sala de aula.

– Bom, também adorei te conhecer – respondeu Neda, virando-se e começando a descer a colina.

Saif se virou para segui-la, maravilhado, e Lorna refletiu que, se ela mesma havia se apaixonado por Neda em dez segundos, não culparia Saif nem um pouco se ele tivesse feito exatamente a mesma coisa.

Capítulo cinquenta e um

Joel acordou cedo, ansioso, como se fosse seu primeiro dia na escola. É óbvio que o dia já estava claro. Ele percebeu que fazia pelo menos um mês que não precisavam acender nenhuma luz. Que sensação mais estranha.

Vestiu as roupas "rústicas" que sua secretária, Margo, havia comprado para ele no ano anterior. Pareciam não combinar – ele preferia um terno bem cortado, como uma armadura, algo que lhe permitisse desaparecer sutilmente no fundo de qualquer sala em que estivesse. A sensação de usar as calças de algodão grosso e a camisa xadrez de tecido claro e espesso com forro impermeável era estranha. Além disso, ao vestir essas roupas, percebeu quanto peso havia perdido e fez uma careta. Então, saiu pela manhã enevoada, a neblina cinzenta obliterando toda a distinção entre a terra e o mar. Era o tipo de manhã, na verdade, que muitas vezes desabrochava numa tarde linda, mas deixava o tempo fechado na primeira parte do dia. Ele apanhou o formulário que havia chegado no dia anterior.

Pegou um café e subiu a colina. Não deixou de perceber que ia trabalhar com o ex-namorado de Flora e a arqui-inimiga dela. Sabia que não havia comentado isso na Delicinhas; Flora parecera tão decepcionada por Joel não ir à festa que ele não quisera piorar tudo ainda mais.

No fim das contas, não saber o caminho não foi nenhum problema: as barracas laranja-berrante e os gritos dos meninos eram perceptíveis a quilômetros de distância, assim como o cheiro das salsichas crepitando no fogo.

Charlie estava lá, tomando sua terceira xícara de café, com o cansaço típico de sempre. Todo grupo de jovens problemáticos tinha alguém que fazia xixi na cama e uns diabinhos que gostavam de contar histórias de terror, embora muitos deles já conhecessem os terrores da vida real. Ele cumprimentou Joel com um aceno de cabeça, adivinhando – de uma forma que muito surpreendeu Joel – o preço alto das roupas que ele usava no momento.

– Dia.

– Olá.

Joel estava meio sem graça.

– Eu trouxe isso aqui – disse, estendendo o envelope.

Charlie apenas inclinou a cabeça.

– Dê para Jan. É ela quem cuida da documentação.

– Quem é você, moço?

Havia um menininho de uns 8 ou 9 anos parado na frente de Joel. Sua cabeça, que poderia ser loira, fora totalmente raspada; o corpo era magro e ele não parecia muito limpo; além disso, havia olheiras debaixo dos olhos fundos. A postura era defensiva; o menino tinha o aspecto de uma criança que estava sempre à espera de uma bronca.

– Eu sou Joel – respondeu ele com a voz branda.

Os dois se olharam. Joel não pretendia dizer mais nada. Aquele menino provavelmente não precisava de adultos fazendo perguntas.

– Você é americano? – perguntou ele, incrédulo. – Você fala esquisito.

– Sou, nasci nos Estados Unidos.

– O que tá fazendo nessa merda de lugar, então?

– Caleb – disse Charlie, mas de um jeito descontraído. – Lembra nossa conversa sobre falar palavrão?

– Merda não é palavrão – argumentou o menino. – Palavrão é p…

– Merda está na lista, sim.

– Ah. Desculpa. – Ele reformulou a pergunta: – Por que você tá nesse cocô de lugar?

– É que eu gosto daqui – respondeu Joel.

– Gosta mais do que dos Estados Unidos? Lá onde tem sol e arma e carro conversível e Califórnia e arranha-céu e tudo? – O menino arregalou os olhos ainda mais.

– Nem tudo lá é assim.

– *Nem tudo lá é assim.* – A criança tentou imitar o sotaque de Joel, o que ficou pavoroso, depois chamou os outros: – *Aye!* Aí, gente! Esse cara aqui é ianque!

Apareceram outras cabeças raspadas. Por um lado, Joel sabia que manter o cabelo de um menino pequeno bem curto tinha sentido prático. Por outro, quando ele era criança, seu cabelo estava sempre raspado porque ninguém o amava o suficiente para penteá-lo. Desde então, ele deixava seus cachos escuros mais longos do que a maioria dos advogados, compridos o bastante para cobrir parte da testa. Flora adorava aquele cabelo e teria adorado ainda mais se soubesse o motivo.

Os meninos se reuniram ao redor de Joel como se ele fosse um objeto curioso. Ele gostaria de ter levado alguns doces para distribuir. Todos queriam saber sobre as gangues, as armas, as ruas e todo tipo de estereótipos. Pareciam ter adquirido a maior parte de suas suposições a respeito dos americanos ao jogar *Grand Theft Auto*, mas Joel ajudou tanto quanto pôde. Ele notou que Charlie o observava, e não era com desaprovação.

Jan chegou, parecendo impecável como sempre.

– Dê aqui – disse ela, indicando o envelope nas mãos de Joel, e foi o que ele fez. – Certo. – Ela estudou o papel com atenção. – Você pode desarmar as barracas e lavar as coisas enquanto começamos nossa caminhada na floresta. Todo mundo já está com a lista de esquilos?

– Ele não pode vir com a gente? – perguntou Caleb, o menino que falara primeiro.

– Hoje, não – respondeu Jan. – Você pode ficar e ajudar a lavar as coisas, se quiser.

Houve uma pausa.

– *Aye*, tá bom – disse o rapazinho.

– A caminhada vai ser legal – disse Charlie.

– *Neh*, ele quer ficar aqui para babar ovo do professor – disse um garoto enorme, de ombros volumosos, com a voz já engrossando.

O comentário causou um surto geral de gargalhadas. Joel ficou vermelho-escuro.

– Você quer ir para casa, Fingal Connarty? – rosnou Jan, afiadíssima. – Não quero te mandar para casa, filho. Quero que fique. Mas será que você pode?

O garoto enorme deu de ombros.

– Enquanto estiver aqui, dobre a língua e seja educado.

Caleb, porém, não ouviu nada daquilo. Tinha ficado bem vermelho;

avançou na direção de Fingal com os punhos fechados e, apesar de ser vários centímetros mais baixo que o outro, ainda conseguiu dar um soco razoável no nariz dele.

– Ah, seu merdinha!

Fingal derrubou Caleb com uma manobra de rúgbi e ia começar a bater nele quando Charlie e Joel conseguiram separar os dois.

Jan, então, tomou uma atitude surpreendente. Ela foi até os dois meninos e passou os braços em volta deles.

– Está TUDO BEM – disse ela. – Tudo bem. Vamos pedir desculpas?

– Ele me xingou!

– E daí? – disse Jan.

– Meu nariz tá sangrando! Eu vou te matar!

Foi decidido, com imensa rapidez, que Caleb ia mesmo ficar para trás com Joel e ajudar a desmontar o acampamento. Joel estava começando a achar que tinha tomado uma péssima decisão.

Charlie deu a ele um rádio comunicador, já que nenhum telefone funcionava nas montanhas, e disse que voltariam em duas horas, se ele não se importasse de organizar o café da manhã.

– Quantas pessoas tem no grupo? – perguntou Joel.

– Trinta – respondeu Charlie. – Até já!

Caleb contou que na noite anterior haviam lavado os pratos num riacho próximo, então decidiram fazer a mesma coisa. Como Joel tinha pensado, a neblina começou a se dissipar; vistas lá do alto, as ovelhas na fazenda eram pontinhos fofos, e os veleiros e grandes navios-tanques fumegantes pareciam brinquedos no horizonte. Longe do mar, havia silêncio; só os pássaros cantavam e chilreavam uns para os outros.

Joel respondeu às perguntas de Caleb sobre os Estados Unidos da forma mais divertida possível, mesmo na segunda meia hora falando de *Os vingadores unidos*.

Mas, por mais estranho que pareça, ele não se incomodou. Era a primeira vez em muito tempo que conversava com alguém que não estivesse lhe dando uma notícia terrível nem tentando extrair informações importantes. Caleb era a primeira pessoa que Joel conhecia, até onde conseguia lembrar, que não queria nada dele e não se importava com quem ele era.

– Quero ir para os Estados Unidos – disse o menino por fim.

– Bom, não tem motivo para não ir – respondeu Joel. – É só estudar muito e depois arranjar um emprego.

Caleb riu.

– Rá! De que adianta?

– Bom, eu também queria viajar.

– É – resmungou Caleb, chutando a terra. – Só que você não veio de onde eu vim.

Joel olhou para ele.

– Eu cresci num orfanato.

O menino ficou aturdido.

– *Aye?* – perguntou, desconfiado.

Estavam esfregando frigideiras, e nenhum dos dois se saía lá muito bem.

– *Aye* – respondeu Joel, um tanto desajeitado.

– E você fez faculdade e tudo mais?

– Fiz.

– E mesmo assim veio *pra cá*?

Joel riu e espirrou bolhas de sabão nele, dizendo:

– Se liga.

Mas Caleb ainda olhava para ele cheio de curiosidade.

Joel começou a preparar o café da manhã sem fazer muito barulho. Foi estranho descobrir que o simples ato de picar cogumelos e tomates era exatamente aquilo de que precisava: uma atividade tranquilizadora e ideal para meditar. Num instante, entendeu o que aquilo representava para Flora. Era agradável ficar ao ar livre, sentindo o vento fresco da manhã, em vez de preso dentro de um escritório olhando para uma tela. Ele tirou os olhos da comida e se viu vigiado por uma grande lebre, que abaixou as orelhas e depois saiu aos pulos por um campo de flores silvestres. Joel se pegou fazendo algo incomum: estava sorrindo.

Então se virou ao ouvir um barulho. A princípio, pensou que fosse apenas um dos pássaros, mas, ao prestar atenção, percebeu que parecia mais um soluço abafado.

Ele contornou um grupo de árvores e encontrou Caleb, de rosto absolutamente imundo, tentando, em desespero, abafar os próprios soluços. Assim que viu Joel, ele virou o rosto num gesto feroz, enxugando o nariz na manga suja do casaco.

– Ei – disse Joel no tom mais casual possível. – Está se escondendo aí para não me ajudar a fazer o café da manhã?

Caleb deu de ombros. Joel queria ir se sentar ao lado dele, mas achou que não seria a abordagem certa. Era como lidar com um animal aterrorizado.

– Desculpa – disse Joel, ao se dar conta. – Eu não queria espirrar bolhas em você. Estava só fazendo bagunça. É meu primeiro dia.

– Não é com você, moço – disse a vozinha baixa.

– Os outros meninos estão sendo babacas?

Caleb deu de ombros mais uma vez.

Joel se sentou, fingiu estar muito ocupado olhando para sua xícara de café e, por um tempo, não disse nada. Ao longe, dois biguás circulavam o penhasco na ponta da praia.

– Eles são uns tontos – disse Caleb. – E as mães deles são um lixo. Tudo piranha.

– Não fala uma coisa dessas – pediu Joel com delicadeza.

Caleb esfregou o rosto outra vez.

– Eles estavam falando das mães?

Caleb deu de ombros de novo.

– Não tô nem aí.

A maioria daqueles meninos tinha mãe, com quem moravam de modo intermitente; muitos estavam morando com os avós; quase todos tinham algum tipo de contato com a família. Só Caleb, Joel inferiu, estava por conta própria: morava numa casa de acolhimento desde que se entendia por gente e nunca fora adotado. Com as feições miúdas e magras e aquela expressão amarga, não era bonitinho. Ah, Joel conhecia aquela situação bem demais.

– Todo mundo prefere adotar menina, né?

Ele nem sabia por que tinha dito aquilo, mas Caleb assentiu com vontade.

– Querem criança fofa. Blá-blá-blá, ai, que carinha mais linda.

Fungou de novo.

– Na minha época, queriam meninos para trabalhar no campo – contou Joel. – Eu não tinha jeito de quem conseguia fazer isso.

Caleb olhou para ele.

– Te fizeram trabalhar no campo?

– Tentaram – respondeu Joel.

Ele se retraiu ao lembrar um verão especialmente longo numa fazenda de algodão na Virgínia. Houvera muitos gritos. Ele ficava tão cansado que adormecia toda noite na mesa de jantar. Theo, o lavrador, o tinha considerado imprestável e passara a implicar com ele sem parar. O cheiro dos campos assombrara Joel por anos. E olha só: ele se pegou pensando que, naquela época, não tinha nenhum problema com insônia.

Caleb endireitou as costas e os dois passaram um tempo jogando pedras no riacho, sem falar, mesmo quando já podiam ouvir os outros meninos voltando para o acampamento aos gritos.

– É uma merda – disse Caleb.

– É, sim – concordou Joel, jogando uma pedra com força excepcional. – Uma baita merda.

Caleb o olhou de lado.

– E melhora?

Joel pensou na pergunta.

– Melhora, sim – respondeu. – Agora, vá lavar o rosto e vamos tomar café da manhã.

Capítulo cinquenta e dois

Saif estava, sem dúvida, numa alegria pós-Neda quando decidiu que uma caminhada de sábado à tarde pelas montanhas e em meio à brisa era exatamente do que ele e os meninos precisavam – para começar, ajudaria Ib a esquecer o iPad.

Também pensou, como Neda lhe havia dito, que em algum momento teria que falar sobre a mãe deles. E talvez estar no alto das montanhas pudesse fornecer... bom... um espaço mais seguro. Um espaço em que eles não precisassem andar na ponta dos pés, em que não houvesse o som constante de jogos eletrônicos e Ash choramingando enquanto dormia. Ele não queria carregar o filho morro acima – felizmente, desde que tinham chegado à ilha, ele estava se fortalecendo e ganhando peso. Seus olhos não estavam tão fundos quanto antes, e ele estava ficando meio pesado para ser carregado no colo a toda parte. Mas as olheiras tinham se transferido diretamente para o pai dele.

Mesmo assim, Saif tentou demonstrar alegria enquanto os fazia pôr, aos resmungos, casacos e botas impermeáveis. Lá fora, estava frio e ventava, o que inclinava a grama nos campos. Ibrahim gemeu e reclamou o caminho todo. Ash estava mais animado, principalmente quando viu um falcão para o qual Saif apontou.

Encontrou a Delicinhas da Annie bem movimentada quando entrou para comprar alguns pãezinhos para levar com eles, e Flora parecia um pouco distraída.

– Como vai Joel? – perguntou Saif em tom casual.

Joel não entrara mais em contato para pedir remédios, e Saif não sabia ao certo se isso era bom ou ruim.

Flora ficou rígida.

– Você vai ter que perguntar para ele – respondeu.

Saif se arrependeu na mesma hora de tocar no assunto. Ash estava apontando para os grandes bolinhos de geleia e creme na frente da vitrine, e Saif prometeu que ele poderia comer um se subisse até o alto da colina, com o que Ash concordou na mesma hora. Saif comprou o bolinho para o menino, que se desmanchou em lágrimas e exigiu comê-lo ali mesmo, até que o pai finalmente cedeu, deixando-o dar só uma mordidinha, o que gerou ainda mais lágrimas de Ash e fez Ib sair de lá pisando com força e batendo a porta, o que deixou aquela mesma sensação no fundo do estômago de Saif: a de que ninguém – ninguém mesmo – poderia estar fazendo um serviço pior do que ele com os meninos, e olha que ele era o pai.

Tinha consciência não só da perda de Amena, que sem dúvida saberia o que fazer, à sua maneira linda e sorridente, mas da própria mãe, falecida havia muito tempo, e do modo como ela conseguia acalmá-lo quando ele estava triste, da forma como ela parecia se mover…

Ele barrou a lembrança e colou um sorriso na cara, tentando imitar Neda.

– Venham! Vamos lá! O último a chegar perde!

Os meninos marcharam atrás dele a contragosto, Ash se queixando de dor de estômago e Ib avisando a cada cinco minutos que estava entediado. Por um segundo, Saif pensou no que teria acontecido se ele tivesse falado com o próprio pai daquele jeito, mas também não valia a pena pensar nisso.

A vista do alto realmente valeu o esforço quando finalmente chegaram lá e se jogaram no chão, reclamando apesar de conseguirem ver todos os barquinhos na baía e a ardósia cinza dos telhados de todas as casas da cidade.

Saif tirou sanduíches e caixinhas de suco da mochila e os meninos os aceitaram, indiferentes. Lá em cima estava um pouco mais quente, e Saif se deitou na grama, deixando-a fazer cócegas no nariz. Quem se aproximava assim do solo conseguia ver os besouros correndo aqui e ali, um mundo movimentado abaixo do mundo em que viviam. Será que os besouros tinham tantas preocupações? Será que coisas assim tão terríveis aconteciam com eles? Em quantos insetos ele havia pisado apenas para chegar lá? E será que notavam quando as crianças, as esposas ou os pais se perdiam – desapareciam da face da Terra?

Em todo caso, era gostoso estar nas montanhas. Até Ib havia abandonado seu típico ar reservado. Saif olhou bem para ele.

– Vocês…?

Tentou começar num tom descontraído. Aquela tinha sido a última coisa que Neda dissera a ele antes de partirem. Precisavam falar sobre Amena. "Não precisa ser um papo assim tão sério", tinha dito Neda. "É só falar dela. Deixe a conversa fluir com naturalidade para eles não sentirem que é culpa deles, nem que não podem falar sobre isso." No começo, seria difícil, mas, quanto mais falassem, melhor ficaria. Ele havia assentido ao ouvi-la dizer aquilo, achando as palavras dela muito sensatas.

– Vocês pensam muito na mamãe?

Ash se virou imediatamente.

– A mamãe tá chegando? Ela tá aqui? A mamãe voltou?

Ib interpretou melhor a expressão de Saif.

– Lógico que não, seu burro. Ela deve ter morrido. E, mesmo que não tenha morrido, por que ela ia querer vir pra cá?

O olhar arrasado de Ash deixou Saif mais furioso com Ibrahim do que jamais estivera com qualquer pessoa em toda a sua vida. Fez o possível para engolir a raiva. Estava tão zangado que poderia até… Não. Não. Era com uma criança que ele estava lidando. Uma criança triste e ferida, sem mãe.

Ele fez o melhor que pôde para manter a voz calma.

– Não sabemos onde a mamãe está – respondeu num tom gentil. – Mas tem muita gente procurando por ela. Só quero que vocês me falem um pouco de como pensam nela e como se sentem.

A catástrofe aconteceu. Ash se desmanchou em lágrimas desesperadas, como as de uma criança de 2 anos, infinitas, soluçando até hiperventilar. Ele chorou até vomitar os sanduíches e bolinhos por toda a grama, e nisso Ibrahim o chamou de bebezão nojento, o que o fez chorar ainda mais, e Ib saiu dali, com raiva e nojo.

Saif tentou abraçar Ash e afastá-lo dali enquanto uma longa fila de formigas chegava para investigar o vômito, e pegou seu telefone para ligar para Neda, xingando ao lembrar, mais uma vez, que não havia nem a porcaria de um sinal de celular no meio de um dos países mais pacíficos e tecnologicamente avançados do mundo – e xingou de novo.

– Quero a mamãe de volta – uivava Ash.

Saif o balançava no colo como um bebê enquanto gritava chamando Ibrahim, primeiro num tom irritado e, depois, cada vez mais preocupado. A trilha da encosta era mais complicada do que parecia; havia muitas valas e precipícios onde era fácil cair e se perder.

– Vamos – disse ele para Ash. – Precisamos encontrar Ibrahim, certo?

Isso só fez o menino berrar ainda mais alto.

– Agora o Ib também foi embora!

– Ele não foi embora. Só precisamos encontrar seu irmão.

A cabeça de Saif foi tomada instantaneamente por histórias pavorosas de crianças se afogando em valas fundas, tropeçando e caindo nas pedras.

– Ib! – rugiu ele, mas o vento levou sua voz para longe.

Despejou rapidamente vários xingamentos em inglês, achando que nada daquilo contava como palavrão de verdade, embora Ash olhasse para ele como se entendesse tudo que estava dizendo.

– Cadê Ibrahim? Cadê meu irmão?

O desespero de Ash parecia estar chegando a um nível estratosférico. Para piorar a situação, as nuvens escuras que podiam aparecer do nada mesmo nos dias mais ensolarados, como num vídeo em alta velocidade, começavam a se reunir no céu. Era só o que faltava: um banho de chuva gelada.

Ele se levantou e olhou ao redor. Nada se mexia, a não ser o vento roçando o capim e os carneiros saltitando pelos campos abaixo. Ah, meu Deus.

Joel caminhava atrás das crianças enquanto andavam em fila, descobrindo uma estranha sensação de reconhecimento a partir das lembranças, dos meninos em grupo, ainda que falassem um dialeto diferente. Eles gritavam, berravam e riam em voz alta, e Jan e Charlie deixavam – desde que fosse só bagunça e não malcriação – que os pequenos sacudissem o corpo, espantassem a preguiça, uivassem para a lua, gastassem energia e ficassem cansados sem sentir que estavam incomodando, sem ter que se adequar a um tipo de comportamento vitoriano institucionalizado que simplesmente não servia para muitos meninos. Cantaram algumas músicas, incluindo uma que foi interrompida de repente por razões que Joel não entendia, já que não poderia ser pior do que a música de rúgbi com letra grosseira e suja que tinham cantado pouco antes. Jan fez uma careta e comentou "É preconceituosa", o que o deixou na mesma.

As nuvens estavam chegando, mas Joel tinha aprendido bem cedo que o tempo era um fato passageiro – nem para festejar nem para reclamar, apenas para deixar passar com música e alguns gritos. Os meninos tinham guias de observação de pássaros, que Joel achou que ignorariam, mas, na verdade, levaram muito a sério o avistamento das várias espécies, rindo uns dos outros quando erravam. Estavam prestes a parar ao lado do rio, onde havia corredeiras suaves que Charlie os deixava descer de caiaque, quando, pelo canto do olho, Joel viu um casaco diferente passar.

Primeiro, achou que fosse um dos meninos do grupo, mas, ao olhar com mais atenção, avistou um menino magro de pele mais escura vagando sem rumo entre as árvores, subindo a colina aos tropeços. Charlie percebeu e acenou com a cabeça para Joel, que se afastou e foi na direção da criança.

Ele não havia conhecido os filhos de Saif, mas logo adivinhou que devia ser um deles. Havia algo quase cativante na tristeza e na raiva do menino, e Joel quis saber algumas palavras em árabe para falar com ele.

Conforme se aproximava, a chuva ameaçadora começou a cair, e o menino, que ainda não o tinha visto, tentou segurar na raiz de uma árvore, não conseguiu e caiu ladeira abaixo, rolando por cima das botas grandes demais que não estava acostumado a calçar.

Joel pulou a vegetação e o segurou pelo ombro bem a tempo de impedi--lo de cair ainda mais.

O menino esperneou.

– Está tudo bem – disse Joel. – Está tudo bem, tudo bem. Eu te ajudo.

– NINGUÉM ME AJUDA! – gritou o menino.

Joel não sabia se ele queria dizer que ninguém nunca o tinha ajudado ou que não queria a ajuda de ninguém. Percebeu, é claro, que as duas coisas poderiam facilmente ser verdade.

– NINGUÉM ME AJUDA! – repetiu a criança num lamento. – NINGUÉM ME AJUDA!

Joel olhou para ele e viu a si mesmo, e também o pequeno Caleb, além de um abismo que não sabia como transpor.

Viu tudo isso antes que o menino, para sua imensa surpresa, desabasse em seus braços. Sem jeito, Joel o abraçou.

– Pronto, pronto. – Não sabia por que as pessoas diziam isso, nem se ajudava em alguma coisa, mas talvez ajudasse, e depois acrescentou, por saber que era verdade: – As pessoas querem te ajudar. Querem mesmo.

Encharcado e enlameado depois de atravessar metade daquela porcaria de montanha carregando Ash, Saif encontrou Joel, Charlie e várias outras pessoas com seu filho, aquecido e seco no interior de uma grande barraca, com uma fogueira crepitando do lado de fora. Ib não dizia muita coisa, mas os outros meninos não pareciam se importar. Já tinham conhecido muitas crianças caladas. Caleb estava sentado ao lado dele.

– Ah, graças a Deus – disse Saif.

Queria ficar zangado e perguntar ao filho o que é que ele tinha na cabeça para fugir daquele jeito, mas estava aliviado demais. Na verdade, o que queria mesmo era chorar.

– Querem ficar com a gente e comer umas salsichas? – perguntou Charlie, jovial. – São vegetarianas.

– Sério? – disse um dos meninos. – Pelamor…

– Mas vai ter que pagar – interveio Jan. – Somos uma instituição de caridade.

– Hã. É, sim, acho que queremos, sim – respondeu Saif.

– Sabe de uma coisa? – comentou Neda ao telefone quando Saif finalmente encontrou o sinal, com um sorriso na voz que o fez pensar que talvez nem tudo tivesse sido tão terrível quanto ele esperava. – É um bom começo. Lágrimas, raiva, gritos, tristeza… Tudo isso são sentimentos. Eles estão se expressando. É um bom ponto de partida.

– Está falando sério? – respondeu Saif. – Quase perdi um dos meninos.

– É, mas não perdeu – disse Neda.

Saif olhou para os dois filhos, que estavam aconchegados um ao lado do outro no sofá, bebendo chocolate quente e vendo TV – em inglês, aleluia, mesmo que parecesse ser um drama adulto estranho cheio de gente se confrontando em bares; naquele estado de espírito, porém, para ele estava bom. E é claro que Neda tinha razão: ninguém nunca tinha dito que seria fácil.

Então ele respirou fundo, foi até lá e desligou a televisão.

– Vamos falar da mamãe – disse.

E mostrou as fotos que havia guardado no celular. Os três olharam para cada uma delas.

Não precisavam falar sobre a última coisa de que os meninos se lembravam, que Neda havia mostrado a Saif nas transcrições e em que ele não podia se deixar pensar demais, ainda não, talvez nunca: naquela manhã, depois de uma noite de bombardeio intenso perto de Damasco, quando Amena tinha saído para buscar pão, deixando os meninos em casa por segurança, e ninguém nunca mais a vira.

Em vez disso, falaram da comida que ela fazia e das músicas que costumava cantar até os dois meninos se aproximarem; Ash se encolheu no colo do pai, o que ele já esperava, mas Ibrahim se acomodou debaixo do braço dele, o que foi inesperado. E conversaram noite adentro, aquietando-se aos poucos, até os três caírem num sono profundo no sofá, aninhados uns nos outros como cachorrinhos.

Capítulo cinquenta e três

Curiosamente, ver Neda também havia animado Lorna. Precisava parar com aquela paixonite absurda; dessa vez, Flora tinha razão. Lorna ia ao tal churrasco. Ia se arrumar, se divertir e parar de se sentir uma professora solteirona e desleixada.

E Flora também tinha razão a respeito de outra coisa: no domingo, o clima voltou a ficar gostoso. O restante do Reino Unido tinha sido atingido pelas tempestades, mas elas passaram e logo o país mergulhou num funil de alta pressão, e o céu ganhou um azul vívido e sem nuvens. Os adolescentes já estavam bebendo cidra à beira do cais, conferindo um tom de rosa bem intenso à própria pele, desacostumada aos raios de um sol que nunca se punha.

Lorna tirou uma garrafa de prosecco da geladeira. Estava usando um belo vestido florido que havia comprado para um casamento no sul três anos antes – se inspirasse profundamente e esticasse bem as costas, ainda conseguia caber nele –, tinha soltado o cabelo ruivo, que pendia em cachos ao redor dos ombros, passado uma bela camada de rímel e um batom clarinho. Ao se olhar no espelho, deu um lembrete para si mesma: era jovem. Deveria aproveitar a vida, principalmente num dia lindo como aquele.

Pelo jeito, os MacKenzies haviam convidado praticamente a ilha toda para o churrasco de noivado. Justiça seja feita: quando o clima estava tão bom, o que era raro, as pessoas só queriam seguir o rastro do cheiro de comida.

Lá estavam os Morgenssens, todos os rapazes da leiteria, que ganharam preciosos dias de folga; iam aproveitar ao máximo o domingo – já tinham feito um belo progresso no consumo da cerveja local. Os meninos haviam levado fardos de feno para fora a fim de que todos pudessem se sentar no pátio da fazenda, e montaram não só a churrasqueira pouco utilizada, mas também cavaram um poço, cobrindo-o com lascas de madeira que Fintan havia acendido na noite anterior. Innes sentira o cheiro da fumaça e dissera que o irmão estava só se exibindo, mas Fintan foi inflexível. Se era para dar uma festa, tinha que ser do jeito certo. E todos trataram de levar presentes de noivado, embrulhados e tudo.

Fintan tentou não demonstrar o quanto ficou comovido. Em público, clamava, provocador, que aquele seria o primeiríssimo casamento gay a acontecer na ilha de Mure. No fundo, estava tão ansioso para ser aceito quanto qualquer outra pessoa. Colton não dava a mínima para o que achavam dele, porque não tinha crescido em Mure. Mas ser acolhido era muito importante para Fintan, que, mais do que quase todos os outros MacKenzies, ficara desesperado ao perder o ombro amigo da mãe. *Ela teria gostado da festa*, pensou ele, olhando em volta: os músicos afinando os instrumentos, a cerveja gelada nas caixas cheias de gelo, os cães e as crianças já começando a correr por aí e a espetacular mousse de chocolate de Flora resfriando na geladeira.

Innes se aproximou.

– A mãe ia gostar – comentou.

Fintan se assustou.

– É – concordou.

Innes passou uma garrafa de cerveja já aberta para o irmão, e os dois brindaram.

Saif não sabia ao certo a que hora deveria chegar e o que levar. Não recebia muitos convites para eventos sociais em Mure – em parte porque era reservado e não se filiara ao clube de golfe nem à equipe de quiz do pub; em parte porque era estrangeiro; mas, principalmente, porque tinha visto as partes íntimas de absolutamente todas as pessoas, e ninguém gosta disso.

No entanto, estava animado para ir, e fez os meninos vestirem camisas brancas limpas.

Ao acordar – sentindo câimbras, frio e desconforto no sofá, com o braço dormente e a luz do dia brilhando lá fora, apesar de ser quatro da manhã –, tivera a sensação de que uma mudança estava em andamento. Não ia ser rápida, mas estava acontecendo, e era para melhor. Saif estava inclinado a acreditar em Neda. Ele a veria novamente dali a um mês; queria mostrar para ela o quanto ele e os filhos haviam progredido. Pensou, pela primeira vez, que talvez fosse possível. Então, olhou de novo para o quarto dos meninos e suspirou.

– EU NÃO QUERO IR! – gritava Ibrahim.

Tinha voltado para o quarto e estava esticado na cama.

– Vai ter outras crianças lá.

– Eu odeio elas!

– Agot vai estar lá – disse Ash, alegre.

– Isso mesmo.

– Ela é um nenenzinho.

– Não é, não! É só brincar com cuidado.

Ibrahim suspirou de uma maneira muito adolescente.

– Não posso ficar jogando no iPad hoje? Já que não tem aula?

– Não – respondeu Saif.

Não era fácil dizer não, mas ele estava experimentando para ver como era.

– Se você for educado e conversar em inglês, vou deixar você jogar hoje à noite.

Ibrahim pensou na proposta e a declarou oficialmente aceitável.

– Mas não vou brincar com aquela nenenzinha da Agot.

– Combinado – respondeu Saif.

Entraram pelo portão da fazenda – atrasados, obviamente: ele entendera tudo errado outra vez. Havia um grupo de pessoas num canto tocando um piano que haviam tirado de dentro da casa, além de um violino, e várias pessoas já muito bêbadas se levantando para cantar. Uma multidão de crianças corria em volta da casa brincando com os cachorros. O cheiro de carne grelhada se espalhava pela estrada e estava deixando os cães alucinados. De repente, ele ficou nervoso ao passar pelo portão, com aquela sensação terrível de quando se chega a uma festa em que não se conhece ninguém, ou em que todo mundo está olhando para você, e percebeu que trazer um buquê de flores quando o campo em frente à fazenda, em pousio naquele ano, estava absolutamente repleto de papoulas e margaridas silvestres talvez fosse meio desnecessário.

Agot veio correndo até eles, com o cabelo quase branco cintilando ao sol. Estava usando um vestido de princesa medieval de veludo com cauda, só Deus sabia como ou por quê. Mas o mais estranho é que combinava com ela.

– MEUS MIGOS! – gritou.

Agot vinha se sentindo meio excluída, já que todas as outras crianças estudavam na escola local e tinham começado a ignorá-la; andava insistindo para que o pai a deixasse ir também e gritava "MINHA ESCOLA!" sempre que passavam por lá. Os pais de Eilidh eram idosos e moravam no continente. Quando estava com a mãe, Agot era entregue a uma sucessão de babás e, Innes achava, a qualquer pessoa que aceitasse cuidar dela. Não é que Eilidh não fosse uma boa mãe – era maravilhosa. Mas tentar equilibrar a família, o lar e o trabalho quando o ex morava a um corpo d'água de distância era bem difícil para os dois. Passar tanto tempo com a filha alegrava o coração de Innes; ele sabia que muitos pais divorciados não viam tanto os filhos, ou nem sequer podiam vê-los. Mas não tinha ideia do que fazer com a vontade aparentemente implacável de Agot de se mudar.

Ash se animou.

– AGOT! BRINCA! – exigiu; seu pequeno vocabulário de palavras em inglês tendia ao imperativo.

– BINCA! – respondeu Agot, igualmente feliz em responder gritando.

As crianças de 6 e 4 anos debandaram.

Saif procurou Ibrahim, que estava olhando cheio de vontade para uma partida de futebol tumultuada do outro lado do campo mais baixo, composta por vários meninos, algumas meninas, alguns pais bêbados e alguns cães.

– Você podia ir lá jogar – sugeriu Saif.

Ibrahim deu de ombros.

– Eles não vão querer.

– Isso é uma festa. É diferente da escola. E você é bom de bola.

– Não sou, não – respondeu Ibrahim.

– Bom, pior do que aquele cachorro lá você não é.

A bola voou na direção deles. Saif o cutucou.

– Vai lá.

– *ABBA!*

– Vai lá devolver a bola. Depois você pode voltar e ficar comigo.

– Ai, que *mico*.

Saif se pegou sorrindo. Era aquilo mesmo que queria ser: um pai que fazia o filho passar vergonha.

Ele endireitou as costas enquanto Ibrahim descia, devolvia a bola e era chamado por um dos pais a entrar na partida. Sorriu mais uma vez e seguiu em frente.

Duas coisas o atingiram, quase ao mesmo tempo. A primeira foi a visão de Lorna. Quase não a reconheceu. Não estava mais com o agasalho que usava para caminhar nas manhãs frias nem com o cabelo preso. Em vez disso, usava um lindo vestido de verão – Saif não sabia muito sobre roupas femininas, mas notou a estampa floral e o modo como a saia longa balançava à brisa leve, e, para ele, parecia uma roupa bonita. O cabelo dela estava solto e maravilhoso – aquele vermelho cintilante, tão exótico e estranho –, caindo pelas costas. Estava com um pouco de maquiagem, e os cílios eram longos. Ela ria ao sol, e Saif sentiu uma pontada de algo que não sentia havia muito tempo, e se lembrou de repente do ano anterior, quando os dois tinham quase, apenas por um momento, se beijado na *ceilidh* da cidade. De repente, ele percebeu que estava com a garganta seca e as bochechas coradas. Demorou alguns segundos até que o reflexo da culpa entrasse em ação, até que dissesse a si mesmo: *Sou casado, sim, eu sou, aos olhos de Deus e do mundo, com uma mulher que amo*, mesmo que todos os dias trouxessem cada vez menos notícias; mesmo que até os meninos tivessem passado a perguntar sobre a mãe só à noite.

Então Lorna se virou e viu Saif, e o coração dela pulou, e toda aquela ideia de fingir indiferença, não reagir ou ignorá-lo e se aproximar de Innes…

Ela ficou paralisada, pega no meio de um sorriso, incapaz de disfarçar a alegria que sentia ao vê-lo, o coração palpitando. Ah, ele era exatamente a única pessoa que ela queria ver, e os dois se olharam…

– Opa, quer cerveja?

Saif piscou e tentou se concentrar na pessoa que estava lhe oferecendo a bebida. Levou um momento para perceber que era Colton, e estava prestes a pedir licença e ir na direção de Lorna quando se deteve e olhou mais uma vez – e, de repente, tudo mudou.

Capítulo cinquenta e quatro

Colton não era paciente de Saif – que presumiu que ele tivesse um médico particular em algum lugar –, então não o via fazia muito tempo.

Provavelmente, não era muito perceptível para quem o visse no dia a dia.

Mas Saif percebeu. No país dele, onde a medicina poderia custar caro, muita gente adiava a ida ao médico até o mais tarde possível. Muitas vezes, era tarde demais. E, ao entrar no consultório, já tinham certa aparência. Era a experiência que ensinava, e Saif sabia disso muito bem.

Olhou para Colton, que observava Saif alegremente, ainda oferecendo a cerveja.

Aos poucos, Colton entendeu o olhar. Saif espiou à volta deles para ter certeza de que não havia ninguém muito perto. Não viu a expressão de Lorna se desmanchar com uma profunda decepção por saber que ele a tinha visto e a ignorado para falar com Colton.

Não a viu entornar o resto da taça de vinho de uma só vez, encher de novo a taça até a borda e depois sair, de rosto vermelho, para procurar alguém – qualquer pessoa com quem conversar e, assim, conter as lágrimas.

– O que há de errado com você? – perguntou Saif em voz baixa e urgente.

Nunca percebia o quanto seu inglês podia soar direto e rude às vezes. O fato de a língua inglesa não ter modo formal o fazia presumir que ninguém se importava com a maneira como se dirigia aos outros.

– Do que está falando? – perguntou Colton. – Tome uma cerveja, aproveite esse dia lindo. Você bebe cerveja, né?

Saif revirou os olhos e não respondeu, aceitando a cerveja.

– Você não veio me ver no consultório.

Sua voz estava só um pouco mais alta que um sussurro, assim como a de Colton ao responder, incomodado:

– Mas por que eu teria que me consultar com você?

– Você perdeu muito peso.

– Vou me casar. Muita gente emagrece antes de se casar.

Saif balançou a cabeça.

– Não quero te alarmar, mas gostaria muito que viesse me ver no consultório. Na verdade, quero pedir alguns exames. Não quero te assustar nem estragar sua festa. Mas recomendo que…

Colton agarrou Saif pelo braço e o levou para o lado mais quieto do celeiro, onde não havia ninguém por perto.

– Cala a boca – sibilou ele. – Não quero ouvir nada disso. E não quero que você saia falando por aí.

– Do que eu sairia falando?

Colton cuspiu no chão. Saif encarou os olhos marejados dele e suspirou.

– Ele não sabe? – perguntou o médico.

Houve uma pausa demorada. Colton olhou para o chão.

– Vocês vão se casar! Você tem que contar para ele! Onde é?

Havia muitas opções. Os tratamentos do Ocidente impressionavam Saif. Apesar de todas as queixas sobre o sistema de saúde, ele o considerava uma estrutura fascinante, compassiva e espetacularmente bem-sucedida.

– No pâncreas. Bom, começou lá.

Saif nunca xingava, pois jamais sabia ao certo quais palavrões na sua nova língua eram brandos e quais eram incomensuravelmente ofensivos. Mas, naquele momento, xingou. Havia poucos prognósticos piores.

– Que merda – foi o que disse.

– É engraçado te ouvir dizendo isso – comentou Colton.

– Em que estágio?

Colton levantou quatro dedos.

– Você é médico, certo? Não pode contar pra ninguém.

– Talvez você deva contar ao seu marido.

– Depois do casamento – sibilou Colton.

Olharam em volta. A cena abaixo das nuvens delicadas no céu era idílica. A partida de futebol, a dança, as risadas no ar, as crianças correndo, a música do violino e, por fim, as montanhas verdes a se estender, cobertas de carneiros, flores silvestres e papoulas cintilantes ondulando à brisa até o mar azul-escuro e infinito.

– Não há nada que possam fazer…?

– Acha que não posso pagar pelos melhores médicos, doutor? Não quero ofender, mas acha mesmo que não procurei todas as saídas? Que não passei os últimos meses trabalhando nisso em período integral? Tenho meu próprio suprimento de morfina, minha própria destilaria de uísque… Que droga, ainda bem que não é demência.

A bravata de Colton era comovente, mas ele não tinha nem 50 anos.

– Doutor…

Colton se aproximou. Sua voz estava levemente embargada. Parecia impossível que Fintan não tivesse notado o estado dele.

– Só me resta um. Um último verão. Quero passar ele aqui, neste lugar que amo. Quero me casar com o homem que amo sem ninguém me olhando com peninha. Que saco. Quero ser feliz, e depois quero sumir. A quimioterapia só ia me dar mais seis meses vomitando numa porcaria de balde. Em todo caso, não importa, porque essa merda vai se espalhar para o meu cérebro, e você sabe o que isso quer dizer.

Sim, Saif sabia. Delírio. Alucinações. Incapacidade mental. A lista completa de horrores.

– Não vou aceitar – insistiu Colton. – Quem manda na minha vida sou eu. Eu controlo o que faço. Sempre controlei. E estou dizendo para você: não vou aceitar.

– Não diga mais nada – pediu Saif. Aquilo era extremamente perigoso, em termos legais. – Por favor, não diga mais nada.

Colton tomou um gole de uísque do seu copo de papel, dizendo:

– Acho que agora me preocupo menos com a quantidade de álcool que posso tomar ou não. – Ele apontou para Saif. – Voto de silêncio, certo? Juramento de Hipócrates.

– Quem já sabe?

– A porcaria do meu advogado – respondeu Colton, com um suspiro. – Bem que eu queria nunca ter contado pra ele. O cara surtou. É a única coisa que me pesa na consciência.

Agot chegou de repente, mostrando sua cara de bruxinha esperta.

– TIO COLTON! TIO COLTON, AGOT É SUA DAMINHA?

– Lógico que é, Agot. Sempre.

– PECISA CAVALINHO! EU E ASH PECISA CAVALINHO!

Ash pulava sem parar, fingindo entender o que estava acontecendo.

– VOCÊ TAMÉM, PAI DO ASH – exigiu Agot, indignada.

E foi assim que, depois de receber a notícia devastadora, Saif e Colton, este depois de tomar mais um gole de uísque, acabaram de quatro no capim verde, alto e cheiroso, crivado de margaridas e dentes-de-leão, cada um com uma criança nas costas, vagando pelo jardim e fazendo os barulhos apropriados.

E Lorna desistiu, bebeu mais uma taça de vinho muito grande e decidiu ir ver o que Innes estava fazendo.

Flora estava feito doida na cozinha, indo de um lado para o outro, tirando plástico filme de cima das saladas e dos pratos que as pessoas haviam levado, mandando Hamish sair com as garrafas para encher todos os copos. Na verdade, estava topando qualquer coisa para não ter que sorrir e responder a perguntas sobre Joel. Suspirou profundamente assim que Mark entrou, trazendo a garrafa de vinho mais cara que o pequeno supermercado vendia (que não era muito cara) e uma pilha enorme de carne de porco assada dentro de um pão. Ele parecia feliz da vida, mas sua expressão se desfez ao ver Flora.

– Ah, minha cara – disse ele, colocando o braço em volta dela. – Eu sei. Eu sei.

– Eu nem vi ele – disse Flora. – Não vi em lugar nenhum.

– Precisa deixar ele se recuperar e chegar lá por conta própria.

– E se ele não chegar?!

Mark afagou o ombro dela.

– A vida é difícil – disse ele. – Sua comida, por outro lado… é um espetáculo. E a tarde está linda, o sol está brilhando e tem vinho… A vida poderia ser pior.

– É, poderia. Mas, Mark… por que ele… por que ele não se abre pra mim?

Mark suspirou, triste. Havia tantas coisas que teria para dizer. Mas não podia dizer nenhuma delas.

– Não é fácil pra ele – respondeu.

– Não é fácil pra ninguém – disse Flora. – Posso fazer uma pergunta?

– Hã, não sei.

– Se você fosse eu, esperaria?

Mark coçou o pescoço.

– Pare com isso, Flora. Só existe uma pessoa que pode responder a essa pergunta.

– Não, existem pelo menos três, e duas delas não falam comigo. Com isso quero dizer você e Joel, aliás, caso não tenha ficado óbvio.

– Ficou bem óbvio, obrigado – disse Mark de um jeito simpático. – Mas, nesse caso, só resta uma pessoa para responder à pergunta.

Capítulo cinquenta e cinco

Saif finalmente conseguiu convencer Agot e Ash de que ganhariam sorvete na cozinha se fossem até lá e pedissem para Flora com muita educação. Olhou atentamente para Colton enquanto se levantava. O rosto dele estava cinzento, e ele suava e respirava com dificuldade. Saif não disse nada.

– Achei você! – Fintan chegou e passou o braço em volta de Colton num gesto casual. – Você parece estar com calor. Está com muito calor?

– Estou bem! – respondeu Colton. – E preciso de uma cerveja.

Fintan o beijou.

– Seu desejo é uma ordem – disse, e acrescentou: – Não fica achando que vai ser assim depois que a gente se casar. – E foi para a cozinha.

– Pode deixar – respondeu Colton, observando o noivo partir.

De repente, longe do som dos músicos, a tarde se aquietou: o sol não estava tão quente, nem o céu, tão luminoso; a música lenta ficou ainda mais lenta enquanto os dois homens continuavam ali, em silêncio.

Saif queria muito ir para casa, mas não podia. Agot estava mostrando *Frozen* para Ash na sala dos fundos, e, para a surpresa absoluta de Saif quando entrou para verificar como estavam, Ash conhecia todas as músicas em árabe. Quando perguntou como, Ash, sem querer tirar os olhos da tela, murmurou alguma coisa sobre os soldados terem o filme, o que fez Saif se perguntar o que exatamente havia acontecido naquela época e se Ash realmente se lembraria. Ele teria perguntado a Ibrahim, mas o menino finalmente

– *finalmente* – conseguira entrar na partida de futebol e não havia a menor possibilidade de Saif interromper o filho. Então, ficou vendo o filme com as crianças por um tempo – Agot decidida a cantar as mesmas palavras que Ash –, coçando a barba; depois, relutante, voltou para fora.

Lorna sem dúvida havia encontrado coragem em algum lugar, isto é, numa taça gelada de vinho rosé num dia quente de verão. Innes estava de pé, assistindo à partida de futebol, conversando sobre os preços do feno com alguns dos fazendeiros que tinham chegado de trator, vindos do outro lado da colina. Ela foi até ele, sentindo o sol quente nas costas, o vestido esvoaçando ao redor das pernas.

– Oi – disse, entregando a ele a cerveja que tinha pegado no caminho.

Innes piscou para ela, viu o vestido, o cabelo bonito…

Ah, meu Deus! Era *ela* a mulher misteriosa de Flora! Lógico que sim: aquelas duas eram unha e carne! Innes preferira presumir que aquilo tinha sido só uma piada de Fintan e Flora, mas lá estava ela… Ele nunca havia pensado em Lorna daquele jeito; afinal, era a melhor amiga da sua irmãzinha irritante, sempre fechando a porta do quarto, rindo e deixando o lugar com um cheiro que ele descobrira ser de esmalte de unha (entremeado ao aroma ocasional de cidra e licor de cassis quando as duas eram adolescentes).

– Vim aqui para te convencer a matricular Agot na escola – anunciou ela, sorrindo.

Innes olhou para ela, que sorria com o rosto inteiro.

– Acho que você pode convencer qualquer um a fazer qualquer coisa – respondeu ele com sinceridade.

Innes arqueou as sobrancelhas, ressaltando os olhos azuis no rosto bronzeado, e Lorna, de repente, sentiu um friozinho na barriga. Além disso, estava se sentindo rebelde. Por que não deveria se divertir? Por que não deveria parar de suspirar por um homem ridículo e completamente fora do alcance com quem nunca ia ficar? Ia continuar naquela espera para sempre?

– Bom, que sorte – disse ela, aproximando-se. – Mas não precisamos falar da escola.

Lorna não tinha muita experiência com paquera e não era lá muito boa nisso. Mas, de repente, alguma coisa no ar fez com que nenhum dos dois se importasse.

– Não precisamos falar de nada – respondeu Innes, tomando um gole da cerveja enquanto os violinistas começavam a tocar uma melodia rápida. – Bora dançar?

Lorna estendeu a mão.

Joel consultou o relógio. As ruas de Mure estavam vazias. Todas as pessoas da ilha estavam no churrasco. E ele deveria ir também, deveria mesmo, embora fosse a última coisa que conseguiria encarar no momento.

Pegou a estrada da colina, esperando ver os meninos. Era o último dia deles na ilha; pegariam a balsa matinal de volta ao continente, mas Jan disse que não precisavam de Joel nesse dia. Muito surpreso, ele vira os meninos reclamarem menos e rirem mais, parecendo mais confiantes ao final da estadia. Tinham ficado marrons ao sol, rindo e espirrando água no riacho. Ele ia ter que falar com Colton para garantir que eles não perdessem a verba, como Jan não parava de dizer que aconteceria em breve… Não, nada de pensar em Colton.

Joel se aproximou e os meninos se reuniram ao redor dele.

– Opa, adorei conhecer vocês.

Todos se despediram em uníssono e Joel teve a sensação agradável de ter feito algo positivo, algo que não era só para ele.

Antes que fosse muito longe, Caleb o alcançou.

– Aí! Moço! Joel! Moço!

Joel se virou. Ele olhou para cima, esperando encontrar o rosto carrancudo de Jan, mas ela estava sorrindo.

– Ele quer entrar na cidade com você! – gritou ela.

Como sempre, não perguntou se ele concordava. Só informou o que ia acontecer, e os outros que aceitassem.

– Então tá bom – respondeu Joel.

Caminharam num silêncio razoavelmente camarada. Joel parou no mercado e perguntou se Caleb queria alguma coisa, esperando que pedisse um doce, mas o menino balançou a cabeça.

– Eu só ganho doce – disse em voz baixa. – Posso comer comida de verdade?

Joel sentiu o coração pesar e quis levá-lo à Delicinhas da Annie para comprar algo saudável, mas é claro que o lugar estava fechado por causa da festa, então, naturalmente, Caleb quis saber onde estavam todos e, quando descobriu que estavam numa festa, arregalou os olhos e foi correndo contar para os outros meninos. Antes que Joel percebesse, todos pareciam estar marchando pela estrada da colina até a Fazenda MacKenzie, onde já podiam sentir o cheiro de um churrasco delicioso. Caleb, alegre, pegou na mão de Joel, enquanto os outros meninos o parabenizavam por seu plano magnífico. Joel olhou para ele e sorriu.

Caleb, por sua vez, olhou para ele com admiração.

– Posso ver o seu relógio? Não vou roubar, não.

Joel abriu o fecho do pesado Jaeger-LeCoultre que sempre usava e que esbarrara algumas vezes no pulso fino do menino. Havia comprado aquele relógio ao receber seu primeiro bônus, apenas porque Mark tinha um igual e parecia uma coisa boa, sólida e segura de se ter. Caleb olhou a peça, espantado.

– Quanto vale?

Joel sorriu.

– Na verdade, não importa.

– Então, dá pra mim?

Por um momento, Joel ficou tentado a concordar, antes de perceber a quantidade pavorosa de problemas em que todos se meteriam se deixasse isso acontecer. Então, olhou bem para Caleb.

– Quando você terminar a escola – respondeu –, se estudar e passar em todas as provas, porque dá pra ver que você é inteligente, venha falar comigo. Aí, vou fazer tudo que puder para te ajudar. E vou dar o relógio pra você.

– Eita! Esse relógio vai ser meu!

– Se você ficar na sua – continuou Joel. – E ignorar todas as chatices no caminho. E seguir em frente. E se esforçar ao máximo. Caleb…

O menino olhava para Joel como se ele conhecesse o sentido da vida.

– Dá pra sair dessa. Juro que dá. Você só precisa trabalhar mais do que os outros. Isso não é justo e não é legal, e você vai achar que ninguém dá a mínima, e pode até ter razão. Algumas pessoas não vão ligar mesmo. Mas não importa, porque você já vai ter idade para mandar na sua vida, vai sair de lá e fazer o mundo ligar para você. Só vai levar tempo.

Caleb assentiu.

– Bom, eu vou ter muito tempo – respondeu ele, atrevido. – Porque vou olhar as horas no seu relógio.

– Vai, sim – concordou Joel, sentindo-se bem nervoso conforme se aproximavam do portão da fazenda, inseguro quanto à recepção que o aguardava.

Capítulo cinquenta e seis

Flora saiu no pátio com um copo na mão. Pelo canto do olho, percebeu que Innes estava com o braço em volta da cintura de Lorna e, do outro lado do pátio, Saif fazia um esforço enorme para não olhar para eles. Ela viu seu pai, felizmente alheio a tudo aquilo, sorrindo para todos; era óbvio que havia surpreendido a si mesmo com a rapidez com que passara a achar totalmente normal que seu filho se casasse com outro homem – ainda por cima, estrangeiro. Era maravilhoso. Quase tão maravilhoso quanto Hamish, que havia se retirado num cantinho com uma mulher que Flora nunca tinha visto na vida – peituda e arrumada até demais para um churrasco de domingo, de blusa decotada e saia muito curta. Hamish não estava falando muito, mas parecia feliz como só ele.

Flora pigarreou.

Colton e Fintan estavam abraçados, olhando para ela enquanto a multidão silenciava, esperando ouvi-la. Nossa, Colton tinha perdido muito peso. Ela achava que só as noivas faziam isso.

Joel não estava lá.

– Hum – disse ela, baixando a voz. – Eu só queria dizer para todo mundo… obrigada por terem vindo comemorar o noivado do Colton e do Fintan, embora seja irritante demais ver duas pessoas que têm praticamente o mesmo nome se casarem…

A piadinha conseguiu provocar algumas risadas.

– Mas estamos muito felizes porque os dois vão se casar e continuar aqui em Mure…

As pessoas deram vivas.

– … e Colton vai trazer muita bebida. Tomara.

Colton ergueu um copo com um meio sorriso.

– Então… Quero ver todo mundo comer, beber, comemorar… e agora…

Havia uma caixa de coleta na Delicinhas da Annie que ficara lá por várias semanas e era escondida às pressas quando algum dos dois noivos felizes entrava. Flora achava que ninguém na ilha tinha deixado de contribuir. Ela levantou o pano que cobria a armação, e lá estava: um balanço.

Ela não sabia quando havia decidido que um balanço seria um belo presente. Era para pendurar na árvore diante da Pedra, antes de chegar ao jardim murado onde as plantas cresciam. Parecia o lugar perfeito para colocar um balanço. Era uma peça grande, construída por Geoffrey, infinitamente talentoso, feita para acomodar duas pessoas, e tinha uma inscrição caprichada feita pelo velho Ramsay na forja: "Colton & Fintan, setembro de 2018", em uma caligrafia perfeita.

O casal soube imediatamente qual deveria ser o destino do balanço. Fintan deu um pulo, sorridente e corado. Colton não se mexeu nem um pouquinho e, quando Flora olhou para ele – aquele homem que tinha passado a vida toda recebendo homenagens e premiações, que havia feito pouco mais do que ganhar elogios e prêmios onde quer que estivesse –, viu lágrimas naqueles olhos; de repente, pela primeira vez, ele aparentou a idade que tinha.

Fintan pegou o balanço.

– Que coisa linda! – disse, maravilhado. – Geoffrey, foi você?

O velho, que raramente dizia mais do que o estritamente necessário em qualquer momento, assentiu com ar tímido.

– Vamos cuidar muito bem dele – disse Fintan. – Vai ficar na frente da Pedra, concorda? Vamos ficar lá naquelas noites geladas! Podemos nos balançar nele para ficar quentinhos.

Colton fez o possível para sorrir, mas ainda não parecia capaz de confiar na própria voz.

Fintan abraçou Flora.

– Valeu, mana – disse ele, e ela o abraçou também. – Estou tão feliz por você ter voltado pra casa – acrescentou ele em voz baixa.

Flora sorriu.

– Na época, não foi isso que você disse.

– Agora estou mais velho e mais sábio. – Ele retribuiu o sorriso dela.

– Não, você *está com* um homem mais velho e mais sábio – corrigiu Flora.

Ela viu Fintan colocar o balanço no chão – com muito, muito cuidado – e voltar a abraçar Colton, que ainda não tinha se mexido. Ele parecia estar paralisado de tanta emoção, pensou ela.

Todo mundo estava batendo palmas e voltando a beber, e os violinistas recomeçaram a tocar. Parada lá, Flora percebeu que todos haviam se afastado, e ficou ali, sozinha, enquanto seus irmãos desapareciam na multidão.

– Que ideia bonita, moça – disse uma voz, e ela percebeu que o pai estava ao lado dela, cercado, é claro, pelos cães onipresentes. – Muito boa mesmo.

Ele apertou o braço dela. Flora nunca conseguiria se acostumar ao fato de ser mais alta do que ele.

– E aquele seu amigo?

Flora estremeceu. Como poderia explicar? Joel a havia decepcionado. Ou ela é que não tinha sido o bastante para ele. Em todo caso… Não deveria inventar desculpas. Nem tinha como entender. Se até o pai dela havia percebido…

Ela deu de ombros e só, mas seu pai disse:

– Olha ele ali.

Capítulo cinquenta e sete

Joel estava mesmo lá, meio sem jeito, segurando um menino pela mão.

– Hã, oi – disse ele.

– Você veio! – disse Flora, incapaz de esconder sua alegria.

Ele estava com uma aparência bem melhor: muito, muito mais saudável do que algumas semanas antes, quando saíra do avião. Então, os olhos de Flora chegaram ao menininho ao lado dele.

– Oi – disse ela em tom gentil. – Quem é você?

Mas foi então que o restante do grupo chegou atrás deles, e ela registrou todo o bando de meninos, além de Jan, com seu ar presunçoso, e Charlie, com seu jeito distraído, fechando a retaguarda.

– OLÁ, FLORA – gritou Jan. – É uma alegria seu ex estar trabalhando para nós agora! Ele é maravilhoso. Não dá para acreditar que você deixou ele escapar.

Flora piscou duas vezes, deu as costas e entrou na casa num rompante.

Aquele era seu lar – o lugar onde Flora passara a maior parte da vida, na alegria e na tristeza. Mas, naquela noite, não havia nada lá para ela. Roçou as mãos nas paredes do corredor, cobertas de fotos antigas dela e dos meninos: cavalgando pôneis, soprando velas de aniversário… e de seus pais, se casando em preto e branco, sorrindo nervosos um para o outro, parecendo crianças com roupas de casamento. Havia ornamentos de apresentações de dança esquecidas tanto tempo antes; pequenos troféus aqui e ali. Os vestígios de uma longa vida em família numa velha casa de família.

Flora espiou com atenção as várias pessoas que estavam conversando em voz alta na cozinha, ligeiramente bêbadas mas muito determinadas, e olhou de novo pela janela, vendo os casais felizes dançarem à luz dourada do anoitecer, incluindo Innes e Lorna.

Mesmo tirando o fato de que Innes era o chato do seu irmão mais velho, ninguém poderia negar que aqueles dois formavam um belo par: o cabelo loiro dele ao sol, o dela, um ruivo-dourado cintilando à luz, os dois rindo, dançando com a facilidade da experiência, Innes por ter passado muitas noites seduzindo mulheres dentro e fora da ilha, e Lorna porque precisava ensinar todas as crianças a dançar nas festas de Natal. Ficavam muito bonitos juntos, e Flora sentiu uma mistura de felicidade e tristeza ao mesmo tempo. De repente, teve um vislumbre de Saif, sentado num canto, tomando uma cerveja enquanto a Sra. Kennedy alugava o ouvido dele, achando que suas aflições médicas eram do interesse de todos – provavelmente, ainda mais do médico. Mas os olhos de Saif também observavam os dois dançando, e havia tristeza em seu olhar.

Flora saiu pela porta lateral e desceu a colina sem nem mesmo se despedir do pai, que agora estava ainda mais feliz instalado numa velha poltrona que haviam levado para fora, conversando com seus camaradas. Ninguém notaria a ausência dela e, mesmo que notasse, não queria chamar atenção com sua saída nem estragar a diversão dos outros.

O porto estava estranhamente silencioso. Era óbvio que os campistas haviam se retirado, descobrindo que as leis de comércio aos domingos ainda eram muito rígidas em Mure e que nenhuma loja abria nesse dia, principalmente à tarde. Flora presumiu que estivessem todos na Praia Infinita, aproveitando ao máximo o dia bonito. Quanto aos moradores, parecia que a ilha inteira estava lá na casa dela.

Ela olhou para o mar, procurando desesperadamente o narval dançante – qualquer coisa que pudesse animá-la. Por um instante, se perguntou por que Colton ficara tão emocionado. Na verdade, era fofo; no geral, ele não parecia ser muito emotivo.

Mas rever Joel… Aquilo a havia aborrecido de verdade. Ele nem tinha ido lá para visitá-la.

Perceber isso foi como sentir uma onda arrebentar sobre a cabeça dela. Ele estava melhorando, isso era óbvio. E mesmo assim não a queria. Ela não podia ficar ajoelhada ao lado da mesa, esperando as migalhas. Não podia viver à base de rigidez, indiferença e todas aquelas coisas – tantas coisas – que ninguém dizia. Era como tentar amar uma pedra. Não, pensou consigo, amarga. Pelo menos as pedras eram sólidas e estavam sempre no mesmo lugar. Já Joel não dava satisfações a ninguém. Flora estava com uma sensação horrível no fundo do estômago.

A maré alta se chocava contra o muro do porto. A Praia Infinita havia desaparecido quase por completo; devia ser a maré de sota-vento, aquela rara confluência mística de lua e água que fazia o mundo parecer inteiramente subjugado pelas profundezas suaves e azuis.

Flora havia entendido. A Delicinhas da Annie estava afundando, mas o verão viria com força. Ela ia conseguir. O negócio ia se recuperar, sabia disso. Daria um jeito de manter a cafeteria funcionando. Conseguiria sozinha, depois de todos aqueles anos ansiando por Joel. Ela ainda estava lá, e a maré continuaria a subir e baixar, e o sol, a nascer – bem, enquanto o tempo andasse para a frente, pelo menos –, e ela perseveraria. E aguentaria. Era capaz.

– Flora!

Ela semicerrou os olhos. Não queria falar com ninguém, ainda menos com ele, ali e naquele momento.

– FLORA!

Joel não conseguia fazer com que ela se virasse para ele. Flora estava se afastando. Quantas outras pessoas ele tinha visto se afastar? Era insuportável. Correu à frente dela no calçadão até o porto, enquanto ela continuava a andar, de cabeça baixa, sem olhar para ele.

– Vá embora, Joel – rosnou Flora.

Ele pulou na frente dela no muro, e ela, por impulso, abriu os braços para tirá-lo do caminho. Ele cambaleou, surpreso por um momento, enquanto Flora olhava para ele, também surpresa, e de repente ele se viu sem equilíbrio. Devagar, sem a menor cerimônia, caiu de lado, do muro para a água.

– JOEL!

Quando Flora olhou para baixo, seu rosto era uma pintura, parado no tempo. A água estava rasa, mas totalmente gelada, chegando quasc até os joelhos, e ele logo tropeçou nas ondas. Tinha conseguido virar o corpo para a frente ao cair – e atingira a água num movimento bonito, Flora não se surpreendeu ao notar –, mas estava arfando e tossindo, encharcado e completamente chocado com a temperatura gélida. Ele se levantou, o cabelo castanho pingando e se enrolando mais por estar molhado, caindo sobre os óculos dele.

Flora não pôde evitar: caiu na gargalhada.

– Por que estamos morando no Ártico?! – berrou Joel.

Flora não pôde deixar de perceber que ele havia usado o plural, mas não conseguia parar de rir para responder. A calça dele estava totalmente arruinada.

– Obrigado pela solidariedade e pelo socorro – disse Joel. – Ah, meu Deus, vou morrer de hipotermia.

– A água só chega até os joelhos – argumentou Flora. – E olha só…

Ela apontou para o outro lado da Praia Infinita, onde a areia recuava, formando as dunas, e a maré nunca a cobria por completo. Uma família brincava ali, as crianças com roupa de banho, espalhando água.

– Ah, pelo amor de Deus – exclamou Joel. – Tá, entendi; todo mundo aqui é do Polo Norte.

Ele chapinhou em direção ao muro e tentou subir nele, mas não conseguiu. Flora o observou, mas não o acompanhou, enquanto ele cambaleava em direção à areia. O coração dela batia num ritmo acelerado.

– Por favor – disse ele, estendendo as mãos ao se aproximar, pingando água por toda parte. – A gente pode conversar?

– Não sei – respondeu Flora. – Você pode?

Capítulo cinquenta e oito

Sentindo-se bem zonza, Lorna registrou em algum lugar da mente que Saif havia ido embora – sem se despedir e sem ter trocado nem uma palavra com ela. Beleza. Se era isso que ele queria, Innes parecia cada vez mais bonito naquele começo de noite clara; o barulho da festa só aumentava e todos estavam se divertindo horrores; Colton e Fintan dançavam juntos, completamente embalados um pelo outro; alguns mosquitos circulavam por ali, mas estavam preguiçosos, como se nem eles quisessem arruinar a perfeição do dia.

Innes verificou se Agot estava ocupada – estava, sim, escalando Hamish, que fingia alegremente não notar que ela o usava como brinquedo de parquinho. Ou talvez não notasse mesmo…

– Quer dar uma volta? – perguntou ele a Lorna.

Ela, dando risadinhas e passos meio bambos com os sapatos de salto, concordou. Innes fisgou uma garrafa de espumante de uma grande tina cheia de gelo, além de dois copos de plástico, e foram caminhar.

Saif não tinha ido embora; estivera reunindo as crianças, admirado de ver que pareciam ter se divertido. Teve só um vislumbre de Lorna, ainda rindo, com o vestido levíssimo flutuando atrás dela, acompanhando aquele irmão bonitão de Flora.

Ele sabia que não deveria sentir nada, mas sentia muitas coisas. Recusava-se a admitir isso diante de si mesmo, reprimia-se. Que situação ridícula. Ele era casado. Era, sim.

Innes e Lorna saíram, por consentimento mútuo, não em direção à cidade e à Praia Infinita, onde os convidados cambaleavam para lá e para cá, mas por trás da fazenda, subindo a colina rochosa. Lorna abandonou os sapatos, o que os dois decidiram que era engraçadíssimo, e subiram pisando na grama e no musgo, enquanto a paisagem se expandia na frente deles.

Finalmente, chegaram a uma pedra com vista para o alto da fazenda, que parecia minúscula lá embaixo, com as ovelhas espalhadas como bolinhas de algodão. Dali, era possível enxergar por quilômetros; Lorna teve a impressão de que estavam no topo do mundo. Innes passou a garrafa e ela bebeu, e os dois riram, nervosos. Então, Lorna deu mais algumas risadinhas, e Innes também, ambos cientes de que se conheciam desde a infância. Ele se aproximou e, hesitante, pôs a mão em volta dos ombros dela, que corou.

– Então… – ensaiou Innes.

Lorna já sabia que ele era muito experiente nesse tipo de coisa. Ela, por sua vez, com certeza estava um pouco enferrujada. Innes se aproximou um pouco mais.

– Você fica linda com esse vestido – disse ele.

Lorna percebeu que ele estava prestes a tentar beijá-la. Ao mesmo tempo, notou que estava sentada naquela pedra, sentindo o peso agradável do braço de um homem ao seu redor e fingindo – até fantasiando, desesperadamente, os dois ali numa encosta com vista para a baía mais bonita do mundo – que ele era outra pessoa. Ah, quem dera ouvir aquelas palavras ditas por Saif. Innes era ótimo, porém…

Ele se aproximou mais um pouco. Ela disse a si mesma: *Vai na onda e pronto*. Pelo amor de Deus, ela estava viva, não estava? E gostava de sexo, certo? Era uma linda noite de verão, havia um homem bonito sentado ao seu lado, ela não tinha absolutamente nenhuma outra pessoa assim tão legal em vista e deveria aproveitar o momento. Deveria…

Então, ela se virou e percebeu mais uma vez que aquele era o irmão de Flora – irmão de *Flora*, entre todas as pessoas – e notou que estava rindo de novo. Já era falta de educação, e Innes estava mesmo parecendo um pouquinho magoado.

– O que foi? – perguntou ele.

– Ai, meu Deus. Desculpa, Innes, me desculpa. É que estou me lembrando daquela vez que você voltou do acampamento dos lobinhos depois de arrumar briga para defender Hamish porque ele tinha comido todas as salsichas…

Isso fez Innes sorrir também.

– O pior é que ele comeu mesmo. Mas as outras crianças não foram muito compreensivas.

– Você estava com o nariz ensanguentado e furioso!

Innes sorriu.

– Vai ver eu sou mesmo o santo padroeiro das causas perdidas.

Ele passou a garrafa para Lorna. Ela sorriu também e a aceitou.

– Você era fofo.

– Fofo. – Innes franziu a testa. – Para ser sincero, essa é uma palavra que nenhum homem quer ouvir.

Lorna encostou a cabeça no ombro dele.

– Eu sei. Mas agora que a gente está aqui... Quer dizer, é absurdo. Eu lembro quando você comeu aquela lesma.

– O Hamish comeu primeiro!

– É, e ele gostou.

Os dois sorriram.

– Lembro quando você ficou com o nariz cheio de espinhas e se trancou no quarto da Flora a noite toda – disse Innes.

– É, e vocês, meninos, não ajudaram em nada – respondeu Lorna, franzindo o rosto de aflição.

– Ah, para, você era a amiga chata da minha irmã! Lógico que a gente não ajudou.

– Mas precisavam inventar uma musiquinha sobre mim? – A lembrança a fez sorrir. – Menos Fintan. Ele me emprestou o óleo de melaleuca dele. Onde é que ele arrumou aquele óleo, afinal?

– Como é que a gente nunca desconfiou? – comentou Innes, balançando a cabeça.

– Acho que estou tentando dizer que...

– Somos da mesma família – concluiu Innes, balançando a cabeça. Então olhou para ela. – Mas você fica bonita mesmo com esse vestido. Quer dizer, em comparação com você mesma. Sua sardenta.

– Obrigada.

Innes fechou a cara.

– Flora disse que você estava a fim de mim.

– Ela falou a mesma coisa pra mim!

– Ai, meu Deus! Vamos matar ela!

– Ela estava tentando promover incesto!

– Não – disse Innes. – Vamos fingir que a gente ficou no maior amasso ao ar livre.

– De jeito nenhum! – respondeu Lorna. – Tem mães e pais lá embaixo!

– Ah, vai, eu preciso contar alguma coisa pra eles. Como faz?

– Fala que a gente adorou o champanhe do Colton. Ou não fala nada!

– Todo mundo está tão bêbado que ninguém deve ter nem notado que a gente saiu.

– Essa – começou Lorna, vendo os últimos convidados dançarem loucamente pelo pátio lá embaixo – é a mais pura verdade.

E os dois brindaram com os copinhos de plástico e sorriram – por terem evitado um acidente e renovado uma amizade –, e depois todos foram para a cama sozinhos, embora alguns se sentissem mais sozinhos do que outros.

De volta à mansão, Fintan ainda estava maravilhado.

– Que presentão, hein? E você achando que os aldeões hostis fossem nos queimar na fogueira.

Colton coçou o pescoço.

– Não me lembro de usar essas palavras.

– Lembra quando você chegou…? "Uuuh, eu vim para Mure para ficar sozinho… Não vou conversar com os nativos nem contratar ninguém…"

Colton sorriu.

– Bom, isso foi antes de eu te conhecer.

– Você é cheio de lábia. Vem cá.

Colton sorriu tristemente quando Fintan abriu os braços e se aproximou para um abraço relutante. Fintan começou a beijá-lo.

– Ah, amor, estou exausto.

Fintan piscou, surpreso.

– Tem certeza? Achei que você fosse começar a me largar só depois do casamento.

– Não é isso – respondeu Colton.

Os analgésicos estavam no armário trancado atrás da porta do banheiro.

Precisava pegá-los, e rápido. Faltavam quantas semanas para o casamento? Ele fez cálculos. Conseguiria aguentar até que tudo estivesse assinado e pronto?

Bom, precisava aguentar.

– Só estou cansado. O dia foi ótimo. Amo você.

– Tem certeza? – repetiu Fintan, desconfiado, e começou a beijar o pescoço de Colton.

– Não, amor, sério.

– Tá – disse Fintan, levemente ofendido, mas bem-humorado demais para levar para o lado pessoal. – Ah, já experimentou aquele queijo novo?

– Experimentei, sim – respondeu Colton, aliviado por voltar a um território seguro. – Você fez uma coisa fenomenal com ele.

– Foi a Sra. Laird quem preparou as cebolas em conserva. Eu só misturei elas no queijo.

– Fenomenal mesmo.

A mão de Colton tremeu enquanto ele abria o armário. Não conseguiria suportar, não conseguiria lidar com a ideia de todo o estardalhaço e a tristeza que haveria se o que Saif havia descoberto – e Joel já sabia – viesse a público. Seria um horror. Todas aquelas caras de pena, e as pessoas achando que Fintan só ia se casar com ele por compaixão, ou pior, porque queria o dinheiro dele, e todos os hospitais e exames, e ter que fazer coisas que não queria...

Se ao menos sobrevivesse até depois do casamento, Fintan seria seu parente mais próximo – sem suspeitas de que tivesse conhecimento prévio da questão – e os dois poderiam tomar as decisões certas. Juntos. Era só isso que Colton precisava fazer. Tinha passado a vida toda fazendo o que precisava fazer. Geralmente, era só trabalhar mais do que as outras pessoas, aguentar firme e seguir em frente. Ele ia aguentar firme e seguir em frente pelo tempo que pudesse.

– Você ainda está tomando esse monte de vitaminas? Vai ficar descompensado, seu doidão da Califórnia – disse Fintan no outro cômodo.

Colton engoliu as pílulas, contraindo-se.

– Pois é – gritou em resposta. – Por outro lado, pode ser que elas me deixem mais a fim de umas coisas...

– Aí, sim!

Capítulo cinquenta e nove

De volta à Pedra e um pouco mais seco, Joel quis levar Flora para a cama imediatamente. Pela primeira vez em muito tempo, ele se sentia bem, positivo e, de repente – assim que vira o rosto dela –, muito mais seguro. A respeito de tudo.

Flora não quis nem saber.

– Você tem que conversar comigo.

– Sobre o quê?

– Sobre você. Sobre a sua vida. Sobre o que faz você ser assim.

– Assim, como? Para com isso, Flora…

– Não – respondeu ela. – Senão, a gente vai começar de novo e vai ser tudo igual, você não vai se abrir comigo e essa história vai acabar. E vai acabar mal. E você vai lá trabalhar para a minha arqui-inimiga malvada para ela poder curtir com a minha cara.

– Quê? – disse Joel, totalmente confuso.

– Não estou brincando – garantiu Flora. – Quero saber. Quero saber tudo.

– Não tem nada para saber – respondeu Joel. – Já te contei. Cresci no sistema de acolhimento. Supera isso.

– É você quem não consegue superar!

– Eu estou bem!

– Não está, não!

– Não é da sua conta.

– É, sim!

– Não é, não! Que saco, Flora! Eu só queria… Só queria uma coisa pura. Uma coisa que não fosse parte daquela vida. Minha mulher *selkie*.

Ele não poderia ter escolhido algo pior para dizer.

– Eu não sou isso aí, Joel! Não sou uma porcaria de espírito das águas cuca fresca que vem e vai e nunca pede nada. *Nada*. Sou uma mulher de verdade, não uma fantasia besta que você tem de uma ilha e de uma vida, alguém que não faz nada além de ficar aqui te esperando e cuidando de todas as suas necessidades, mas não ganha nada em troca. Porque é isso que você me dá: *nada*!

De repente, ele ficou furioso.

– Eu te dou *tudo* de mim. Eu te dei tudo que já tive para dar.

– NÃO É O BASTANTE! – gritou Flora.

De repente, em sua fúria, Joel jogou a cadeira no chão.

Flora olhou para a cadeira, depois para ele.

E de repente ele estava bem na frente dela, respirando com força, e ela o encarava, o coração batendo acelerado, e, ao mesmo tempo que se censurava por ser tão burra, não pôde evitar: agarrou o rosto dele. Antes que percebesse, ele já a estava beijando, com força e urgência, quase dolorosamente, e ela o agarrava com unhas e dentes, em parte por frustração, raiva e tudo que sentia transbordar do peito, como se não soubesse outra forma de se expressar. Cada palavra de Flora tinha sido inútil. Fora tudo um desperdício. O que lhe restava, afinal? Ela o agarrou e o puxou com força, e os dois cambalearam até a porta, sabendo que Mark poderia voltar a qualquer momento. Quando a abriram, havia uma faxineira do outro lado do corredor, de espanador em punho, empurrando um carrinho cheio de toalhas.

Ambos ainda respiravam com dificuldade; Joel enfiou a camisa de volta nas calças, Flora levou a mão ao rosto corado, e os dois tentaram andar, meio correndo, do modo mais normal possível pelo corredor.

Joel se atrapalhou ao usar a chave eletrônica na porta do chalé de hóspedes e parecia a ponto de abri-la com um chute quando a luz verde finalmente se acendeu, e os dois desabaram chalé adentro, sem dizer nada, deixando a porta bater com violência atrás deles. Joel logo se virou para Flora e a empurrou com força contra a parede enquanto ela se via absolutamente frenética, arrebentando os botões da camisa cara dele quando não conseguia desabotoá-los, rasgando o que via pelo caminho para chegar àquele peito liso, arrancando a própria blusa para que ele pudesse enterrar o rosto em seus seios. Precisavam afugentar toda a tristeza, a raiva, todo o pesar e toda a frustração da única maneira que conheciam. Ele parou por um instante, olhou para ela com uma luxúria furiosa e a puxou, jogando-a na cama alta. Quando Flora se apoiou nos lençóis branquíssimos, ele já estava em cima dela, tirando seu jeans, e ela respondeu com o mesmo fervor, agarrando-o como se quisesse que o próprio corpo o engolisse, que ele entrasse sob sua pele e se tornasse parte dela, e não queria que parasse. Ela não reconheceu os ruídos que estavam fazendo; gritava com ele e ele respondia, num frenesi furioso e tumultuado, enquanto o ato os incendiava como um fogo purificador. Flora não sabia se aquilo era amor, raiva ou as duas coisas, e ambos gritaram quando ele enfim desabou em cima dela, num turbilhão de suor resfolegante, com peças de roupa que não haviam conseguido tirar da cama espalhadas ao redor. Joel murmurou um palavrão, o que não era típico dele, e rolou para o lado, deitando-se de frente para a parede. Flora tentou recuperar o fôlego, sentindo a frequência cardíaca desacelerar muito aos poucos, e olhou para o teto, tentando voltar à Terra – tentando não pensar: *E agora...?*

Por fim, Flora teve que se levantar e ir ao banheiro. Joel ainda não tinha se mexido. Ela não o tocou nem falou com ele; na cama, ao lado dela, as costas largas continuaram imóveis. Ela se mexeu devagar, sentindo os músculos doerem. Quando saiu da cama, ele se encolheu. Ela virou a cabeça.

– Volta pra cama. – A voz dele estava baixa, quase inaudível.

O clima havia mudado completamente, como se Joel tivesse perdido toda a vontade de brigar. Flora piscou, confusa. Ele continuava deitado de encontro à parede.

Houve um silêncio. Lá fora, em algum lugar, um carneirinho perdido baliu alto, várias vezes, procurando a mãe.

Joel ainda não tinha se virado.

– Bom... – disse ele.

Ela olhou para a nuca dele e o viu dar um grande suspiro. Quando ele falou, sua voz estava muito baixa e calma.

– Quando eu tinha 4 anos... Meu pai... – disse ele finalmente. – Quando eu tinha 4 anos, meu pai matou minha mãe. Na minha frente. Ele ia me matar também, mas minha mãe… Minha mãe gritou e correu para a porta, e teve muito sangue e barulho por toda parte, e ele tentou fugir.

Flora ficou totalmente sem ar. Ela se viu ajoelhada na cama, mas não quis se aproximar.

– Eu me lembro de tudo. Eu me lembro muito bem de estar lá. Meu pai matou minha mãe. A polícia levou ele embora. Ele morreu na prisão. Nunca mais o vi. Passei dois anos sem falar nada. O governo tentou me entregar para famílias adotivas, mas nenhuma deu certo. Eu ia bem na escola, ganhei uma bolsa de estudos e o governo pagou para eu morar no internato até eu conseguir uma bolsa integral para fazer faculdade. O Dr. Philippoussis era o orientador educacional daquela escola. – E, bem devagar, Joel completou: – Ele é a única pessoa que sabe.

Por dentro, as serpentes se contorciam, enrolando-se com mais firmeza em volta do cérebro dele. O sexo as detivera, calando-as por tempo suficiente para que ele se abrisse e falasse. Mas já as sentia se mexendo outra vez.

– Você amava sua mãe? – A voz suave de Flora era como um bálsamo.

– Não sei – respondeu Joel, com a voz falhando. Sabia que precisava falar. Tinha que avançar, derrotar as criaturas em sua cabeça. – Não lembro. Depois, descobri que ela e meu pai… Os dois usavam muitas drogas. E se meteram em vários problemas. Ela largou os estudos.

– E a família deles?

– Nem conheci a família do meu pai. Não sei nem se ele mesmo conheceu. Ele era totalmente selvagem. Minha mãe… Ela era de uma família rica. Largou tudo por ele. A família cortou contato com ela.

– Mas e você? E quando você ficou sozinho?

– Eles não quiseram saber. Não ligavam. Eu era só um erro da filha desencaminhada. Sei que minha mãe tinha muitos irmãos. Talvez tenham ficado preocupados com a herança dos filhos deles, essas coisas. Quem sabe? Eu não sei e não ligo.

– Mas… e a sua avó?

– Pois é – disse Joel. – Venho de uma longa linhagem de gente totalmente escrota dos dois lados.

As serpentes na cabeça dele estreitaram o aperto enquanto Flora balançava a cabeça, incrédula, mas ele já tinha ido longe demais para parar.

– Isso é…

– Uma coisa que acontece o tempo todo – constatou Joel. – Quatro vezes por semana no seu país, sabia? Um homem mata a parceira. O caos que ele deixa pra trás, só Deus sabe.

Flora ficou aturdida.

– Meu Deus do céu…

– Bom – disse Joel. – Agora você sabe.

– Agora eu sei – concordou Flora. – E não estou nem aí.

E então ela puxou a roupa de cama, mergulhou embaixo dela, rastejou até encontrar Joel na escuridão e o abraçou por trás – grudou-se nele –, com força e sofreguidão, e nenhum dos dois quis falar mais nada, e então Joel se virou e mais uma vez a agarrou com vontade naquela cama imensa. Desligaram os telefones, fizeram amor, dormiram, se abraçaram, pediram serviço de quarto e conversaram o mínimo possível, para deixar a explosão e a poeira baixarem – para ver se conseguiam encarar a nova realidade depois que ela fora exposta, passando a ser parte da existência dos dois, depois que Joel tinha deixado a fera passar pela porta, a violência desencadeada, o menino convertido em homem, e o estrago causado.

Capítulo sessenta

– Chega de segredos – sussurrou Flora, deitada ao lado dele na cama; ela nunca tinha sido tão feliz em toda a sua vida.

– Você diz isso, mas eu não posso ver sua cauda de *selkie*.

– Para de falar assim – disse ela, beijando-o a título de aviso. Então se levantou, gemendo. – Argh, é dia de planejar o casamento.

– Você chegou a pensar nas finanças?

Flora não quis admitir que achara o e-mail dele quase incompreensível e fez uma careta.

– Um pesadelo de cada vez.

– Justo – respondeu Joel, que temia aquele casamento mais do que Flora poderia imaginar.

Flora se reuniu com Colton na Pedra, consultando o fichário que tinha trazido. Os noivos queriam uma festança. Uma baita festança. Ela não sabia ao certo se estava à altura daquela tarefa depois da controvérsia com Jan, mas estava fazendo o melhor que podia – o churrasco, no fim das contas, tinha sido um sucesso, em boa parte por causa do barril de cerveja dos fazendeiros e da sorte extraordinária que tiveram com o clima.

Colton queria todo o champanhe de um pequeno vinhedo, o que seria puro desperdício para os moradores da ilha, mas, ao que parecia, não para os investidores e os americanos ricos que ela imaginava que iriam à festa. Mas acabou percebendo que estava enganada. Além de um punhado de amigos do tempo da faculdade, Colton não ia convidar quase ninguém – tanto sua mãe quanto seu pai estavam mortos. Ele deu de ombros, alegre.

– Bilionários não têm amizades – explicou. – Ou então têm que comprar amigos. E os meus parentes são um bando de republicanos babacas radicais, homofóbicos e reprimidos.

– Todo mundo? – perguntou Flora.

– Todo mundo, sem exceção. Eu só quero as pessoas que amo. Gente de verdade que eu amo de verdade.

– E todos os bêbados lá do Recanto do Porto que vão querer comparecer – sugeriu Flora.

– Faz parte – disse Colton.

Ela olhou para ele com ar crítico.

– Pare de perder peso para o casamento. Você não está querendo usar o vestido da Kate Middleton, né? *Né?*

Colton fez que não com a cabeça.

– Não. É que estou comendo comida saudável graças ao seu irmão, só isso.

– Bom, isso é estranho – disse Flora. – Porque toda vez que eu experimento o último lote de queijo do Fintan ganho uns três quilos.

Colton abriu um sorriso fraco e mudou de assunto.

– Tá, então vamos falar dos caça-chuvas.

– Como é que é?

Colton deu de ombros.

– Pois é, eu sei. Às vezes, o tempo está lindo. Mas às vezes, não.

Ele indicou o ar lá fora: não parecia nem de longe um dia de verão. Uma chuva inclinada tinha chegado de repente e a Delicinhas da Annie ficara maravilhosamente cheia de turistas com capas de chuva esperando a tempestade passar, acabando com todos os bolinhos de queijo e depois passando para os bolinhos de batata.

– Certo, e daí?

– Bom, quero fazer o casamento ao ar livre. Quero que seja perfeito.

– Mas não dá para controlar o tempo.

– Ah – disse Colton.

Ele empurrou um folheto para Flora, que o pegou, admirada.

– Serviços de Caça-Chuva – leu ela, perplexa. Olhou para Colton. – Você está brincando, né?

Ele balançou a cabeça.

– Não. Eles borrifam prata nas nuvens e elas se dispersam.

– Para onde elas vão?

– Sei lá. É ciência – disse Colton.

Flora folheou o material.

– Então, eles garantem um céu de brigadeiro no seu casamento?

– É.

– Que *loucura*!

Colton ficou sério.

– Sabe, Flora, eu só pretendo me casar uma vez.

– É melhor mesmo – respondeu ela. – Não me importa quanto dinheiro você tem: mas quanto uma coisa dessas vai custar?

– Não se preocupe – respondeu Colton. – É só lembrar que eu faço muitas doações para instituições de caridade.

– Eu posso pesquisar no Google, sabia?

– Eu faço muitas doações. Tá, preciso ir. Você sabe o que está fazendo?

– Preparando o banquete mais maravilhoso que alguém já comeu?

– Ótimo! Obrigado.

– Vou pesquisar o tal caça-chuvas, seu maluco.

– Mal posso esperar para poder te chamar de irmã.

– E, por favor – Flora estava implorando de verdade. – Por favor, me diz: *quando* você vai abrir esse hotel?

Colton armou uma expressão astuta.

– Ah, você não gosta de ficar com o lugar inteiro só para nós?

– Gosto, mas gosto mais ainda de pagar minhas funcionárias.

– Tá, tive uma ideia – disse Flora.

Ela estava usando todas as pessoas sentadas à mesa da casa da fazenda como cobaias para mais uma receita de bolo de casamento. Ao ouvi-la, Joel ergueu a cabeça, desesperado para escapar da tentativa malsucedida de conversar com o pai dela sobre agricultura.

– E se eu usar margarina no lugar de manteiga?

Joel estremeceu.

– Melhor não – respondeu Fintan.

– Credo! – resmungou Hamish.

– Poxa, gente, vocês não estão ajudando. Hamish, venha trabalhar pra mim de graça.

– Olha – disse Innes. – Administrar uma empresa é difícil. Talvez você não tenha nascido pra isso.

– Fica quieto, Innes! Foi você quem quase perdeu a fazenda.

– Ei, não desconta no Innes – disse Fintan. – Fui eu que quase perdi a fazenda. Deve ter outras coisas para você tentar fazer.

Flora olhou bem para ele.

– Eu podia me casar com um bilionário… Por falar nisso, cadê ele?

Fintan deu de ombros.

– Ele está no continente tramando alguma coisa secreta. Tomara que esteja comprando um presente gigante pra mim.

Flora flagrou Joel fazendo uma expressão desanimada ao ouvir aquele comentário, mas não pensou muito nisso.

– Você precisa de mais investimento? – perguntou Innes.

– Não – respondeu Flora. – Daria no mesmo jogar dinheiro num buraco sem fundo. Ai, meu Deus. A única coisa que posso fazer é aumentar os preços.

– Você deveria fazer isso mesmo – sugeriu Joel. – Está tudo absurdamente barato.

– Mas não quero enfiar a faca em todo mundo na vizinhança!

– Que tal enfiar a faca nos turistas? – sugeriu Innes, que estava irritado porque alguém com um carro alugado tinha buzinado para seu trator enquanto ele subia o morro. – São um bando de pentelhos.

Flora pensou na sugestão.

– É… E se eu fizesse um cartão de fidelidade com descontos?

– Como assim? – Joel tirou os óculos.

– Bom… A gente conversou sobre isso… Não posso cobrar mais dos meus fregueses locais.

– Você pode…

– Não e pronto!

Joel sorriu para si mesmo.

– *Mas* – continuou Flora – e se eu aumentasse todos os preços e desse a cada morador da ilha um cartão de desconto que levasse os preços de volta ao que eram, e só ganhasse dinheiro a mais dos turistas? E da Jan...

Os homens pararam o que estavam fazendo.

– Para tudo – disse Innes. – Será possível que a nossa Flora teve uma boa ideia?

Fintan meneou a cabeça.

– Flora, você está doente?

– E toda vez que você for grosseiro comigo – emendou Flora – vou acrescentar cem libras à conta do seu casamento.

– Nem vem!

– Duzentas! – Ela sorriu, alegre. – Pode dar certo, né?

– Você vai ter que explicar isso quatro vezes para a Sra. Blair – comentou Innes, pensativo. – E mandar imprimir os cartões.

– Isso eu posso fazer. Agot, desenhe um cartão para mim.

– AGOT FAIZ ISSO TAMÉM.

Joel colocou os óculos no rosto e abriu um sorriso voraz para ela.

– Acho que você resolveu o enigma – disse ele, olhando para o relógio. – Vem, vamos para casa.

– BUUUU! – vaiou Fintan.

– Trezentas! – respondeu Flora enquanto saíam pela porta, ela corando e Joel praticamente a levando pela mão. – E, a propósito – disse ela quando pegavam a rua de pedras até a cidade, embora ele não parasse de tentar sufocá-la com beijos por todo o caminho –, os seus meninos estão me devendo uma. Bom, não foram exatamente os mesmos meninos, mas mesmo assim. Será que eles gostariam de me ajudar trabalhando no casamento?

– Acho que usar mão de obra infantil não é uma ideia tão boa quanto aquela dos cartões.

– Experiência de trabalho?

– Vou perguntar para a Jan.

– Pergunta para o Charlie.

Capítulo sessenta e um

Saif ficou surpreso ao vê-lo ali na sala de espera. Estava ficando desesperadamente atrasado: tivera que ajudar as crianças a se vestirem para o Dia dos Vikings e Ash não parava de subir e descer a escada, brandindo uma espada de brinquedo e se recusando a responder a qualquer outro nome que não "Corta-Tormenta".

Mas ele o recebeu educadamente.

Colton se sentou e respirou fundo.

– Preciso aumentar a dose da minha medicação.

Saif olhou bem para ele.

– Não estou com seu histórico médico. Não posso aumentar a dosagem a esmo.

Colton fez um telefonema rápido e o histórico apareceu no computador do médico dez segundos depois, como num passe de mágica. Ele esperou em silêncio enquanto Saif lia. O prognóstico era muito negativo mesmo. O câncer de pâncreas não era um daqueles casos interessantes e famosos que apareciam em campanhas com celebridades, e o de Colton estava bem avançado. Ficava óbvio quando se olhava para ele, mas o que era claramente icterícia fora disfarçado pelo forte bronzeado californiano. Ele fizera clareamento dental, usava óculos escuros o tempo todo e se afastara dos negócios. Mesmo assim…

– Como está escondendo isso de Fintan?

– Com muita dedicação e mentira.

– Não li muito a respeito, mas… existem tratamentos experimentais…

– Nenhum deles vale um centavo, doutor. A única coisa que sei mais ou menos é onde investir meu dinheiro. E nada disso vale um tostão furado.

Saif franziu a testa.

– Diz aqui que o senhor recusou a quimioterapia.

– Cara, a quimioterapia é uma barbaridade – disse Colton, balançando a cabeça. – Eu vomito, fico um caco e me sinto um lixo, daí ganho mais três meses de vida e só.

– De três a seis…

– É, mas aí já vai ser inverno…

Saif ficou perplexo diante do humor sarcástico de Colton e decidiu se arriscar a responder no mesmo tom:

– Nesse caso, não vai nem suar.

A risada de Colton se transformou num acesso de tosse.

– Valeu, doutor. É bom falar com alguém que me entende. Meu advogado surtou completamente quando soube. – Ele se inclinou para a frente. – Morfina e uísque – disse. – É assim que vou passar por isso.

– Não posso receitar uísque – respondeu Saif.

– Não tem problema: comprei uma destilaria.

Saif ergueu as sobrancelhas, sem saber se aquilo era uma piada. (Não era.)

– Vou pedir os remédios no continente. Não quero nenhum intrometido xeretando minha vida. Mas vê se faz uma receita generosa.

– Existem diretrizes – observou Saif.

– Elas que se danem – insistiu Colton.

Saif se levantou.

– Sr. Rogers – disse ele. – Se veio falar comigo querendo que eu faça algo que não deveria fazer… Sabe para onde me mandariam voltar caso eu aceitasse?

Colton ficou surpreso. Não tinha pensado naquilo.

– Caramba – murmurou ele. – Desculpa.

Com certeza, encontraria um farmacêutico que pudesse subornar em algum lugar. Nada era assim tão difícil quando se era rico. Ele estendeu a mão.

– Eu não deveria ter pedido isso.

– É seu direito pedir – respondeu Saif. – Acredite, lamento ter que recusar.

– Receite o máximo que puder.

Saif deu a ele o máximo possível sem o risco de causar qualquer suspeita.

– Pronto.

– E… se eu precisar, você vai estar aqui, né?

Saif assentiu.

– Sempre – disse ele. – Mas, por favor, peça o apoio da sua família. Sem eles, não posso fazer nada, e o senhor sabe disso.

Ele não conseguia entender a necessidade de sigilo quando, mais do que tudo, sem dúvida, a pessoa precisava de amor e apoio. Fingir que estava tudo bem não faria o problema desaparecer.

Colton fez uma careta.

– Em breve – disse ele. – É só passar o dia do meu casamento.

Capítulo sessenta e dois

O dia do casamento amanheceu pálido e claro. Flora nunca descobriu se Colton tinha usado o tal caça-chuvas ou não, mas o céu não poderia estar mais perfeito. A cerimônia aconteceria no jardim dos fundos da Pedra, com o gramado verde aparado bem rente ao chão. Havia uma tenda grande, mas, pelo jeito, as pessoas poderiam passar o dia inteiro do lado de fora. Uma orquestra tocava.

Flora estava com o vestido verde que Joel tinha comprado em Nova York e quase todo o trabalho ficara pronto: Isla e Iona estavam bem atarefadas e, para a surpresa de Flora, o grupo de meninos de Jan e Charlie se mostrava incrivelmente prestativo ao buscar e carregar as coisas.

Além dos produtos de Mure, havia lagostas em tanques e um chef especialista em sushi que viera de Los Angeles, uma salada de flores comestíveis e um bar de coquetéis de suco verde que Colton insistira em ter e que, ao que parecia, todo mundo ia simplesmente ignorar. Havia uma cascata de *macarons* e uma escultura de gelo – mas nada, pensou Flora, estava tão lindo quanto a tábua comprida de magníficos queijos de Fintan, expostos entre uvas verdes frescas, os melhores biscoitos de aveia salgados de Flora, o pão da Sra. Laird, maçãs de cultivo local e pêssegos brancos importados entre jarros gelados de vinho rosé. Parecia uma pintura.

Innes e Hamish seriam os padrinhos de Fintan. Innes ficara encarregado da despedida de solteiro, que havia terminado com quatorze jovens fazendeiros pulando da ponta do cais à meia-noite, treze deles caindo na água e um num barquinho de pesca e quebrando o pulso. Saif, que havia sido convidado, mas estava tentando poupar sua babá, tentou não ser muito rabugento quando acordou ouvindo alguém cantar em voz alta diante da sua janela às quatro da manhã e foi instruído a pegar seu kit de imobilização.

Innes também estava encarregado do transporte, dos anéis, da daminha de honra, dos discursos e de garantir que todos estivessem usando o tartã certo. Hamish só precisava ficar lá e sair bonito nas fotos, disse Flora, afagando a mão dele. Colton não quis padrinho; disse que já estava muito bem acompanhado. Flora havia dito a Joel o quanto achava aquilo estranho, mas ele não demonstrara o menor interesse; não parecia se importar nem um pouco com o casamento. Flora ficou se perguntando se, em segredo, ele seria preconceituoso, embora não tivesse notado nada que indicasse isso. No entanto, ocupada com as tarefas do dia, guardou o assunto no fundo da mente.

Os MacKenzies estavam, é claro, arrumando-se na fazenda, e Flora foi buscá-los.

Ela parou na porta da casa, olhando para o interior. Innes estava endireitando a gravata-borboleta do pai. Hamish tentava arrumar uma mecha de cabelo que nunca baixava e já parecia estar sentindo calor e desconforto com seu colarinho apertado. Fintan estava passando só um pouquinho de rímel. Agot, rodeada por uma pilha enorme de tule e flores, pulou ao vê-la.

– TIA FOIA!

Flora sorriu e os meninos se voltaram para ela; com a luz do sol iluminando-a por trás do corpo, de repente, ficou muito parecida com a única pessoa que faltava na sala, e todos perceberam isso. Ela deu um passo à frente e todos se reuniram num abraço coletivo.

Hamish queria ir dirigindo seu carro esportivo, mas é claro que não caberia todo mundo nele. Em vez disso, num dia tão bonito, Flora trocou de sapatos e eles decidiram ir a pé, de braços dados – Agot e Flora no meio, Fintan e o pai dos lados, Innes e Hamish nas pontas –, e todos que os viram marchando pelo centro de Mure, balançando os quatro kilts, acenaram, buzinaram e desejaram os melhores votos, e os seguiram enquanto caminhavam por toda a extensão da Praia Infinita até a Pedra. Os sinos da igreja repicaram, embalando a caminhada. Fintan estava nervoso e risonho; a família contou velhas histórias e fez velhas piadas que só os irmãos poderiam entender. Falaram da mãe, e só quando chegaram perto da Pedra, que já estava cheia de carros e gente circulando, o nervosismo de Fintan chegou ao seu ponto mais alto.

Flora o puxou de lado, como se tivesse que comentar uma última coisa a respeito da comida.

– Que maravilha – disse ela. – Você está lindo.

Fintan balançou a cabeça.

– Sabe – disse ele, com a voz levemente embargada –, quando a mãe estava doente… parecia que eu nunca mais ia ser feliz.

– Eu sei – respondeu Flora. – Agora, me dá um abraço antes que você estrague seu rímel.

Innes, de mãos dadas com Agot, viu Eilidh, a mãe da menina, esperando perto do portão. Ela sorriu, nervosa. Agot puxou Innes e pegou a mão de sua mãe com a outra mão livre, juntando-os.

Eilidh estava bonita, pensou Innes. Na verdade, bem bonita. Ele sorriu, e ela também; ele perguntou se ela gostaria de se sentar com ele, e ela disse que sim. Lorna, ao passar por eles, também sorriu ao vê-los e resolveu encurralar Eilidh e tagarelar sobre como a escola de Mure era maravilhosa. Só por garantia.

Hamish foi atrás de uma das novas garçonetes temporárias em que estava de olho para perguntar se ela gostava de carros esportivos.

E o velho Eck, com as costas eretas, caminhou pelo jardim ensolarado atrás de Agot, que estava tratando com a maior seriedade a tarefa de jogar pétalas de rosas ao longo do tapete vermelho. Na frente de todos os seus amigos e vizinhos, levou o filho mais novo até o altar.

Capítulo sessenta e três

Flora olhou com atenção para Colton em pé diante do altar. Ele não parecia estar muito bem; devia estar sofrendo de ansiedade pré-casamento. Era curioso; desde que conhecera Fintan, ele não parecia ter a menor dúvida a respeito da decisão. Bom, Flora nunca tinha se casado e provavelmente nunca se casaria. Olhou para Joel parado ao lado dela. O estranho é que ele parecia furioso; suas mãos agarravam com força a cadeira à sua frente. Flora apertou a mão dele, mas ele não reagiu. Então, ela se concentrou em assistir à cerimônia e participar com vontade de uma canção de casamento tradicional das Hébridas, enquanto Joel franzia os olhos diante das palavras incompreensíveis do hino impresso no folheto.

Por fim, a celebrante juntou as mãos de Fintan e Colton e as enlaçou com três cordões compridos: o branco simbolizando a pureza; o rosa, o amor; o azul, a fé.

– Vocês vão amar, honrar e respeitar um ao outro? – perguntou ela.

– Sim – responderam Colton e Fintan.

– E assim se faz a união – disse ela, atando o primeiro cordão.

– Vão proteger e confortar um ao outro?

– Sim.

– E assim se faz a união.

– Vão compartilhar a dor um do outro e procurar aliviá-la?

– Sim.

– E assim se faz a união.

– E vão compartilhar a alegria e o riso um do outro, por todos os dias de suas vidas?

– Sim.

– E assim se faz a união.

Eles se beijaram, a congregação deu vivas e uma banda completa de gaitas de foles (Colton havia insistido nisso, provocando um muxoxo de Fintan) apareceu de repente das profundezas do terreno, guiando os noivos. Eles saíram do altar numa marcha estimulante, seguidos por todos os convidados, e o primeiro casamento gay de Mure ("a entrar para a história", gabava-se Fintan sempre que alguém tocava no assunto) estava pronto para ser devidamente comemorado.

Flora estava na cozinha quando aquilo aconteceu. Tinha decidido montar um bufê separado para os meninos, para que pudessem se empanturrar de enroladinhos de salsicha, sanduíches de queijo e chips de batata nos fundos da barraca do bufê. No entanto, muitos moradores de Mure acabaram preferindo isso ao suntuoso banquete oferecido na área externa e não paravam de entrar de mansinho, resmungando alguma coisa sobre "comida chique" e servindo-se de queijo e abacaxi no palito – e Flora tinha que expulsá-los o tempo todo.

No começo, vendo só pelo canto do olho, ela pensou que fosse um dos velhinhos que assombravam o bar do Porto, de cabelos grisalhos e voz chiada. Estava pensando que sem dúvida poderia ceder uns enroladinhos para eles quando se virou e percebeu, para seu horror absoluto, que era Colton.

Era como se ele estivesse se escondendo atrás da porta, encostado na parede. Sua gravata-borboleta estava meio torta e ele tinha um pedaço de papel amassado na mão. Suava; o rosto estava verde e expressava dor.

– Colton? – Ela correu até ele. – Ai, meu Deus! Você está bem? Não era para estar lá fora saindo nas fotos? Quer se sentar? É o calor?

Para os murianos, qualquer temperatura acima de quinze graus era considerada perigosamente extrema.

Ele se virou para ela, confuso por um instante, e engoliu em seco com força.

– Me dá um copo d'água?

– Sente-se.

Flora o observou com atenção. Parecia em péssimo estado. De repente, ela torceu para que não fosse por causa de nada que tivesse servido. Será que o calor tinha estragado os frutos do mar?

– Você está bem?

– É só… é só…

De repente, Colton quis tanto contar a verdade para ela que teve vontade de chorar.

– É só o calor.

– Bem, a culpa é sua!

Ao ouvir aquela voz, Flora se virou de repente e encontrou Joel bem atrás dela, com uma expressão séria. Ao lado dele estava Saif. Os dois tinham visto Colton entrar na cozinha e, pela primeira vez, se entreolhado com um ar de cumplicidade, então corrido atrás dele.

– Com licença – disse ela, ainda sem perceber a gravidade da situação. – Esta cozinha é um local de trabalho *de verdade*.

Ambos a ignoraram. Saif se ajoelhou e mediu a pressão arterial de Colton.

– Você deveria ir para o hospital – murmurou ele. – Agora mesmo. Já é hora. Vamos. Chega.

– Eu vou ficar aqui – respondeu Colton. – É o meu dia.

– Você endoidou – disse Joel. – Já assinou o documento. Deixa a gente cuidar do resto.

– Mas o que é que está acontecendo?

Joel olhou para Flora, que ficou vermelha.

– Pode nos dar licença por um instante? – pediu ele.

– Esta é a minha cozinha e esse é o meu cunhado, então, *não*, Joel. O que está acontecendo? – insistiu ela.

– Por favor – pediu Saif, olhando para ela com os olhos suplicantes.

Depois disso, Flora não pôde fazer muita coisa além de recuar. Quando estava saindo, Joel pegou o pulso dela.

– Está tudo bem – disse ele rapidamente. – Mas dá pra você enrolar o Fintan por um tempinho?

– Como é que pode estar tudo bem?

O coração de Flora batia acelerado. Era óbvio que havia algo muito, muito errado. E Joel estava com aquela cara de novo, aquela cara fechada.

– Por favor, Flora, não me pergunte.

Flora, aterrorizada, espiou pela porta da barraca.

Fintan estava lá, parecendo levemente embriagado de champanhe à luz gloriosa e absurda do sol da tarde. Estava bonito de kilt, sorrindo e conversando com todos, além de receber os parabéns pela comida e pela simples beleza do dia. Estava cercado pelos moradores da ilha, pessoas que o conheciam desde criança, que tinham visto seu sofrimento durante a doença e a morte da mãe, e também como Colton o fizera voltar a viver. Ele estava mergulhado num lago de luz dourada. Bem perto dele, Agot girava sem parar para fazer seu vestido pomposo rodar, e ao lado dela Flora notou que Ash estava fazendo exatamente a mesma coisa com o pequeno kilt infantil que alguém devia ter arrancado do fundo de um armário para ele usar, os dois perdendo o fôlego de tanto rir.

Por um momento, ela ficou parada, observando Fintan. Ele estava tão feliz. Radiante mesmo, sob aquela luz perfeita, no jardim perfeito de Colton.

Ela voltou a olhar para Colton – ele parecia muito, muito doente. Por que Joel estava lá dentro? O que ele sabia? A presença de Saif fazia mais sentido, mas era como se os dois soubessem de alguma coisa...

O coração de Flora bateu ainda mais depressa e Fintan jogou a cabeça para trás, rindo de algo que Innes dizia. Ela recuou. Logo viriam os discursos, depois o almoço... Tudo tinha um cronograma. Ela olhou à sua volta. Joel estava vindo na sua direção com um olhar preocupado.

– Qual é a situação?

– Ele está exaltado demais... É o calor – disse Joel.

– E ele precisava do advogado para dizer isso?

– Ele vai ficar bem. Vai sair para cortar o bolo. Foi bebida demais num dia tão quente.

– Bom, a culpa é dele – disse Flora.

Joel piscou.

– É. – Ele olhou para Fintan.

– Ele parece tão feliz – comentou Flora, e se virou. – Você me contaria se tivesse alguma coisa...

Mas Joel já havia voltado para dentro da barraca, e Flora gesticulou para que Iona e Isla começassem a circular com mais canapés.

De volta à barraca, Saif já estava exigindo que Colton fosse para o hospital, e Colton se recusava terminantemente. Era o dia dele e ia ficar lá até o fim, que saco. Tomou mais um copo d'água e perguntou a Saif se tinha algum remédio que pudesse dar para ele. O médico havia previsto aquele momento e chegara preparado. Dez minutos depois, Colton estava em condições de se levantar, mas Saif não parecia nem um pouco feliz com isso.

– É o dia do meu casamento – disse Colton com a voz rouca. – Agora eu vou lá para fora antes que esse povo todo perceba que não estou lá.

Saif e Joel lhe ofereceram o braço como apoio, ajudando-o a se levantar, e o levaram até a borda da barraca, onde ele os dispensou e foi até Fintan, armando um sorriso largo e pouco convincente.

Todos os olhos se voltaram para Colton enquanto ele dava batidinhas no copo, pedindo atenção. Em meio aos belíssimos jardins, o verde do gramado e o azul do mar ao longe, parecia quase translúcido; tremia. Flora olhou para Fintan, que, de repente, pareceu confuso, como se só então percebesse algo de errado. Então, com um frio horrível e repentino tomando conta de seu coração, ela enganchou o braço no de Innes, pois Joel sumira de vista.

– O que está acontecendo com…? – começou a perguntar seu irmão, mas Flora balançou a cabeça e o calou.

O discurso estava começando.

– Eu só queria dizer… obrigado a todo mundo, a vocês que vieram de longe e aos que só precisaram virar a esquina… A todo mundo neste lugar que fez de tudo para eu me sentir acolhido, à vontade…

– É porque você comprou champanhe para todo mundo! – gritou um engraçadinho na multidão, provocando uma onda de risadas muito bem-vindas.

– Eu nunca… Nunca fui tão feliz…

Os olhos de Colton ficaram cheios de lágrimas e ele se agarrou a Fintan, cujos olhos também estavam marejados. Flora franziu a testa. Ele não estava abraçando Fintan; estava se apoiando nele.

Fintan percebeu que havia algo errado e se virou no momento em que Colton repetiu:

– … feliz…

E desmoronou no chão.

Capítulo sessenta e quatro

O pandemônio foi imediato. Fintan se abaixou depressa, chamando o nome de Colton. Saif e Joel correram da barraca, passando direto por Flora, que ficou olhando para eles de boca aberta. Saif abriu caminho e pôs Colton na posição de recuperação, fazendo-o recobrar os sentidos delicadamente. Alguém trouxe mais água. Joel sacou o telefone, e o helicóptero, que já estava lá, pronto para levar o casal para a lua de mel, foi posto para trabalhar na tarefa bem mais urgente de levar Colton ao hospital. E por toda a festa as pessoas começaram a se abanar e a comentar: "Ele não parecia mesmo estar bem" e "Não tinha emagrecido muito?". E murmuraram, tentaram se proteger do calor absurdo e se preocuparam juntas.

Flora foi direto até Joel, querendo jogar uma bandeja na cabeça dele.

– Ele está doente! – berrou ela.

– Flora, você sabe que não posso falar sobre isso. É confidencial. Não posso comentar nada.

– Então ele está mesmo doente! E você deixou que se casasse com o meu irmão!

– Por quê? Seu irmão teria dispensado Colton sem mais nem menos se achasse que tinha alguma coisa errada com ele?

– Não! Mas você não acha que ele tem o direito de saber?

Joel ficou furioso.

– Claro que acho! Mas a decisão não é minha! Se fosse eu…

– Se fosse você, também não contaria pra ninguém – rosnou Flora. – Ia guardar segredo de todo mundo, como sempre. Achei que a gente já tivesse *passado* dessa fase.

Joel olhou para ela, magoado.

– Mas. Eu. Não. Posso. Comentar – disse, rangendo os dentes. – Você sabe disso, Flora.

– Mas tem cura? – perguntou ela, angustiada. – Não tem? Ai, meu Deus. *Fala logo!* FALA LOGO DE UMA VEZ!

– EU. NÃO. POSSO.

– Você topa ferrar a minha família inteira para não perder o emprego?! – exclamou Flora. – Você literalmente arrisca a vida das pessoas que eu amo para poder continuar ganhando rios de dinheiro?

– Não é assim que as coisas são!

– Você deixou isso acontecer – disse Flora.

Estava tão incandescente de raiva que mal enxergava.

– Na verdade, acho que vou ver como ele está – disse Joel, furioso, pegando o telefone e saindo da barraca.

– Assim que souber, não se esqueça de NÃO ME CONTAR! – gritou Flora para ele na frente de metade dos convidados.

Ela se virou para ir embora também, mas é claro que precisou passar por todas as pessoas que conhecia nos jardins, cada uma delas a olhando como se Flora soubesse a verdade. Innes e Hamish estavam se aproximando, e o pai – ah, meu Deus, o pai dela – parecia totalmente confuso ao lado da celebrante. Que zona.

Joel chegou ao outro lado da barraca. O helicóptero ainda estava circulando no céu, mas, estranhamente, não pousava no "H" bem visível ao lado do pomar. Colton estava numa cadeira, abanando um pouco a cabeça, com Fintan obviamente enlouquecido sentado ao lado dele, implorando; mas, entre todas as coisas que podia fazer, Colton estava usando o celular.

Joel avançou, olhando para Saif, que balançava a cabeça, incrédulo. Antes de descobrir o que seria melhor fazer, Joel se voltou para a multidão que os observava.

– Podem dar licença? – pediu, desajeitado. A maioria das pessoas nunca o ouvira falar e se virou. – Desculpem. Será que vocês podem… ir embora, ou então voltar para a tenda, por favor? – Olhou para as expressões descontentes e preocupadas, e teve uma ideia. – Não, não, espera aí… Inge-Britt, dá para continuar a festa no Recanto do Porto? E mandar a conta para Colton? A gente vai dando notícias. Com certeza não é nada, só emoção demais.

Havia algumas expressões decepcionadas, mas Joel parecia levemente autoritário, então as pessoas não tiveram escolha a não ser dar as costas e ir na direção da casa. Joel deu instruções ao motorista do micro-ônibus e deixou as pessoas desejarem melhoras rápidas para Colton, que torciam para que estivessem de volta a tempo de ver a famosa mas terrível banda de rock dos anos 1970 que, diziam por aí, ia tocar no casamento.

Quando ele voltou a olhar para Colton, nada havia mudado. O helicóptero continuava a circular sem pousar. Fintan ainda gritava de um jeito que ninguém ouvia em razão do ruído das hélices.

Joel se colocou discretamente do outro lado de Colton.

– O que você está fazendo? Tem que entrar no helicóptero.

– Não vou entrar em porcaria de helicóptero nenhum, seus idiotas! Entendam de uma vez! – gritou Colton. Ele estava suando, tinha uma aparência terrível e voltou a falar ao telefone. – Vá embora, Jim. Não vou mandar de novo. Leve o helicóptero de volta para o continente antes que o combustível acabe.

– Por favor – disse Saif. – Por favor.

– ALGUÉM ME DIGA O QUE ESTÁ ACONTECENDO! – berrou Fintan de pura frustração.

– JOEL SABE! – gritou Colton de repente.

Naquele momento, o piloto do helicóptero decidiu sair de lado, as hélices zumbindo no azul do céu, partindo sobre o mar. Por um instante, os homens assistiram à retirada. Depois, voltaram sua atenção para Joel.

– Que foi?

– Joel sabe – repetiu Colton, de olhos bem abertos.

Joel ficou paralisado. Fintan o encarava, arregalando os olhos de incompreensão e medo.

– Ele sabe o quê, Colt? Você sabe o quê? – perguntou Fintan, com a voz amarga e baixa.

Flora saiu da tenda para ver como os homens estavam; tinha visto todo mundo voltar para a cidade, mas não ia sair dali de jeito nenhum. Cruzou os braços, pronta para brigar. Seu cabelo havia escapado do coque que tinha feito para cozinhar e esvoaçava no vento às costas dela. A brisa soprava o vestido claro que Joel havia comprado para ela, o que parecia ter sido um milhão de anos antes em Nova York. Ao olhar para ela, Joel quase perdeu o fôlego. Flora parecia uma fúria: uma vingadora bela e fascinante.

– Conta pra eles – pediu Colton, rouco.

Saif também cruzou os braços, absolutamente furioso, ao mesmo tempo que Flora deu um passo à frente e Joel se viu cercado por olhos acusadores. Todos os MacKenzies: Innes, que havia mandado Agot voltar com Eilidh e os filhos de Saif; o grande Hamish, que não sabia ao certo o que estava acontecendo, mas apoiaria sua família de qualquer jeito; Eck, um pouco trêmulo e muito confuso. Todos o encaravam, menos Colton, que olhava decidido para longe, na direção do mar, ignorando a mão de Fintan em seu ombro.

– O que é?! – perguntou Fintan, petrificado.

– Pelo amor de Deus, Colton – protestou Joel num sussurro.

Fechou os olhos. Por um momento, não se ouviu nada a não ser o chiado da respiração difícil de Colton.

Tudo aquilo. Tudo que Joel carregava havia tanto tempo. Toda a dor. Sentia a cabeça tensa e dolorida; as serpentes tinham voltado, contorcendo-se e apertando-se dentro da mente dele.

Enquanto Joel estava paralisado, Colton estendeu a mão como uma garra, a pele esticada sobre as juntas, pegou os dedos longos dele e os apertou. Seus olhos lacrimejantes encararam os de Joel.

E Joel assentiu, resignado.

– Hã – disse ele, endireitando a postura. – Estou de posse de documentos assinados legalmente expressando a vontade e o testamento de Colton Spencer Rogers...

– O *quê*?! – exclamou Fintan.

Antes que Joel pudesse dizer mais, Fintan começou a chorar e se agarrou a Colton.

Flora olhava para Joel, incrédula. O dia inteiro se quebrara feito um ovo. Ela viu as mãos dele tremerem ao mesmo tempo que Colton o segurava com uma das mãos e tentava cobrir a cabeça de Fintan, aos soluços, com a outra.

– É a vontade expressa dele permanecer na ilha o tempo todo, qualquer que seja sua situação de saúde.

A voz de Joel parecia robótica. Flora olhou para Saif. Ele demonstrava estar triste, mas nem um pouco surpreso, e ela percebeu, chocada: é claro que ele também sabia, o tempo todo. Sua fúria cresceu ainda mais.

– E quando é que você ia me contar? – gritou Fintan, incrédulo. – Somos casados! Acabamos de nos casar!

Colton se virou para o marido com uma tristeza terrível no olhar.

– Ai, meu Deus. Você está doente. Você está doente e não me contou! Seu desgraçado. Seu desgraçado de uma figa! Doente como?

Colton fungou.

– Mais ou menos cem por cento doente.

– E não ia me contar?!

– Não – respondeu Colton.

– Por quê? Para enganar Fintan e fazer ele cuidar de você? – berrou Innes de repente, incapaz de se conter.

Todos olharam para ele. Fintan encarou Colton, com lágrimas escorrendo pelo rosto.

– Achou que eu não ia cuidar de você? Achou que eu ia embora se soubesse? Achou que eu ia ser capaz de te abandonar?

Os dois ficaram em silêncio.

– Claro que não – disse Colton por fim, e voltou a olhar para Joel, que pigarreou.

– O Sr. Rogers... – anunciou ele com cuidado. – O Sr. Rogers deixou muito claro em todos os seus documentos que não houve absolutamente nenhuma evidência de coerção nem de discernimento prejudicado quando os senhores concordaram em se casar e quando se casaram de fato.

– Quê? Por quê? – perguntou Fintan.

– Para que não houvesse potenciais complicações ... posteriores...

– Ninguém – murmurou Colton. – Ninguém vai poder dizer que você se casou comigo por dinheiro, sabendo o que sabe agora.

– Mas eu ainda não sei de nada!

– Saif?

Saif deu um passo à frente, bem descontente por ser o encarregado de falar.

– O prognóstico desse tipo de câncer...

Fintan soltou um uivo de sofrimento e enterrou a cabeça no colo de Colton, que acariciou o cabelo castanho dele.

– Shh, está tudo bem. Escute o que ele diz. Não faça o homem repetir.

Mas Fintan estava murmurando:

– Eu não aguento isso de novo, não aguento isso de novo. – E não respondeu.

Saif já tinha feito coisas mais difíceis.

– ... é... Não gostamos de falar em termos de tempo, mas podem ser alguns meses. Dependendo de que tipos de tratamento sejam usados.

– Meses para algumas pessoas e anos para outras? – perguntou Innes.

– Alguns meses ou mais.

– Mas onde é o câncer?

– Está espalhado.

Fintan levantou a cabeça.

– Você disse que estava gripado!

– Também tive gripe.

– E quando você sempre saía da ilha... em vez de inaugurar a Pedra?

Colton assentiu.

– Tive que... finalizar umas coisas.

Fintan olhou para ele.

– Como você consegue ficar tão calmo? Esse é o pior dia da minha vida.

Colton aninhou a cabeça de Fintan junto dele mais uma vez.

– Não pode ser – disse ele baixinho. – Porque é o dia mais feliz da minha. E, daqui por diante, cada dia conta.

Capítulo sessenta e cinco

Joel havia se afastado, mas Flora o seguiu.

– O que você fez? – perguntou ela, a voz fria como gelo. – O que você fez com a gente?

– Eu estava cumprindo a vontade dele. Alguém tinha que fazer isso.

– Então, qual é exatamente a merda do plano? Qual?

– Bom, ele não queria que ninguém soubesse.

– Pelo amor de Deus! Ele vai morrer? Mas deve haver tratamentos… coisas novas e experimentais que eles liberam se você for muito rico…

– Ao que parece, não existe nada que funcione mais do que por alguns meses. E ele disse que não quer. Também não quer ir para o hospital. Quer se cuidar em casa e mandar trazer qualquer pessoa de que precise. Ficar na praia e ver a maré baixar. Aqui. Na casa dele.

– Ai, meu Deus – disse Flora, a voz falhando. – Coitado do Fintan.

– Coitado de todo mundo – respondeu Joel, olhando para o chão.

Flora observou a expressão exausta dele, o estresse a que fora submetido nos últimos meses, carregando aquele fardo todo. Ela quase chorou por ele.

– Você estava guardando segredo esse tempo todo? Você me fez achar que era tudo culpa minha!

Joel ficou totalmente confuso.

– Como poderia ser culpa sua?

Ela se virou e foi embora. Olhou de relance para os restos da festa, para a limpeza dos pratos que os meninos haviam feito com tanta dedicação, mas ainda havia pedaços de bolo meio comidos, pássaros na grama procurando migalhas, tudo caindo e se decompondo.

O céu estava escurecendo. Finalmente, as noites claras de verão estavam começando a chegar ao fim, lembrando-a de que o inverno longo e escuro estava a caminho, a época em que o sol nunca nascia, e tudo estava desmoronando ao redor dela – e ficaria cada vez pior.

Ela voltou devagar na direção de Fintan e Colton, ainda entrelaçados um ao outro à beira da água, ao mesmo tempo que o sol se punha e as estrelas começavam a aparecer atrás deles. Enquanto andava, uma pessoa pequenina se aproximou dela.

– TIO FINTAN TISTI?

Flora se virou. Ah, meu Deus, por que Agot ainda estava ali? Todos haviam ido para o Recanto do Porto, Agot devia ter voltado sozinha. Que atrevida.

– EU AJUDA!

Correu em direção aos dois homens, os cabelos brancos esvoaçando atrás dela, e subiu em cima deles, abrindo espaço com uma força espantosa para uma menininha tão pequena, até ficar sentada entre eles.

Os dois imediatamente a envolveram nos braços, formando um trio. Ao ver isso, Flora começou a correr, ajoelhou-se ao lado deles e acrescentou os próprios braços, e Innes e Hamish fizeram a mesma coisa, e Flora se levantou e puxou o pai, que ainda estava confuso, e todos se grudaram feito cola. Joel viu todos eles lá, deu as costas e começou a se afastar. Flora levantou a cabeça e o viu, mais uma vez totalmente só – mais uma vez sozinho por escolha própria, mesmo nas profundezas.

Capítulo sessenta e seis

Joel caminhou pela noite escura, descendo a trilha da Pedra em direção à Praia Infinita. O tempo esfriou, mas ele não se importou. De alguma forma, vagar por aí no escuro resumia a situação melhor do que ele poderia ter previsto. Criaturas se espalharam conforme ele se aproximava, como se Joel fosse algum tipo de monstro recém-chegado, e ele continuou em frente, totalmente incapaz de descobrir como sua vida tinha virado aquela bagunça.

Olhou para a longa faixa de areia clara, que cintilava à luz da lua cheia e cada vez mais alta.

De repente, no final da praia, viu alguma coisa brilhando. E, ao mesmo tempo, no mar, ouviu o som de um grande baque e viu uma cabeça enorme se inclinar para fora d'água. Era vasta de uma maneira inimaginável, uma coisa verdadeiramente extraordinária, com… Joel semicerrou os olhos: aquilo era um chifre? Tinha um chifre no nariz? Igual a um unicórnio?

Quase convencido de que estava sonhando, Joel avançou para onde a maior parte da população estava, observando o animal enquanto ele, de maneira resoluta, chegava cada vez mais perto da costa.

– Está vindo para a praia! – gritou alguém mais adiante na areia, perto do Recanto do Porto.

Joel olhou para a pobre criatura, que se debatia desesperadamente no mar.

– Não! – disse ele.

Pegou o telefone e, meio vacilante, procurou no Google o que fazer em caso de uma baleia encalhando. Pelo menos uma vez a internet funcionou, e ele leu, piscando, que era possível afastar uma baleia da praia com fogo. Olhou à sua volta e viu Inge-Britt, que chegara para ver o que estava acontecendo.

– Você tem alguma coisa em que a gente possa pôr fogo? – gritou ele.

Então, logo em seguida, teve uma ideia e se virou, correndo.

– Venham comigo! – gritou para o grupo de meninos de Charlie, que também estava reunido à beira-mar, observando atentamente.

Eles o seguiram sem hesitar, e todos contornaram a ponta da praia, apressados.

– As tochas!

É claro que todas as tochas tinham sido instaladas na Pedra, em volta dos degraus entre o cais e o prédio.

– CUIDADO!

Agarraram a maior quantidade possível de tochas, e Joel gritou para que as entregassem aos adultos (embora alguns dos meninos mais velhos se recusassem a isso e o seguissem de qualquer jeito). Então, sem pensar, ele correu diretamente para o mar, abanando uma tocha acesa freneticamente.

A criatura se aproximava cada vez mais à medida que mais e mais pessoas corriam para o mar. Àquela altura, a cidade toda parecia estar lá. Um dos meninos, que já cometera uns furtos bem-sucedidos na cidade grande, tinha encontrado a cabana de jardinagem onde as tochas estavam guardadas e pegado mais delas.

Isso alertou a todos que ainda estavam na Pedra. Lá do alto, a vista era bem ampla.

Colton e Fintan continuavam sentados lá, com Agot no meio. Ela então se contorceu, saiu do abraço deles e começou a dançar animadamente no gramado, gritando:

– Ô BALEIA! Ô! NUM VAI, BALEIA!

A cidade inteira já caminhava mar adentro, debaixo do céu estrelado, agitando freneticamente as tochas flamejantes no ar, aproximando-se, gritando em fúria para o enorme animal que se jogava e virava de um lado para o outro.

Flora desceu em direção às ondas, temendo que alguém pudesse se machucar. E então, só então, viu a pessoa que estava mais distante e mais no fundo, sacudindo a tocha com todas as suas forças.

Uma quietude tomou conta dela. Era uma sensação que sempre tinha quando estava perto das criaturas da sua ilha: a ilha de seus ancestrais, desde os tempos da tradição viking e até antes, remontando aos mitos e sonhos com *selkies* e o povo que vinha do mar. Era uma sensação de que ela entendia a situação.

Tirou os sapatos e caminhou devagar até a margem. As pessoas com tochas – Flora não pegou nenhuma – abriram caminho para deixá-la passar. Fintan se endireitou para ver, enxugando os olhos. A água estava gelada, mas ela não percebeu nem se importou. As ondas abriram caminho quando ela deixou a terra para trás; o som de todos gritando e berrando ficava cada vez mais distante, e ainda assim entrou mais e mais fundo na água, sentindo os problemas da ilha se dissiparem, sentindo o medo e o pânico do enorme animal ainda mais próximo enquanto atravessava as ondas, o vestido fino flutuando atrás dela, o cabelo molhado.

Finalmente, ficou lado a lado com Joel, que olhou para ela, incrédulo, mas não disse nada; apenas ergueu a tocha o mais alto que pôde.

– Não fale nada – disse ela.

– Minha linda *selkie*.

– Eu só queria ser sua namorada, Joel.

O grande animal chamou a atenção de Flora, e de repente uma mudança tomou conta dela quando se aproximou ainda mais.

– *Much-mhara adharcach* – clamou ela com brandura.

Joel não conseguiu entender nem uma palavra do que Flora dizia, mas ela não estava falando com ele. Parecia, embora isso fosse a mais absoluta loucura, estar falando com a enorme criatura. Sem dúvida, a baleia parecia estar olhando diretamente para ela – para os dois –, mas isso não podia ser verdade, não é?

A cauda agitada pareceu se aquietar um pouco e Flora avançou, embora a água chegasse ao pescoço dela, e Joel teve vontade de agarrá-la, abraçá-la e mantê-la em segurança. Ele olhou de novo para a praia. As chamas – dezenas delas – rugiam bem acima das ondas, o barulho alcançando os ouvidos deles, mas Flora continuava a falar em voz baixa com a criatura. E, enquanto Joel a observava, ela estendeu a mão e tocou o flanco azul-acinzentado do animal, apenas uma vez. Quando fez isso, a cauda da criatura se ergueu, veloz como um raio, e atingiu Flora. O golpe a tirou da água e a jogou pelos ares, e houve saltos e turbulência nas ondas, muitos respingos e barulho, e Joel sentiu que quase escorregou debaixo d'água ao gritar e avançar. Ele tropeçou, as ondas cobriram sua cabeça e tudo virou espuma abaixo dele. Quando voltou a se levantar, não conseguiu ver nada; seus óculos tinham sumido, ele perdera a baleia de vista e perdera Flora também. Não conseguia ver nem ouvir nada, a não ser o rugido do oceano e os gritos dos perdidos.

Capítulo sessenta e sete

Joel foi parar na praia.

Na hora em que recuperou o equilíbrio – mas não os óculos – e começou a andar para lá e para cá, procurando por Flora, chamando o nome dela, percebeu como a água estava gelada e viu que o dia já raiava naquele lugar absurdo no topo do mundo. De alguma forma, a alvorada estava chegando. Olhou em volta. O narval… O narval tinha ido embora. A grande criatura conseguira se virar e se afastar da ilha que havia assombrado durante todo o verão.

– FLO-RAAAA!

Nada. O mar adiante estava só começando a cintilar aos primeiros raios de sol da manhã.

– FLOOO-RAA!

Não conseguia ouvir nada acima das ondas; estava batendo os dentes, trêmulo. Então ouviu um barulho atrás de si e se virou, extremamente devagar.

Ao longo de toda a Praia Infinita havia um bando de pessoas, ainda brandindo as tochas. Estavam aplaudindo e dando vivas.

No meio de toda aquela gente, destacava-se uma figura pálida com cabelos compridos da cor do mar, usando um vestido verde que se agarrava ao corpo como a pele de uma sereia, e ela deu um passo à frente, parecendo totalmente insensível ao frio, abrindo os braços. Ele avançou, abandonando as ondas, olhando para o mar aberto uma última vez e imaginando conseguir distinguir mais ou menos – será? – a forma de uma barbatana muito, muito ao longe.

Ele saiu da praia, totalmente encharcado e congelado, diretamente para os braços de Flora, que abraçou o pescoço dele, também encharcada, e o beijou na frente da cidade inteira.

Capítulo sessenta e oito

– Ai, nossa – disse Lorna.

Ela ficara abanando uma tocha ao lado de Saif, que tomara a decisão sensata de ficar na praia e tentar persuadir os moradores mais idosos e bêbados a não entrar no mar.

– Ai, nossa – repetiu.

Estava um tanto emocionada demais e tinha passado a noite em claro. Saif assentiu.

– Pois é. Será que você poderia vir comigo ajudar Colton?

– Claro – respondeu Lorna.

Boatos desvairados já corriam soltos pelo Recanto do Porto; infelizmente, a maior parte deles estava correta. Juntos, com Fintan cambaleando logo atrás como uma criança, Lorna e Saif conseguiram pôr Colton num dos carrinhos de golfe da Pedra para levá-lo de volta à mansão.

– Ele vai ficar bem? – sussurrou ela.

Saif balançou a cabeça num aviso silencioso de que era melhor não perguntar aquilo para ele.

– Ai, meu Deus – disse Lorna.

Ela o ajudou a deitar o sonolento Colton na cama, tirar a roupa dele e vesti-lo com um pijama. Depois, Saif aplicou uma injeção que deveria fazê-lo se sentir melhor e deu instruções à empregada.

O dia já estava claro quando pegaram o transporte para atravessar a ilha, mas pelo jeito ninguém iria para a cama tão cedo.

– Bom, normalmente, não é isso que eu espero de uma festa de casamento – comentou Lorna, tentando puxar assunto.

Saif estava cansado, sem a menor concentração, e deixou escapar a primeira coisa que lhe veio à mente:

– Achei que você estava com Innes.

Lorna se virou para ele, chocada.

– Não estou com Innes! Por que você pensou uma coisa dessas?

Saif deu de ombros.

– Ele é bem popular. Por que não?

Ele gostaria de poder impedir que o tom infernal de ciúme tomasse conta de sua voz. Não podia ficar com ciúme; era ridículo. Absolutamente ridículo.

– Por que não? – disse Lorna. – Como assim, por que não?

Ela desceu e parou na praia, os primeiros raios do sol atingindo seus cabelos brilhantes. Saif desceu para a areia ao lado dela.

– Bom, em primeiro lugar, ele é praticamente meu irmão, e, em segundo… – Lorna se deteve.

Ele olhou para ela.

– Em segundo? O que tem em segundo?

Lorna estendeu as mãos e disse, como se ele fosse completamente tonto.

– Saif… em segundo lugar… tem você.

– *ABBA! ABBA!*

Foi então que Ibrahim e Ash encontraram o pai, pegando os dois de surpresa. Estavam frenéticos, ambos tagarelando numa mistura de árabe e inglês: ele tinha VISTO aquilo, tinha VISTO aquela *hawt* ENORME, hein, *Abba*? Era enorme, era linda e estava de noite, mas só ficou escuro por um tempinho, e a água estava tão fria, e tinha uma BALEIA GIGANTE MÁGICA…

Lorna desapareceu nas sombras, querendo que o chão se abrisse e a engolisse, mas, de alguma forma, no fundo, estava feliz. Pelo menos, tinha dito a verdade. Pelo menos, não teria que passar o resto da vida recusando oportunidades – Innes podia não ser a pessoa certa para ela, mas com certeza já era um começo – nem desejando que tudo fosse diferente. Porque ela sabia, com cem por cento de certeza, que aquilo nunca poderia ter acontecido e nunca poderia acontecer, e havia – percebeu, atordoada, ao ver sua amiga andar pela praia de mãos dadas com Joel – certa satisfação nisso, pelo menos.

Capítulo sessenta e nove

– Você salvou ela – disse Flora.

– Como você sabe que era fêmea? – perguntou Joel depois, enquanto se aqueciam na enorme banheira na Pedra.

– Eu sei e pronto – respondeu Flora, mas não quis dar mais informações sobre o que tinha acontecido.

– Foi você quem salvou ela – disse Joel. – Com seus poderes mágicos. Que são totalmente inventados e eu não acredito nem um pouco neles…

– Que bom – disse Flora. – Ai, nossa. Eu devia ligar para Fintan. Ou talvez seja melhor ir para lá.

Joel estendeu a mão.

– Acho que é uma boa dar um tempo pra eles.

Flora fez que não com a cabeça.

– Não posso… Simplesmente não posso…

– Você vai ter muito tempo para ficar com Fintan. Nas próximas semanas e meses…

Tinham entrado na banheira juntos. De alguma forma, era a posição mais vulnerável que se podia imaginar: ela com as costas no peito dele.

– Da outra vez… – disse Flora, olhando para a água. – Da outra vez… ele cuidou da nossa mãe. Quando eu estava… Bom, quando estava trabalhando pra você. Mas eu tinha muito medo. – Ela engoliu em seco. – Dessa vez, posso ficar do lado dele. Pelo menos isso.

Ele ensaboou os ombros dela delicadamente, maravilhando-se mais uma vez com a perfeição pálida e formosa deles, beijando-a com ternura, pensando no quanto tinha chegado perto de perdê-la.

– Bem perto – disse Flora de repente.

– O quê? – respondeu Joel, com receio de ela ter lido sua mente.

– Eu gosto quando a gente fica assim, bem pertinho – respondeu Flora.

Ela, por sua vez, não conseguia acreditar no quanto tudo estava diferente em relação à última vez que ele estivera naquela banheira, na maré mais baixa de todas.

– Eu preciso… – Ela pegou a mão dele e a colocou sobre o próprio coração. – Preciso que você sinta por mim e me deixe sentir por você. Preciso te conhecer e preciso que me conheça. E é só isso que tenho a dizer. – Ela respirou fundo. – Me conte tudo sobre Colton.

Ele abriu um meio sorriso.

– Não posso – disse pela última vez.

Então, lenta mas decididamente, ele a virou de frente. Ela encarou os olhos dele, apreensiva.

– Mas, se você quiser – continuou ele –, posso te contar tudo sobre mim.

Ela sustentou o olhar dele por um longo tempo.

– Quero, sim – respondeu.

Capítulo setenta

Fintan estava diante da janela, silencioso e pensativo, com a luz do amanhecer entrando no quarto.

Colton se espreguiçou.

– Por favor – disse ele. – Por favor, venha aqui se deitar comigo.

Fintan tirou o kilt que vestira naquela manhã com tanta alegria e expectativa. Depois, tirou a camisa, suspirando profundamente e balançando a cabeça.

– Como você teve coragem? – sussurrou ele. – Como teve coragem de esconder isso de mim por tanto tempo?

– Porque... – resmungou Colton. – Porque toda vez que fala da sua mãe você fica mal. Porque toda vez que penso no que você passou, no que estou prestes a fazer você passar, me sinto o sujeito mais escroto do mundo. Porque amo ver seu sorriso e amo ouvir sua risada e, agora, meu maior medo é nunca mais ver essas coisas, e eu sabia que ia começar a não ver no momento em que você descobrisse. Porque...

Ele soltou mais um suspiro, então continuou:

– Porque assim que recebi o diagnóstico eu deveria ter terminado com você. Eu sou um canalha. Sou um canalha por não ter feito isso por você. Deveria ter te tratado tão mal que você ia me odiar e ficar feliz da vida quando eu fosse embora.

Fintan balançou a cabeça.

– Você não ia conseguir fazer isso.

– Bom, se eu tivesse o mínimo de decência, teria tentado. – Colton cobriu o rosto. – Cara, eu sinto muito mesmo.

Fintan se arrastou até a cama enorme e luxuosa. Era para ter sido seu leito conjugal. Não: era isso mesmo.

– Não tem mais nada que dê para experimentar? – perguntou, a voz estava rouca.

– Me deixa dizer uma coisa – respondeu Colton. – Não tem nada que você nem qualquer outra pessoa possam fazer contra essa doença. Você pode me odiar, me amar, se divorciar de mim ou o que quiser. Um câncer de pâncreas no estágio quatro não vai dar a mínima para o que você fizer agora, para o que eu fizer, para ninguém. Entendeu? – Ele passou o braço em volta de Fintan. – Por favor?

Fintan olhou para ele.

– Não é justo!

– Eu sei, amor, eu sei.

Fintan afundou debaixo do braço dele.

– Tem gente que consegue tudo que quer.

– Eu consegui – respondeu Colton.

Fintan piscou, surpreso.

– Agora, escuta. Você está protegido – disse Colton. – Não vou deixar muita coisa pra você. Vai tudo para uma instituição de pesquisa do câncer. Lógico. Mas, se alguém quiser contestar o testamento, está tudo registrado e é tudo conhecido: você não me coagiu a casar com você, não sabia que eu estava doente e não tinha ideia do que estava acontecendo. Tinha uma centena de testemunhas lá hoje. Foi por isso que fiz assim, entendeu? A minha família é bem persistente, você nem imagina.

– Bom, eles fizeram você – comentou Fintan.

– É.

Fintan piscou de novo.

– E você vai ficar com a Pedra, a Delicinhas e a mansão. É tudo seu. E, com os custos operacionais de alguns anos… não é muita coisa. Não é o suficiente para você sentar essa sua bunda linda e passar o resto da vida folgado. Mas ninguém nunca, jamais vai contestar nem tentar tirar nada de você. Você tem o melhor advogado do mundo para proteger o que é seu. E tem todo o direito de sair correndo, terminar comigo ou, sei lá, nem ligo para o que você fizer.

– O que você vai fazer?

– Vou ficar aqui. Na minha praia. No lugar mais lindo dessa terra de Deus. Comendo comida gostosa. Bebendo uísque dos bons. E, se você me fizesse companhia, eu ficaria muito, muito feliz. Mas, se não puder, vou entender.

Fintan não disse nada.

– Mas, agora, sei lá o que Saif me deu que está me fazendo querer dormir que nem um bebê. Que Deus abençoe aquele cara.

Colton olhou para Fintan.

– Você vai estar aqui quando eu acordar? – perguntou.

– Não sei.

Capítulo setenta e um

O feitiço do tempo bom durou até agosto.

Saif voltou a sair para caminhar de manhã na Praia Infinita, mas passou a ir com os meninos, para fazê-los sair um pouco antes da escola, e fazia o que Neda tinha dito: falava sobre a mãe deles todos os dias. Eles procuravam o barco, é claro, mas era mais como um ritual: uma chance de todos ficarem juntos, mais por força do hábito.

Passaram-se algumas semanas até que Lorna e Saif se reencontrassem.

Lorna chegou à praia com Milou mais tarde do que o normal naquele dia, e Ash e Ibrahim estavam lá, pulando para lá e para cá, alegres, quando ela apareceu. Ash estava ansioso para saber se ela vira a foto dele que a Sra. Cook tinha pendurado, e Ibrahim contou a ela timidamente, e para grande alegria da professora, que tinha terminado o livro que Lorna dera a ele, e será que ela poderia emprestar mais um? Ela ficou contente por encontrá-los, mas tinha conseguido evitar Saif na saída da escola desde o começo do novo semestre e não tinha a menor vontade de vê-lo ali. Depois de ter confessado tudo, não podia evitá-lo para sempre, mas queria se empenhar na tentativa. Lá estava ele, porém, e os dois caminhavam na mesma direção.

Pararam de andar, olhando um para o outro, enquanto os meninos corriam para longe, brincando com Milou, os três chapinhando alegremente no mar gelado.

Lorna não aguentava mais olhar para ele. Olhar para ele a fazia tremer – de esperança, de desânimo, de um desejo intenso quando sentia a realidade dos dois, sozinhos, sem outros murianos num raio de vários quilômetros. Era a sensação de encontrá-lo no ar salgado, com o vasto céu acima deles e a areia pálida abaixo. E nada para ela. Abriu a boca para puxar papo furado sobre Colton – não se falava de outra coisa em Mure –, mas ele se virou para ela de repente, abalado, com os olhos bem abertos de desejo, de um anseio avassalador – e nada saiu.

Como seria?, pensou ele, com um arrepio súbito. Desde o casamento, mal conseguia pensar em muitas outras coisas. Como seria? Sentir aquele cabelo ruivo enrolado nos dedos, depois de ter assombrado seus sonhos. Contar cada sarda na pele clara dela. Ele fechou os olhos com força. Quando os abriu, ela ainda estava lá, e o ar entre eles parecia quente e eletrizado, e o tempo parou. Lorna percebeu que estava prendendo a respiração, como se não houvesse necessidade de chegar à próxima parada, ao próximo segundo, ao próximo pedacinho do universo, quando tudo nele, tudo que ela era e sempre quisera ser, seria alterado pelo que ia acontecer *naquele* momento, *naquele* exato instante, e depois disso nada mais seria igual. Lorna queria agarrar o instante antes que ela mesma escorregasse, se mexesse e mudasse, e precisava forçar os próprios olhos a encarar os dele, mas tinha pavor do que poderia ver lá: o desejo desesperado que ela também sentia, a sensação acalorada de reconhecimento, o mesmo querer.

Mas e se não fosse nada disso? Ela aguentaria? Conseguiria esperar? Ou não?

Lorna não encarou os olhos dele. O que foi uma pena, porque, se olhasse, teria visto tudo aquilo dentro deles e poderia tê-lo feito mergulhar de cabeça, fazendo com que abandonasse tudo que ele havia planejado – tudo aquilo em que acreditava e sempre quisera –, se o agarrasse e o puxasse para junto dela.

Mas Lorna não era assim. E havia crianças na praia. E ela não levantou a cabeça, até que ele começou, com grande dificuldade, a falar:

– Lorena…

Ela fechou os olhos, tentando entender o tom da voz dele.

– Existe…

Ele parou. Então, respirou fundo. Porque, se não podia ter o que queria, precisava explicar o porquê. Não era homem de fazer longos discursos, e as frases giravam em sua cabeça, entrando e saindo do árabe, num estilo mais ornamentado e antiquado, e se lembrou da antiga linguagem formal dos *Contos de Fadas dos Irmãos Grimm* que sua mãe tinha lido para ele quando criança.

– Existem… – continuou ele com firmeza, o sotaque o fazendo desacelerar para dizer as palavras da forma mais distinta que pudesse. – Existem mundos. Existem tantos mundos e tantos momentos para você e para mim. Se você tivesse nascido na minha aldeia e tivéssemos sido crianças lá. Se meu pai tivesse se mudado para a Grã-Bretanha, muito tempo atrás, e não para Damasco. Se eu tivesse vindo para cá estudar. Se você tivesse viajado e tivéssemos nos conhecido…

Lorna balançou a cabeça.

– Nada disso teria acontecido.

– Poderia ter acontecido um milhão de vezes – insistiu Saif. – E eu teria passado por você num mercado ou estaríamos rindo num café ou num trem em algum lugar.

Lorna sorriu dolorosamente.

– Eu acho que você não passaria por Mure.

– Se soubesse que você estava aqui, passaria, sim.

Os dois olharam para o mar.

– Se ao menos tivéssemos mundos suficientes… e tempo – disse Lorna com pesar.

Saif ergueu a cabeça.

– لذلك من حين لآخر ... إذا كان لدينا وقت – murmurou ele.

– Você conhece! – exclamou Lorna, o nó na garganta dificultando a saída das palavras.

É óbvio que conhecia. É claro que conhecia poesia. Porque o homem perfeito havia chegado ao mundo dela, abalando-o e, Lorna tinha certeza, arruinado as chances de qualquer outra pessoa que ela pudesse conhecer, principalmente naquela ilha sossegada.

E ela mal havia tocado nele, não conseguia nem olhar nos seus olhos; tinha que viver perto dele, os dois colados um no outro – precisava dar aulas para os filhos dele –, o tempo todo sabendo que nunca poderiam ficar juntos.

– É claro – disse Saif com o que, para Lorna, pareceu bondade na voz, embora não fosse.

Era a mais profunda tristeza, um oceano de pesar.

Lorna queria pegar a mão dele e abraçá-lo, só uma vez. Mas, quando ela se aproximou só um pouquinho, ele se retraiu, e ela recuou, horrorizada, levando as mãos à boca.

– Preciso ir – disse ela, com a voz soando estranha aos próprios ouvidos.

– Lorena – chamou ele.

Mas ela já havia saído, era tarde demais; ele não podia lhe dizer que tinha se retraído porque sabia que, no momento em que ela pusesse as mãos frias na pele dele, não conseguiria resistir, apesar de todas as suas palavras corajosas, de todo o seu amor e devoção por Amena, do seu desejo de se considerar um homem bom. Ele seria capaz de jogar tudo para o alto sem pensar duas vezes; ele a agarraria, abraçaria, levaria para casa e nunca mais a largaria.

Saif tinha passado por muitas dificuldades na vida. Mas ver pela segunda vez, depois de ter deixado sua família, a chance da felicidade escapar por entre seus dedos, ver alguém que amava se afastar dele mais uma vez, era insuportável.

Era como o mais amargo dos aloés, o mais profundo dos cortes. Enquanto isso, as pegadas dela deixavam um arco cada vez maior na areia – cada vez mais longe dele.

Capítulo setenta e dois

E o jovem cavaleiro subiu, escalou e atravessou as roseiras que cresciam na torre de gelo, demoliu as paredes e abriu caminho por elas, enfrentando muitas atribulações e muita dor, até que viu o belo príncipe lá dentro. Ele tentou matar o dragão que rodeava a torre, batendo as asas verdes apodrecidas, a carne caindo dos ossos; mas, cada vez que o cavaleiro pensava em atacar o dragão com sua lança, o monstro gritava mais uma vez, abrindo as mandíbulas com cheiro de morte, e escapava, rodeando a torre de novo, até que o cavaleiro estivesse exausto.

E o príncipe disse:

"Você também não triunfará. Ninguém consegue. Você fracassou e agora também deve me deixar."

E o cavaleiro respondeu:

"Alteza, não podemos fracassar juntos?"

E, quando o dragão gritou e rugiu ao redor do castelo, o cavaleiro se esgueirou pela fresta da janela da torre de gelo da qual não havia escapatória e se ajoelhou ao lado da cama.

– Sua mãe contava umas histórias bem estranhas pra você – comentou Colton.

E o cavaleiro disse:

"Aonde quer que vá, vou estar com você."

E o príncipe respondeu:

"Mas não há como escapar."

Colton levantou a cabeça, sonolento.

– E depois, o que acontece?

– Esqueci – respondeu Fintan, encostando a cabeça escura nos cabelos grisalhos de Colton e entrelaçando os dedos aos dele. – Acho que não importa. Não importa mais.

– Preciso dizer uma coisa pra você.

Foi isso que Joel falou quando Flora entrou depressa na casa, feliz depois do dia de maior sucesso que a Delicinhas da Annie já tivera. *Além de tudo*, havia uma multidão enorme de visitantes de Londres, e todos fizeram questão de comentar que os preços eram ótimos, o que reforçou ainda mais a decisão dela. Os moradores de Mure exibiam seus cartões de fidelidade com tanta veemência que os turistas, apaixonados pela ilha e pela comida de Flora, começaram a pedir cartões também. É claro que ela não conseguia recusar e havia emitido alguns aqui e ali, então, em algum momento, o problema voltaria a dar as caras, mas, por enquanto, Flora não queria pensar nisso.

– Sério?

– É. – Joel franziu a testa. – Não consigo acreditar que transformei isso num hábito.

– E eu não consigo acreditar que você mandou Mark de volta pra casa.

– Pois é – disse Joel. – Fiquei com a consciência pesada pela Marsha. Achei que ele ia ficar aqui pra sempre.

– Eles vão voltar – disse Flora, presunçosa. – E aí, o médico disse que você já sarou?

– Rá – respondeu Joel. – Psiquiatras *nunca* dizem uma coisa dessas.

Na verdade, o abraço de urso que Mark oferecera e Joel tinha aceitado no aeroporto dissera muito mais do que isso.

– Bom, então, o que foi?

– Ah, vem andar comigo na Praia Infinita. Traz Bramble junto.

– Ele deve estar na hora da soneca.

– Isso porque ele está gordo demais pra um cachorro.

– Para de chamar meu cachorro de gordo, seu… cachorrofóbico. Gordofóbico. Ah, sei lá.

– Não sou eu quem dá comida demais para o seu cachorro.

Pegaram a criatura preguiçosa, que estava cochilando aos pés de Eck como sempre, e foram para a praia. Adiante, Joel avistou a engenhoca mais curiosa: uma barraca de luxo completa. Ninguém conseguia se lembrar de quem fora a ideia, mas significava que Colton podia ir à praia e ficar lá sem sentir muito desconforto nem frio, além de, no fim, ser uma atração para as pessoas. Era rara a noite em que não se reuniam para jogar conversa fora, com uma fogueira acesa na areia, ou fazer companhia a Fintan se Colton estivesse dormindo. Quando Colton estava acordado, Fintan fazia o melhor possível para sorrir, parecer feliz e conversar. Quando ele dormia, Fintan sentia como se estivesse oscilando na beira de um penhasco muito alto, e era necessária toda uma ilha para ajudá-lo a não cair.

Naquela noite, havia uma multidão razoável diante da barraca, e Joel parou numa parte mais tranquila da praia. Flora olhou para ele, curiosa.

– Você tem que entender que eu nunca disse essas palavras – explicou ele à sua maneira sóbria e discreta. – Para ninguém. Nunca mesmo. Ainda mais em voz alta. Tá. Você tem que perceber que isso pode não significar muito pra você, mas é bem difícil pra mim.

Flora continuou olhando para ele, curiosa, mas sabia que era melhor não falar. Joel engoliu em seco, nervoso. Abriu a boca. Começou. Falhou. Tentou de novo.

– Aff – disse.

Bramble se aproximou aos pulos, carregando um graveto absurdamente longo. Joel olhou para ele, depois o pegou da boca do cachorro (que, sendo uma criatura muito benevolente, não se importou nem um pouco).

– Tá bom – disse ele. – Só um instante.

E, com o graveto, fez traços cuidadosos na areia.

– Serve? – perguntou, olhando para Flora.

Ela olhou para ele, com o coração explodindo, sorrindo de orelha a orelha, e viu aquele sorriso pequeno e tímido – o único que ele exibia, e mesmo assim não com muita frequência.

– De jeito nenhum – respondeu Flora. – Pra começar, esse "o" parece um "a". E todo mundo sabe que, se você não disser em voz alta, não conta. E...

Percebeu que ele não sabia que ela estava brincando, então fez a melhor coisa que sabia fazer e o beijou.

– Eu amo você – disse ela.

Ele cobriu o rosto com as mãos, parecendo envergonhado.

– Fala! – mandou Flora.

– Não me obrigue!

– Tá bom, vamos começar com... É só dizer o "eu".

– "Eu"; isso eu consigo dizer.

– Tá, agora tente a parte do "você".

– "Você".

– Viu? Já falou 66,666 por cento...

E caminharam pela Praia Infinita de mãos dadas.

– Que tal você dizer "eu amo morango" e depois só colocar "você" no final em vez de "morango"? – sugeriu Flora.

– Eu não... Quer dizer, nem gosto tanto assim de morango...

– Tá, então escolhe uma coisa que você ame de verdade.

– Abacate. Eu amo abacate.

– Você consegue dizer "eu amo abacate" e não consegue dizer que me ama? Qual é a *sua*, cara?

– Além do mais, por que não tem abacate por aqui? Está aí um problemão dessa ilha...

– Que bom que a ausência dos abacates é a maior desvantagem de morar aqui.

– E é mesmo – disse Joel. – Que tal se eu escrever isso todo dia?

– Todo dia?

– Todo dia. A maré sobe e apaga as palavras, a maré baixa e eu escrevo de novo.

– Aí são duas vezes, seu tonto.

– Então, duas vezes por dia.

– Gostei – respondeu Flora. – Quanto comprometimento. A maré baixa chega bem tarde no inverno...

– Bom, pelo jeito, agora sou uma pessoa muito comprometida.

– Pelo jeito, é – disse Flora, mordendo o lábio e sorrindo.

E os dois seguiram em frente, de mãos dadas, com Bramble abanando o rabo enorme preguiçosamente atrás deles, em direção ao resto da família, no alto da Praia Infinita.

Agradecimentos

Sou muito grata a: Maddie West, David Shelley, Charlie King, Manpreet Grewal, Amanda Keats, Joanna Kramer, Jen Wilson e à equipe de vendas, Emma Williams, Steph Melrose, Felice Howden e todo mundo na Little Brown. Na agência JULA, meu muito obrigada a Jo Unwin e Milly Reilly. Agradeço também a Laraine Harper-King e ao Conselho.

Receitas

Aqui estão algumas receitas escocesas legítimas que selecionei para você. Sei que algumas delas já apareceram em outros livros, mas esta é uma edição local de verdade. 😊

Bolinhos de queijo (scones)

Esses bolinhos, ou *scones*, são o tipo de comida que você encontra em qualquer café da Escócia, e por uma boa razão. O queijo escocês está entre os melhores do mundo (e olhe que eu morei na *França*), e um queijo duro de boa qualidade fica uma maravilha nos bolinhos quentes e macios. E manteiga com sal, eu insisto.

Esta receita deve render uma dúzia.

- 250 g de farinha com fermento
- Uma pitada de sal
- Pimenta desidratada *a gosto* (ou seja, se não quiser, não precisa usar)
- 50 g de manteiga (tem que estar fria e em cubos)
- 60 g de queijo (um cheddar maturado cai bem)
- Meia colher de chá de água tônica
- 80 ml de leite (ou até dar consistência – acrescente aos poucos)

Aqueça o forno a 200ºC – "manteiga fria e forno quente" é sempre o meu mantra em se tratando desses bolinhos.

Misture tudo, os ingredientes secos primeiro, depois acrescente a manteiga e os líquidos até obter uma bela massa pegajosa. Se quiser, pode abri-la e cortar pequenas formas de bolinhos ou, se estiver com pressa, moldá-los simplesmente como bolas menores – acredite em mim, o pessoal vai devorar tudo rapidinho.

Pincele a parte superior com um pouco mais de leite e leve ao forno – de dez a quinze minutos devem bastar; eles devem ficar com uma linda cor dourada.

Tem gente por aí que é doida por queijo, corta o bolinho e enfia *mais* queijo dentro, mas, sinceramente, você só precisa passar uma manteiga com sal de boa qualidade para se esbaldar com eles. Ai, meu Deus, não consigo nem digitar esta receita sem querer assar uma fornada rápida.

Quadradinhos de doce de leite

Eu sei, eu sei: a Escócia tem fama de ser um país que consome muito açúcar. E esta receita não faz nada para contradizer isso. Olha, se você gosta de doce, esses quadradinhos são uma DELÍCIA DELICIOSA, e é só isso que tenho a dizer.

Mas teve uma vez, quando morávamos na França, que mandei meu filho levar esses quadradinhos para a escola no dia dos "sabores do mundo" e, quando fui buscá-lo, um dos coleguinhas dele veio falar comigo, todo triste, puxando a manga da minha blusa e dizendo:

– *Madame! Madame! C'est trop sucré!*

Tendo em mente que até o menininho disse que era doce demais, a receita começa com:

- 1 kg de açúcar refinado granulado
- 1 lata grande de leite condensado
- 125 g de manteiga
- Um pouco de leite fresco para umedecer o açúcar

Ligue o fogo no médio/alto. Unte uma assadeira com manteiga e forre com papel-manteiga.

Agora, é hora de mexer. Ponha o açúcar numa panela, umedeça com leite, acrescente a manteiga e o leite condensado e comece a mexer. Depois de dez minutos, deve estar chegando à fervura – quando estiver fervendo, abaixe o fogo, mas continue mexendo! As calorias que você gasta fazendo isso *com certeza* equilibram o consumo dos quadradinhos, eu juro juradinho.

Quando estiver pronto, deve estar com uma linda cor dourado-escura, e uma bolinha de massa (use uma colher de chá) vai se solidificar se você a puser na água fria. Em seguida, tire a panela do fogo e mexa ainda mais rápido! Quando tiver engrossado, despeje na assadeira e deixe esfriar – corte em fatias antes de endurecer completamente. Também fica bom picado em quadrados e guardado em saquinhos de tartã para dar de presente.

Shortbreads (biscoitos amanteigados)

Não dá para preparar uma receita escocesa sem fazer um *shortbread*, e este é bom para contar com a ajuda das crianças, já que é muito simples. Se não conseguir a manteiga sem sal do Fintan, compre a da melhor qualidade que puder.

- 150 g de manteiga *da boa*
- 60 g de açúcar de confeiteiro
- 200 g de farinha de trigo

Preaqueça o forno a 180 ºC e forre uma assadeira.

Bata bem o açúcar e a manteiga; em seguida, acrescente a farinha até obter uma massa. Abra a massa com mais ou menos 1 cm de espessura e depois a corte do jeito que quiser – use a criatividade (ou a preguiça, no meu caso: é só usar a boca de um copo 😊)!

Polvilhe um pouco de açúcar a mais por cima e leve a massa à geladeira por pelo menos meia hora, senão ela não vai assar bem.

Leve ao forno por 20 minutos ou até ficar bem dourada e deliciosa.

Pakora de haggis

Esta receita ficou tão popular e se difundiu tanto nos últimos anos que está ganhando rapidamente o status de "clássica". Também é ideal para as crianças se você for fazer uma *Burns Night* (um jantar escocês tradicional em homenagem ao poeta Robert Burns) e estiver em dúvida quanto a servir o porco inteiro (se bem que *haggis* é uma delícia, é só uma linguiça picante, experimente etc. etc.).

- 1 *haggis*
- 150 g de farinha de grão-de-bico (farinha de trigo também serve se você não conseguir encontrar a de grão-de-bico)
- 1 colher de chá de cúrcuma
- 1 colher de chá de cominho
- 1 colher de chá de páprica
- 1 cebolinha picada
- 250 ml de leitelho (pode usar iogurte natural se não conseguir encontrar leitelho)
- 2 colheres de sopa de coentro picado
- Óleo para fritar

Cozinhe (pode ser no micro-ondas) e esfrie o *haggis*, corte-o em pedaços e misture com os outros ingredientes.

Frite tudo – com cuidado! – e coloque sobre papel-toalha para absorver o óleo.

Sirva com molho de pimenta ou chutney de manga.

Cranachan

Esta é uma sobremesa muito fácil de fazer, mas deliciosa e quase saudável (em se tratando de culinária escocesa).

- 150 g de framboesas
- 150 g de aveia em flocos
- 150 g de creme de leite duplo (se não achar, pode usar nata)
- Drambuie (licor de uísque escocês) a gosto

Torre a aveia *levemente* (senão vai pegar fogo). Forre o fundo das taças de sobremesa com as framboesas misturadas com Drambuie. Bata o creme e misture com aveia e, sim, com mais licor, e despeje por cima.

Deixe descansar na geladeira por uma hora ou mais antes de servir, se possível. Eu gosto de espalhar suspiros em cima dos meus, mas parece que isso faz de mim uma herege, então é melhor nem sugerir.

Cartão de fidelidade

Um novo capítulo para o amor

Zoe é uma mãe solteira que corta um verdadeiro dobrado para sustentar a si mesma e a seu filhinho de 4 anos, Hari. Quando o valor do aluguel de seu apartamento em Londres se torna exorbitante, Zoe fica sem saber o que fazer.

Então, a tia do menino sugere que ela se mude para a Escócia para ajudar a gerenciar uma pequena livraria. Sair de uma cidade em que se sente tão solitária para morar num vilarejo acolhedor nas Terras Altas pode ser a mudança de que Zoe e Hari tanto precisam.

No entanto, ao descobrir que seu novo chefe, o temperamental livreiro Ramsay Urquart, é um poço de hostilidade, e que os filhos dele são mais do que malcriados, Zoe se pergunta se tomou a decisão certa.

Só que o pequeno Hari encontrou seu primeiro amigo de verdade. Além disso, ninguém resiste à beleza do lago Ness brilhando ao sol de verão.

Sem falar que é em lugares assim que os sonhos começam...

A adorável loja de chocolates de Paris

Sim, é verdade que Anna Trent é supervisora numa fábrica de chocolate. Mas isso não quer dizer que ela saiba fazer chocolate. Por isso, quando um acidente muda sua vida e Anna tem a chance de ir trabalhar numa tradicional loja em Paris, ela tem certeza de que vão descobrir que é uma fraude.

Afinal, existe uma diferença muito grande entre o chocolate industrial da sua cidade natal, no norte da Inglaterra, e as criações feitas à mão, com ingredientes da melhor procedência, pelo grande chocolatier Thierry Girard.

Mas com um pouco de sorte, muita paciência e a ajuda dos novos amigos, o exuberante Sami e o galanteador Frédéric, Anna vai descobrir mais sobre o verdadeiro chocolate – e sobre si mesma – do que jamais sonhou.

Cheio de lições de esperança, engraçado e irresistivelmente viciante, *A adorável loja de chocolates de Paris* é um romance delicioso que nos lembra que sempre vale a pena lutar pelas coisas mais doces da vida.